GRANTA

LOS MEJORES NARRADORES JÓVENES EN ESPAÑOL

CANDAYA

GRANTA EN ESPAÑOL

Aribau 131, 1.º 1.ª, 08036, Barcelona, España
www.granta.com.es | info@granta.com.es

NÚMERO 23: PRIMAVERA 2021

FUNDADA EN 2003 POR VALERIE MILES Y AURELIO MAJOR

AGRADECIMIENTOS A Ángel L. Fernández, Rosalind Porter, Cristobal Pera, Leticia Vila-Sanjuán, Isabella Depiazzi, Josie Mitchell, Lucy Diver, Eleanor Chandler, Angela Rose, Eduardo Ruiz Sosa, Víctor Minué

GRANTA EN INGLÉS

Primera edición: abril de 2021
© Editorial Candaya
www.candaya.com
Depósito legal: B 4973-2021
ISBN: 978-84-18504-29-7
Impresión y encuadernación: Estugraf Impresores SL, Ciempozuelos (Madrid)
Printed in Spain – Impreso en España
Impreso en papel ecológico.

Este número de Granta en español se ha realizado gracias a la colaboración de

aecid Agencia Española de Cooperación Internacional para el Desarrollo · CANDAYA · Instituto Cervantes

Vintage en Español publica esta edición simultáneamente en Estados Unidos. *Granta* la publica en inglés en el Reino Unido, Estados Unidos, y la Mancomunidad de Naciones, y Audible y Penguin Random House Grupo Editorial, en castellano, en versión audio.

ÍNDICE

Introducción

Nunca habríamos podido imaginar hace una década, cuando en 2010 presentamos la primera selección de «Los mejores narradores jóvenes en español», la primera de las célebres instantáneas generacionales de *Granta* en un idioma distinto al inglés, que cuando gestamos y anunciamos la esperada segunda lista tendríamos que enfrentar las garras de una pandemia mundial. *Granta* es un sueño colectivo que ha hecho del tiempo su propia ilusión, y la vida, ese frenesí, se ha convertido más que nunca ahora en sombra y ficción. Como este número no quiere ser una nota al pie de un sueño, sino el sueño mismo, aquí no hay diarios de la pandemia (lo prohibimos), aunque es inevitable que los estragos de lo que hemos vivido se entrevean de vez en cuando, como una sombra, al mirar de soslayo tras la celosía de las palabras.

Los ejercicios generacionales prospectivos de *Granta* en busca del talento incipiente cumplen casi 40 años. En 1979 dos jóvenes editores iconoclastas, uno de ellos estadounidense, se hicieron cargo de la casi centenaria revista estudiantil de la universidad de Cambridge, provocando al poco tiempo un gran escándalo: en el tercer número dictaminaron el fin de la novela inglesa. «En su memoria», rezaba la foto de la portada: una plañidera que extiende melancólica y desamparada su desconsuelo sobre una lápida. En 1983, poco después aquella incendiaria declaración que provocó no pocas reacciones convulsas, los editores publicaron la primera antología de «Los mejores novelistas jóvenes británicos». Muerto el rey, Viva el rey: una nueva promoción de novelistas irrumpió en escena. Entre ellos estaban Kazuo Ishiguro, Pat Barker, Julian Barnes, Rose Tremain, Ian McEwan, Martin Amis, William Boyd, Shiva Naipaul y Salman Rushdie.

A esa lista, ya legendaria, le siguió el célebre número 8 de *Granta*, dedicado al «realismo sucio», que acuñó una nueva tendencia en la ficción estadounidense y presentó, a los lectores británicos, narradores como Raymond Carver, Richard Ford, Jayne-Anne Phillips y Tobias Wolff. Con esta segunda lista se entabló una nueva y animada conversación literaria transatlántica desde las páginas de *Granta*. Tras el segundo número dedicado a los mejores novelistas británicos jóvenes de 1993, llegó el turno de los estadounidenses en 1996, ya con Ian Jack al frente de la revista. Hasta la fecha, se han propuesto cuatro selecciones del Reino Unido, tres estadounidenses, una brasileña y, con esta, dos en español.

El propósito de aquella *Granta* renovada era abrir vías en el viejo mundo que dieran cauce a la literatura del nuevo mundo. Los editores británicos tardaban en publicar la ficción de América, que según Buford era «exigente, diversa y arriesgada». Dicha idea, la de tender un puente literario transatlántico, es uno de los motivos que impulsaron la edición en español de 2003. Cuando la nueva propietaria y actual directora de *Granta*, Sigrid Rausing, se puso al frente de la revista en Londres en 2005, nos animó a seguir adelante y fomentó el nuevo ímpetu internacional de la publicación. Siguiendo la tradición *outsider* de la revista británica, *Granta en español* fue lanzada por dos forasteros, una de los cuales (yo) es una descarada estadounidense, por lo que su lengua materna no es el español. Nos parecía entonces, como ahora, que la nueva ficción de América –«exigente, diversa y arriesgada»– no era lo suficientemente conocida en España. Muchos editores en la península tardaban en reconocer el valor de la literatura americana posterior al Boom. Pero lo contrario también era cierto: había una magra presencia de la escritura española en la América hispana. A ambos lados del atlántico no se leían.

«Si buena parte de la literatura española contemporánea parece hoy excéntrica a la europea», escribió Aurelio Major, cofundador de *Granta en español*, en la introducción de la primera selección de 2010, «la de la América hispánica siempre ha sido el extremo occidente literario». Ese lejano occidente está compuesto por casi veinte países de habla hispana, y ha dado al mundo seis premios Nobel de literatura: Gabriela Mistral, Miguel Ángel Asturias, Pablo Neruda, Gabriel García Márquez, Octavio Paz y Mario Vargas Llosa. La literatura de ese excéntrico país de un extremo de Europa, del que proceden cinco nobeles de literatura y la primera novela moderna en cualquier idioma, *El Quijote*, merecía también más atención. La curiosidad de los editores, y por ello de los lectores extranjeros, parecía haberse saciado con el Boom: si ya tenían un grupo de escritores famosos, ¿para qué lanzarse a las procelosas aguas de la nueva escritura? De entre aquellas velas plegadas llegó surcando la obra de Roberto Bolaño, pero no fue ni mucho menos el único. *Granta* en español se propuso entablar otra vez la conversación transatlántica entre el nuevo y el viejo mundo, y fomentar la traducción y el trasvase, entre las dos lenguas, de la nueva narrativa que se está escribiendo en el presente.

Publicamos ahora, en 2021, nuestra segunda propuesta de los mejores novelistas jóvenes en lengua española. Seamos sinceros: la apuesta por veinte escritores menores de cuarenta años, en la primera lista de 1983, fue sobre todo una estratagema de mercadotecnia, ideada originalmente por el Gremio Británico de Editores para lanzar un salvavidas a la asediada novelística británica, a fin de tentar a más lectores a comprar sus obras. Una estratagema heroica. Aquel número inaugural se publicó en una época en que los escritores eran todavía criaturas retraídas que evadían en buena medida el foco de los medios y que, por pudor, preferían que su obra hablara por sí misma. Sin embargo, como afirmó Bill Buford, en la introducción a la selección de 1993, la primera lista Granta «se convirtió, a pesar de sí misma, en una ponderada afirmación de la cultura literaria británica».

Buford, también editor de la segunda lista, nos descubre lo que pasó entre bastidores durante el nuevo proceso de selección, tras el gran impacto e influencia de la primera apuesta generacional: cómo, durante las deliberaciones, se vieron obligados a cambiar constantemente de ubicación por la fetua contra un miembro del jurado, Salman Rushdie, pues ni él ni sus guardias armados podían ser vistos dos veces en el mismo lugar; cómo le mortificó a A.S. Byatt que uno de los miembros del jurado calificara de «bombón» a Esther Freud; cómo el propio Buford se vio obligado a denunciar una reunión nocturna y clandestina de editores que conspiraban para boicotear la selección, y cómo un periodista había presionado a fin de conocer en exclusiva la lista para la portada de su periódico y luego destrozarla en cuanto se hiciera pública: pensaba que así el director le recompensaría con un puesto fijo. «Los caminos de la edición literaria son inescrutables», fue la conclusión de Buford.

Cuando en 2010 dimos a conocer la primera selección de *Granta en español*, la revista *Prospect* escribió: «El español atesora un antiguo y rico patrimonio literario, pero también es interesante lo que está ahora sucediendo. Y por una razón sencilla pero importante: la literatura es mucho más que el mero acto de la lectura. Ha de tratarse de una conversación». Nuestra conversación comenzó en 2003, y el primer número temático, que ofreció tanto inéditos en español como escritos de la revista londinense, se tituló «El silencio en boca de todos». Susan Sontag nos distinguió con un inédito (con su muerte al año siguiente perdimos a una de nuestras más notables defensoras y lectoras), Guillermo Cabrera Infante, Arthur Miller, Javier Marías, Bernardo Atxaga, Fernando Aramburu, Alma Guillermoprieto, Alberto Ruy Sánchez, Edgardo Cozarinsky y Belén Gopegui la acompañaron. La portada fue obra de Frederic Amat.

Hicimos pública la convocatoria para el número que el lector tiene en sus manos, el vigésimo tercero en español, en marzo de 2020, cuando la pandemia se cernía ya como un espectro sobre el mundo. Gracias a la generosidad de Ángel Fernández Recuero, director de *Jot Down*, que nos allanó el camino digital, y a Cristóbal Pera, que hizo suyo el proyecto desde Vintage como primer coeditor en español, no nos vimos obligados a posponerlo. Elegimos para el jurado a seis escritores a los que unía su condición de forasteros, a fin de evitar que las consabidas sospechas de tráfico de influencias, rivalidades, celos o intereses personales pudiesen enturbiar su juicio: los novelistas Horacio Castellanos Moya, Rodrigo Fresán y Chloe Aridjis; el poeta y cofundador de la revista en español, Aurelio Major; Gaby Wood, directora literaria de la Fundación Booker, y yo, Valerie Miles (ninguno de nosotros reside en sus países de origen desde hace varias décadas, salvo Gaby Wood, pero ella es británica). Defendimos apasionadamente nuestras diferencias pero, por suerte, disfrutamos del reto, cada uno procuró persuadir a los otros y nuestros debates fueron intensos, memorables y a veces muy divertidos.

Como en la edición anterior, se consideró candidatos a aquellos escritores nacidos a partir del 1 de enero de 1985, es decir, menores de treinta y cinco años, y que tuvieran, por lo menos, una novela o conjunto de relatos publicado o contratado. Inicialmente quisimos reducir la lista a veinte escritores –en 2010 fueron veintidós– entendiendo que nuestra tarea no era la de verificar –estos son los escritores de esta generación– sino la de seleccionar –estos son los «mejores» escritores de esta generación–, lo cual es a veces un ejercicio delicado y doloroso. Todas las ideas preconcebidas que teníamos –una generación digital de cerebros adormilados y escasa capacidad de atención– resultaron absolutamente erróneas: veinte seleccionados no iban a ser suficientes. Finalmente nos pareció que un número óptimo podía ser el de veinticinco y, aun así, cada miembro del jurado tuvo que sacrificar algunos de sus escritores predilectos en la pira del consenso. Toda criba es una conciliación. Formar parte de un jurado es como jugar a la ouija. Se crea una especie de campo de fuerza mientras se debaten las lecturas y se enfrentan las diferentes idiosincrasias del gusto razonado. Aparecen a veces expresiones como «lo adoro», «lo odio» y «por encima de mi cadáver», en un vaivén colectivo de un lado al otro, de delante hacia atrás, hasta que, al caer la moneda, la *planchette* se detiene en el «sí», en la x del mapa. Así llegó este jurado al conjunto de escritores que conforman la segunda lista de *Granta* en español. Con otro jurado, o con el mismo jurado otro día, el resultado podría haber sido algo distinto.

Recibimos más de doscientas candidaturas y, durante aquellos primeros meses extraños del confinamiento, empezamos un proceso de lectura exhaustiva. Acabamos reduciendo la lista a sesenta y ocho escritores, gracias también a la inestimable ayuda de Leticia Vila-Sanjuán. Lamentablemente, tuvimos que descartar a algunos que probablemente habrían tenido cabida en este número: Daniel Saldaña París (México) y Lina Tono (Colombia) nacieron, por ejemplo, unos meses a destiempo, y Juan Gómez Bárcena (España) solo unas pocas semanas. Inevitablemente, como ocurrió en 2010, cuando escritores como Valeria Luiselli dieron sus primeros pasos narrativos un poco después de cerrar las deliberaciones, también en esta ocasión leímos demasiado tarde la obra de Lorena Salazar Masso (Colombia), que nos habría gustado considerar. Sabemos que lo más probable es que se nos haya escapado algún escritor por no postularse, como ocurrió lamentablemente con Juan Cárdenas en 2010. Para los que les gusta contar: empezamos con una lista de ciento doce hombres y ochenta y dos mujeres. La de preseleccionados constaba de veintinueve mujeres y treinta y nueve hombres, y la definitiva, de once mujeres y catorce hombres.

Están representados trece países: seis escritores de España, cuatro de México, tres de Argentina, tres de Cuba, dos de Chile y un escritor de Colombia, Ecuador, Guinea Ecuatorial, Nicaragua, Perú y Uruguay; además de uno binacional de Costa Rica y Puerto Rico.

Destacan tres diferencias apreciables de esta selección respecto a la de 2010 en cuanto al origen geográfico. La mayor representación de escritores mexicanos (de uno a cuatro); la irrupción de tres escritores cubanos: Eudris Planche Savón, que reside en la isla, Carlos Manuel Álvarez, que vive entre Nueva York, Ciudad de México y La Habana, y Dainerys Machado Vento, que estudia un doctorado en la Universidad de Miami, la primera cubana en recibir un visado de estudiante para asistir a una institución educativa estadounidense. Y ni qué decir tiene la trascendental inclusión de Estanislao Medina Huesca, originario de Guinea Ecuatorial.

Este grupo de jóvenes narradores se expresan en una lengua común, donde convergen veintitantas nacionalidades e infinidad de permutaciones locales: regiones, ciudades, pueblos; una sola lengua de intrincadas ramificaciones en la tradición, la historia, las amalgamas raciales y las religiones, una sola lengua que se usa en territorios que abarcan cuatro continentes: Europa, América del Norte y del Sur y África. Son muy pocos los países hispanohablantes que no comparten su territorio nacional con otras lenguas, cooficiales o no, que alimentan e influyen en este cauce de registros y de variaciones sintácticas y léxicas en constante movimiento: el catalán, el euskera y el gallego en España (entre otros); el francés, el portugués y el fang en Guinea Ecuatorial (y otras seis lenguas autóctonas); el aymara y el quechua en Perú, Bolivia y Ecuador –Bolivia es además el país con más lenguas cooficiales del mundo, treinta y siete–; el guaraní en Argentina y Paraguay, el náhuatl en México, el mapudungún en Chile. Muchas palabras del léxico original de América también han pasado al inglés: cacao, tomate, patata, tobogán, coyote, huracán, tabaco, caníbal, hamaca y, sí, incluso *caucus*. Se trata de un rico palimpsesto lingüístico cuyos ecos se podrán escuchar vivamente en este número de la revista.

La palabra para la *phaseolus vulgaris* es un buen ejemplo: en España son judías verdes, en México ejotes, en Argentina chauchas, en Chile porotos verdes, en Perú vainitas, en Colombia habichuelas. A

Nabokov le gustaba equiparar las vocales rusas con las naranjas y las inglesas con los limones, pero me pregunto si las vocales españolas no se parecerán más a los racimos de arilos de una granada. Tras el japonés, el español es el segundo idioma más rápido del mundo, el que más sílabas pronuncia por segundo, lo que no sorprenderá a los fans de Almodóvar. La palabra más larga del idioma es «hipopotomonstrosesquipedaliofobia», que significa, justamente, fobia a las palabras largas. ¿Cómo no adorar una lengua capaz de algo semejante? Un idioma que esconde en su léxico nefelibata, del griego *nephélé*, «nube» y *bates*, «caminante». Una palabra que algunos consideran la más bella del idioma, acuñada por el nicaragüense Rubén Darío y de la que se apropió el español Antonio Machado al escribir: «Sube y sube, pero ten / cuidado nefelibata, / que entre las nubes, también / se puede meter la pata».

Otra de las diferencias sustanciales entre esta selección de 2021 y la de 2010, es que muchos de estos jóvenes escritores prestan una especial atención a las cualidades sonoras del lenguaje escrito. A veces nos referimos al estilo distintivo de un escritor como su «voz», a menudo como un cliché, o como un sinónimo para no repetir tantas veces en un texto la palabra «escritor». La preocupación compositiva por captar la entonación y los giros idiomáticos más sutiles de las diferentes zonas geográficas es ahora muy destacable. En la lista de 2010, en cambio, si se reajustan los relatos geográficamente y se eliminan los marcadores específicos, no es fácil distinguir la nacionalidad del escritor. No pasa esto ahora. Y no me refiero solo a los diálogos, sino a las gradaciones que se escuchan también en la narración en tercera persona. Se renuncia al español «neutro» –metropolitano o nómada– con el propósito de captar la exuberancia de cadencias y melodías, de timbres y tonalidades, pero apostando siempre por la naturalidad, sin afectaciones rococó. Es imposible leer los textos de Eudris Planche Savón y Dainerys Machado y no repetirlos con acento cubano en nuestro oído interior, incluso cuando los personajes de Eudris adoptan acentos ingleses o franceses; o no oír la entonación cantarina y costeña del colombiano José Ardila; o el pizzicato canario de Andrea Abreu; o la convulsión de la danza del Inti Raymi en el ritmo de las frases de Mónica Ojeda; o las sorprendentes singularidades del español agilísimo y expeditivo de Estanislao Medina Huesca, propias de un país lingüísticamente aislado en la costa occidental africana; o el orden impecable en las sílabas, de metrónomo casi, de la peruana Miluska Benavides en una trama ordenada alrededor de un sonido misterioso. Se puede escuchar el bisbiseo mexicano en el narrador incorpóreo en segunda persona de Aniela Rodríguez; o los sonidos de la jerga chilena en el relato de Paulina Flores, cuya narradora entra y sale del relato con astucia para que el lector nunca se desoriente.

Estas peculiaridades lingüísticas pueden distinguirse incluso en las traducciones, lo que se debe, en gran medida, a la excepcional destreza y entusiasmo de los traductores que hemos convocado y emparejado cuidadosamente, para la versión inglesa de este número. El minucioso trabajo creativo de los escritores se apoya en el minucioso trabajo creativo y en el talento de los traductores. Para reconocer su brillante labor y su lugar en el corazón de esta iniciativa bilingüe, sus nombres y biografías figuran también al final de esta edición.

El texto de la contraportada de la primera selección estadounidense de 1996 comenzaba así: «¿Quiénes son los mejores novelistas jóvenes de los Estados Unidos de América? Esta es una mala pregunta. La escritura no puede medirse como se hace con los millonarios, los atletas y los edificios –los más ricos, los más rápidos, los más altos». Y en la introducción, Tobias Wolff, uno de los jurados, escribe: «La iniciativa de elegir a veinte escritores como representantes de una generación es un proceso que pone de manifiesto sobre todo los prejuicios del jurado. Lo cual no supone que nuestra lista no sea excelente, pues en ella se encuentran muchos escritores de dotes excéntricas e incluso visionarias». Al cabo de veinticinco años esta afirmación sigue siendo cierta. Virginia Woolf sostiene que un lector que juzga con gran simpatía y a la vez con gran severidad, ayuda a los escritores a mejorar la calidad de su obra, porque eleva la norma de lo que se espera de ellos: «¿No son acaso criminales unos libros que han dilapidado nuestro tiempo y nuestras simpatías?; ¿no son los más insidiosos enemigos de la sociedad, corruptores, ultrajadores, los escritores de libros falsos, de libros impostores, de libros que llenan el aire de decadencia y enfermedad? Seamos, pues, severos en nuestros juicios; comparemos cada libro con el más grande de su especie».

Las normas que exigimos y los juicios que emitimos influyen en el entorno literario, en el alcance e influencia de la escritura. Y se juzga comparando. ¿Estos escritores han sido seleccionados por sus *voces* singulares y por su *oído* excepcional porque a nosotros, como jurado, nos gusta este tipo de narradores? ¿O es que se trata más bien de una tendencia de la narrativa actual? Es difícil saberlo en estos momentos con seguridad. No hay nada nuevo en poner el acento en los aspectos sonoros: pensemos en narradores como Cabrera Infante, Rulfo o Arlt. Pero llama mucho la atención que tantos escritores menores de treinta y cinco años prioricen, en esta selección, la sonoridad por encima del significado.

Como apuntaba el editor de *Granta*, Ian Jack, al presentar la tercera lista de jóvenes narradores británicos, uno de los problemas más intricados fue tener que valorar al mismo tiempo a autores consolidados y a autores de un solo libro. ¿Nos arriesgamos a nombrar a alguien que se encuentra en la fase inicial de su trayectoria? Siempre es más seguro elegir a escritores cuya edad está rozando la fecha de corte y han publicado una segunda o tercera novela, algunas de ellas incluso traducidas. O a escritores cuyos libros han sido publicados en prestigiosas editoriales o en grandes grupos. Pero no es extraño que el segundo o tercer libro de un escritor no esté a la altura del primero. Y hay que tener en cuenta, además, el vibrante auge de editoriales independientes en España e Hispanoamérica, muy sensibles al talento joven. Esta lista pone de manifiesto y celebra especialmente su labor. En ella hay cuatro escritores de los años noventa: Irene Reyes-Noguerol, la más joven de la selección, nació en 1997. Esto supone que los escritores más veteranos, nacidos en 1985, han tenido doce años más para leer, escribir y publicar (la mitad de la vida de Reyes-Noguerol). Como jurado quisimos apostar por este desafío, ir más allá de los confines de lo establecido, arriesgarnos y seguir nuestras intuiciones, aun a riesgo de equivocarnos.

Quisimos saber si los cambios en la mentalidad y en la moralidad derivados del #MeToo y de los movimientos feministas, cuando varios techos de cristal se han roto en esta última década, estaban realmente desatando el talento y el imaginario femenino, y si fuera así, de qué manera: en cantidad, en calidad o en ambas. Hemos comprobado que las mujeres están participando mucho más que antes y que su aportación es cada vez más fundamental. En 2010 recibimos 228 nominaciones, 163 de hombres y 65 de mujeres. Esta vez recibimos 194 nominaciones, 112 de hombres y 82 de mujeres. Aunque hay menos mujeres en 2021, once frente a catorce, entre los cinco escritores nacidos en los noventa cuatro son mujeres. Y aquí el dato más revelador: la mayoría de las nominaciones que recibimos de escritores nacidos en los noventa, e incluso alguna ya en este siglo, fueron mujeres. La literatura, como toda obra de la imaginación, es un arte cuyo sustrato es el tiempo; y a menudo persiste un efecto *doppler* con respecto a lo que ocurre en el mundo: no es inmediato, hay que dar tiempo al tiempo. Está claro que hay una nueva promoción de escritoras. Hemos recibido más nominaciones de mujeres que de hombres en países como España y Argentina, e igual número en Chile.

Lo que hemos leído y ahora compartimos con los lectores en estas páginas, constata que son en buena medida las mujeres las que están llevando las preocupaciones formales por nuevos derroteros. Las escritoras de este número son ambiciosas, experimentan, su escritura es indómita y desenfrenada, a veces escriben desde la rabia, la pasión, y sus narraciones tienen un enorme vigor y una envolvente fuerza. Pensamos también en escritoras cuya obra nos interesó, pero que no tuvieron cabida en la selección, como Karen Villeda, Olivia Gallo, Raquel Abend Van Dalen, Alba Ballesta, Natalia Farfán Ospina o Natalia García Freire. Esta torrencial energía se percibe especialmente en las ficciones que abren y cierran el número, la feroz cosmografía andina de Mónica Ojeda y la oda pindárica de Cristina Morales sobre las mujeres que practican deportes de combate. Las narraciones de muchachos en el burdel, o de violencia gratuita, nos parecen ahora insufribles, inequívocamente *passé*. Un dato curioso: una de las escritoras más citadas en las candidaturas –además del omnipresente Bolaño, «gran fantasma encapuchado, como una colina de nieve en el aire»– es Sylvia Plath. Incluso entre *los* escritores. ¿Es posible que Esther Greenwood le esté arrebatando a Holden Caulfield su lugar de privilegio en el imaginario de la angustia adolescente? Plath, la de «Lady Lazarus»: «De las cenizas / me levanto con mi pelo rojo / y devoro a los hombres como aire». ¡Cuidado!

Buscamos obras de la imaginación escritas en español. Ficciones. Conciencias plasmadas en la página. Contadores de historias. Nada de ensayo, ni memorias, ni reportajes. Nada de *selfies* pasados por el Photoshop para hacerlos colar por ficción. Relatos que se distancian de lo meramente testimonial, del muy cansino uso y abuso de la primera persona, de las figuraciones del yo. Originalidad. Actitud. Sí, actitud. Escritores que escriben como si la vida les fuera en ello. Escritores que escriben sobre asuntos de los que no teníamos ni idea ni pensábamos que nos fueran a interesar. Escritores que presentan mundos inexpresados de personas que no han tenido voz propia o que no hemos sabido escuchar. Cosas conocidas que se nos presentan extrañas y nos hechizan de nuevo. Escritores como los de antes, que no conocieron Instagram. Escritores que no son solo lectores, sino también relectores. Los que pueden, en el futuro, seguir juntando frases que produzcan un estremecimiento en la columna vertebral y nos pongan los pelos de punta. Los que son capaces de lograrlo ahora mismo. Escritores que se atreven, y que aunque su ambición sea quizás desmedida, lo intentan de todos modos. Estábamos dispuestos a leer con vistas al futuro y estas fueron nuestras pautas.

Algunos escritores de talento no entraron en la lista, bien porque se dedican a géneros que no consideramos o bien porque sus méritos narrativos aún no son tan relevantes como los del resto de su obra. Por ejemplo, la poeta Elena Medel, o Jazmina Barrera, cuyo ensayo, *Sobre los faros*, disfrutamos enormemente. O Santiago Wills, que hasta ahora sólo ha escrito reportaje. La prosa chispeante y encantadora de Juliana Delgado Lopera está escrita en inglés, lo que la convirtió en inelegible. Y hay otros escritores que prometen, a los que, por diferentes motivos, no llegamos al final a incluir: Antonio J. Rodríguez, Bruno Lloret, Vanessa Londoño, Giancarlo Poma Linares, Luis Othoniel Rosa. O Gabriel Mamani que nos trajo noticias de los migrantes bolivianos que residen en Sao Paulo. O Fabricio Calalpa, al que saludo desde aquí, cuyas historias provienen de un espacio imaginativo extraño y sugestivo.

¿Qué puede encontrar el lector en estas páginas? Chloe Aridjis lo explica así: «narraciones reflexivas y otras más bulliciosas; algunas crudas e instintivas, otras refinadas y eruditas; narraciones que entrelazan la alta cultura y la cultura popular, otras que ofrecen una quietud poética o un aura ultramundana; obras en las que el autor crea una elaborada realidad alternativa, y otras en las que el autor es un constructo. La lengua española se está empleando de forma nueva y apasionante». Otro de los miembros del jurado, el novelista Rodrigo Fresán, apuntó: «El término/adjetivo interesante es ambiguo. De ahí que el uso de «Que vivas una vida interesante», apócrifamente atribuido a la cultura china, puede equivaler tanto a *maldición* como a *bendición*, pero siempre resultando digno de atención. Más allá de las evidentes *bendiciones* cortesía de la calidad de todo lo aquí incluido, me parece que el añadido atractivo antropológico a futuro de esta antología tiene el atractivo *interesante* de ser un elocuente muestreo de cómo se puede escribir en la dirección/intención correcta para una generación, sí, *maldecida* por los excesos de una vida online y las fáciles y vulgares tentaciones de la mal llamada –y entendida como novedad que muy pero muy lejos está de ser tal– Literatura del Yo, la compulsión testimonial, esa tan fácil de chocar por exceso o falta de velocidad auto-ficción y todo eso. En este sentido, me gusta pensar que hay aquí un gesto de cierta resistencia a una época/moda y una opción por lo atemporal y destinado a permanecer empeñándose en aquello de lo que se nutrió y dio lugar y tiempo a la buena ficción de siempre: la narración de un mundo propio y la búsqueda de un estilo a la hora de explorarlo y darlo a conocer. En resumen: bienvenidos a la obra de escritores decididamente *interesantes*».

Descubrimos mucho más humor, sátira e ironía en esta promoción que en la anterior, presentes en la escritura de Michel Nieva, Cristina Morales, Eudris Planche Savón, Dainerys Machado Vento, Estanislao Medina Huesca, Mateo García Elizondo, Paulina Flores y en Andrea Abreu, en la tradición del realismo sucio pero con mayor dosis de comicidad. Todos ellos emplean el humor con diversos grados de ironía y sarcasmo. Es una tendencia que encaja bien con la inclinación por la oralidad y el sonido, y que tal vez le resultó especialmente llamativa al jurado en estos tiempos de pandemia. Coincidimos en que los escritores cubanos llegaron como un soplo de aire fresco: desde la protagonista cascarrabias de Machado Vento como excelente estudio caracterológico, hasta el uso que hace Planche Savón de los diálogos y monólogos interiores de Hemingway para apropiarse y satirizar *Garden Party* de Katherine Mansfield y *Belle du Jour* de Buñuel. El fragmento de novela de Michel Nieva emplea materiales del manga y de Philip K. Dick, del cabaré (político) en una futura Argentina donde los mosquitos son más de lo que parecen. Y Mateo García Elizondo suspende nuestra incredulidad al llevar a un criminal y a su mascota vegetal hasta la comunión mística con el cosmos. O Cristina Morales que es pura provocación declamatoria. Cuando Bolaño obtuvo el premio Rómulo Gallegos en 1999, el jurado declaró que el galardón reconocía en parte «el uso del humor, tan infrecuente en la literatura en español», una valoración preocupante en una tradición que desciende de *El Quijote,* la más hilarante de las novelas. Bolaño respondió que «una de las virtudes de cualquier obra literaria es el humor pero, sobre todo, el sarcasmo, pues es una postura en contra de la seriedad y el aburrimiento: aderezos que permiten abrir ventanas inesperadas en los sitios más extraños. Donde no esperas encontrar algo y lo encuentras, sorprendes a la realidad. Y el humor es lo que ve la espalda de la realidad, su cara oculta». Recibimos el humor de los nuevos escritores con los brazos abiertos. Lo necesitamos.

Algunos relatos permiten vislumbrar una mitopoiesis indígena, una de las más valiosas aportaciones de la literatura iberoamericana. En el cuento del nicaragüense José Adiak, el narrador propone una versión indígena del nacimiento de Cristo y de la matanza de los inocentes: desde hace cientos de años, los mitos judeocristianos son absorbidos por la poderosas sensibilidades autóctonas del continente, y posteriormente reformuladas y vueltas a relatar oralmente. Se trata de un registro que también apreciamos en Mónica Ojeda, y en el cuento rulfiano de Aniela Rodríguez sobre un hombre que causa la muerte de su hijo por negligencia. O en Miluska Benavides y su profunda historia generacional en torno al pueblo minero de San Juan de Marcona. Algo más alejado está el impresionante relato de José Ardila sobre la inocente crueldad de los niños y la poderosa imagen de una abuela afrocolombiana como Virgen de la Misericordia.

Otros escritores priorizan lo teatral, más que lo cinematográfico, y es posible imaginar sus narraciones adaptadas para la escena; como el cuento de hadas de pesadilla que relata Irene Reyes-Noguerol, o el de Camila Fabbri, sobre cómo la disfunción familiar se transmite de generación en generación, o el de Gonzalo Baz, cuya prosa contenida esconde un mecanismo muy complejo, circular y casi de relojería, que parece expandirse a medida que se lee, como si cada sección fuera una gota de agua que hincha una esponja seca. Aura García-Junco es una de las escritoras que más patentemente explora las posibilidades formales en su alusivo y fragmentario relato de correspondencias, y Alejandro Morellón, que en unas cuantas páginas nos introduce en un mundo vidrioso y visionario de simetrías nabokovianas. También figuran aquí ficciones de estructura narrativa más tradicional, que se sostienen en la fuerza de la lucha contra la realidad (política) desde la lucidez y la convicción, como observamos en los relatos de Carlos Manuel Álvarez, David Aliaga o Diego Zúñiga, que urde un gran cuento chino. Aliaga aporta un relato sobre la experiencia judía, vinculando así a España con la tradición europea. También han tenido cabida profundas meditaciones sobre la literatura y el arte, como observamos en la obra de Carlos Fonseca y Martín Felipe Castagnet, o más filosóficas y existenciales en el relato de Munir Hachemi, que conversa con el relato de Estanislao Medina Huesca a propósito de la corrupción y los abusos de poder en nuestro entorno más inmediato.

El lector se dará cuenta de algunos motivos muy recurrentes en los relatos: la figura de la abuela salvadora o los niños perdidos o desposeídos. También puede advertirse una especie de «suite de las estatuas», como me gusta llamarla: espero que el lector descubra sus tres movimientos, y se pregunte: ¿por qué estatuas? ¿Por qué ahora? Con el relato apocalíptico y poliamoroso de Andrea Chapela, *Anillos de Borromeo*, atamos un último nudo. Se trata de fluir. O «flow», como dice Buda Flaite, de Paulina Flores, su encantador y precoz personaje que se identifica con un «ellos»: los escritores en español están replanteando el concepto de amor y los estereotipos de género, de manera rotunda y fascinante. Son ideas que yacen en nuestro inconsciente colectivo y que en los relatos reencontramos transformadas por la ficción.

El arte vive del debate, escribe Henry James, de la experimentación, de la diversidad de acercamientos, del intercambio de visiones y de la comparación de puntos de vista. Es lo que nos permite trascender el entorno de lo cotidiano y tocar lo universal. Contamos historias; compartimos secretos, sueños, alegrías, miedos, dolor y aversiones; conscientes de que la imaginación es el tónico, el bálsamo, el lenitivo que lo cura todo. Exorciza nuestros demonios y vuelve a encandilar a un mundo desencantado. Los que dedicamos nuestra vida a las artes, y en particular a la literatura, sabemos que ese es el motivo de nuestro empeño: la geometría de la transformación, de las correspondencias, de las conexiones; los puentes existenciales hacia el reino del otro, hacia las miles e interminables aventuras de la experiencia humana. Así que, salud por la literatura de los diez años venideros. Y en cuanto al estado de nuestras letras, «¡Bien estás en el cuento!», decía Don Quijote.

Valerie Miles,
2 de marzo de 2021

© Gianella Silva

MÓNICA OJEDA

1988

Mónica Ojeda nació en Guayaquil (Ecuador). Es autora de las novelas *La desfiguración Silva* (Premio Alba Narrativa, 2014), *Nefando* (Candaya, 2016) y *Mandíbula* (Candaya, 2018), así como de los poemarios *El ciclo de las piedras* (Rastro de la Iguana, 2015) e *Historia de la leche* (Candaya, 2020) y del libro de cuentos *Las voladoras* (Páginas de Espuma, 2020). Fue seleccionada como una de las voces literarias más relevantes de Latinoamérica por el Hay Festival, Bogotá39 y reconocida con el Premio Next Generation del Fondo Prince Claus en 2019 por su trayectoria literaria.

INTI RAYMI

Mónica Ojeda

Contaban trinos, contaban máscaras. Contaban plumas, montes, árboles relinchantes. Contaban pavesas. El viento arrastraba el fuego hacia el oeste y sobre la tierra parda del erial se oyeron sus pisadas. Eran siete contra uno. Siete cabezas de pelo de oso y dientes de tigre. Niños atravesando el valle de las piedras campana, de los huesos de pájaro, de las patas de zorro. Tenían colas de caballo y collares de tagua colgándoles del cuello. Las caras cubiertas de pintura, las uñas negras, los cuerpos excitados por la danza del solsticio. A sus espaldas, como un charco de luz en medio de la cordillera, quedó la fiesta con los adultos borrachos bailando sanjuanitos. El cielo era del color turbio de la sangre y el polvo se elevaba a la altura de sus cejas, pero los niños corrían, saltaban, rugían, jadeaban sobre el rastro del elefante cuatro ojos, del rinoceronte blanco, del hipopótamo ciego: Huguito el soplón, Huguito el traidor.

«¡Te cazaremos, morsa tonta!».

«Tralalá, tralalá».

«¡Te comeremos, mamut feo!».

Daniel y Alan cantaban sus amenazas mientras Ingrid, Mene y Max se golpeaban el pecho como gorilas. Cada vez que se subía a una roca, Gala aullaba. Y junto a ella Belén revolvía la tierra con su pie izquierdo igual que un toro. A la distancia el fuego de la fiesta era casi indistinguible, los insectos salían de entre las piedras y los pájaros volaban en dirección contraria a sus pasos. De haber estado allí el chamán les habría advertido que aquello era cosa mala, un presagio del peligro que estaba aún por venir. «Los pájaros cantan el futuro», les dijo antes, sosteniendo entre sus manos el cráneo amarillento de un cóndor. «La luz del sol y de las estrellas les señalan el camino». Ninguno de los niños sabía de ornitomancia, pero tenían nueve, once, trece años y estaban enfebrecidos por el sol. El futuro era ese brillo caliente que les quemaba las tripas, el resplandor del ocaso andino sobre los frailejones y la imagen de un rinoceronte blanco atravesando el páramo hasta alcanzar el río.

«¡Corre, ballena asmática, corre!».

Desde muy temprano por la mañana habían sido testigos del baile inagotable del Diabluma, de su máscara de dos caras, de sus ojos delirantes, planetarios, ocultándose tras el humo de las hogueras. «¡Salten, niños, salten!», les gritaron las madres de Ingrid y Mene, despeinadas, sudorosas, con las venas dibujándoles promontorios en la frente. «¡Diablo Huma desordena la Pachamama!», cantó el padre de Max zapateando la negrura de la tierra. «¡Desordena el universo!». Una vez al año los adultos los llevaban al valle, se trenzaban el pelo, vestían ropas de colores, bebían San Pedro y se convertían en personas extrañas. Así era siempre durante el Inti Raymi: los cantos, la danza, los brebajes que hacían que la gente pusiera los ojos en blanco, la marabunta de cuerpos orondos, flácidos, retorciéndose al ritmo de los tambores, quenas y guitarras, pero el año pasado fue diferente. Algo les ocurrió en medio de la celebración, lejos de la plaza y más allá de los árboles de troncos gruesos que parecían caballos furiosos en manada. No pudieron ni quisieron contarle a sus padres la naturaleza de esa diferencia, pero la reconocieron igual que los animales de la montaña perciben hasta la más mínima estridulación. Esa fue la primera vez que prometieron guardar un secreto, y también que sintieron que algo íntimo peligraba por culpa del tapir cobarde, del chanchito silvestre, del jabalí rubio.

«¡Gordo traidor!», cantaba Ingrid dando saltos.

«¡Vamos por ti, bola de grasa!», gritó Belén.

Juraron guardar el secreto a pesar de la lengua de ganado en la mandíbula, del sapo negro en el pecho. Unieron las manos cubiertas de ceniza volcánica y sembraron los dientes de leche junto al arroyo. Todos dijeron: «Al que lo cuente lo empujamos al cráter». «Al que lo diga lo tiramos al magma». Solo el miedo era capaz de crear un secreto. Tenían nueve, once, trece años, pero ya sabían de la fuerza, la noche y el ardor. Del límite, la inmensidad y la destrucción. Eran, como les contó el chamán, descendientes de la culebra, hijos de la guacamaya, criaturas de lodo y plumas. Sospecharon de Hugo desde el primer instante, sobre todo Daniel y Alan, que eran los mayores y olían la peste que dejaba el terror en el cuerpo de alguien débil. Conocían a su amigo: temblaba con el viento, sangraba con la luna. Lloraba cuando la gente caía al suelo extenuada por el baile, cuando los cuerpos de sus padres convulsionaban frente a los pies flotantes del Aya Huma y su danza eterna. Hasta los más pequeños entendían que para tener la boca cerrada se necesitaba coraje, un fondo de animal superviviente, y que para sobrevivir había que saber hacer del miedo un secreto.

«¿Qué es un secreto?», le preguntó una vez Gala a su madre y ella le respondió: «Algo que las niñas buenas no tienen».

En la fiesta se distrajeron con el humo, las risas, los colores, la comida, el fuego. Dejaron que la música creciera desde afuera hacia el interior de sus corazones, corrieron a cuatro patas imitando a los animales de poder que el chamán les asignó, se escupieron chicha los unos a los otros, cantaron palabras que no entendían hasta descubrir que el grito también era un canto que entraba por los huesos y los hacía vibrar. Sus padres nunca los vigilaban durante el Inti Raymi, y quizás por eso se dieron cuenta demasiado tarde de que faltaba Hugo. Lo buscaron entre las piernas violáceas, anaranjadas y terrosas, entre el júbilo, el zapateo frenético de la gente y la saliva. Entonces lo vieron llorando, con la cara roja como un trozo de carne cruda, halando el vestido de su madre y señalando al espíritu sumergido, al Diabluma, que seguía saltando con la energía del agua, sudando torrentes y emitiendo gemidos de dolor y agotamiento bajo su máscara. «¡El chanchito lo va a contar!», gritó Belén tirando de la manga de Alan. «¡Lo va a contar, lo va a contar!». Pero la madre de Hugo tenía los ojos negros como el carbón y la pantera, hondos, siniestros, y con el codo empujó lejos el cuerpo rechoncho de su hijo. «¡Cerdo malo!», gritó Ingrid. «¡Oink, oink!».

Sus miradas punitivas lo previnieron. Hugo se encontró con el ceño encogido de Daniel, los puños cerrados de Alan, los dientes blanquísimos de Mene, y corrió. Huyó lejos de la gente que contaba historias de un dios que carecía de huesos, un dios oculado que creó a los primeros hombres que fueron convertidos en monos, zorros y lagartos. Huyó de quienes aseguraban que en tiempos antiguos las montañas eran dioses que flotaban por las aguas olorosas del nacimiento del mundo, que existían árboles que guardaban caballos en el interior de sus troncos, mujeres cóndor volando por las noches con sus brazos extendidos, flores sangrantes, brujos que podían separar la cabeza de sus cuerpos. Esas historias emocionaban a todos menos a Hugo: su temor siempre había representado una amenaza.

«¡Es por allá!», gritó Max señalando en dirección hacia el volcán.

Las huellas del triceratops tartamudo los llevaban inevitablemente hacia la cueva, un agujero profundo hecho de rocas volcánicas que tuvieron la osadía de explorar el año pasado. «¡Lo tenemos! ¡Lo tenemos!», gritó Gala, feroz, y después aulló durante lo que pareció un minuto entero. «¡Auuuuuuu!». Los niños la siguieron acelerando el ritmo de sus piernas por el camino de omóplatos, pelvis y cráneos. La claridad era suficiente. Podían ver fisuras, polvo, carroña. El viento los empujaba hacia la boca de la piedra, directo al laberinto de estalactitas grises, escarabajos verdes y arañas blancas que descendía hasta el fondo mismo de la creación. Su secreto empezó allí doce meses antes, en el lugar del miedo y del asombro, pero a lo largo del valle no había otro sitio donde esconderse. Igual que sus amigos, Hugo conocía el tamaño de la oscuridad, el peso de la sangre. «El miedo hace del miedo un refugio», cantó el chamán con los brazos abiertos al comienzo del día. Solo los niños entendieron sus palabras, por eso se arrojaron a la cueva con la respiración plomiza, asustados, aunque convencidos de que si ocultaban su temor este acabaría por desaparecer.

Chillaron, bufaron, sisearon, rugieron.

Bajaron a cuatro patas como una jauría hambrienta y electrizada por el odio. «¡Te vamos a agarrar, tapir albino!», gritó Belén para escuchar la reverberación salvaje de su voz levitando hacia el centro de la tierra. Los primeros quince metros fueron difíciles. Se agarraron de las rocas, buscaron con los pies puntos estables de apoyo. La pendiente era escarpada, pero ellos ya conocían el camino: la forma natural de la piedra sólida frente a la quebradiza, resbalosa y cortante. Cuando alcanzaron el túnel robustecieron su rabia como gesto de rebeldía ante el decaimiento de la luz. Ahora solo tenían un rayo púrpura alumbrando el basalto y, más allá, la oscuridad del laberinto. «La hora bruja», les dijo el chamán, «anuncia la puesta del sol y el fin de la fiesta, guaguitas mías». Era una hora peligrosa. Afuera las sombras de la tarde desaparecerían para darle paso a la noche más larga del año.

«Tenemos que encontrar al gordo», dijo Daniel, nervioso, hasta que el eco de un llanto bovino lo hizo sonreír.

El sonido de mocos provenía de unos metros más adelante, no demasiado lejos de donde estaban, en la primera bifurcación que conducía a un pasillo breve y angosto. Les sorprendió que Hugo hubiera cometido ese error: esconderse en la superficie del miedo y no en sus entrañas. La oscuridad maciza de la cueva, el territorio inexplorado, eterno como la garganta de un animal mitológico, lo había obligado a permanecer en la zona más expuesta de la gruta. Ahora estaba cerca de ellos, gimiendo bajo la roca estriada, y su respiración los atraía igual que un conjuro antiguo.

«¡Ya te encontramos, pendejo!», gritó Alan.

Mene fue el primero en saltar en su búsqueda. Ladró, gruñó, y los demás lo siguieron acariciando la costra viva de las paredes. Su fuerza los impulsó a continuar incluso cuando el techo de lava seca les acarició el pelo. Entonces gatearon, reptaron y volvieron a ponerse de pie porque eran descendientes de la culebra, hijos de la guacamaya: no le temían a la profundidad de la roca, sino a la del tiempo. Era el tiempo el que quemaba las chuquiraguas, envejecía el páramo y le daba de comer a los cóndores. El que hacía que los cuerpos transparentes se volvieran misteriosos como agua de árbol, endurecía el magma y orientaba el vuelo de los pájaros. El tiempo creaba la oscuridad, protegía lo silvestre. Ellos intuían lo que podría pasarles si le daban la espalda a la implacable duración de las cosas.

«¡Te encontramos, te encontramos!».

«Tralalá, tralalá».

«¡Vas a ver!».

Al fondo del pasadizo estaba Hugo, de pie, mucho más aterrado por la falta de luz que por la presencia de sus perseguidores. Tenía las rodillas ensangrentadas, raspones en los brazos y sudaba gotas grandes que caían de su piel al suelo. Lloraba como el año pasado al verse rodeado de pelos y de lenguas, pero ahora estaba solo y el miedo era distinto: uno que anticipaba la conmoción y el trauma. El verdadero tiempo de los huesos.

«¿Qué fue lo que le contaste a tu mamá, manatí estúpido?», le gritó Ingrid con la voz deformada por la hondura del túnel.

Antes de que Hugo pudiera responder Belén lo embistió y él cayó al suelo. Max y Mene saltaron a su alrededor igual que orangutanes.

«Ibas a contarlo», le dijo Alan. «Sabes que no puedes».

«No hay nada que contar», agregó Daniel, y Gala se haló a sí misma de las trenzas: «¡Gordo soplón y traidor!».

En la cueva había alacranes, murciélagos, cucarachas, serpientes, pero la mayoría huía de la luz y del contacto humano. Los niños percibían que el mundo estaba lleno de seres que se arrastraban, ciegos, venenosos, y que sus mentes infantiles eran refugio de criaturas abisales propias. «Una cabeza puede alimentar bestias incomprensibles», les dijo el chamán para enseñarles que aquello que no iluminaba el sol era por naturaleza desagradable, que la penumbra daba nacimiento a lo retorcido, que un mismo paisaje era llama en el día y jaguar por la noche. Que el jaguar gozaba de dominio sobre la llama, pero no al revés.

El año pasado habían descubierto el verdadero tamaño de sus sombras. Jugaron con ellas por el páramo ardiente, cruzaron el arroyo, saltaron sobre las piedras que sonaban como instrumentos musicales y vieron, sorprendidos, al Diabluma en la entrada de la cueva.

«¿Qué hace él allí?».

«¡Pero si estaba en la fiesta!».

«¡Qué susto!».

Un hombre que no era un hombre sino un dios de dos caras, quieto, con la ropa raída y las manos manchadas de tierra. No el Aya Huma del Inti Raymi, sino otro con la máscara quemada en los bordes, descalzo, que se precipitaba hacia el interior de la gruta como el reverso sórdido del espíritu sumergido. Los niños corrieron tras de él. «¡Un Diabluma quemado!», gritó Gala. «¡Un Diabluma malo!». Resbalaron por las rocas ígneas y levantaron la mirada al espacio negruzco, hundido, con relieves y texturas que parecían venir de otro planeta. «¡Estamos en Urano!», gritó Ingrid. «¡Estamos en Plutón!». La roca tenía venas, bocas, manos, articulaciones. Figuras humanas y animales aparecían y desaparecían mientras ellos entraban con paso firme en el vientre del tiempo, porque de tiempo se hacían las catedrales subterráneas, las esculturas de sangre de volcán.

«¿A dónde se fue?», preguntó Max.

Y entonces hallaron al hombre que era un dios recibiendo un rayo de luz roja en medio de la penumbra, haciendo sonar sus dientes como castañuelas, bailando enérgicamente con movimientos febriles. Habrían corrido de vuelta al exterior de no ser por el pájaro pardusco que volaba encima del Diabluma, un ave mediana, del tamaño de una paloma, que emitía un graznido parecido al canto de las mujeres del páramo. Su presencia los obligó a quedarse. Era la primera vez que veían a un ave penetrar la vastedad del subsuelo, pero también que escuchaban un canto animal expandirse y amplificarse en todas las esquinas de sus conciencias.

«¡Vámonos ya!», rogó Hugo al borde del llanto.

Querían irse y, sin embargo, algo los sujetaba al peligro, una curiosidad que crecía junto a su deseo en el miedo.

El dios de la máscara quemada bailaba con los pies desnudos y las manos sucias. Su danza era desconocida, de movimientos bruscos, contorsiones y espasmos irracionales. No se asemejaba en nada a la del Diabluma de la fiesta del poblado, aunque ninguno de los niños hubiera sabido explicar por qué. «El primer baile ocurre en el útero materno», cantó el chamán esa mañana caminando como si estuviera bajo el río. «Los cuerpos guardan en su interior el pulso del universo: los latidos del corazón del sol». Les sorprendía que existiera un pájaro volando por debajo de la tierra, que los huesos del Diabluma se iluminaran y se apagaran con cada salto, que el miedo estuviera lleno de deseo. «Toda danza es oscura porque es recóndita». «Toda danza es un renacimiento».

El falso Diabluma comenzó a respirar con la fuerza de la montaña. Su cuerpo atravesado por la gravedad, inflándose y desinflándose, hizo que Gala se pusiera a cuatro patas y rugiera. «¿Qué haces?», le preguntó Ingrid, pero ella continuó en su rol de animal salvaje. Mene, Max y Belén no tardaron en imitar su ferocidad como si trataran de ganarle al hombre que era un dios una batalla invisible.

«¡Me quiero ir! ¡Vámonos ya!», gritó Hugo llenándose la camiseta de mocos.

Los niños recordaban muy bien el momento en el que escucharon la tiniebla de sus cuerpos. No podían ponerlo en palabras porque no las hubo nunca. Al principio ni siquiera se dieron cuenta: saltaron, gruñeron, buscaron asustar al de la máscara quemada tanto como él los asustaba con su coreografía de contracciones y distensiones, anudamientos y sacudidas. Luego se sintieron agua, oso, rana. Se movieron como en un juego mientras el Diabluma doblaba las piernas y los brazos a un ritmo frenético. Las piedras guardaban la memoria de esa razón esquelética, del sudor y del origen de lo que vendría después.

Más allá, en la profundidad del túnel, una pierna inmóvil descansaba sobre el terreno. Estaba casi tragada por las sombras y, a la distancia, parecía el fragmento de una pesadilla. ■

© Pablo Restrepo Giraldo

JOSÉ ARDILA

1985

José Ardila nació en Chigorodó, en el Caribe (Colombia), y vive en Medellín hace casi veinte años. Creyó desde niño que iba a ser actor, pero terminó estudiando Periodismo y, cuando entendió que no podría ser periodista tampoco, se resignó a escribir y editar ficción. Ha publicado dos libros de cuentos, *Divagaciones en el interior de una ballena* (2012) y *Libro del tedio* (Angosta, 2017). En 2019, con dos amigos, fundó Querida, una productora de cine, para la que ha coescrito los cortometrajes *La herencia* y *Yomaidy, amor* y la película *La cábala del pez*. Trabaja actualmente en su primera novela.

JUANCHO, BAILE

José Ardila

Vivía en Calle Estrecha un idiota.

Pasaba en las mañanas muy temprano por el frente de la casa y regresaba al final de la tarde, cargando regularmente un bulto en exceso pesado para cualquier ser humano.

Era idiota y grande y feo.

Y reaccionaba a su nombre y a una instrucción, Juancho, baile, con un contoneo y un balbuceo como de una alegría muy primaria y animal:

Baile, baile, baile, decía.

Y bailaba.

Y luego seguía su camino con la inexpresividad usual de su rostro, como si nada, como si hubiera estado atrapado brevemente en otra dimensión y lo hubiera ya olvidado.

Era chistoso siempre.

Nos reíamos la Íngrid y yo en la acera. Y a veces era ella la que gritaba Juancho, baile y a veces era yo y a veces éramos los dos al mismo tiempo, en un coro involuntario, un Juancho, baile competido y desbocado por la agitación de la carrera desde la sala hasta la acera, desde el baño hasta la acera, desde el cuarto hasta la acera, porque de repente lo presentíamos llegar o cogíamos en el aire el grito de alguien más –del Julio. O del Topo. O de la Yainer–. Y era ese Juancho, baile, y luego su respuesta, baile, baile, baile, y las risas posteriores, por supuesto, y con frecuencia simultáneas y hasta pretéritas al baile mismo, al grito mismo, a su silueta grotesca, como un eclipse, aconteciendo en aquel firmamento otro que era la esquina de la calle.

De ese tamaño era la expectativa por la llegada del idiota.

Y de esa dimensión, nuestro aburrimiento, el peso de las horas muertas en el pueblo.

Regresábamos de la escuela, nos cambiábamos el uniforme, almorzábamos y nos parábamos en el marco de la puerta o la ventana a ver pasar el día, a verlo retroceder, mejor, hasta que la calle –es decir, el mundo– estuviera en los términos que mamá juzgaba una temperatura razonable. Y así todos los otros niños de la cuadra –la Yainer, claro. Y el Julio. Y el Topo–. Cada uno con la cabeza asomada en el umbral de su mundo impuesto por una línea incandescente.

Cruzar esa línea no era buena idea.

No tanto por el sol sino por mamá y su firme voluntad de no lidiar con las complicaciones que traen los muchachos insolados:

Llevarnos al hospital, por ejemplo.

Soportar los regaños del médico.

Aplicarnos cremas tres veces al día, por dos semanas seguidas.

Bajarnos la fiebre con baños de matarratón.

Socorrernos en el delirio de medianoche.

Excusarnos en la escuela.

Presionar para que nos desatrasáramos luego de las lecciones y las tareas perdidas.

No era posible estar seguro del castigo si mamá nos sorprendía jugando a pleno sol, apostando a dar primero la vuelta en bicicleta a la manzana, por ejemplo –con el Julio. Con la Yainer. Con el Topo. Aunque el Topo ganaba casi siempre y, por lo tanto, correr el riesgo en esa apuesta era algo innecesario–. Ni siquiera su estado de ánimo, el de mamá, era una pista suficientemente confiable. Podía estar muy contenta e igual caernos con dos o tres correazos de la nada, en las piernas, en la espalda, en el culo, o podía estar por el contrario muy furiosa o muy triste, con frecuencia las dos cosas, y darnos una advertencia suavecita, inofensiva, casi una caricia: ¿No ven, mijos, que se me queman toda la carita? Y a nosotros nos daba un no sé qué de vacío y de impotencia y nos íbamos para la casa en silencio, adoloridos muy adentro de las carnes, de los huesos, en el tuétano mismo del espíritu, a preferir los tres correazos en donde fuera necesario, que ver a mamá el resto del día en ese estado de ánimo todo peye, como de borde del abismo.

No tenía Juancho quién le cuidara la carita ni quién lo entrara a correazos cuando empezaba a quemarse con el sol. Vivía con su abuela y una tía. La tía cuidaba a la vieja y a Juancho no lo cuidaba nadie. Uno pasaba por su casa y sabía que Juancho estaba adentro porque la voz de la tía –tan de plumas coloridas suspendidas en el aire– revoloteaba entre los muros en un solo cacareo de su nombre: Juancho esto, Juancho lo otro, gritaba, vení para acá Juancho, pedazo de atembao, ayudame a cargar a mi mamá, Juancho, dónde está la plata, Juancho, ¿y querés que nos alimentemos a punta de boleja?, maldito mongolo, ¡Juancho!, ¡Juancho!, ¡Juancho!, es que si yo pudiera trabajar, ¡oíste, Juancho, te ibas demorando!, ¡Juancho!, ¡Señor mío, cuándo será que te lo llevas de mi lado!, ¡Juanchooooooo!, ¿es que estás sordo o es que yo no me hago entender?

La abuela no se oía nunca. Si uno no supiera suficiente –si no se hubiera enterado, por las conversaciones de los grandes, de que mucho tiempo atrás la vieja hacía fértil al infértil, secaba los instintos del infiel y destruía rivales por encargo a punta de rezos y yerbas traídas del Chocó–, hubiera podido pensar incluso que llevaba la vida entera muerta. Era una cosa silenciosa y quieta, que veía uno en la sala de su casa o en la acera o en el patio cuando tenía la puerta abierta. Pero no se le veía nunca desplazarse. Estaba aquí o allá y punto, sin evidencia de haberse movido alguna vez. Imagino que cambiaba de lugar según los ánimos de la tía: una mujer despelucada, gigante, no tan gigante como Juancho, pero más aterradora. Nosotros –con el Topo. Con la Yainer. Con el Julio– toreábamos a la tía en nuestras noches de más aburrimiento. Golpeábamos un balón contra la fachada, por ejemplo, y aquello era siempre como provocar a un perro bravo. Emergía armada con escobas, con piedras, con agua hirviendo y hasta con mierda recién cagada, y la sentíamos detrás de nosotros a una velocidad que no encajaba con su cuerpo y que lo hacía todo más divertido, más genuina actividad de alto riesgo, y su voz aguda, muy aguda, siempre charra, ja, respirándonos en la nuca, bandidos, decía, bandidos, a joder con la chocha de su abuela, jajaja, delincuentes, pa meterlos presos o mandarlos a pelar. ¡Upa!, le gritábamos, ya habló la dura del barrio. Y entonces la tía de Juancho apalancaba su par de chanclas en la tierra y embestía con mucha más potencia, pero la traicionaba pronto su gordura, su ímpetu de tractomula vieja, y la íbamos dejando a distancias cada vez más seguras, con el corazón en plena revolución por el terror y la adrenalina de haber sobrevivido nuevamente a esas fauces, a esas dentelladas salivantes y nos volvíamos y la veíamos jadear, furiosa, frustrada por no poder matar muchacho, por no poder partirnos el pescuezo, yo los cojo, decía, ¡jua!, un día de estos los cojo, y van a ver, pelaos malparidos.

Qué risa.

Eso más o menos sabíamos de la familia de Juancho.

De lunes a domingo, como el sol mismo, salía el idiota en las mañanas y se guardaba en la tarde, con la piel brillante y vaporosa de tanto jornalear. Más negra que la piel del Julio y de la Yainer. Más negra que la de su tía y la de su abuela. Negra como la de ningún negro conocido. Negra como el tronco que ha ardido toda la noche en el incendio.

Insolado, probablemente.

Delirante cada noche, imagino.

Sin hospital.

Sin regaños del médico.

Sin cremas.

Sin baños de matarratón.

Curado, cada vez, en el transcurso de las horas nocturnas, a punta de la cantaleta desvelada de la tía.

Había estado Juancho siempre ahí, como otras tantas cosas de los pueblos, como la iglesia, como el río, como el árbol más grande del parque. Cuando mamá tenía nuestra edad, salía a la puerta de su propia casa a gritarle Juancho, baile a Juancho y se reía como nosotros, y Juancho respondía baile, baile, baile, y bailaba y continuaba su camino como si no hubiera sucedido nada.

Todo idéntico.

Y lo hacían también los diez hermanos de mamá.

Y sus primos.

Y la gente que había vivido desde siempre en Calle Estrecha y en cada calle en la que Juancho tuviera algún asunto. Lo hacía don Jairo, el de la tienda, cuando era niño. Y doña Brunilda, la testigo de Jehová. Y don Wilson, que manejaba el camión de Coca Cola. Y los vendedores de la plaza de mercado donde Juancho iba a bultear unas horas cada día. Y los papás del Julio y también los de la Yainer. No lo hacían los papás del Topo, por supuesto, porque llegaron desde la ciudad ya muy demasiado tarde y se creían, los papás del Topo –y el Topo mismo, a decir verdad–, mejor gente que nosotros. Les parecía todo lo de acá severa salvajada. Las calles polvorientas. La bulla. El clima. Para el Topo nunca había correazos si jugaba en pleno sol. En cambio, desde la puerta de la casa, le decía su mamá –le cantaba, mejor–: Mi amor, éntrate ya. Vida mía, mañana vas a amanecer enfermo. Te pido, por favor, corazón, que reflexiones sobre en qué te equivocaste y luego conversamos. Qué iban a entender ellos la belleza de un Juancho, baile bien gritado. Y luego el valor de lo demás. De que Juancho detuviera la marcha en ese instante, por ejemplo. Su gesto profundamente tonto y abstraído. Y que dijera: baile, baile, baile. Y que bailara, en efecto. Y que luego siguiera su camino. Y así mismo, hacia atrás, por cuatro generaciones mal contadas.

Juancho a los cuarenta: baile.

Juancho a los treinta: baile.

Juancho a los veinticinco: baile.

Juancho a los dieciséis: baile.

Baile, baile, baile.

Puede suponer uno que ya había algún niño en este pueblo diciendo Juancho, baile cuando Juancho era muy pelao, pero no ha sabido nadie nunca quién se lo dijo la primera vez de todas. Quién activó ese oculto mecanismo, y bajo qué circunstancia, y vio cómo funcionaba y luego divulgó el hallazgo poco a poco y fue heredado de padre a hijo y de padre a hijo y de padre a hijo hasta que llegó a nosotros, hasta esa exacta imagen de la Íngrid y yo y la Yainer y el Julio e incluso el Topo apostados en la acera, atentos al lentísimo retroceso del sol.

Como nuestra casa estaba casi al principio de la calle, podíamos ver llegar a Juancho antes que nadie, antes que el Julio o la Yainer o el Topo, que decía con frecuencia, y tenía cierto grado de razón, que veía mejor que cualquier otro, que la Íngrid, que el Julio, que la Yainer, que yo, que cualquier otro de la cuadra, del barrio, del pueblo entero, y corría mejor que nadie también y saltaba más alto que cualquiera y que hasta en Medellín la tenían difícil pa ganarle y que un día sería más fuerte que Juancho incluso, pero no para cargar bultos de leña o de banano o de mercado, sino para ser medallista olímpico y futbolista famoso.

Le creíamos la Íngrid y yo casi todo al Topo, excepto lo de Juancho, por supuesto.

No había forma de que alguien pudiera superar la fuerza del idiota. Solían pedirle cada 31 diciembre que contuviera al marrano para la cena de la cuadra. Y lo hacía Juancho solo. Él solo contra un marrano mono de 150 kilos, por lo bajo. Se aferraba al animal con sus brazos gigantescos y no lo soltaba nunca. Ni cuando lo bajaban del camión ni cuando le apuñaleaban el corazón y el marrano se retorcía con más violencia del puro instinto de no querer morirse ni cuando daba el último espasmo y el último alarido. Una noche se lo dije al Topo: Eso es embuste suyo, mijo, le dije. Embustero. ¿No se acuerda del marrano de diciembre? Haga algo así pues y le creo. ¿Sí ve? Chismoso. Y le dije exagerado. Muestre pues su fuerza, le dije. A ver, muestre. Y como el Topo no decía nada y lo veía yo envenenado de la ira y todos, la Íngrid, la Yainer, el Julio, nos miraban a punto de la risa, a punto de concederme el triunfo, le dije además que era un chicanero, que siempre había sido un chicanero y ya, que chicaneaba con todo, con su casa, con su bicicleta, con Medellín, con su balón profesional recién comprado, su álbum de historia natural, su Nintendo nuevo, sus juegos nuevos, y que no era para tanto, que chicaneaba con bobadas y con mentiras, le dije. ¿Y si era tan bueno vivir en Medellín por qué se vinieron para acá?, le dije. Pues cuenta. Lo creen bobo a uno, verdad. Y ya con todo el mundo en franca carcajada, el Topo respondió después de mucho tiempo: Al menos no tengo cara de chilapo como usted, y me empujó y dio la vuelta para meterse pa su casa y, uf, eso fue como si me encendieran algo quién sabe dónde, muy adentro, muy en un sitio que todavía no comprendo, porque apenas me dio la espalda el Topo, con todo y que no era necesario que yo hiciera nada, con todo y que el Topo estaba indudablemente derrotado, se me quedó un montón en la cabeza su tonito de soy mejor que vos, soy más inteligente que vos, soy más blanquito que vos, tengo una vida mejor que la que tenés vos y, de paso, una mamá mejor que la tuya. Y como con mamá nadie se mete, cogí una piedra y la lancé y le abrí al Topo la cabeza con una puntería que desconocía por completo; es decir, con una mera suerte de principiante, porque yo no crecería, como el Topo, para ser atleta ni futbolista ni nada demasiado fatigoso.

Y vino todo el drama, por supuesto.

Los gritos.

Gritaba el Topo con el terror de alguien que no ha sido herido nunca.

Gritaban la Yainer y el Julio y la Íngrid y hasta yo mismo me descubrí en ellos, en el reflejo puro de su miedo, gritando con la certeza del castigo que vendría. Con la obligación adquirida de pagarle un Topo nuevo a sus papás.

La sangre.

No tanta como en las marranadas de diciembre, pero suficiente para armar tremendo escándalo.

Su cabeza toda roja, empantanada.

Los vecinos.

Su desvergonzado afán de novedad.

Doña Brunilda:

En el santo nombre de Jesús, nuestro señor.

La mamá del Topo:

Pero qué te ha sucedido, corazón. Respira. Tranquilo. Cuéntame. Qué es lo que te han hecho.

Y mi mamá.

Sus ojos a medias tristes, a medias furibundos, brillando en la pequeña multitud. Silenciosa en esa plena algarabía.

Salvo para la escuela, no salimos de la casa por casi dos semanas.

Nada nos fue prohibido, en realidad.

Pero mamá se paseaba de la cama a la cocina y de la cocina a la máquina de coser y de la máquina al baño, sin dirigirnos la palabra.

La comida estaba ahí.

Siempre.

Los uniformes de la escuela, limpios y planchados cada madrugada.

Pero había anulado mamá nuestra presencia como quien saca de su vida a un par de traidores.

Y era cierto, en algún sentido: quizás la había traicionado.

Yo.

A mamá.

Solo yo.

En la oscuridad sofocante de las noches, la oíamos llorar.

Yo decía: Íngrid...

Y la Íngrid respondía: Sí...

Y no hacía falta que nos dijéramos nada más: mamá tenía roto el corazón. Y nuestro deber era llorar con ella hasta que llegara la mañana o se quedara dormida. Lo que sucediera primero.

Ahora veíamos pasar el mundo desde la puerta o la ventana, sin ánimo de mucha cosa. Ni siquiera de decirle Juancho, baile a Juancho. Ni siquiera de reírnos cuando la Yainer o el Julio lo gritaban, un poco mecánicamente, un poco como por no dejar, como por no perder la tradición. Y era en consecuencia un baile, baile, baile vacío, muy vacío. Despojado de propósito.

¿Jugamos ponchado?, nos decían luego.

Y nosotros respondíamos que no.

Que no podíamos.

Que mamá no nos dejaba.

Pero era mentira, desde luego. Mamá veía en el televisor la telenovela con la intacta dolorosa indiferencia de los últimos días.

Y entonces nos dedicábamos Íngrid y yo por horas a mirarlos –a la Yainer y al Julio– mientras se lanzaban y evadían una pelota triste, en la más triste ejecución de un juego desde que este mundo triste fue creado.

Al Topo lo devolvieron del hospital aquella misma noche. Supimos que le habían puesto cuarenta y dos puntos exactos. Y lo respetamos un montón por eso, a decir verdad. Qué duro, dijimos. Y a cada quien lo que merece.

No lo dejaron salir tampoco, desde luego. Imagino que se pasaba los días frente al Nintendo, probando los juegos nuevos encargados por familiares de Medellín a otros familiares de la USA. La mamá pasaba por el frente de la casa con la cabeza erguida y con la mirada fija por allá, lejos, muy quién sabe dónde, un lugar en todo caso en el que no existíamos ni la Íngrid ni yo ni mamá ni Calle Estrecha ni el barrio ni este pueblo inmundo en el que le tocó vivir después de toda una vida en la ciudad.

En el día trece del encierro, sin embargo, justo después de la hora del almuerzo, vimos la cara tímida del Topo emerger por la ventana de su casa.

Era el día más caluroso del año. Hacía un sol vertical y tan intenso, que deformaba la visión de las cosas a unos pocos metros. La Íngrid y yo nos asomamos a la puerta más con el anhelo de pescar una brisa repentina que con las ganas de ver nada, en realidad. Supongo que por eso estaba el Topo ahí también, después de tanto tiempo, y que por la misma razón estaban la Yainer y el Julio asomados en sus propias puertas y ventanas. Y todavía varios vecinos más abanicándose el hervor de la tarde en las pocas aceras con techo de la cuadra. Olisqueábamos la calle, derretidos en el umbral de nuestras casas, como perros débiles y hambrientos que esperan, resignados, el momento de su muerte.

Y así se nos fue el resto del día.

Desvanecidos en aquella fiebre ajena a nuestros cuerpos.

Conectados por esa especie de insolación universal.

Sin cremas.

Sin regaños del médico.

Sin baños de matarratón.

Sin mamá que atendiera los delirios.

Cerca al final de la tarde, nos miramos el Topo y yo por primera vez.

Fue un gesto simultáneo.

Instintivo.

Animal.

La Íngrid, la Yainer y el Julio tardaron mucho más en reaccionar.

Salí a la acera.

También el Topo.

Y nos quedamos ahí parados.

Como en una peli de vaqueros.

Nada más era necesario.

El idiota dobló la esquina unos segundos después. Venía cargado con un bulto tan pesado, que, aunque avanzaba con firmeza, acentuaba cada paso con una precaución inusual. Yo di el primer disparo: Juancho, baile, dije. Grité. Salté a la calle. Y Juancho se detuvo, desde luego, y dijo: baile, baile, baile. Y bailó. Y siguió luego su camino. Y cuando empezaba a sentirme satisfecho, el Topo cayó casi de inmediato: Juancho, baile, dijo. Y Juancho se detuvo nuevamente, por supuesto. Y respondió: baile, baile, baile. Y bailó, con la torpeza que le permitía el peso en sus espaldas. Con la rotunda expresión de su idiotez mezclada con un lejano gesto de cansancio. Juancho, baile, dije. Y Juancho bailó otra vez para nosotros. Y dijo baile, baile, baile. Y luego emprendió la marcha nuevamente. Pero Íngrid gritó desde la acera: Juancho, baile. Y por ahí se fue más o menos todo. Seguimos cada paso de Juancho a lo largo de la calle. Baile, baile, baile, decía.

Y bailaba. Y a veces era la Yainer la que decía Juancho, baile, y a veces el Julio y a veces el Topo y a veces yo y a veces la Íngrid. Y así. Y reíamos. Y gritábamos con una febril excitación. Como con el sol mismo ardiendo muy adentro, insolándonos el alma. Éramos felices por primera vez en trece días y lo sabíamos. Juancho bailaba para nosotros, para Calle Estrecha entera, mejor. Porque fuimos oyendo, mientras se agotaba del todo la luz del día y luego, mientras avanzaba la noche, las voces de vecinos celebrando. El paulatino florecer de una fiesta. Baile, baile, baile. No nos separamos del idiota. Atropellábamos las órdenes. Decíamos al tiempo Juancho, baile o Juancho no terminaba de bailar y ya alguien más estaba dando una orden nueva. Y Juancho no sabía qué hacer con esas voces superpuestas. Y bailaba, claro, pero volvía a empezar al instante. Entonces ya no decía baile, baile, baile, sino que se alargaba hasta, imagino, saldar las deudas mentales de los Juancho, baile dados uno tras de otro, baile, baile, baile. Baile, baile, baile. Baile, baile, baile… y luego intentaba seguir con su camino y a veces avanzaba unos pocos centímetros, pero ya alguno de nosotros estaba listo con un Juancho, baile diferente. Lo hicimos ya no sé por cuántas horas. Acompañamos a Juancho todo el recorrido, desde el principio de la calle hasta su casa, y le seguimos diciendo Juancho, baile incluso cuando caía, y aquello era realmente novedoso, porque no sabíamos que Juancho tuviera la capacidad innata de caer, no sospechábamos su debilidad. Y ahí, mientras estaba de rodillas, el bulto que cargaba apenas sostenido, aferrado a las espaldas de Juancho más por una suerte de obstinación o de costumbre, le decíamos Juancho, baile, y Juancho bailaba, por supuesto, y decía baile, baile, baile, con su profunda expresión de estar en otro lado o de querer estarlo al menos, y cuando trataba de levantarse le pedíamos de nuevo que bailara y él obedecía, por supuesto, obedecía incluso tendido plenamente en el polvo de la calle, baile, baile, baile, tan su apariencia de marrano apuñaleado, tan últimos espasmos y finales alaridos. Pero nosotros no nos detuvimos incluso en ese momento. Le decíamos Juancho, baile. Y él murmuraba baile, baile, baile, y se movía como bien se lo permitía la fatiga. Y se lo seguimos diciendo también cuando apareció la tía furibunda e intentó levantarlo a cantaleta, ¿te vas a dejar joder la vida, pendejo?, le decía, ¿no ves que sos más grande?, ¡levantate, Juancho, no me hagás pasar penas con la gente!, le gritaba. ¡Levantate, que mi mamá te está esperando! Y cuando entendió que no podía levantarlo, quiso ir decididamente por nosotros, porque no parábamos de decirle Juancho, baile a Juancho nunca y Juancho no paraba de bailar ahí tirado, como estaba. Bailaba con los estremecimientos de una convulsión. Todo francamente charro. Muy eléctrico. Muy de pez fuera del agua. Entonces nos turnábamos, la Íngrid, el Julio, la Yainer, el Topo y yo. Nos escurríamos por entre los brazos de la gorda, esquivábamos sus proyectiles chanclas, sus escobazos, sus pedradas, y ja, la risa de todo el mundo, del Topo, de la Yainer, de la Íngrid, del Julio, de todo el mundo, ja, de doña Brunilda, la evangélica, de don Jairo, el de la tienda, de don Wilson, el del camión de Coca Cola, de los papás del Julio, de los papás de la Yainer, hasta de los papás del Topo, ahí parados, con sus risitas estreñidas, pero peor es nada, nos dijimos, y lo mejor: la sorpresiva sonrisa de mamá, allá, lejana todavía, pero evidentemente divertida. Nos había perdonado. Y eso fue mera alegría pa nosotros. Para mí. Para la Íngrid. Porque la Íngrid y yo nos entendíamos en el secreto canal de los hermanos. Y nos mirábamos. Y nos reíamos a carcajadas mientras evadíamos a la tía de Juancho. Y ese sol de adentro brillaba, quemaba, como una supernova. Y bailábamos entonces con una especie de cancioncilla compuesta sobre la marcha, improvisada, con las instrucciones a Juancho. Con los Juancho, baile que decíamos. Juancho, baile, cantábamos. Baile, baile, baile. Juancho, baile. Baile, baile, baile. Juancho, baile. Baile, Baile, Baile. Y lo hubiéramos seguido haciendo, hubiéramos bailado y cantado y reído por el resto de la noche y en el proceso hubiéramos también cansado a la gorda, hasta que ya no pudiera ella moverse tampoco de tanto perseguirnos, de tan reducida, de tan consumida, de tanto bailar a nuestro ritmo, de tanto exponerse al fuego estelar que salía de nosotros. No hubiéramos parado, mejor dicho, si no fuera porque la abuela de Juancho apareció ahí, en mitad de todo, intacta en la viva llamarada, como aparecía en la sala de su casa o en la acera o en el patio: sin que nadie la advirtiera.

Nos detuvimos entonces.

Y luego nos callamos.

La abuela al pie de Juancho.

Inesperadamente alta.

Sin indicio alguno de enfermedad.

Juancho, quieto. Muy quieto. Murmurando todavía algunos baile, baile, baile. Blanco de tanto revolcarse en el polvo de la calle. Más blanco que el Topo y su papá y su mamá. Más blanco que ningún blanco conocido.

Y cuando estuvo la cuadra entera en el silencio más absoluto de su historia, paralizada por un miedo que creían los grandes ya olvidado, escuchamos la voz adolorida de la vieja: un llanto menudito, primero, transformado poco a poco en un ulular de selva virgen.

Pleno.

Omnipresente.

Reverberante en cada muro.

En cada mueble.

En cada cuerpo de la cuadra.

Parecía el lamento por todas las caritas quemadas por el sol desde el inicio de los tiempos.

Entonces, aferrados al más elemental de los instintos, retrocedimos sobre nuestros pasos hasta las puertas de las casas.

Y quedaron allá.

Ellos.

Distantes.

Solos.

La gorda casi desmayada.

La vieja recogida, abarcando con sus brazos largos, larguísimos, el cuerpo entero del idiota.

Y luego ya no pudimos verlos, por supuesto.

Porque puerta.

Porque muros.

Porque orden de dormirnos de inmediato y luces apagadas.

Pero oímos a la vieja hasta la primera luz del día siguiente y dudo mucho que alguien en Calle Estrecha hubiera sido capaz de dormir tranquilamente, de ignorarla, de dormir de cualquier forma.

Nadie volvió a ver a Juancho pasar por el frente de su casa.

Dicen que le cogió terror a la calle.

Que la abuela no hubiera resistido exponer de nuevo a su muchacho.

Que el idiota no terminó nunca de decir los baile, baile, baile que le quedaron pendientes. ■

PAULINA FLORES

1988

Paulina Flores nació en Santiago de Chile. Es licenciada en Literatura Hispánica. Su libro de cuentos *Qué vergüenza* (Seix Barral, 2016) obtuvo el Premio del Círculo de Críticos, el Municipal de Literatura y fue traducido al chino, turco, inglés, italiano, japonés e indonesio. *Isla decepción*, su primera novela, será publicada el 2021. «Buda flaite» corresponde al «Capítulo primero» del libro en el que actualmente trabaja. Estudia y vive en Barcelona. Capricornio.

BUDA FLAITE

Paulina Flores

Ahí estaba, caminando por el Parque de los Reyes, a un ritmo de paso tranquilo, aunque sin perder la fixa. Con la mano izquierda hacía girar un spinner fucsia y en la derecha sostenía una hamburguesa a la que cada tanto daba un mordisco. Desde su celular sonaba «Bendiciones» de Bad Bunny. El volumen era el preciso como para no molestar a nadie, y al mismo tiempo, dar buena vibra si alguien la necesitaba. «Estoy aquí», afirmaba irrevocablemente la música –cualquier música, siempre–, y el peso del otro celular en su bolsillo, el iPhone robado, secundaba aquella voluntad.

«No quiero choriar, pero tengo que hacerlo», se repitió antes de perpetrar el robo, y quienes acompañamos ahora su aventura, le creemos. Todavía faltan un par de páginas –aunque no muchas– para ahondar en su corazón y reconocer su genuina sinceridad y, en breve, también nos enteraremos de las difíciles circunstancias por las que atraviesa. Pero ahora, es necesario clarificar algunas cosas. En primer lugar, su nombre.

Hablamos de Buda Soto Rojas, aunque la mayoría le llama Buda Flaite y esto incluye tanto a las personas que lo hacen con estima y respeto, como a las que en el pasado persiguieron la ofensa y la herida. Su edad: catorce años recién cumplidos.

En cuanto a su género, podríamos proponer la definición de «no binario», pero la verdad es que Buda no le daba muchas vueltas al asunto –queriendo, quizás, señalar que el solo hecho de categorizar era demasiado cerrado o estático para su persona–. Sabía que la gente le trataba de niño o niña según lo que quisiera ver (proyectando con esto sus propias virtudes, defectos o carencias), así que no se lo tomaba a personal. Y si alguien sentía curiosidad –y/o rechazo– por su singular aspecto y se lo preguntaba directamente con un «¿qué eres?», siempre respondía: «Yo poh –agregando–, tu flaite favorite», si la situación ameritaba coqueteo.

En lo que respecta a su humilde narradora –que también alberga multiplicidad de voces– seguiremos el ejemplo de Buda Flaite y no nos complicaremos la vida: fluiremos por distintos géneros –o por ninguno– cuando nos parezca que sea el caso y se acabó.

Bien, después de conocer estos detalles, podemos verle de nuevo: Buda Flaite con spinner fucsia, hamburguesa (de soya) y celular robado. Una melena azulosa flotaba sobre sus hombros, sus ojos centellaban sin igual y bien fixita: Nike, Puma y Guess del calzado a la cabellera. Todas prendas originales y no robadas (al menos no de su mano, porque eran regalos de su padre). Es cierto que al ser la única ropa de la que disponía, se notaba la falta de varios lavados. Pero esto no menguaba su finura o estilo, y lo mismo con su rostro y manos, ensombrecidas por el piñén: ni la mugre ni la marca de ropa más barata podría arrebatarle su aura principesca. Por eso no es casualidad que, en este preciso instante, recorriera el Parque de los Reyes, parque que los mismísimos reyes españoles regalaran a Chile en honor a los antepasados que financiaron los viajes de Colón, es decir, en honor a la monarquía, y con esto, a ellos mismos. De hecho, ahí estaba la Fuente España, que el matrimonio real inaugurara en su primera visita al país –aunque seca y bastante más alejada de la mano de Dios que en los noventa–. Buda Flaite se echó lo que quedaba de hamburguesa a la boca y corrió para contemplar la composición escultórica de cerca. En un extremo se levantaba la figura de un huaso chileno con chupalla y aires reverentes. Del otro, los propios reyes esculpidos en metal: Sofía de Grecia y Juan Carlos I –hoy acusado de corrupción y autoexiliado en los Emiratos Árabes– saludando al huaso con una mano en alto.

Buda Flaite jugueteó dando vueltas por el interior de la fuente (pasada a pis), luego trepó la columna del centro y volvió a correr en círculos. Antes de alejarse definitivamente del monumento con un brinco, mostró parte de su brillante ingenio dando un wate al rey emérito y, acto seguido, le pegó un sticker de conejo malo, también en la nuca.

Y ya que apareció aquella palabra, wate, es que juzgo oportuno interrumpir el relato –aún a riesgo de alargarnos o sonar demasiado discursivos– para insertar aquí algunas aclaraciones idiomáticas.

Conocido es el hecho de que el dialecto de Chile, y su lenguaje coloquial, no goza de la masiva difusión o popularidad de otros países del continente como México (gracias a las rancheras, telenovelas como *María la del Barrio* y la hegemonía cultural del *Chavo del Ocho*); Colombia (también por telenovelas, Shakira, y desde hace algunos años, merced de reggaetoneros de Medellín); o Argentina (leyendas de la música, el fútbol, el modelaje, la política, el papado, etcétera, etcétera... pretendía hacer un comentario irónico sobre que todo suena mejor con ese tono grave, canchero e indiferente de los trasandinos, pero la lógica pasiva-agresiva me resulta ahora demasiado masculina, así simplemente revelaré la verdad de mis sentimientos: ¡Argentina, les amo!).

El caso es que durante mucho tiempo (sobre todo en la década de los noventa), la ausencia de este y otros espacios simbólicos del poder hicieron que Chile desarrollara un complejo de inferioridad –situación que ha comenzado a cambiar justamente gracias a personalidades como la de Buda Flaite–. Sin embargo, aquel apocamiento no limitó la variedad y riqueza lingüística, muy por el contrario: fue gracias a la escasez de recursos que asentó su gran creatividad expresiva. Pero que vayamos a definir aquí un par de términos no nace del chovinismo, sino con el objeto de –iba a mencionar algunas teorías de la filosofía del lenguaje, pero como no soy muy buena con los conceptos solo diré–: conocer el espíritu y la mente de Buda Flaite a través de sus propias palabras. Además, los tiempos ya no están para el castellano estándar de los capítulos de *Dragon Ball*.

En fin, choriar significa robar. Fixa o fixita es la actualización de «tener flow» o «estar de pana» (este último, importado desde el Caribe para su reinterpretación) en un sentido que es genérico y también específico en cuanto a la vestimenta: porque para transmitir ese «sentirse bien» y esa confianza, necesitamos la mediación de la ropa, el pelo, el maquillaje, etc. Pero no se trata solo de usar marcas caras, sino de tener la capacidad de que la pinta (look) sea una expresión de la propia actitud y seguridad. A modo comparativo, quizás sirva agregar que «estar fixita» vendría a ser la versión más simpática/alegre de «tener pikete». Piñén viene del mapudungun y se traduce como «mugre pegada a la piel». Doméstico –como veremos más adelante– es aquella persona que le roba a los de su misma clase social y pera, o «estar con la pera», es «miedo».

El contenido semántico de flaite es más complejo y merece un par de líneas extras. Como suele ocurrir con todas las grandes palabras, su origen etimológico es oscuro, pero una hipótesis lo ubica en las zapatillas Nike Air Flight: «Este producto habría tenido alta demanda entre los jóvenes de escasos recursos, que comenzaron a llamarlas *flaiters*. De ahí el epíteto para ellos», señala el diccionario de vulgarismos chilenos.

Es cierto que en un principio el término se utilizaba exclusivamente como insulto clasista, pero en los últimos años ha entrado en un proceso de reapropiación al subvertir la narrativa hegemónica por medio de la afirmación en primera persona. O sea, que los y las flaites comenzaron a sentirse orgullosas de serlo. Ejemplo de esto puede verse en el trap «Flyte» (2019) de Pablo Chill-E. No copiaremos aquí versos de la canción (pues es más eficiente y estéticamente placentero que ustedes mismos la busquen en YouTube), pero resulta importante consignar que fue el primer flirteo de Buda con las luces y la fama: con solo doce añitos tuvo una participación estelar en el video clip grabado en Puente Alto, que hoy acumula millones de reproducciones.

Finalmente, wate es un pequeño golpe realizado a mano abierta, similar al movimiento de un látigo, en la parte trasera del cuello o la cabeza.

Ese fue el simpático gesto que tuvo Buda Flaite con Juan Carlos –y que, en alguna medida, nos hace recordar su icónico «¿Por qué no te callas?»– viniendo también con golpecito y sticker a desacralizar la figura del rey y, por añadidura, a la monarquía genocida y al sistema capitalista colonial por entero. ¡Díganme si su carácter no es encantador!

Aclarado esto (ustedes determinarán si es necesario reiniciar la lectura, nosotres lo recomendamos), queda el camino libre para dedicarnos al linaje de Buda Flaite y la directa relación con sus circunstancias actuales. Pero dado que nuestra protagonista –el femenino es a propósito–, tiene un sentido del honor tan alto y no le gustaría que justificáramos ninguno de sus comportamientos con dramas penosos, nos referiremos a esto de la manera más sucinta y objetiva posible, evitando caer en sentimentalismos o condescendencias.

De sus antepasados no se tiene mucho registro –y cuando lo hay, está lleno de espacios vacíos, sobre todo en la línea de sucesión masculina–, pero es bastante probable que hayan sido pobres desde siempre. La madre de Buda, Érika, desapareció poco después de dar a luz y registrar su nombre (esfumándose con esto también los motivos de su peculiar elección, aunque suponemos que la iluminación debió alcanzarla con solo verle abrir los ojos).

Como su padre, Chalo, había encanado («estar privado de libertad en la cárcel») hace poco, Buda quedó al cuidado de unos vecinos de Érika. Dichos vecinos eran conocidos narcotraficantes del sector norte, razón por la que su abuela materna, María, creyó que sería muy difícil pedirles que le entregaran a la criatura. Y lo fue. Pero tras un par de meses, los vecinos, que estaban muy encariñados del bebé (prendados de sus ojos almendrados y del poder que significaba concederle un mejor futuro económico), accedieron a las rogativas de la abuela.

María y Buda se convirtieron en grandes compinches hasta el fallecimiento de la mujer –de ella fue que heredó el gusto por los tangos, las tragaperras («maquinitas de azar de los almacenes de barrio») y programas de televisión como *Caso cerrado*, entre otras marcas profundas de personalidad–. Buda, que entonces tenía seis años, pasó a vivir con su abuela paterna –Chalo seguía en la cárcel–. La anciana resultó ser bastante descortés –por no decir que carecía del más mínimo sentido de la piedad– y pronto entregó a Buda al Servicio Nacional de Menores (Sename), quien a su vez le destinó –condenó– al hogar Galvarino del Bosque.

En la casa compartían más de treinta niñes al cuidado de un par de asistentes –«mamis» y «papis» como los llamaban ellos–. Buda sobrevivió –porque «vivir» sería exagerar– seis años allí. Escapó el día en que unos compañeros tragaron vidrio molido para evitar que uno de los «papis» volviera a abusar sexualmente de ellos. Y lo cierto es que la decisión de huir no se debía tanto a la posibilidad de la violación, como al hecho de tener que obligarse a comer vidrio, o algo peor.

Entre los doce y los catorce años, Buda Flaite erró entre la casa de su padre en Puente Alto (quien había cumplido ¡por fin! su condena); la familia de su media hermana, Camila (de dieciséis años y ya con un hijo de dos), en Quilicura; los variados y no muy elegantes lugares donde solía pasar la noche su otro medio hermano, Mauricio (que en una tarde de angustia por pasta base –droga de bajo costo elaborada con residuos de cocaína, similar al crack– robó el notebook que le había regalado el gobierno –Programa PC Junaeb– por sus buenas notas); y el cómodo departamento en que vivía su tía materna, Isabel (extremadamente sensible con la precaria situación de su sobrine, aunque poco práctica), en el centro.

Por su parte, el Sename también experimentó sus crisis y cambios. Después de que se reportaran 1670 muertes en distintos centros durante los últimos diez años y de las subsiguientes protestas ciudadanas de 2019, el organismo gubernamental llegó a su fin.

Cuando en 2022 Buda Flaite fue detenido por un insignificante hurto en un supermercado transnacional –que incluía un champú barato, dos desodorantes y un par de galletas Oreo–, el Sepin (Servicio de Protección de la Infancia) ya existía.

Inspirado en los centros finlandeses, estos hogares sí que contaban con el personal y las instalaciones adecuadas. Buda quedó bocabierta al ver la amplia y cómoda pieza que tendría que compartir con solo *dos* preadolescentes y que, además de contar con sendos notebooks, tablets y pantallas led, estaba pintada de un lavanda tan versátil como cálido. También le sorprendió lo cariñosas, y bellas, que eran ahora las cuidadoras –en cuyas miradas realmente parecía vislumbrar un atisbo de respeto y consideración hacia su persona–, y que la psicóloga no lo visitara únicamente para recetarle pastillas. De hecho, no le recetó ninguna, y en cambio propuso una terapia de trauma EMDR y diversos talleres (piano, modelado manual de cerámica y natación) impartidos en el mismo hogar.

En fin, con que solo faltaba una montaña rusa y un McDonald's para que fuera la fantasía de cualquier niño en la tierra. Pero por una extraña razón, Buda no terminó por acostumbrarse a esta novedosa perspectiva. Se sintió incómodo –el masculino es intencional–, todavía más incómodo, descompuesto y reprimido que en el hogar Galvarino del Bosque. Y no era el único: a su mejor amiga de tiempos del Sename, la Jesú, le ocurría algo similar. Así fue como tras largas meditaciones decidieron que la única solución era escapar nuevamente. Claro que esta vez no tenía por qué ser a escondidas y por el techo: el Sepin solo les pedía llenar una breve solicitud para salir por la puerta ancha. Pese a lo razonable de la medida, otra vez una misteriosa e irresistible necesidad de peligro les llevó a huir por la ventana, dando como resultado que la Jesú cayera estrepitosamente y se torciera el pie. Acaso fuera cosa del destino que Buda tuviera que partir sin compañía, y tras machetear (mendigar) toda una mañana sin resultados, concibiera el robo (sin querer hacerlo de verdad) de romper la ventana de un auto (con el fin de evitar la intimidación) y extraer los billetes de la cartera que descansaba cándidamente en el asiento del copiloto (aunque antes había tomado la precaución de subir al barrio alto para no ser un doméstico*)*, el celular y el –pese a que la RAE españolizó el termino, en Chile se sigue prefiriendo el francés– *carnet* de identidad.

Bien, dicho todo esto, podemos continuar –¡alabado sea el cielo!– con la acción: al final del parque encontró una gran pista de skateboarding y se sentó en el pasto que estaba cerca. Su intención era examinar el iPhone robado, pero la verdad es que el skatepark le intimidó un poco, un poco mucho, hasta el punto de bajar el volumen a la canción «Hablamos mañana» que sonaba desde su bolsillo y que proclamaba explícitamente –aunque no reproduciré aquí las palabras exactas para no meterme en un problema con derechos de autor– que todo el mundo debía hacer lo que quería sin otro motivo más que el de querer hacerlo (¿paradoja?, sólo juguemos a yo también estoy bajando el volumen). El apocamiento de Buda no se trataba de algo relacionado con las clases, pues, por fortuna, hace tiempo que en Chile el skate había dejado de ser un pasatiempo de ricos (con su consecuente mejora en el rendimiento del deporte). Lo que le cohibía eran las atractivas vestimentas de patinadores y patinadoras. Claro que bastó un par de minutos para concluir que con tantas caídas y piruetas debían estar igual de sucios, transpirados y hediondos. Y también pensó que podía ser oportuno: tal vez la energía adolescente que desprendían en la práctica le ayudara a subir la moral: al verles entrar, girar y salir del bowl le dio la impresión de que buscaban esa sensación de montar una ola y resultaba tan hermoso y natural, tan poco dramático –las curvas nunca lo son– que hasta le dieron ganas de aprender a deslizarse sobre una tabla. Además, ya que no tenía donde ir, lo mejor sería no sentirse sola.

La pista estaba grafitiada por entero, y bajo un A.C.A.B. hecho a la rápida encontró el rayado icónico de la insurrección del 2019: No + Sename. Quizás fuera por sus emociones de media tarde, pero le pareció que la pintura seguía fresca.

Buda Flaite también había participado en las protestas, pero ahora se arrepentía... No, no se arrepentía, ¡Cómo se iba a arrepentir de clausurar al demonio devorador de almas! Era otra cosa, solo que ahora no podía entenderlo (esto se lo dijo en voz alta, como solía hacer cuando la abordaba la inspiración). «Es otra cosa, solo que ahora no puedo entenderlo», repitió y entonces dio con los ojos de un skater que estaba en el borde del bowl más alto. Por su semblante asustadizo, debía tratarse de un principiante y miraba el desnivel que le esperaba como si se tratara de un rascacielos. Pero no puede hacerlo con miedo, algo así meditó Buda: el miedo es tu peor enemigo. Lo que se dijo en voz alta fue: «Voh dale: siempre con la fixa y nunca con la pera».

–¡Amiga! –le gritó a una patinadora que justo pasaba cerca– ¿Tení un cigarrito?

Ella le miró en el pasto. Buda notó que tenía las cejas decoloradas y también que titubeaban casi imperceptiblemente, por un instante.

–Tabaco –respondió la chica.

Buda hizo un gesto con la cabeza que parecía decir: «Dele con to' no má».

Mientras sacaba los implementos, la patinadora le preguntó cómo se llamaba.

–Buda, ¿y tú?

–¡¡Waaaaa!! ¡De pana! –expresó ella con una sonrisa, y sintiendo una atracción instantánea, pasó a sentarse a su lado–. Yo me llamo Azul.

–¿Azul como el cielo? –soltó con picardía.

–No, como el mar.

–¡Chaa!

Pasaron un rato formidable fumando tabaco, y un poco de marihuana, que les sumió en un estado de balsámico contento, muy a tono con los dorados rayos que por esas horas homenajeaban las escasas porciones de hierba del parque. Luego se dedicaron a charlar de los temas más profundos, interesantes y divertidos que puedan imaginarse. No de información o datos –que si Elon Musk esto, Pfizer aquello o los centennials vs millennials... que va repitiendo la gente, ya no para sonar ingeniosa sino para tener algo que decir y que solo revelan (como es bien sabido) el desagradable y enfermizo vicio por procesar y acumular (basura)–, se concentraron en obtener su propia información, abarcando precisamente lo que tenían al frente, aquella fina dimensión humana, y compartieron emociones genuinas –un torbellino de ellas– y sus propias experiencias de vida que les llenaron el corazón de un regocijo inmenso y les hizo mirar el mundo a través de la única verdad. Rieron hasta quedarse casi sin aliento y fue como si estuvieran almorzando un plato de legumbres, porque les hizo sentir muy fuertes, de esa fuerza que se deja ver y que te grita: «¡Es verano!». Mientras escuchaba a Azul, Buda Flaite pensó en las sincronías, pensó en que, tal vez, todo lo que le había pasado a lo largo de sus catorce años venía a completar su sentido en el encuentro y la conversación con la patinadora de cejas decoloradas. Y lo valía.

Dos horas después, la chica se alejó en su skate y Buda volvió a quedar a solas con sus motivos.

Todavía quedaba el asunto del celular robado, que milagrosamente seguía activo, así que buscó el carnet de identidad que también había sacado de la cartera. Por la foto, parecía una mujer bastante joven: Elisa Aguirre, rubia y blanca, nacida un 31 de diciembre de 1994. «Capricornio», dedujo Buda, y pasó a desbloquear el iPhone con los dígitos del año de su natalicio. Erró en el primer intento y probó entonces con el segundo tipo de contraseña que más funcionaba: mes y año. La pantalla se liberó mostrando el dibujo de un pegaso en vuelo, como fondo. «Interesante», juzgó, y a continuación pasó a tomarse un par de selfis, porque la cámara del celular era muchísimo mejor que la suya.

Mientras se enviaba las fotos por bluetooth, oyó un ruido chirriante que detuvo los latidos de su corazón. Al levantar la vista, vio al encargado de la basura juntando las botellas de cerveza y jarabe que poblaban el suelo para tirarlas a un cubo grande. De allí venía aquel sonido áspero que le hizo tragar saliva y recordar los vidrios que sus compañeros molieron con piedras antes de llevárselos a la boca. El vidrio, un material duro y frágil a la vez, transparente, tal como los niños y niñas del hogar. De su hogar, pensó. Cuerpos triturados, sobras.

Le entró la penita por la garganta y volvió a estremecerse de puro miedo. Pero dado que en su naturaleza no estaba esconder sus emociones, dio siete brincos y soltó siete palabrotas, aunque más chistosas que ofensivas.

Después de estallar de rabia y vitalidad, se dijo: «Cuerpos para desechar no, *reciclables*». Porque debía mantenerse optimista, tenía que hacerlo: era más una responsabilidad que simple esperanza. Con el mismo propósito en mente, abrió YouTube y puso play al primer video. Era la presentación de un cantante gringo. Tenía el rostro maquillado como si hubiera recibido una paliza, pero bailaba sobre la tarima triangular de un balcón enorme en un rascacielos de Manhattan. Un helicóptero lo rondaba y su sonido vigilante, más el efecto de las luces y las tomas circulares del dron, le hicieron sentir vértigo. El hombre cantó (estoy parafraseando don Tony Sal) sobre que, tal vez, ella podía enseñarle a cómo amar. Y cuando las decenas de fuegos artificiales comenzaron a subir del agua para explotar soberbiamente en el cielo nocturno, Buda Flaite sintió como si estuviera a punto de tener un derrame cerebral.* Los pelos del brazo se le erizaron y sonrió sin darse cuenta.

En la estrofa final, el cantante repetía que se estaba quedando sin tiempo, así que Buda también salió del éxtasis que le había hecho olvidarse de sí misme, para recordar lo verdaderamente importante: aún debía reducir (vender) el iPhone que tenía en la mano.

Solo le quedaba una cosa más por hacer. Porque algo que le gustaba de robar celulares –además de la labor ecológica y redistributiva asociada– era que podía escarbar y meterse por un ratito en las vidas de sus propietarios. En la carpeta de fotos encontró cientos de selfis e imágenes de pinturas y, ya que la misma mujer joven del carnet salía a veces con pincel en mano, debían tratarse de sus obras: una artista.

Los cuadros eran composiciones de pastelitos, flores y botellas –primaba el rosado– aunque de vez en cuando también aparecían frascos de mayonesa o Nutella, una lata de Coca-Cola y navajas tiernamente amenazadoras. Le gustaron y encontró más selfis y capturas de dibujos animados japoneses. Selfis y fotos de un niño rubio. El niño dibujando, leyendo y con un gato. Ambos abrazados. Tal vez sea su hijo, pensó habiéndose hecho ya una idea de quién era aquella ca-

*

pricornio. Y entonces, pasó a lo que realmente le interesaba: las notas de voz.

Resultaba increíble y maravilloso lo mucho que se grababan las personas con el celular: pensamientos, sueños, ideas para un negocio o para una película, voces emocionadas, en desvelo y nostálgicas, solitarias.

En el primer audio, las voces de madre e hijo. Hablaban sobre un problema doméstico. No, sobre una dificultad escolar. «Es que la miss de inglés me tiene odio, rabia de verdad», decía el pequeño. «¿Odio, Pablo?, esa es una acusación muy grave», respondía ella.

Buda Flaite se llevó el celular al oído para escuchar más de cerca, como si se tratara de un secreto.

«Si siempre me está retando y yo no hago nada. La otra vez le dijo al Ignacio que no se tenía que juntar conmigo», argüía Pablo con la voz ahogada.

«Pero Pablo…».

El niño se ponía a llorar y con la vocecita gangosa seguía explicándole toda la mala que le tenía la miss de inglés.

«Pero Pablo», repetía la madre y, por su tono, se notaba que se contenía la pena para sonar firme y, también, que se aguantaba la risa y la ternura que le producía la congoja de su hijo (que debía ser la razón por la que lo grababa a escondidas en primerísimo primer lugar), «trata de poner un poquito más de ti. Yo hablé con la miss y ella quiere ayudarte, todos queremos ayudarte. Pero yo no puedo estar yendo al colegio día por medio».

La nota de voz terminaba con una promesa: el niño iba a portarse mejor y la mamá hablaría con la profesora para pedirle más comprensión y paciencia.

«Yo sé que es porque sabes inglés y te aburres», lo animaba ella, «te quiero mucho».

Buda Flaite guardó el celular y se quedó un momento escuchando el ruido de las patinetas al deslizarse por el cemento. No, no suenan como las olas.

–Te quiero mucho –repitió para sí, muy bajito.

A continuación se puso de pie.

El trafico comienza a espesarse y la basura orillada del río Mapocho a lucir más fea –acaso más peligrosa–, pero todavía quedan unas pocas horas de luz. Buda Flaite dio media vuelta y avanzó de modo decidido y capaz: primero vender el iPhone, luego buscar un lugar donde pasar la noche.

Nosotres le seguimos. ■

MICHEL NIEVA

1988

Michel Nieva nació en Buenos Aires (Argentina). Estudió Filosofía en la Universidad de Buenos Aires y actualmente es becario doctoral y docente en la Universidad de Nueva York. Es autor del poemario *Papelera de Reciclaje* (Huesos de Jibia, 2011) y de las novelas *¿Sueñan los gauchoides con ñandúes eléctricos?* (Santiago Arcos, 2013), *Ascenso y apogeo del Imperio Argentino* (Santiago Arcos, 2018) y, el más reciente, *Tecnología y Barbarie. Ocho ensayos sobre monos, virus, bacterias, escritura no humana y ciencia ficción* (Santiago Arcos, 2020). Además, escribió el guion del videojuego *Elige tu propio gauchoide* (https://www.pungas.space/gauchoide/). Tradujo del griego antiguo los *Fragmentos* de Heráclito y una *Antología de escritoras griegas*, y del inglés cuentos de William Faulkner, Ángela Carter, James Tiptree Jr., y Philip K. Dick, entre otros. El siguiente relato inédito forma parte de una obra más extensa aún en preparación, que transcurre en el siglo XXIII en las playas caribeñas de la Antártida y La Pampa.

EL NIÑO DENGUE

Michel Nieva

1

Nadie quería al niño dengue. No sé si por su largo pico, o por el zumbido constante, insoportable, que producía el roce de sus alas y desconcentraba al resto de la clase, lo cierto es que, en el recreo, cuando los chicos salían disparados al patio y se juntaban a comer un sánguche, conversar y hacer chistes, el pobre niño dengue permanecía solo, adentro del aula, en su banco, con la mirada perdida, fingiendo que revisaba con suma concentración una página de sus apuntes, para disimular el inocultable bochorno que le produciría salir y dejar en evidencia que no tenía ni un solo amigo con quién hablar.

Se corrían muchos rumores sobre su origen. Algunos decían que, por las condiciones infectas donde vivía la familia, en un rancho con latas oxidadas y neumáticos en los que se acumulaba agua de lluvia podrida, se había incubado una nueva especie mutante, insecto de proporciones gigantescas, que había violado y embarazado a la madre, luego de haber matado a su marido de una forma horrenda; otros, en cambio, sostenían que el insecto gigante habría violado y contagiado al padre, quien, a su vez, al eyacular adentro de la madre, habría engendrado a ese ser inadaptado y siniestro y que, al verlo recién nacido, los abandonó a ambos, desapareciendo para siempre.

© Catinga (Gustavo Guevara)

Muchas otras teorías, que ahora no vienen al caso, se comentaban sobre el pobre niño. Lo cierto es que, cuando sus compañeritos, ya aburridos, reparaban en que el niño dengue se había quedado solo en el aula, haciendo que hacía la tarea, lo iban a molestar.

–Che, niño dengue, ¿es cierto que a tu mamá la violó un mosquito?

–Eu, bicho, ¿qué se siente ser hijo de la chele podrida de un insecto?

–Che, mosco inmundo, ¿es cierto que la concha de tu vieja es una zanja rancia de gusanos y cucarachas y otros bichos y que por eso de ahí saliste vos?

Inmediatamente, las antenitas del niño dengue empezaban a temblar de rabia y de indignación, y los pequeños hostigadores se escapaban entre risotadas, dejando de vuelta al niño dengue solo, sorbiendo su dolor.

No era mucho más agradable la vida del niño dengue cuando volvía a su casa. Su madre (él juzgaba) lo consideraba un fardo, una aberración de la naturaleza que la había arruinado para siempre. ¿Una madre soltera, con un hijo? Bien, criar un hijo sola es difícil, pero al cabo de los años, el niño dará satisfacciones a la madre, que justificarán con creces su esfuerzo, y eventualmente el niño será un joven y después un adulto, que podrá acompañar y ayudar y mantener económicamente a la madre, quien, ya mayor, recordará con nostalgia el hermoso pasado compartido y se llenará de orgullo por los logros de su primogénito. ¿Pero un hijo mutante, un niño dengue? Este es un monstruo que habrá que alimentar y cargar hasta la muerte. Un extravío de la genética, cruza enferma de humano e insecto que, frente a la mirada asqueada de propios y ajenos, solo producirá vergüenza, pero que nunca, jamás de los jamases, dará ni un logro, ni una satisfacción a la madre.

Por eso (él juzgaba) la madre lo odiaba, y estaba llena de resentimiento contra él.

Lo cierto es que ella trabajaba de sol a sol para mantener a su hijo. Todos los días, sin descanso ni feriado, viajaba hacinada en una lancha colectivo el penoso y largo trecho de 150 kilómetros hasta Santa Rosa.

Durante la semana, era empleada doméstica en un edificio del distrito financiero, mientras que sábados y domingos hacía de niñera en casas de gente rica de la zona residencial de esa misma ciudad. Cuando llegaba, por la noche, a su propio hogar, estaba demasiado cansada casi para cualquier cosa, cargando con la violencia recibida por sus patrones, y no tenía paciencia para nada. A veces, cuando abría la puerta, y se encontraba con el chiquero que el niño dengue, por no tener manos, dejaba involuntariamente por la mesa y el suelo, le gritaba:

–¡Bicho pelotudo! ¡Mirá el quilombo que hiciste!

Y se ponía a limpiar, resignada, aunque (él juzgaba) mirándolo de reojo con odio despiadado.

La madre del niño dengue aún era muy joven y hermosa, y como carecía de tiempo para salir a conocer gente, cuando creía que su hijo se había ido a dormir, tenía citas virtuales, encerrada en su pieza. El niño dengue, desde su propio catre, la escuchaba conversar entusiasmada y, a veces, reír.

¡Reír!

Una manifestación de alegría tan hermosa, que jamás profería estando con él. Entonces, curioso, (acometiendo un enorme esfuerzo para dominar el ruido de sus zumbidos) el niño dengue sobrevolaba con sigilo desde la cocina hasta la puerta de la madre, y metía alguno de los omatidios de su ojo compuesto por la cerradura. La madre, como sospechaba, se veía feliz, vistiendo un hermoso vestido de flores, riendo y contando chistes, transformándose en una mujer desconocida para el niño dengue, casi una nueva persona, ya que en la cotidianeidad que compartían siempre estaba preocupada, cansada o triste.

De pronto, el niño dengue, mientras espiaba por la cerradura, se ensombrecía, y pensaba cuánto mejor hubiera sido la vida de la madre si no hubiera tenido la desgracia de que un mosquito ingresara por su vagina y le diera un hijo infectado y mutante.

¡Horror siniestro de las más amargas verdades!

¡Él, un monstruo, que había arruinado la vida de su madre para siempre!

Era en esa hora de desvelo y de luz vaga cuando el niño dengue volvía a la pieza y, al mirarse al espejo, se encogía de espanto.

Donde la madre hubiera querido orejitas, el niño dengue tenía unas gruesas antenas peludas.

Donde la madre hubiera querido la naricita, el niño dengue tenía el largo pico renegrido como un palo duro y quemado.

Donde la madre hubiera querido la boquita, el niño dengue tenía la carne deforme y florecida de los palpos maxilares.

Donde la madre hubiera querido ojitos del color de su madre, el niño dengue tenía dos bolas marrones y grotescas, compuestas de cientos de omatidios de movimientos independientes y dispares, que tanta abominación y asco causaban.

Donde la madre hubiera querido piecitos gordos con deditos enternecedores de bebé, el niño dengue tenía patas bicolores y penosamente delgadas, finas como cuatro agujas.

Donde la madre hubiera querido la pancita, el niño dengue tenía un abdomen áspero, duro y traslúcido, en el que se vislumbraba un manojo de tripas verdosas y malolientes.

Donde la madre hubiera querido bracitos, brotaban las alas, y sus nervaduras, como várices de viejo podrido, y donde la madre hubiera querido sus risitas y encantadores gimoteos, solo había un zumbido constante y enloquecedor, que quemaba los nervios hasta del ser más tranquilo.

Su reflejo, en suma, le confirmaba lo que siempre supo: que su cuerpo era una inmundicia.

Amasando esta certeza terrible, el niño dengue se preguntaba si, además de ser un repugnante monstruo, un día se volvería también una amenaza mortal.

En efecto, él sabía que la mayor de las preocupaciones de la madre, que hostigaba sus noches y días, era que el niño dengue un buen día, cuando creciera y se volviera un hombre dengue, no pudiera controlar el instinto que lo marcaba, y empezara a picar e infectar de dengue a todo el mundo, incluida a ella, o a algún compañerito de la escuela. Un hijo que, encima de mutante portador de virus, se haría su transmisor deliberado, su gozoso vehículo homicida, y que la condenaría aún a peores amarguras. Por eso, cuando el niño dengue se iba por la mañana a la escuela, la madre, junto al almuerzo, le entregaba otro pequeño *tupper*, mientras le susurraba lastimosamente al oído:

–Bichito, acordate que, si en algún momento empezás a sentir una necesidad nueva, extraña e irrefrenable, podés chupar esto.

El pobre niño dengue, de la consternación, miraba al suelo y asentía, haciendo un esfuerzo inútil por contener las lágrimas que caían de sus omatidios a los palpos maxilares. Subía, avergonzado, el paquete a su lomo, y se iba volando a la escuela, cargando con el bochorno de que la madre lo considerara un potencial y peligroso criminal, vector contagiante de males incurables. Por eso, cuando estaba lo suficientemente lejos de la casa, de la rabia que tenía, el niño dengue revoleaba el *tupper* por alguna alcantarilla. Y cuando el *tupper* caía al suelo y se abría, el niño dengue, sin bajar su mirada, aún enturbiada de lágrimas, proseguía presto el vuelo. El niño dengue no bajaba la mirada porque no necesitaba comprobar, no precisaba verificar, lo que ya sabía que el oprobioso *tupper* contenía: una palpitante y grasosa morcilla que, todavía tibia, se desarmaba lentamente por los resquicios de la cloaca.

Sangre cocida, sangre coagulada, sangre renegrida y sangre espesa.

¡Una morcilla!

Esa era la sustancia que la madre creía que podría calmar el sórdido instinto del insecto.

2

Así, mal que bien, entre la escuela y la casa, era como se pasaban los días del pobre niño dengue, hasta que finalmente, un buen día, llegaron las vacaciones de verano. Como la madre trabajaba todo el día y no tenía tiempo de cuidar a la criatura, lo mandó a una colonia de vacaciones para varones, con otros niños de familias obreras. Para el niño dengue, la colonia resultó un martirio aún peor que la escuela.

Ya que si bien la escuela era una pesadilla de tormentos y maltratos, y los chicos desplegaban una truculencia que no conocía límites, al menos se trataba siempre de los mismos chicos. El niño dengue podía identificar y anticipar a sus compañeritos, y ya sabía de memoria el repertorio de maldades a las que lo sometían. Chupasangre. Bicho. Mosco inmundo, le decían. Hasta sabía cuál sería el día en que rociarían veneno contra mosquitos en su asiento. Pero la colonia abría un universo nuevo, con decenas de niños desconocidos, y con el riesgo de que fueran potencialmente aún más agresivos y crueles, o al menos más imprevisibles en su maldad.

La colonia quedaba en una de las playas públicas más sucias y macilentas de Victorica. Para quien no conozca esta austral región de Sudamérica, recordemos que, en el año 2197, fue cuando se derritieron masivamente los hielos antárticos. Los niveles del mar subieron a cotas jamás vistas, y la Patagonia, región otrora famosa por sus bosques, lagos y glaciares, se transformó en un reguero desarticulado de pequeños islotes. Pero lo que nadie imaginaba era que esta vaticinada catástrofe climática y humanitaria, milagrosamente, le diera a la provincia argentina de La Pampa una inédita salida al mar, que transformó de cuajo su geografía. De un día para el otro, La Pampa pasó de ser un árido y moribundo desierto en el confín de la Tierra, resecado por siglos de monocultivo de girasol y de soja, a la única vía, junto al Canal de Panamá, de navegación interocéanica de todo el continente. Esta inesperada metamorfosis insufló a la economía regional de constantes y suculentos ingresos por tarifas portuarias, además de que le dio acceso a noveles y paradisíacas playas que atrajeron a veraneantes del mundo entero. Sin embargo, los mejores balnearios, los que estaban más cerca de Santa Rosa, eran propiedad exclusiva de hoteles privados y de mansiones de veraneantes extranjeros. La gente común como el niño dengue solo tenía acceso a las playas públicas, cercanas al canal interoceánico de Victorica, que era donde se acumulaba toda la podredumbre del puerto: un miserable aguantadero de plástico y escombros en el que se incubaba todo tipo de aberraciones.

La colonia ofrecía un combo perfecto para madres y padres que trabajaban de sol a sol como ocurría con la madre del niño dengue. Básicamente, la colonia pasaba a buscar bien temprano a los chicos en ómnibus y después los devolvía, puntalmente, a eso de las ocho de la noche. Como este era el servicio más importante de la colonia, era la parte más aceitada del negocio, y el resto quedaba relegado a un segundo lugar. Así, los chicos solo recibían de desayuno un miserable pan duro con mate cocido, y de almuerzo polenta con manteca y jugo instantáneo. En cuanto a las actividades recreativas que la colonia prometía, no eran más que un profesor de gimnasia panzón y jubilado que se tiraba a fumar en la arena, y que tocaba el silbato cuando veía que alguno de los chicos se metía muy profundo en el agua o se adentraba en un basural de objetos cortantes y filosos.

De esta manera, los chicos, sin dios ni patrón, hacían lo que querían, y correteaban y jugaban a la pelota o se bañaban y bronceaban en la maloliente playa. Y había uno en particular que, a falta de adulto responsable a cargo, se había vuelto el líder de la manada, al que todos llamaban el Dulce. El Dulce era un niño gordito e hiperactivo de unos doce años. Su padre trabajaba en una planta procesadora de pollos, y el Dulce, quien a veces iba a visitarlo, se había ganado la admiración del grupo por describir con lujo de detalles cómo degollaban y destripaban a las aves:

–Mi papá –decía el Dulce– maneja en la planta el Eviscerator 3000, un super robot a control remoto que, con solo apretar un botón, le mete un gancho por el orto a los pollos y les deja las tripas colgando –en ese momento, un reverencial silencio de respeto reinaba alrededor del Dulce–. Lo más loco es que, para ese momento, los pollos siguen vivos. Para asegurar la terneza de la carne, el truco consiste en desplumarlos primero con vapor hirviendo, después sacarles las tripas por el orto, y es recién al final, antes de separarlos en piezas, cuando los degüellan. Por eso –continuaba el Dulce, mientras se tocaba las orejas– la clave es usar tapones, para que los moribundos gritos de los agonizantes no te trastornen el cerebro mientras el Eviscerator les revienta el ojete.

Una vez que terminaba su historia, y los otros niños permanecían en silencio imaginando los alaridos desahuciados de los pollos, el Dulce, que ya se había convertido en una suerte de maestro de ceremonias del grupete, los guiaba hacia un rincón apartado del balneario y, sin mayores preámbulos, se bajaba la malla hasta los tobillos.

–Hablando de gansos –acotaba.

Cuestión que el Dulce, a la vista de todos, empezaba a frotarse furiosamente la pija con el dedo pulgar y el dedo índice. Al cabo de unos pocos minutos, frente a la mirada magnetizada del grupo, el pito del Dulce disparaba una delgada serpentina transparente que caía, confundida con un moco, en la arena.

–¿Y el resto? ¿No se va a manotear el ganso?

Entre confundidos y aterrados, los otros chicos, que de pronto se vislumbraban destripados y desplumados como pollos, procedían a imitar al Dulce. Se bajaban, titubeantes, la malla hasta los tobillos y, en ronda, acercaban el dedo pulgar y el dedo índice a la zona y la amasaban. No hace falta aclarar que este era un momento especialmente embarazoso para la mayoría, ya que los chicos se encontraban en esa edad transicional en la que unos ya entraron a la pubertad pero otros no, y en la que los cuerpos empiezan a cambiar contra la voluntad de sus dueños y reina en ellos la espasticidad y la torpeza. Pero, mal que bien, todos eran niños humanos, y sus cuerpos, aunque con diferencias y especificidades, se parecían. Salvo, claro está, el niño dengue. La genitalia de los mosquitos macho, se sabe, carece de pene. Estos especímenes poseen testículos internos en el abdomen, acompañados de un tracto eyaculatorio parecido a una pequeña cloaca. Por eso, el niño dengue, horrorizado de exhibir su anomalía, fue el único que no acató las órdenes del Dulce, desobediencia que, de más está aclarar, no pasó desapercibida al pequeño dictador. Este, con la malla aún por los tobillos y los puños en la cintura, comprobaba satisfecho cómo cada uno de los chicos cumplía con sus órdenes. Sin embargo, cuando su mirada aterrizó en el niño dengue, quien se había quedado helado, mirando, con pudor, la arena, lo desafió:

–¿Qué pasa, niño dengue? ¿Te da miedo mostrar la chota?

Como el niño dengue no contestaba, sino que, encogido en sus cuatro delgadas patas, movía, avergonzado, con el pico, algunos granitos de arena, el Dulce se cebó aún más en su prepoteo. Y ahí fue cuando se desmadró la cosa.

–¡Miren!, ¡miren! –lo señalaba entre gritos el Dulce, llamando la atención del resto, absortos hasta ese momento en su onánica tarea– ¡Está eunuco el insecto!

De pronto, todos, incluido el propio Dulce, reparaban en que ignoraban el sentido de la palabra «eunuco», pero que por eso justamente funcionaba aún más y mejor.

–¡Está eunuco el insecto!

–¡Está eunuco el insecto!

–¡Está insecto el eunuco! –gritaban, entusiasmados, repitiendo la expresión al derecho y al revés, sintiendo cómo así adquiría un sentido aún más mágico y misterioso. Los varoncitos, así, de manera inadvertida, descubrían las maravillas del lenguaje que algunos llaman poesía, y en ronda, abrazados, aún con la malla por los tobillos, pero guiados por el Dulce como quien se deja llevar por Virgilio al Purgatorio, pusieron al niño dengue en el centro de la asamblea, y empezaron a gritar, a coro, desplegando un variopinto tesoro de la lengua que jamás hubieran sospechado albergar, pero que surgía de sus corazones como surge al vate la inspiración divina:

–¡Mosco emasculado!

–¡Artrópodo capado!

–¡Solo ano tiene el tábano!

–¡Invértebre castrado!

Y después, en coro, como una canción de cancha, que lideraba el Dulce mientras agitaba su mano cual barrabrava:

–¡Bi-cho eu-nu-co!

–¡Bi-cho eu-nu-co!

–¡Bi-cho eu-nu-co!

Y, de vuelta, el estribillo:

–¡Bi-cho eu-nu-co!

–¡Bi-cho eu-nu-co!

–¡Bi-cho eu-nu-co!

¡Ay, qué difícil describir el instante exacto y fugitivo de una iniciación!

Se han escrito, es cierto, miles de novelas de aprendizaje, que lo han pretendido con mayor o menor pericia. ¿Pero es posible dar cuenta con palabras del momento helado en que una criatura acomete, aunque más no sea con confuso o atolondrado furor, el hecho decisivo que hilará en la misma trenza su vida pasada y su vida futura, esa marca de fuego y de sangre que algunos llaman destino, y que acaso le estaba asignada?

Lo cierto es que el niño dengue, contrariamente a la reacción que siempre mostraba ante los atropellos padecidos por su condición mestiza, no se angustió ni deseó estar muerto ni sus antenitas peludas temblaron de rabia o de dolor. El truculento canto en ronda (con importantes aciertos poéticos, hay que admitir) de los varoncitos liderados por el Dulce no arredró ni una gota de su temple. Fue, en cambio, bien distinta la inaudita adrenalina que inyectó a cada una de las nervaduras de sus alas. Porque cuando el niño dengue puso en la mira de sus omatidios al Dulce, quien, aún con los pantalones bajos, lo señalaba y se burlaba, ya no vio siquiera a un antagonista, siquiera a un par, siquiera un humano. Frente a la temible aguja del niño dengue, no se alzaba más que un delicioso sorbete de carne, un palpitante cacho de morcilla suculenta. Arrastrado por el vértigo de esta nueva e incontenible necesidad, una brusca idea cruzó las peludas antenas del niño dengue, de forma más clara y lúcida que nunca pese a la indistinta vocinglería que lo envolvía. El niño dengue, no sin cierta incongruencia, razonó: no soy un niño, sino una niña. La niña dengue. En efecto, en la especie *Aedes aegypti*, de la que él (o ella) era un ejemplar único, solo las hembras pican, succionan y transmiten enfermedades, mientras que los machos se dedican al hábito mecánico de copular y engendrar. Con alivio, con filial temor, entendió que un error gramatical la acompañó toda su vida, y que si no era el niño sino la niña, entonces jamás podría violar a su madre, ni repetir el crimen del que sus compañeritos acusaban a su padre. Así, enardecida como quien descubre una verdad que acoquina, la niña dengue se abalanzó sobre el cuerpo desnudo hasta los tobillos del Dulce, quien rodó por la arena. Con precisión cirujana, lo inmovilizó. Acercó su pico y, como quien abre una morcilla y se come solo lo de adentro, destripó la barriga. Abstraída de los gritos enloquecidos de los otros niños, que viraron de canto festivo a trance siniestro y huyeron en estampida (como podían, claro está, debido a los pantalones todavía por los tobillos) en busca de socorro, la niña dengue metió su pico en el reventado vientre del Dulce y levantó un racimo sanguinolento de tripas. Frente a la mirada aterrorizada del profesor de gimnasia, quien, alertado, ya se había acercado al lugar de los hechos, pero, en shock, apenas atinaba a soplar estúpidamente su silbato, la niña dengue, como quien ofrece un sacrificio a su divinidad, elevó con el pico las vísceras del Dulce, limpias y azules, en dirección al sol. Acto seguido, como quien rompe una piola, pegó un tirón. Un chorro de sangre y excremento y otras hieles amargas salpicaron y ensuciaron el rostro helado del profesor de gimnasia, y también tiñeron la arena y después las olas que lentamente llegaban de la orilla y después se iban.

La niña dengue sorbió de esta pócima deliciosa que no paraba de manar de manera descontrolada de las tripas del Dulce, quien temblaba en una extraña epilepsia, seguramente a causa de la siniestra enfermedad que acababa de contraer. Hay que recordar que la saliva de mosquito contiene una poderosa sustancia anticoagulante y vasodilatante que favorece la hemorragia, y por eso la sangre fluía sin pausa como en una monumental fuente.

Una vez que la niña tomó hasta la última gota del ya flamante cadáver, remató, como quien hace un chiste malísimo que nadie estaba esperando:

–¡Estaba dulce el Dulce!

Acto seguido, miró desafiante al profesor de gimnasia, quien, helado del horror, ya ni siquiera soplaba el silbato, y completó:

–¡No como el mísero mendrugo de pan con mate cocido que nos das por la mañana!

Con vehemencia súbita, la niña aprovechó el desconcierto del profesor de gimnasia y, de un picotazo, le partió la frente, que se abrió como una sandía, y de unos pocos sorbos succionó las tripas de su cerebro.

No quedaba nada más que hacer en ese balneario inmundo.

Por piedad, o quizá venganza, razonó que no tenía sentido matar a los otros chicos, que ya se habían levantado la malla pero que seguían correteando entre llantos. Solamente los picó. Apenas sintieron el pinchazo, cayeron tumbados y prorrumpieron en la siniestra epilepsia.

Razonó que tampoco tenía sentido ya despedirse de su madre, quien se enteraría por los diarios, o las madres de los otros niños, de su transformación. Ahora solo quedaba huir, hacia las playas de Santa Rosa, en busca de venganza, a asesinar y contagiar a la gente rica y a los turistas extranjeros que tantas penurias habían causado a su madre y, por transitividad, a ella misma.

Levantó vuelo y, sacudiendo la sangre de sus alas, se marchó envuelta en su característico e insoportable zumbido, hasta volverse un punto imaginario en el espléndido horizonte del Caribe Pampeano.

¡Salve, niña dengue! ■

© Andrea Belmont

MATEO GARCÍA ELIZONDO

1987

Mateo García Elizondo nació en Ciudad de México. Estudió Letras Inglesas y Escritura Creativa en la Universidad de Westminster, y un posgrado en Periodismo en la London School of Journalism. Recibió el apoyo a Creadores Cinematográficos y a Jóvenes Creadores del Fondo de las Artes, ambos en su país. Es guionista del largometraje *Desierto* (premio FIPRESCI en TIFF 2015) y de los cortometrajes *Domingo* (2013) y *Clickbait* (2018, mejor corto Gore en Feratum FilmFest, Mención Honorífica FICMA). Ha escrito ficción y periodismo para revistas como *Nexos* y *NatGeo Traveler*, así como guiones de narrativa gráfica para *Premier Comics* y *Entropy Magazine*. Su primera novela, *Una cita con la Lady* (Anagrama, 2019) obtuvo el Premio Ciutat de Barcelona, y ha sido traducida al italiano y al griego.

CÁPSULA

Mateo García Elizondo

Hace algún tiempo me arrestaron, y me juzgaron por tres cargos de homicidio doloso. La historia de cómo sucedió eso no tiene nada del otro mundo: yo era dueño de una empresa de contratistas inmobiliarios, un día llegaron estos tipos con una compañía fantasma y un terreno a su nombre, y me embarcaron en un trabajo que parecía de ensueño, y por el cual terminé endeudándome a mí, a mi empresa, y a toda mi familia. Cuando se desaparecieron con los préstamos que me había dado el banco, juré que los iba a encontrar; anduve un rato buscándolos y al cabo de un tiempo los encontré y los cité en un estacionamiento para pedirles mi dinero. Como no quisieron dármelo, y por encima empezaron a soltar amenazas contra mi esposa y mi hija, pues los apuñalé con un cuchillo muy filoso y puntiagudo que tenía para irme de caza, y ya encajado lo anduve removiendo para asegurarme de tasajearlos bien por dentro y que no se me fueran a despertar en algún hospital. Siguiendo ese método, el que más trabajo me costó, con dos piquetes lo despaché.

Así lo conté en el tribunal mientras todos los ciudadanos, muy propios ellos, me miraban con sus ojos saltones y sus expresiones de pavor y desconcierto. No parecían entender que no tenía otra opción, o lo que habría significado para mi mujer y mi pobre hija estar endeudadas el resto de sus vidas por esas cantidades de dinero. Con tres de los cuatro socios titulares muertos se declara situación extraordinaria y entra el seguro a cubrir la deuda. Puede que yo me haya metido en un enredo legal, sí, pero por lo menos mi esposa e hija pueden seguir sus vidas tranquilas. Así que, si me preguntan si me arrepiento de lo que hice, con toda honestidad tendría que contestar que no, no me remuerde en lo más mínimo la conciencia.

Aun así, en el juzgado me declararon culpable de los tres cargos, y me convertí en uno de los primeros reos del planeta en ser condenado a la cápsula: una nueva modalidad penitenciaria recientemente aprobada por los organismos normativos de las Naciones Unidas, y alabada internacionalmente como la manera más humana, y a la vez más barata, jamás concebida para lidiar con presos condenados a cadena perpetua, como yo. En vez de tener que alojarnos, entretenernos y alimentarnos por el resto de nuestras vidas, a algún genio de la Comisión Penitenciaria se le ocurrió que convenía más sellarnos en esferas de plomo y titanio de dos metros y medio de diámetro y dispararnos al espacio exterior.

En la cárcel, los días previos, viene gente de la Comisión a explicarte en qué va a consistir tu pena, y uno aprende toda clase de términos muy cósmicos como «aceleración rotatoria exponencial», «radiación iónica no-específica» y «distorsión del campo cuántico a gran escala». No se entiende mucho de esa explicación, pero se aprecia el esfuerzo por darte el semblante de una advertencia. Algunos se preguntaban por qué había que emplear tecnologías de punta para procesar a reos en cadena perpetua, hasta que se estableció que mantenernos a lo largo de una vida le costaba a la sociedad millones de billetes al año. En cambio, por una fracción de lo que cuesta un avión comercial, se pueden fabricar varias docenas de estas cápsulas, y ya que nos lanzan al espacio, el costo de mantenernos vivos se reduce a cero.

Solo tenían que gastar en gasolina para la propulsión inicial, pero incluso a eso le encontraron solución. Con un poco de incentivo publicitario, los despegues se han vuelto un evento familiar al aire libre, y la venta de entradas para ver los lanzamientos es una fuente de ingresos considerable para los gobiernos del mundo entero. Es el lugar ideal para llevar a los niños el fin de semana, venden helados y algodón de azúcar y cerveza, y reina un ambiente de asombro ligado al sentimiento de proximidad con el cielo; dicen que siente uno como si pudiera alzar la mano y tocar las estrellas. Y sí, es justo lo que sentimos nosotros, los reos, cuando nos pastorean hacia los elevadores y nos suben por las estructuras colosales hasta las cápsulas metálicas, que nos sientan y empiezan a soldar las correas mientras se toman cinco minutos para explicarnos el funcionamiento de la máquina. Sentimos que el cielo está justo ahí, a un salto de rana.

Afuera, mientras sellan las puertas, las multitudes esperan con ansia el momento en el cual por fin se activan los propulsores y el cohete sale disparado en una nube de humo y polvo, y se eleva hasta atravesar la capa superior de la atmósfera. El impacto es tan fuerte que no puedes más que vomitar hacia adentro y sentir que se te sale la piel de los huesos como un traje de buzo. En cuanto el cohete se aleja del campo gravitacional del planeta, la punta se desprende y estalla como un gran despliegue de fuegos artificiales, y las cápsulas se desperdigan en trayectorias descontroladas, despidiéndote aleatoriamente a través de la inmensidad del vacío.

Es inevitable sentir un poco de mareo esos primeros minutos, durante los cuales ves todo lo que conoces alejarse de ti en una rotación descontrolada. Esa esfera de tierra y agua suspendida en la nada, con sus mares y sus bosques, sus algas y sus flores, en la cual viven mi hija y mi esposa, se aleja y va perdiendo su brillo azulado hasta desaparecer por completo entre todas las demás estrellas. Por primera vez te das cuenta que ya no hay nadie para consolarte, y nunca te repones por completo de eso.

Poco a poco, la rotación de la cápsula se estabiliza; la sensación de impulso desaparece y da lugar a la ingravidez. A pesar de estar viajando a miles de kilómetros por hora, comienza la sensación de estar completamente inmóvil. Sin días ni noches ni puntos de referencia en el panorama, en este lugar se pierde un poco la noción del tiempo. Intento darme consuelo con lo que encuentro a la mano, y ya me sé cada centímetro de esta cápsula; yo era contratista inmobiliario así que sabía que el producto final daría lástima, pero esta cosa por poco está hecha de cartón. Quisiera poder confiarle mi vida a una construcción más sólida, pero en fin. No creo que nadie llegue nunca a quejarse de las instalaciones.

La tecnología aquí adentro es de «producción rentable», lo cual quiere decir que es bastante primitiva. Las correas que me mantienen abrochado al asiento, de una aleación de kevlar y grafeno, son bastante apretadas y están soldadas a la silla, lo cual limita en cierta medida mi capacidad de movimiento. Un hueco de apertura mecánica, activado por una palanca, se abre al centro del asiento si necesito cagar o mear. Solo tengo que alcanzar y abrir la apertura de velcro en la parte trasera de mi traje y aliviarme. Un sistema de chisguetes y cepillos automáticos –probablemente la máquina más compleja a bordo– se encarga de limpiarme la mierda del culo. Y a mí no deja de sorprenderme que, tras habernos quitado todo, todavía nos concedan la dignidad de cumplir nuestra condena con el ano impecable.

Todo lo demás está fuera de mi alcance. Las paredes de la cápsula están a un metro y veinticinco centímetros de mí en todas las direcciones, por lo que me es imposible tocarlas. No se puede tocar nada adentro de esta nave; lo único que alcanzo, puestos en un panel frente a mí, son cuatro botones: el azul, el amarillo, el verde y el rojo. El botón azul rellena un pocillo metálico, mi única posesión, con agua potable. Luego lo tengo que tirar de vuelta por una escotilla. Si en algún punto del trayecto se me cae el vaso, es muy probable que me muera de sed. El botón amarillo me entrega unas galletas porosas e insípidas que sospecho que el sistema de soporte vital recicla a partir de mi excremento, digerido por un cultivo de bacterias y algas microscópicas, que luego compacta en estos bloques hechos de una substancia que los esbirros de la Comisión en algún momento declararon comestible, y que son el único sustento del cual dispongo para mantenerme vivo.

El verde está conectado a una emisora de ondas radio con una frecuencia única y olvidada, sintonizada a un servicio de monitoreo astronómico. Si llego a ver algún cometa o un asteroide, o si logro discernir una supernova a la distancia, puedo reportarlo. O no. No me reducen la condena por hacerlo, ni nada. Los operadores de este canal tienen estrictas instrucciones de mantener un silencio absoluto, y de todas formas no veo que haya una bocina para recibir mensajes. Sé que nadie está escuchando, pero necesito hablar, porque si no voy a volverme loco.

El botón rojo es el denominado S.H.I.T., Sistema Humanitario de Interrupción del Trayecto. Si lo oprimo se abre una válvula, y el súbito cambio de presión hace que estalle la cápsula. Me aseguran que, en el evento improbable de que sobreviva a la explosión, y suponiendo que no me estallen los pulmones, la agonía de morir asfixiado en el frío espacial no duraría más de veinte segundos. Dicen que luego de eso pierdes conocimiento, pero que es justo lo suficiente para sentir cómo tu sangre y la saliva en tu boca empiezan a hervir por la luz ultravioleta, como si de pronto hubieras entrado en un inmenso microondas. Por alguna razón, no me he atrevido a presionarlo. Tengo entendido que hubo Secretarios de Derechos Humanos en las Naciones Unidas que hicieron peticiones formales a favor de la existencia de este botón, llamándolo un «imperativo moral» para la aprobación de estas nuevas penas carcelarias. Le tengo terror, porque a cada instante siento una enorme tentación de apretarlo, pero siempre termino por retenerme.

No digno de menor consideración, mi suministro de oxígeno está a cargo de *Polycarpus enoides,* un arbusto perenne proveniente de Australia que absorbe humedad y minerales directamente del aire, y que no necesita de ningún cuidado para sobrevivir. Algunos especímenes de su especie han prosperado hasta la venerable edad de tres mil quinientos años en estado salvaje, y es muy probable que *Polycarpus* siga recorriendo el espacio mucho después de que yo muera. Mi condena también es la suya. Este pequeño arbusto es mi única compañía; él y yo compartimos celda en esta larga odisea. ¿No es cierto, *Polycarpus*?

Por lo menos tuvieron la decencia de instalar una ventana en la parte frontal de la cápsula. En fin, antes pensaba que era por decencia, ahora sé que fue para torturarnos. La ventanilla da a una visión panorámica sobre el universo, y donde sea que ponga la mirada, la única vista posible es la de la inmensidad. Alguien que nunca ha sentido vértigo conocería la sensación si pudiera ver lo que yo veo cada vez que miro por la ventanilla de mi cápsula. A la mente le cuesta mucho digerir el infinito, por eso solo le dedicamos algunos momentos furtivos. Sabemos que un poco más sería insoportable. Yo lo tengo frente a mí a cada instante, a un metro y veinticinco centímetros de mi cara, y sé que nunca se va a ir de ahí.

Me imagino que los que nos pusieron aquí creyeron que al hacernos esto nos obligarían a pensar en los crímenes atroces que cometimos. No se dan cuenta de que la visión del abismo cósmico solo confirma mi convicción de que las vidas de esos tipos eran insignificantes. Creo que los jueces no concebían bien la magnitud de nuestro castigo. Porque sin importar si su conciencia lo persigue o no, el preso queda irremediablemente confrontado al vacío primordial. Y eso no es justo. No existe mente humana capaz de soportar esto. Ya quisiera verlos a ellos. Tan propios ellos, con sus *golden retrievers* que sacan a pasear durante su *jogging* del domingo, su par de whiskys en la noche, sus liturgias y sus buenos deseos y sus conciencias limpias, impecables, tan pulcras e inmaculadas como yo ahorita tengo el culo. Ya los quiero ver, aquí sentados frente a la nada, viendo a ver si no se cagan en sus *pants*.

Se entienden cosas sobre sí mismo en la cárcel, y la cápsula no es distinta. He aprendido que sucede algo muy peculiar cuando el ojo abarca el universo entero de un vistazo. La conciencia es como el agua: toma la forma de lo que observa, y le es imposible ver la inmensidad negra, vacía e ilimitada, sin adoptar a su vez esas cualidades. Así es como la mente del reo empieza a abarcarlo todo. Pensaban que exponiéndonos al silencio y la oscuridad nos estaban privando de estímulo. Si se hubieran sometido a nuestro castigo aunque fuera por cinco minutos habrían logrado entender que sucede lo opuesto: todos los estímulos del mundo nos llegan a cada instante, y desde nuestra diminuta cápsula lo vemos todo, lo contenemos todo. Nos volvemos algo así como dioses.

En fin, de pronto me da por pensar eso. Luego regreso a la realidad, y me preocupan estos cortocircuitos que tengo. A veces me vienen imágenes y recuerdos de la vida que dejé allá abajo, o allá atrás o arriba o donde sea que se haya quedado la tierra. Allá también me pasaba, cuando me encerraron en la celda de aislamiento por encajarle un tenedor en el ojo al perro que se había tratado de robar mi desayuno. Te quedas viendo la pared o los barrotes, y entre la pátina y la mugre o en los patrones e irregularidades del ladrillo de pronto puedes ver flores y catedrales, y las chichis de tu esposa. Ahora me pasa algo distinto, pero similar, me quedo viendo las estrellas y empiezo a sentir que el universo ya me tragó y me digirió, que he dejado de existir y ya no hay diferencia ni separación entre eso y yo.

Luego veo muy claramente a mis dos nenas, tiradas en el pasto sobre una manta extendida, con el sol brillándoles por encima. Traen puestos overoles, y comen fresas, o puede que sean frambuesas o jitomates; frutos muy pequeños que les pintan los labios de rojo. No sé si son recuerdos, o cosas que me invento, o si he aprendido a leer oráculos en los patrones aleatorios que se forman por el vaho y el polvo estelar que se acumula en mi ventana. Tengo la clara sensación de estar ahí, con ellas, pero por más que me busco en esa visión, no logro verme. Las veo a ellas, y siento envidia, porque ellas pueden sentir y oler el pasto, y pisar en sólido, y comer fruta. Tienen el consuelo de las cosas palpables.

A veces veo cosas por la ventana, también. Rastros de luz, sobre todo, quizás los destellos de otras naves que viajan a velocidades similares a la mía. También he visto cerebros gigantescos flotando en la inmensidad. Parecen medusas y las paso zumbando a toda velocidad, pero si los observas bien se ve que son cerebros que traen el sistema nervioso colgando, y que solo flotan por inercia en el vacío. *Polycarpus* cree que estoy loco. Yo intento mostrarle a los gusanos intergalácticos, esos parásitos que avanzan mordisqueando el tejido de la realidad y dejan hoyos negros en su camino, pero las visiones pasan muy deprisa, y de todas formas, les somos completamente indiferentes.

Creo que me está afectando viajar a estas velocidades. Mi mente se está deteriorando; o puede que sea la radiación iónica no-específica, no lo sé. Solo sé que esta es una tortura muy sofisticada. A donde quiera que volteo solo hay infinito. Existen castigos peores y más inhumanos que la pena de muerte, y estoy seguro de que este es uno de ellos. A mí de todas formas no me condenaron a muerte, sino a cadena perpetua, pero ¿qué se puede parecer más a la muerte que esto? Quizás esto sea peor; al final la muerte solo dura un instante, en cambio esta deriva en la nada, esta constante caída hacia el olvido no se termina nunca.

¿Por qué me hacen esto a mí? Yo no soy un tipo malo. Solo soy pragmático. No merezco este castigo. A veces siento que *Polycarpus* se burla de mí, de lo absurdo de mi existencia, que no es más que un recorrido sin sentido a través del vacío sin ningún propósito o significado. Lo veo y lo quiero matar; agradezco estar atado a esta silla porque si no ya lo habría hecho. A veces me pregunto a qué sabe *Polycarpus,* a qué sabría la pulpa de sus hojas y su corteza, o lo que se sentiría beberse la resina directamente de su tallo y masticar sus raíces, si solo pudiera alcanzarlas. Estoy seguro de que él piensa lo mismo. Está esperando a que me muera, a que me vuelva papilla y mi cadáver libere una colección de gases y agua que está acaparando, y de los cuales podrá alimentarse en este ecosistema sellado por el resto de su travesía, como esos bosques que crecen al sol en una botella. Lo envidio. Yo no puedo, no puedo seguir flotando sin rumbo, alucinando que el arbusto me quiere matar y sin otra cosa que comer más que mi propia mierda, no puedo. No les puedo permitir acabar conmigo así.

No dejo de pensar en cómo salir de aquí. Ingenié un método según el cual podría quitarle la batería a la radio, obtener hidrogeno a partir del agua, y usar la válvula del S.H.I.T. como tubo de escape para propulsar la cápsula por medio de una serie de explosiones controladas. Incluso tenía pensado cómo crear un timón con la palanca del escusado. Podría navegar de un cuerpo celeste al siguiente y pilotear sus órbitas para dirigirme de vuelta a la tierra. Quién sabe qué tan lejos me llevaría eso antes de estallar o quedarme sin agua u oxígeno, y para poder intentarlo, tendría que vencer a estas correas de grafeno. Pero me estoy acabando el pocillo intentando cortarlas y no tienen el menor desgarro, y la verdad es que mis dientes no darían para algo así.

A veces sueño que soy un pulpo galáctico cruzando el océano cuántico, planeando caer sobre la tierra y fragmentarme para infectar a la humanidad con una idea desquiciada. Se siente tan real que cuando me despierto de vuelta aquí ya no sé si soy yo mismo soñando con el pulpo, o si soy el pulpo recordando al preso que fui alguna vez. Otras veces aparecen naves de una Federación Galáctica que me rescatan y me llevan como refugiado al planeta paradisiaco de una raza humanoide. Me dicen que vengo de un sistema primitivo y salvaje, que el trato hacia mí fue inhumano, y hablan de mi heroísmo por sobrevivir en el espacio como un náufrago a la deriva. Aparezco en las pantallas holográficas, gozo de la fama y la comida, y me llaman desquiciado por pedir un medio de transporte para volver a mi hogar. Pero eso no sucederá nunca. Sería más probable, a estas alturas, que me recogiera un buque basurero, alguna nave masiva dedicada a la recolección de chatarra espacial.

Estoy recorriendo cientos de miles de kilómetros cada hora. A estas velocidades las estrellas dejan rastros en el cielo, todo se vuelve más luminoso y la oscuridad se inunda de una luz pálida y lechosa. Se pueden ver tormentas de electrones a lo lejos, y las nubes de un púrpura intenso y carmesí que se forman al contacto de los vientos estelares con la radiación ambiente. A veces siento la resistencia pantanosa de la materia cuando fluctúa de estado y adopta la textura nebulosa y aterciopelada del tiempo, y sé que me estoy deslizando por las ondulaciones que se forman en ese límite, como un insecto suspendido en la superficie de un estanque.

Creo que está sucediendo, *Polycarpus*. Algo, un hoyo negro, o quizás el centro mismo de la galaxia, nos está atrayendo hacia su centro. Vibra con un tremor profundo. ¿Lo oyes? Nos estamos acercando. Temo que nos quiera rebanar átomo por átomo, pulverizar nuestra conciencia y espolvoreársela en su desayuno. Pero creo que ambos le tememos más a la otra posibilidad: que conforme nos acerquemos al enorme cuerpo que nos atrae, el tiempo empiece a fluir cada vez más lento, y no lleguemos nunca a ningún lado.

Siempre queda la opción de apretar el botón del S.H.I.T. y volarme en mil pedazos. Qué retorcidos podemos llegar a ser, como especie, para someternos unos a otros a esto. No sé por qué no me decido a hacerlo, no puede ser por miedo; cualquier cosa es menos aterradora que esto. *Polycarpus* cree que es por terco. Quizás tenga razón. No deja de suplicarme que lo haga. Me dice que no quiere pasar la eternidad así, que una vez que yo me haya ido no habrá nadie para hacerlo. Dice que él no quiere ver, que él no quiere saber. Pero creo que yo sí quiero ver lo que hay del otro lado del tiempo. Espero que no sea un cuchillo largo y afilado cercenándole el hígado a un pobre imbécil. Sería sumamente decepcionante.

No seas chillón, *Polycarpus*. ¿Qué es lo peor que puede pasar? ¿Te da miedo quedarnos atorados en el tiempo? Dime en qué sería diferente a nuestra situación actual. Es una oportunidad gloriosa: podemos arriesgarlo todo, porque ya no nos queda nada. Ni siquiera sé si aún tenemos nuestra cordura. Pero no te preocupes, lo haremos con lo que haya a la mano. Yo intentaré mantener los ojos abiertos y el botón verde apretado, y transmitir lo que veamos. Ellas merecen escuchar esto, merecen saber lo que hay aquí, en el cielo. Para eso estamos aquí, *Polycarpus*. Para precipitarnos irremediablemente hacia el vacío, y describir lo que vemos al caer. Llevamos desde el día en el que nacimos cruzando la nada a través del tiempo hacia una fuerza colosal que va a terminar por desintegrarnos, y con la sensación de no llegar nunca a ningún lado. Solo que ahora nos damos cuenta; podemos ver las cosas tal y como son. El sistema penitenciario nos ha abierto los ojos, *Polycarpus*.

¿Las ves, allá a lo lejos? ¿Esas bestias colosales flotando en la inmensidad, como ballenas cósmicas? Sí, son lentas, parecen estar inmóviles, pero si las observas bien verás que aletean, que se impulsan a través del éter y devoran estrellas. Yo sé hacia dónde nadan, a dónde se dejan llevar por las corrientes invisibles. Lo sé, porque lo he visto todo; me he asomado a través del tiempo. El tiempo nunca se acaba, pero del lugar en el cual vuelve a su origen proviene ese canto, como el de una sirena. ¿No lo oyes? De ahí viene esa luz que atrapa a todos los que posan sus ojos en ella. Yo la veo, hacia allá vamos. Hacia allá van todas cosas, aunque no lo sepan.

Ya lo intenté, pero las leyes de la física no se aplican aquí, y lo único que sucede cuando aprieto el botón rojo es un sonido de chisporroteo. Queda otra opción, y es que en el instante en el cual el núcleo nos empiece a devorar, yo tome este pocillo metálico, y lo estrelle contra la ventana. No sé qué podría aportar eso más que desintegrarnos, aunque sería la solución pragmática. Mira la fisura en el firmamento, y detrás de ella la luz fluyendo a borbotones como un néctar radioactivo. No vamos a quitarle la vista de encima aunque nuestros ojos se derritan y se escurran de sus órbitas como huevos crudos. No es algo que le permiten ver a los mortales, a mentes pequeñas como las nuestras, porque cuando lo hacen adoptan la forma de lo que ven, y dejan de ser pequeñas. Aprenden lo que sabe la luz, y se vuelven dioses, *Polycarpus*.

Eso, o la visión del núcleo nos está enloqueciendo. Pero aunque esto sea una alucinación, mírala: es la única realidad que necesitamos. Este es el final del tiempo, es nuestra salida. Ponte flojo, *Polycarpus*. El dolor es lo último en lo que hay que pensar ahora que nuestros cuerpos se desarticulan como una serie de cajas embonadas, y nuestras vísceras se desdoblan y flotan en la ingravidez, aún conectadas, pero volteadas y en desorden. Mi conciencia también se desdobla; se extiende a toda la cápsula, que muda su cualidad anterior de capullo para volverse algo más parecido a un caparazón. Ya no vemos al reo ni al árbol, pero si no fuera porque nos observamos buscándolos, no podríamos encontrarnos a nosotros mismos, tampoco.

Lo que sí vemos son raíces de titanio, ligamento y celulosa que crecen por debajo de la cápsula, como antenas o tentáculos, y que puedo usar para nadar contra las corrientes gravitacionales. Me pregunto si contemplaron esto en la Comisión Penitenciaria. Ahora que nos propulsamos a través del éter a una velocidad tortuosa, bebiendo como un elixir celeste la radiación que antes freía nuestras células, quizás podríamos navegar el camino de vuelta a casa, y deambular por las estrellas recordando por momentos sumamente nítidos al reo que fuimos alguna vez. Nos dieron demasiado tiempo, *Polycarpus,* y nunca se imaginaron lo que haríamos con él. Lo sabes, porque somos uno mismo. Siempre lo hemos sido; sé que hablar contigo no es más que otra manera de hablar conmigo mismo, lo sé. No, no creo que hayamos enloquecido, creo que hemos evolucionado. Hemos alcanzado la iluminación, o la irradiación suprema, no sé bien. Puede que sean lo mismo, tienes razón.

Me sucede algo extraño. A pesar del refinamiento de este castigo, de haber soportado el exilio y la tortura hasta ver a mi conciencia desintegrarse, a pesar de las dudas y del asombro, y de esta sensación, totalmente nueva, de disolverme en cada átomo del universo, aún así, no logro arrepentirme por haber matado a esos hombres. Creo que estaba como inscrito en el entretejido de las cosas que eso tenía que suceder. Seré necio, en eso tenía razón el arbusto. Quizás cometí algunos errores en el camino, e hice cosas que no fueron del todo acertadas y que me trajeron problemas que pude haber evitado. Quizás debí envenenarlos, o atropellarlos. Pero hago el recuento y me abruma esta sensación, no sé cómo explicarla, como de armonía cósmica; la certeza de que las cosas están dónde deben de estar: mi esposa en el jardín con la nena, comiendo fresas en overoles, y esos cabrones enterrados por ahí, desintegrándose a gusto. Y para que eso pudiera suceder, yo también tenía que estar aquí. Supongo que esto es lo que quería toda esa gente cuando reclamaban «justicia». Todos los caminos traían a este momento. Es como si todo en el universo estuviera perfectamente acomodado, como si mi travesía por este lugar cumpliera un propósito inevitable, y este desvarío mantuviera al mundo entero equilibrado sobre la punta de una aguja.

Sí, así es como las cosas tenían que ser. Es un buen universo, a fin de cuentas. Un poco abollado, con defectos de fábrica y ciertas imperfecciones en la pintura, pero es el único que nos queda. Hay días en los cuales lo veo y siento que lo conozco, y no lo soporto. Pero luego me sorprendo a mí mismo agarrándome muy fuerte de él, como si en cualquier momento se me fuera a deslizar de debajo de los pies.

Me alivia abrir los ojos y verlo ahí, siempre. Es confiable. Si no, si todo esto no es más que un delirio, entonces que esta cápsula siga su trayecto hasta desaparecer en el núcleo galáctico. Mi cuerpo seguirá dentro de ella, alucinando; pero nosotros ya no estaremos ahí. A nosotros nos sentenciaron de por vida, pero hemos muerto y vuelto a nacer en una conciencia distinta, así que yo diría que nuestra condena ha terminado.

Somos libres, *Polycarpus*. ■

GONZALO BAZ

1985

Gonzalo Baz nació en Montevideo (Uruguay). Es escritor y librero. Dirige la editorial Pez en el Hielo y forma parte del colectivo de artistas y editores independientes Sancocho. Pasó una parte de su vida entre São Paulo y Montevideo. En 2017 publicó su primer libro de relatos *Animales que vuelven* (Pez en el Hielo) que ganó el premio Ópera Prima del Ministerio de Educación y Cultura de Uruguay. Organizó y tradujo la antología de narrativa brasileña contemporánea *La paz es cosa de niños* (Pez en el Hielo, 2018). Su primera novela, *Los pasajes comunes,* fue publicada en 2020 (Criatura Editora).

DESHABITANTES

Gonzalo Baz

1

El oficial de Marina llega al barrio, como cada tarde, pero esta vez con una ojiva metálica bajo el brazo. Camina despacio para que lo miren, como si paseara un trofeo de guerra. Los niños de la cuadra paran su partido de fútbol en la calle para preguntarle qué es. El oficial, entusiasmado, la agarra con sus manos y exhibe la pieza de artillería, extraída del Servicio de Material y Armamento del Ejército. El objeto deja a los niños de boca abierta. Munición fragmentaria antipersonal sin explotar, les dice. En su casa lo esperan su madre y su tía viendo la telenovela del momento. La madre, nerviosa, le pregunta ¿qué es eso? Él le contesta que es un recuerdo y coloca la pieza metálica sobre la mesa del living, junto a las dos señoras. Diez minutos después, mientras el oficial se está duchando, se escucha una explosión que resuena en la cuadra. Los niños vuelven a interrumpir el partido. Todos salen a ver qué fue lo que pasó. Los fragmentos de vidrio y hormigón llegan hasta la mitad de la calle. La explosión deja un pedazo de techo colgando de una viga que recién terminará de caerse a la madrugada, haciendo que muchos en el barrio despierten reviviendo las imágenes de la tarde anterior: las dos mujeres carbonizadas, las ambulancias, el fuego.

2

Todas las historias sobre el barrio me las contó Eve. Cuando se le acabaron, inventó. Prefería acumular que repetir, porque las cosas que se repiten se vuelven extrañas, «como cuando te ves en fotos de diferentes épocas con el mismo buzo o cuando vas a la casa de alguien y encontrás un mantel exactamente igual al que hay en lo de de tu abuela». Lo importante era alimentar en mí la sensación de que había llegado tarde, cuando los acontecimientos ya habían sucedido. El día que llegamos al barrio, la casa de al lado ya estaba en ruinas, era un espacio inaccesible, ausente.

3

La había visto varias veces en la cuadra y compartíamos una clase de biología en el liceo. Participaba con interés a la hora de tratar la anatomía de los peces, lo que contradecía la imagen que me había hecho, al verla saltar por los techos de las casas, perderse en lo profundo de nuestra manzana o transitar entre los escombros buscando algo que al principio no supe qué era. Una tarde, después de una incursión colectiva de todas las clases del turno a fumar porro al parque, volvimos juntos al barrio. La fachada de su casa daba a una calle y la de la mía a otra, pero desde las azoteas podíamos ver nuestros patios y, en el medio, lo que en algún momento fue una casa. Aunque le faltara gran parte del techo, las paredes se mantenían en pie, se veían perfectamente los cuartos, baño y sala, incluso algunos muebles en plena descomposición. En el patio había escombros, un parrillero casi tapado por los pastizales donde los horneros habían construido un nido que a mi padre le gustaba mirar con largavistas. Si pasabas por la puerta, era solo otra casa tapiada, como las había en todas las cuadras, nada indicaba que detrás de los ladrillos todo fuera escombros.

En el camino a casa, me contó la historia del oficial de la Marina. Yo la miraba mover las manos para todos lados mientras hablaba.

Tenía varios anillos brillantes de alpaca, de los que se venden en la feria de los sábados. El efecto del porro hacía que sus movimientos dejaran huellas lumínicas en el aire. Eso le daba gracia a lo que contaba. A veces me iba de la conversación, caminaba por lugares olvidados, calles de tierra, ranchos de lata, pequeños muros de cemento. Lugares que siempre vuelven.

4

Esta mañana desperté con el sonido de la cerradura de mi casa de aquellos años. La prospección de ranuras metálicas atravesando el cerrojo, el eco en el pasillo, las trancas retrocediendo. Un sonido que escuché miles de veces inscripto en mi memoria. Hay fragmentos de esa época que me rondan de diferentes formas, como si tuviera que unirlos para saber algo. Durante unos segundos, en medio de la madrugada, creí que estaba en el barrio de nuestra infancia.

5

A poco de llegar al barrio, mi padre levantó un muro para que, desde el patio, no pudiéramos ver la mugre que había dejado la explosión en la casa de al lado; algo que contuviera a las ratas y los insectos. Recién en la adolescencia, buscando un poco de soledad, empecé a subir a la azotea desde donde pude ver fascinado aquel paisaje baldío que siempre me habían negado. También podía ver el fondo de la casa de Eve, que se parecía más a una continuación de las ruinas que a un lugar donde colgar ropa o hacer un asado el fin de semana. Desde que empecé a subir a la azotea pude ver el interior de nuestro barrio, los meses de esas primeras exploraciones fueron extraños, como si alguien hubiera vuelto hacia afuera el forro de todo, una sensación de vértigo que no estaba dentro de mí, sino en los espacios que habitábamos.

6

El Tacua pasaba casi todo el día en la cuadra. Pedía monedas y cuando se las dabas te las tiraba por la cabeza con fuerza. Los vecinos, que ya lo conocían, le daban billetes de veinte pesos y él los miraba como si el intercambio hubiera quedado incompleto. Durante un tiempo le tuve miedo, me daban asco sus cicatrices, después me acostumbré a su presencia y hasta me daba seguridad. Eve me dijo que los de la iglesia del pastor Jorge le habían tapiado la casa porque decían que adentro estaba el espíritu de su madre muerta en la explosión, y que era ella la que lo había vuelto loco, por eso lo habían echado de la Marina, por eso había terminado en la calle, del lado de afuera de su casa y del lado de afuera de todo. El pastor Jorge decía que solo se salvarían de la crisis económica y espiritual los que lo siguieran. Muchos le hicieron caso y se acercaron al templo que no era otra cosa que su casa, y él los esperaba con un sobre de manila para que depositaran los billetes.

7

Un día Eve me pidió que la ayudara a sacar unas cosas que tenía en el fondo hasta el contenedor. Había pilas con lo que sospeché serían sus cuadros envueltos en una malla sombra toda meada por los gatos. El olor era insoportable. Me acerqué curioso. Sabía que ella pintaba por las manchas de colores en sus manos y el olor a diluyente que al principio me molestaba y que después identifiqué como uno de sus olores característicos. Olor a diluyente, a casas abandonadas, a cigarros sueltos, a cera de velas, a tierra y a gatos al sol.

Quiero verlos antes.

Olvidate.

Entonces sacalos vos sola.

Entonces andate a la mierda.

8

Le pregunté por qué su patio estaba tan venido a menos y me contó que su madre se había ido de su casa cuando ella tenía casi diez años. Y que su padre había dejado morir todas las plantas y flores. Las lluvias de otoño habían convertido los canteros y macetones en piscinas oscuras donde proliferaban organismos extraños, y que había llegado a ver unos peces diminutos que se asomaban a la superficie cada tanto.

9

Estoy en el fondo de mi casa, parado frente al muro que construyó mi padre, juego a patear la pelota y recibirla, como si fuéramos dos. Mi hermano dibujó un círculo en la pared y me dijo que si practicaba embocar la pelota en ese círculo, de grande iba a ser un buen jugador de fútbol. Mi madre parece saludable, alegre, me mira jugar mientras fuma un cigarro con el cenicero en la mano. La pelota se acerca un poco más al dibujo en cada golpe, el cigarro se consume dejando una larga ceniza que siempre está a punto de caer. Un tiro demasiado mordido y la pelota traspasa el muro y termina en la casa de al lado. Giro la cabeza para ver a mi madre y ella tiene una expresión de furia, viene hacia mí con el cigarro en la mano y me sacude con fuerza.

10

Vi a Eve varias veces caminando por las cuadras de más arriba, casi llegando a la iglesia del barrio, un edificio impresionante que había que mirar desde la vereda de en frente porque su fachada estaba en peligro de derrumbe. La humedad se había comido las paredes como una extraña micosis que dejaba a la vista el material, un polvo amarillento como el polen que manchaba toda la vereda y las hojas de los tilos de la cuadra. Lo único que funcionaba en esa iglesia era el grupo de narcóticos anónimos al que iban el padre de Eve y mi madre. Terminaban en aquel edificio, temblorosos, viendo cómo se desprendían las estructuras, soportando el frío que se colaba por los vitrales rotos a pedradas, el consuelo de muchos pibes del barrio, ver cómo esas placas de cristal coloreado caían y resonaban con un eco misterioso dentro de aquel viejo edificio.

Después supe que Eve andaba por ahí porque venía de la casa de Estela, una profesora de arte que vivía a una cuadra y a la que visitaba varias veces por semana. Al principio, para verla pintando, porque pasando por la vereda se podía ver a la mujer con su camisa toda manchada, agregando capas a un lienzo que siempre cambiaba de color. Eve era de las personas que se quedan mirando para adentro de las ventanas cuando pasan y cada vez que caminaba por ahí, se acercaba un poco más, con esa pulsión de entrar a lugares ajenos que, en el barrio, todos le conocían. Un día Estela la invitó a entrar a su casa, le mostró su nuevo trabajo y le preguntó qué veía. Eve le contestó: veo a mi madre. A partir de ese día empezó a ir periódicamente. Estela le enseñaba técnicas básicas de color y composición, le prestaba libros de arte que estudiaba sin entender nada, porque las explicaciones vendrían después. Estela le había agarrado cariño y le proponía ejercicios. Una vez le pidió que fuera a la oficina de registro civil, para que pudiera entender lo que significaba fundir su cuerpo en un espacio: oficinistas casi transparentes, unidos a las paredes verdosas donde colgaban láminas amarilleadas por el tiempo, plantas de plástico con sus hojas llenas de polvo. Cuando entró con su campera roja, como un rastro sanguíneo en medio de la aridez, entendió por qué todos vestían colores opacos. Los cuerpos se mimetizan con su ambiente. En la casa de Estela, Eve se descalzaba y caminaba por el piso para sentir las arrugas de la madera en sus pies, acariciaba las flores empapeladas de la pared, y se acercaba al calor de una salamandra al rojo vivo. Estela la miraba prender cigarrillos, uno con la colilla del otro, tirando el humo a contraluz para poder ver las figuras que se formaban, nubes tóxicas como las que veíamos sobrevolar el barrio desde nuestras ventanas: el Tacua en el medio de la calle mirando hacia el cielo, los peces oscuros desapareciendo en la superficie de un macetón. Un tiempo antes de irse, Eve me pidió que la acompañara hasta el hospital. Te espero afuera, le dije. Ella se paraba frente a la cama, como quien se para a ver cómo se incendia su casa. Estela pedía unas gotas más de los medicamentos contra el dolor. Esta no soy yo, le decía Estela, así que podés dejar de venir.

11

Esos días no la vi por la azotea como todas las noches. Me dijo que se la pasaba en las casas deshabitadas. Su padre nos tocaba la puerta cada tanto, para preguntarme si sabía algo de ella. Yo le decía que debía estar en lo de Estela. Entonces caminaba hasta arriba y al ver la chimenea largando humo, se tranquilizaba. Volvía a su casa y escuchaba la radio mientras se tomaba un vino cortado con hielo para que durara un poco más. Mi madre decía que era un buen tipo al que le habían pasado cosas malas.

12

Imaginé miles de posibilidades, de colores y materiales impresos en los lienzos de Eve. Pero siempre vienen a mí, en momentos en los que no los espero, los peces oscuros, como sombras emergiendo del barro, absorbiendo la luz. Puedo pasar horas en ese estado de negrura total, hasta que veo a lo lejos una figura que camina lento entre los escombros y voy hacia ella. Siempre termino en el mismo lugar.

13

Se fue del barrio cuando la policía se llevó a su padre. Un día vinieron con orden de allanamiento en mano y no necesitaron dar vuelta a la casa para encontrar medio kilo de merca en diferentes bolsitas que su padre había atado cuidadosamente, mientras escuchaba música, como las viejas que tejen mientras miran el informativo. La gente de la cuadra fingió sorpresa al verlo entrar esposado a un patrullero. Eve pidió quedarse en la casa, pero ya no había quien pagara el alquiler, así que tuvo que irse a vivir con una tía a otro lugar, fuera de Montevideo. El último día vi cómo salía al patio, se acercaba a la maceta con una bolsa plástica, metía sus brazos y sacaba la bolsa llena de agua turbia que examinaba con las mangas de la campera empapadas. Con ese gesto se terminó una etapa de mi vida. Vinieron nuevos vecinos, yo entré en la escuela de mecánica que al año abandoné para irme del país. A su casa se mudó una familia que arregló todo el patio, cortó el pasto, plantó flores, llenó las macetas de tierra y a los meses crecieron unos frondosos ficus. Mientras tanto, entre las dos casas, seguían las ruinas de lo del Tacua, el lugar por el que vagaban nuestras ensoñaciones comunes.

14

Dejé de subir a la azotea. Por esos años quedamos en la casa solo mi madre y yo. Mi padre y mi hermano, cansados de las recaídas periódicas, de la falta de fuerzas, de las actitudes suicidas, se habían ido a vivir con mi abuela. Mi madre se dormía con los cigarros prendidos. En sus sábanas había pequeños agujeros, con los bordes endurecidos por las quemaduras. Yo me acostaba a su lado y mirábamos la televisión, ya ni siquiera hablábamos. A veces, la acompañaba a la iglesia, para sus reuniones de Narcóticos Anónimos de las que volvía con un brillo fugaz en los ojos, como algo pasando en el cielo.

15

Eran las diez de la mañana y parecía de noche. Por la ventana veía toda la cuadra enrarecida, como si estuviera recordando cosas terribles. De un momento a otro empezaron a caer piedritas de hielo sobre el piso y sobre los autos y los descansos de las casas. El Tacua agarró el cuello de su campera y se cubrió la cabeza. Mi madre, parada en la ventana, me dijo que saliera a darle un paraguas. Crucé la calle en chancletas para no mojarme los championes, las piedras de hielo me resonaban en el cráneo. Al acercarme, vi la figura del Tacua con la campera arriba de la cabeza y la cara afectada por quemaduras, como gusanos de varias patas adheridas a su piel. Me paralicé. Eve era la única que lo tocaba, le acariciaba las cicatrices, le besaba las mejillas. Era capaz de tocarlo a pesar de su olor a ropa meada, a sus capas de mugre impregnadas en los poros, a sus manos llenas de polvo de ladrillos de arañar las puertas y ventanas de su casa tapiada hasta romperse las uñas y sangrar. Trazas de sangre en el ladrillo.

16

Me pierdo entre los fragmentos de cemento, las baldosas cubiertas de polvo y hongos. En nuestro barrio nunca nada rompió el silencio. Todo lo entendí por Eve: los gestos, las miradas calibradas, las voces inaudibles. Después de su partida, sobrevolaba un murmullo interminable, como un pitido después de la explosión. Cada tanto las viejas del barrio me preguntaban si sabía algo de ella y yo les inventaba que se había vuelto monja, o que se había casado con un conde y ahora reinaba un pequeño pueblo en Europa del Este. Siempre inventaba una historia nueva.

17

Las señoras pierden la concentración en la telenovela. En la pantalla los protagonistas forcejean y al final terminan besándose. Ellas miran la ojiva metálica de reojo, algo las inquieta. Se miran a los ojos. Una de ellas tiene lágrimas, parece que va a decir algo pero no puede. La otra pone el dedo índice sobre sus labios arrugados y se inclina para mirar en dirección del baño donde su hijo se está duchando. Se acerca a su hermana para decirle algo al oído. La otra también se inclina, sus cabezas están cerca. ■

MILUSKA BENAVIDES

1986

Miluska Benavides nació en Lima (Perú). Publicó el libro de cuentos *La caza espiritual* en edición no venal (Celacanto, 2015). Como traductora se especializa en poesía. Publicó la traducción de *Una temporada en el infierno*, de Arthur Rimbaud en 2012. Después de vivir seis años en Boulder, Colorado, volvió a Lima, donde se dedica a la observación de las aves y el litoral. Es doctora en literatura latinoamericana y trabaja como docente. Está en trance de concluir *Hechos*, novela de la que «Reinos» forma parte.

REINOS

Miluska Benavides

San Juan de Marcona

Decían los ingenieros que antes de que se fundara el campamento de San Juan de Marcona, los locales y los forasteros de las alturas –a diferencia de los enganchados de las minas del Centro– no habían sido adiestrados en la transformación de los metales. Los técnicos se quejaban de que la indiada había dejado las colinas desperdiciadas durante siglos, por gusto e ignorancia: transitaban sin aprovechar el mineral ni las especies antárticas que navegaban la corriente fría, hasta que el Gobierno peruano le encargó al sabio Raimondi medir y apuntar los ríos y cerros que escondían los minerales. Luego de descifrar la latitud de las colinas doradas de San Juan de Marcona y sus minas de hierro, el italiano contempló la profundidad de las aguas de la bahía, las juzgó adecuadas para hospedar flotas que sacaran el mineral del país, y sentenció las colinas al beneficio.

Juan Bautista llegó a Marcona con tres monedas en los bolsillos, atemorizado por su fama de ciudad fantasma fundada en el desierto. No había podido descender por la ruta ancestral que empleaba Mario Bautista, su padre, para llegar a la bahía cuando extraía del mar el cochayuyo, las láminas delgadas de vegetal oscuro con que tantas veces se había salvado su pueblo cuando azotaron las sequías.

Habían bloqueado la ruta: trancas clausuraron las entradas de acceso al litoral, y en las lomas se erigían las torres de acero y una miríada de postes de madera, montículos de piedras y de arcilla, tajos consecutivos por donde los hombres no podrían transitar sino con máquinas. Para entonces, ya se habían extendido los rumores de la riqueza de la mina de la costa: Marcona no era más un tímido campamento que levantaron los primeros extranjeros, sino una ciudad que se expandía con palos y esteras.

Bautista fue recibido por obreros llenos de angustias, aunque sus crecidas esperanzas de una casa y una libreta de banco iban apagando año tras año los decires de un sindicato que tenía mártires, y que circulaban por los pasillos del campamento en cumpleaños, cantinas, reuniones. Decían que los nuevos dueños eran peores, que administraban el campamento como su chacra, que el jornal era el mismo desde su traspaso en 1995. Había presenciado peleas perdidas en las asambleas a las que dejó de ir. «Renuncia. Si este trabajo mata, que se maten otros; nosotros no», escuchó en un discurso de despedida de un compañero. Era su primera reunión, y la solución le pareció coherente. Se alarmaban de que todos los mineros ganaran bien, menos ellos. En San Juan de Marcona pudo hacer los soles que nunca vio en el campo, se repetía Juan Bautista mientras el resto de los compañeros escribía pliegos de reclamos y firmaba declaraciones que acumulaban humedad y polvo en las oficinas locales.

El día de la explosión, Bautista había recorrido el campamento como había hecho los días, meses y años anteriores. Al despertarse vio las mismas esquinas resquebrajadas de su habitación, las mismas marcas de humedad en los adoquines del techo. Por su ventana se asomaba el mismo presentimiento de luz. En los lavaderos saludó con un gesto adormecido a Vélez y Calderón, con quienes compartía el primer turno; Janet lo esperaba despierta en una silla blanca con el mismo camisón de dormir; su hija aún dormía en la penumbra de su habitación; la avena se había disuelto en el agua recién hervida. Cuando se asomó por el balcón para enrumbar hacia la planta, todo parecía suceder al ritmo unísono del mar y la lentitud de la neblina helada, cuyo avance había aprendido a descifrar para transitar a ciegas en los meses de invierno. Nada hacía parecer que se trataba de un día distinto hasta horas más tarde, cuando aceptó que se encontraba en medio de un siniestro. Ese día Janet se despidió sin ánimo. «No huelo nada, solo metal», le había respondido cuando él le preguntó antes de salir si no olía algo raro.

La planta brillaba a lo lejos con la luz de la madrugada; los tajos humanos habían descubierto el brillo del metal de la tierra. Ese día no se distinguía de otros; Bautista no había soñado nada extraño como aquel día cuando en su niñez casi se lo tragó un río embravecido y soñó con aguas sucias. Calderón, él y otros hombres de mono azul se agruparon frente al portón de entrada de la planta para marcar su asistencia. Media hora transcurrió conforme la rutina coordinada con Calderón. Ambos debían maniobrar la bomba de presión que les servía para succionar el mineral. Pero en cuanto la encendieron, explotó. Calderón murió con el tórax destruido. Bautista se salvó por pasos. Recuerda tener conciencia del siniestro pocos segundos antes de desmayarse, expulsado por la presión y atravesado por unos fierros. Los días siguientes sucedieron como si su vida transcurriese en el fondo de esas aguas turbias de su sueño. Despertó en una ambulancia, donde un paramédico le dijo que solo se salvaría si lo llevaban a un hospital de la capital.

Janet apareció días después en el hospital acompañada por dos abogados y hombres de terno. Apenas la reconoció, sedado por las múltiples cirugías que lo inmovilizaron varias semanas. Mientras tanto, sus compañeros se organizaban para el inminente reclamo; bloquearían la carretera que unía el campamento con el mundo. A él le preocupaba que lo vieran así. Con una pierna casi recuperada y la otra perdida, se reafirmaba en que él nunca había ahorrado ni ganado así, y sí, los accidentes también pasaban. Eso fue lo que le dijo a Alcides Espinoza, del sindicato, que fue hasta su habitación de convalecencia para pedirle que firmara el reclamo. Le pedía darle firmeza a la consigna. Cuando entró Janet para preguntarle qué querían esas visitas, movió la cabeza y dijo:

–Vienen a tratar de convencerme con su labia. Parecen predicadores.

La televisión apenas dedicaba minutos a las noticias de provincias. Una reportera contaba el suceso al ritmo de cincuenta palabras por minuto, y en casa nadie quería decir mucho. Para cuando Juan Bautista se instaló, muy en su contra, en un segundo piso roído, cerca de un hospital olvidado de la capital, la para –en palabras de los mineros– seguía firme. Un día, mientras veía el noticiero de la mañana tomando avena caliente, se enteró de lo que ocurría en San Juan de Marcona. Janet le hablaba de otras cosas mientras acomodaba las compras. Prestó atención a la noticia de que los mineros y las amas de casa salieron de minas y campamentos para la marcha de sacrificio hacia la capital. En las imágenes los observó con sus banderas y uniformes a pesar del verano, sus cascos amarillos y blancos, sus rostros quemados, sus lentes de sol, sus botellas de agua. Un reportero habló brevemente sobre Calderón y él. Las personas caminaban por la carretera que serpenteaba el desierto. Janet estaba de espaldas, animada, atenta a su propia voz. Atrás quedaron los rumores de la televisión y la conductora. De él se apoderó un zumbido interno, como un estruendo acallado que no escuchaba dentro de sí desde hace muchos años, y que lo obligó a guardar silencio.

Un hombre singular

Mario Bautista sostuvo el sombrero a la altura de su vientre y se sumergió en la muchedumbre que caminaba hacia el cementerio, acompañando a los muertos con rezos y sollozos. El padre Cárdich echó agua bendita a una fila de féretros dispuestos debajo del alto arco de piedra que enmarcaba los funerales de los jóvenes, víctimas del barranco de la curva de Laramati.

Del accidente le informaron otros choferes cuando se detuvo en Canta y decidió ir al cementerio a despedirse, aunque sabía que, de vuelta a casa de Sebastiana Narváez, le esperaría el reproche, pero

¿cómo no ir?, le aclaró a su madre mientras le servía el caldo hirviente. «¿Y todavía te vienes acá a comer? Anda directo donde la señora», le dijo. Él no hizo caso. Había dejado el camión en la terminal sin siquiera avisar de su salida; se unió a la larga procesión que serpenteaba por la calle empedrada, la más antigua, por donde dicen que pasó por última vez el Brujo de los Andes y las montoneras durante la guerra con Chile, para desaparecer por la cordillera que se empinaba detrás del cementerio.

Cuando por fin apareció en la casa de Sebastiana Narváez, las dos hojas del portón estaban abiertas. En el centro del gran patio florecía un alto árbol de flores blancas. Sebastiana lo esperaba con la cara colorada y un fuete que solían llevar los hombres de su familia. Adela también lo aguardaba, aunque prefería no hacerse ver, escondida tras uno de los pilares del patio. Decían casi todos en esa casa, con admiración y amargura, que Sebastiana gobernaba su reino sin ayuda. Tenía dos hijos a los que había mandado a estudiar a la costa; a su hermano menor lo había destinado a una de sus haciendas venidas a menos para que se hiciera hombre. Revisó uno a uno los sacos de café que había traído de los valles, uno de los pilares de su comercio; eso –decían– y su capacidad de amarrar a los mejores choferes, mientras el resto de los comerciantes seguía contratando a arrieros o neófitos, como los que se defenestraron por la curva de Laramati.

–Ahora tengo un negocio urgente que proponerte para mañana. Más tarde –le dijo a Mario Bautista, sin saludarlo mientras los peones descargaban los sacos y los cargaban al hombro hacia el almacén–. Hablemos más tarde, después de la misa.

La misa de honras de Justo Narváez, el padre de Sebastiana, se celebró a pesar de las protestas del padre Cárdich, quien sugirió posponerla pensando en la borrachera que habría después, en el patio de la casa Narváez, donde se congregarían incluso forasteros atraídos por las noticias. En el servicio, en palabras del padre, el difunto Justo Narváez fue recordado como «un hombre singular», un hombre soñador y cosmopolita en esa nada que era Santa Lucía. El padre extendió los brazos e invocó a los santos empotrados en las paredes de la iglesia para recordar a su amigo. Un hombre de gran curiosidad –decía el padre–, como las veces en que preguntaba por la naturaleza del reino de Dios, de si se había calculado en números el día de su llegada, de cuán cerca estarían por cumplirse cada una de las promesas del señor Jesucristo, y de cómo en algún momento se abriría el reino de los vivos y los muertos y el mundo sería uno. Contó, además, cómo Justo se había vuelto más pío después de una serie de parálisis que no impidió que siguiera preguntando por el Señor. Sola y de negro, Sebastiana, sentada en la banca de madera de la primera fila, asentía.

Ni el sermón ni la fiesta pudieron acallar los rumores de cuán extraña había sido la muerte de Justo Narváez. A la salida de la misa, las mujeres murmuraban –luego de darse la paz– de que Sebastiana lo había dejado morir. Ese rumor se hacía cada vez más creíble. Comentaban que, poco antes de fallecer, Narváez había cerrado sus minas de plata de Cangallo asegurando que se había acabado la veta. Decían que era posible que se pidiera al cerro de la mina que ocultara sus minerales o se la llevara a otro lado, tal como sucedió con las minas de una antigua parienta de los Narváez, Catalina Astocuri, quien en su agonía le pidió a un brujo que le hablara a la Virgen para que ocultara el oro de sus minas, y así se pudieran prevenir las desgracias de la codicia. No era coincidencia –susurraban en la iglesia– que, poco después de la muerte de Nárvaez, Sebastiana hubiera traído a ingenieros para buscar más plata en Cangallo. Ella sabía de estas y otras habladurías, pero la mujer optó por agradecer en la puerta de la iglesia, estrechando las manos y los antebrazos de los asistentes, gente que había trabajado para ella o le debieron alguna vez algo a su padre.

A la casa Narváez fueron los que no respetaron el luto de los fallecidos en la curva de Laramati. No era la primera vez que Sebastiana pasaba por alto los lutos ajenos por urgencias propias. Mientras colmaba el patio el sonido profundo y solemne de los huacrapucos de Acocro –maestros de la corneta favoritos de su padre–, ella habló de negocios con Bautista. Él le dijo sí a todo, ante la mirada de los curiosos que movían sus cabezas al ritmo de la música, comían costillar y bebían licor. Habían oído las promesas que Sebastiana les había hecho en otras ocasiones a otros choferes, incluso a Víctor Jaimes, apenas mayor que Bautista y a quien acababan de despedir en el cementerio. Les decía que eran hombres excepcionales, únicos, que podrían hacer buena plata y conseguir buena esposa. Bautista escuchó y aceptó llevarle su mercadería y reses cuando amaneciera a la montaña, donde ella negociaba con unos misioneros franciscanos, a pesar de que debía pasar por el mismo precipicio donde se defenestró el último camión que dejó Santa Lucía. Cuando el joven salió del patio para irse a descansar a su casa, algunos dijeron que solo había dos opciones: regresaría vivo o muerto.

Al insinuarse el sol del alba sobre las calles empedradas, el sonido lejano de los huacrapucos, que se iban junto con los forasteros, rompía apenas el silencio. Casi en la oscuridad, Bautista se encargó de hacer subir a las reses a su camión y emparejó en el techo los sacos que debía llevar a la misión. La patrona Narváez no lo vio irse. Nadie en realidad vio cuando el camión pesado, muy pesado, como temía Bautista, cruzó el puente rojo. Se tendría que haber ido por la trocha que debía trepar para luego bajar; pero, en vez de tomar el camino ascendente, siguió el curso del río que transcurría furioso. En una curva lo esperaba Adela, la mujer joven que lo visitaba a escondidas en las noches, y quien antes de decirle a la patrona que estaba encinta de él –aseguró– prefería irse de esa casa. Hipnotizado por sus visitas nocturnas, se olvidó de las promesas de esa noche hechas a la Narváez, del ruido de su voz que casi lo convence de cruzar la curva de Laramati, fresca aún de muertos. La mujer se subió al camión, y en silencio desaparecieron juntos en la base del cerro Moroqaqa, del que decían raptaba a los paseantes, rumbo a pueblos donde rematarían las reses y el camión para borrar su rastro.

Visitas

Afuera, un día de verano, el día transcurre lento; el chofer se estaciona en la luz ámbar para que se acopien los pasajeros de los paraderos. Su mamá la espera en la esquina, fastidiada por el calor. Avanzan por dos cuadras vacías donde pocos niños juegan fútbol en la pista.

–De acá me voy de regreso a la tienda –dice su mamá–. Así te llevas este paquete. –Le muestra unos pijamas amarrados con unas cintas de plástico–. Luego sacas la ropa del tendedero porque se va a despintar –le ordena, mientras las ondas de calor se manifiestan en el horizonte de las dos de la tarde.

La casa de Juan Bautista está a medio construir; en el segundo piso, sin vidrio ni techo, las ventanas están descubiertas. De una puerta de metal sale la mujer y las deja pasar. Él las espera adentro, en el pasadizo sin tarrajeo, sentado en una silla. Estira la pierna que creían por mucho tiempo sana sobre un banco de madera. Se queja de sus dolores intensos, de que siente los clavos de la cadera sueltos y que no le dan cita. Las cicatrices del muñón de la otra pierna están cubiertas por un short. Ella sostiene el algodón y el agua oxigenada para que su madre limpie la herida abierta que desde la caída de año nuevo no se cura. La pierna muestra sectores gangrenados que parecen ir avanzando por toda la superficie del muslo. Le han explicado que son dos venas reventadas, posiblemente por los clavos sueltos. Le dijeron que para la cirugía debía esperar aún porque no había cama.

Ella se aleja. Por pudor siempre busca algo que lavar o arreglar en la cocina cuando su madre va a aplicarle la inyección, y debe ver a su tío descubierto. «¿Por qué me hace venir?», se pregunta cuando se acaban los trastes o no encuentra ninguno, y ellos siguen conversando. Tampoco quiere irse por otro lado, porque puede toparse con la mujer que usualmente merodea por el patio y la sala. Todos dicen que él todavía está joven, pero a ella le parece muy mayor, al menos sabe que es el hermano mayor de los tíos. Le intriga qué hace la mujer allí. Sabe que cuando llegue la tía Janet de Marcona tendrá que irse. Ha escuchado incluso que la mujer que viene a atenderlo tiene marido y familia. Le han dicho que está allí por la asignación de la mina, que decían las tías, era una miseria.

–La próxima me das las cosas en la esquina nomás –le reclama a su madre cuando la embarca. Ella sospecha que la hace venir por miedo o por incomodidad, para no estar con esa mujer a solas. Siempre se oyen sus pisadas cuando se acerca para husmear lo que hablan: quejas de que Janet lo ha abandonado en el peor momento, ese tipo de cosas.

En una hora llega a dejar los paquetes. No piensa ir a su casa sino después de merodear por la avenida. Es verano. Se entretiene en los escaparates de ropa y zapatillas, en las fachadas de los casinos resguardados por hombres con terno en pleno calor. Pasa por la avenida colmada de negocios, puestos de comida y locales con gente entrando y saliendo; sortea esquinas caóticas y el tráfico, y desemboca en un parque descuidado de veredas rajadas. Decide esperar en una banca de cemento a la sombra de un árbol. Alrededor las mamás pasean a sus hijos; algunos avanzan en carritos de plástico. Una pareja de su edad conversa en otra banca al frente. El atardecer nacarado de Lima se va revelando, imponiendo; arriba las hojas gruesas de los árboles –observa– ofrecen el mejor momento, y –se dice– solo faltaría que algo ocurriera a secas. Mira fijamente la esquina por donde tendrá que volver a casa. Entonces escucha el estruendo de ciertas tardes o, mejor dicho, el gran estruendo, que esta vez la ha encontrado desprevenida. Por sobre los ruidos del tráfico que se intensifican con el atardecer, escucha el familiar sonido de las trompetas que se tocan desde las profundidades del cielo, un sonido que se impone de arriba abajo –dice ella cuando cuenta lo que escucha–, que lo ha encontrado siempre al atardecer. La gente parece concentrada en lo suyo y no da señas de escuchar. Las madres conversan paradas con los brazos cruzados mientras los niños corren en círculos. La pareja murmura con las caras muy pegadas. Pasan algunos minutos antes de que el sonido desaparezca y decida volver a casa. Siempre que sucede –se dice– es porque algo va a pasar.

–Cómo no vas a escuchar si se escucha clarito –le dice a su mamá en la cena.

–Es el tren que cruza el río y así suena –explica su mamá–.

Su hermano la mira. Nunca estuvieron de acuerdo con la explicación con que usualmente cerraban los reportes de los ruidos en el cielo, en el programa de radio que sus tías solían escuchar por las noches. «Es una colisión de nubes», decía siempre el locutor hacia el final, luego de reproducir durante media hora los llamados sonidos del juicio final que se escuchaban en Tel-Aviv, Australia, en todos lados. Esa noche buscan videos en YouTube, y se enteran de que incluso hay lugares donde de manera simultánea se ha escuchado el sonido, que se presenta en diferentes versiones: trompetas, un estruendo sostenido, un derrumbe. Un video en Jujuy es más parecido al ruido que ella ha escuchado en el parque. Otro video dice que es el sonido de una aurora boreal. Con solemnidad una voz afirma que la aurora boreal abre la tierra como una escisión: «Es la puerta por la que ingresa un universo que tiene cerca de 15 mil millones de años». Les da miedo oír eso. Su mamá les quita el celular; los manda a dormir.

Por las noches el silencio no es unánime, no al menos hasta que los autos y buses dejan de recorrer la avenida hacia la medianoche. Su habitación está oscura; la puerta está abierta. Su hermano y su mamá duermen, o eso cree. Siente las pisadas de los gatos en el techo. Le es difícil dormir; cambia de posición cada tanto, hasta que observa una sombra cruzar la puerta entreabierta de su cuarto. Como otras veces, alza la cabeza para ver mejor, aunque sabe que no verá más que lo que ha visto o cree ver. Se cubre la vista con la sábana del miedo. Es el alma de la abuela Adela de nuevo. Lo sabe y no se sorprende. Tantas veces le había prometido que volvería. Puede decir que viene como otras veces ha venido. No lo sabe bien, pero recuerda el estruendo de la tarde, que le anuncia siempre cosas. Recuerda las palabras. Seguro que la abuela algo le quiere decir.

Mayu sonido
[El río que habló]

I

Las personas mayores se habían llevado a la abuela Adela detrás de la puerta. Una de las niñas se quedó mirando con los ojos bien abiertos, tratando de descifrar los murmullos. En unos minutos la trajeron de vuelta y, aunque temían, las niñas se acomodaron en sus sillas para pelar las arvejas y escuchar una historia repetida con pocas variaciones. Pero la anciana no retomó el relato que estaba contando antes de que la interrumpieran. Apretó los labios.

–Lo que les voy a contar no es mentira, es realidad –anunció–. Así, de su edad, llegué a una casa de una señora muy buena, recta pero buena.

Las miró con sus ojos ciegos y agregó:

–Mi mamá ahí tenía siete hijos y dijo: «No puedo tener ya a mi hija mayor». Como a veces iba mi familia a intercambiar la lana que la señora estimaba, nos conocimos. «Ven, Adela», dijo y me prometió que me tendría en su casa. Llorando me despedí.

»Así me tuvo años. Aprendí a cocinar, a planchar bien las ropas del papá de la señora, un señor bien decente y ameno, el señor Justo Narváez, así se llamaba. La mamá de la señora había muerto del estómago, contaban, hacía años. Yo estaba tranquila. Tenía mi cuarto; los hombres me fastidiaban, pero la señora advertía: «A esta nadie la toca». Los hijos de la señora me querían como a su familiar también. Un día, ya años después de que estaba en la casa, el señor Justo se quejaba porque le dolía la cabeza acá adelante y atrás en la nuca. La señora le mandó a traer sus yerbas. Le dio unas pastillas para el dolor. Luego su papá dijo: «Hija, me duele fuerte… Llámalo al doctor». No lo llamó. «Ya te va a pasar, papá. No exageres», le dijo. Así pasaron los días; le dábamos al señor unas pastillas, y un día el señor ya no pudo levantarse de la cama. Yo tenía que llevarlo del hombro porque no podía pararse. «Ay, señora, llamemos al doctor», le dije. Yo era jovencita, pero me daba cuenta de que el señor estaba mal. No lo llamamos al doctor, y la señora nos advirtió: «No estén hablando por la calle o el mercado que mi papá está enfermo. Mi papá no quiere que se enteren». Nadie dijo nada, y el señor estaba con sus manos secas, pálido, como si le hubieran absorbido todo de adentro de su cuerpo. Un día en la noche, la señora nos dijo: «A mi papá se lo llevó el Señor». Lloramos fuerte. Vinieron de todos lados para despedirse y empezaron a hablar. Decían que el doctor nunca vino. «Amaneció muerto», contaba la señora con su cara llorosa. Quién le iba a contradecir su palabra. De ahí, poco a poco nos dimos cuenta en la casa de que la señora había deseado que se muriera su papá y no lo llamó al médico. Era su deseo. Dicen que tenían problemas. Por su deseo el papá murió. Quería que se muriera. Ahí me decido ir, alejarme. –La anciana tosió y agregó–: Tenía poder esa señora. Decían muchas cosas que no puedo contar ahora. Yo me fui de su casa con mi primer compromiso, don Mario; no sabíamos para dónde. Él, que en paz descanse, me decía: «Si me quedo, me voy a quedar sin nada o me voy a morir». Así diciendo nos fuimos.

La anciana guardó silencio y miró hacia la puerta. Los adultos pasaban apurados: ya estaban sirviendo el almuerzo.

–¿Y de ahí? –le preguntó la niña.

–De ahí nos fuimos lejos. Don Mario por volverse minero se murió de los pulmones. Luego, después de años que pasaron, le conocí a mi nuevo compromiso en San Damián, y años después nos vinimos acá a Lima, en un lugar donde todo era pampa. Un día me encontré con una amiga de mi pueblo mientras paseaba por el centro. Nos saludamos; ahí me contó: «Decía la señora que le has robado. Y también decía que como sea te va a encontrar, que qué estarás hablando». «Mario ya se murió. Tengo otro compromiso. Y con Mario tengo un hijo», le conté. «Entonces cuídalo. Le sabes sus cosas de la señora, ¿no? La señora te está buscando y es bien rencorosa», me advirtió. «Y a mí qué me importa que me esté buscando», le respondí. Y se fue sin despedirse. Siempre me acordaba de esa amiga que me advirtió.

La anciana se quedó con la mirada suspendida.

–Aunque la señora ya se debe haber muerto.

Ya habían terminado de pelar las últimas arvejas. Poco después entró una mujer, echó las verduras a la olla. Tomó a la anciana de los hombros para que la acompañara a la sala, pero ella la rechazó con un movimiento brusco. Las niñas se sacudieron la ropa de fiesta con la que habían ido de visita y se unieron a la tropa de primos que corría por el pasadizo, el patio, la calle. Esperaban el almuerzo que habían ayudado a preparar y dejaron a la anciana sola rumiando sus recuerdos en la mesa.

II

Cuando los torrentes se hinchan en las cimas de las montañas, descienden por sus faldas y se anuncian con un estruendo que luego se acalla. Anuncian las montañas su descenso. Las aguas descienden primero en silencio, luego cobran fuerza cuando se unen otras aguas de cumbres cercanas y el caudal se vuelve furioso. Estaban advertidos tantas veces del sonido que anunciaba el río embravecido. Podría traer barro, piedra; decían también que expulsaba cadáveres de animales, hasta de músicos y borrachos, y los niños sabían que debían sortearlo en cuanto escucharan prolongarse un súbito rugido.

Dicen que Adela contó muchas veces que salvó a Juan Bautista de esas aguas turbulentas de un milagro. Que lo arrancó del río. Los niños no habían logrado cruzar a tiempo pese a haber advertido el estruendo, como si viniera del cielo. No se sabe cómo, de todo el grupo, solo él resbaló hacia esas aguas. Se habían quedado distraídos, confiados de que allí no transitaban aguas, a pesar de que la tierra horadada como una enorme serpiente era la huella y prueba de que por allí había corrido alguna vez un río embravecido. Ella y otras personas entraron por un atajo y lograron avistarlo en medio del río. El lodo cubría su cuerpo; una lámina le impedía la visión; el niño apenas se sostenía de un tronco que avanzaba lento a pesar de la fuerza del río. No se desesperó y lo acompañó por la ribera hasta por donde el tronco, arrastrado por las aguas, quedó atrapado en un estrecho bordeado de piedras, antes de que el río empezara su descenso vertiginoso. El niño se aferró al tronco y este lo retuvo; el agua salpicaba alrededor. A ella le ataron el pecho y la cintura con fuertes sogas y avanzó a zancadas sostenida por los locales. Le costó alcanzarlo, lo sujetó por la espalda. Llegaron fatigados a la orilla. Él respiraba con dificultad por el lodo; las piedras y ramas habían llagado su cuerpo.

Juan Bautista recuerda con dificultad lo que siguió. Creía por mucho tiempo contener dentro de sí el gran estruendo que le anunció ese día el vértigo del río, que algunas noches no le dejaba dormir. Desde entonces aseguraba escuchar en los atardeceres un sonido prolongado, muy parecido a la anunciación del río embravecido; otras veces escuchaba como cornetas lejanas. Dirigía la mirada hacia las montañas; buscaba ese sonido en el cielo, sin hallarlo. Parecía encontrarse solamente en sus oídos. La gente alrededor decía no escuchar nada cuando él preguntaba por el estruendo. Tampoco podía recordar los momentos anteriores al incidente, y desde entonces asumió que no debía invocar ni el recuerdo ni sus sonidos.

Pero un día, a Juan Bautista lo despierta un estruendo surgido del sueño, y siente por minutos la pierna ausente. Cree poder moverla, pero alza la vista y reconoce su cuerpo: la penumbra del amanecer le devuelve los contornos de una pierna sana y de un muñón al lado. En ese umbral en que lo aborda la lucidez, recuerda después de mucho el día de su niñez en que casi se lo lleva el río, y se le ocurre que quizá debiera haber muerto entonces. El recuerdo se le presenta nítido como un rayo en el horizonte de su infancia, más claro que la tímida luz que asoma por su ventana. Le laten las sienes y las venas enfermas que ya contaminan la pierna sana y el vientre. Lo aborda la triste sospecha de que, según había escuchado entre rumores y confesiones, lo habían estado buscando desde siempre y que quizá ahora sí lo habían encontrado. ■

EUDRIS PLANCHE SAVÓN

1985

Eudris Planche Savón nació en Guantánamo (Cuba). En 2013 se graduó como Doctor en Medicina y comenzó a estudiar la especialidad de Oncología Clínica. De 2014 a 2020 se desempeñó como Coordinador del Encuentro de Jóvenes Escritores de Iberoamérica y el Caribe dentro del marco de la Feria Internacional del Libro de La Habana. Su primera novela, la juvenil *Hermanas de intercambio* (Gente Nueva, 2016; Milena Caserola, Argentina, 2019), obtuvo el Premio Nacional Pinos Nuevos 2015, el Premio Mundial a la Excelencia Literaria 2019-2020 otorgado por la Unión Hispanomundial de Escritores, el World Nations Writer´s Union de Kazajstán, el Motivational Strips del Sultanato de Omán y la Municipalidad Provincial de Urubamba, Cusco-Perú. Publicó además *Cero Cuentos* (Ediciones del Genal, España, 2020). El cuento «Viajeras bajo la marquesina» forma parte de un libro inédito.

VIAJERAS BAJO LA MARQUESINA

Eudris Planche Savón

«Tal vez tuviéramos algo en común que no volveré a encontrar nunca en nadie».

The Diary of Virginia Woolf, 16 January 1923

A Katherine M., con devoción y AMOR.
A la Tomalin, por su excelente biografía de K…

La Première Voyageuse

I

Está sentada a mi lado. De su cartera saca un paquete de galletas y me brinda.

–No, gracias –digo.

En realidad tengo un hambre de perra comegalletas.

–Anda –insiste–, yo sola no puedo comer todo esto.

Mi mano dice sí, a la vez que toma una.

–¡Coge más!

Sonrío apenada. Pero la perra de mi mano tiene hambre y lo demuestra apoderándose de seis galletas o quizás siete, no recuerdo.

Un hombre con uniforme se acerca y pide los tiques. Es gordo, feo y con una higiene dental desastrosa. Busco entre mis bolsillos.

–Tome –digo, pero está muy concentrado fijándose en ella y no escucha.

En verdad es bella, hasta yo me pasaría la vida observándola. Y sus ojos... ¡Dios!, «su mirada es de muñeca japonesa».

–La misma de la Mansfield –diría Virginia si estuviera aquí presente.

Saca el tique de su cartera y se lo ofrece al hombre.

–¿Quieres? –ella le brinda unas galletas.

Acepta. Lo miro con odio, apenas se da cuenta. Mi perra mano intenta morderlo, pero recapacita y solo le da el tique.

Se marcha. La muchacha me mira mientras saborea su labio inferior, seguro con sabor a comida francesa.

–*¡Bon appétit, Madame!* –digo en pensamientos, pero soy interrumpida por una nueva oferta de galletas.

Mi perra coge dos, comparte una con mi boca y sostiene la otra.

Mientras buscaba el tique, recuerdo haber tropezado con un pequeño libro en alguno de los bolsillos de mi abrigo. Lo saco y me dispongo a leerlo.

–*¡Garden Party!* –dice–, lo disfruté mucho.

–Yo también lo hago –contesto mientras pienso que su acento, al pronunciar *Party,* resulta familiar al de la chica que recita poemas en el *night club.*

–Entonces te gusta –dice.

–Me gustas –digo para mí y solo pronuncio un sí tonto con z.

Me imagino frente a un espejo abofeteándome por semejante timidez. Decido hablar, pero ella lo hace primero.

–Desearía leerlo otra vez.

Se lo doy.

–¿En verdad no te molesta?

–No –digo.

Lo toma en sus manos y comienza a leer. La Mansfield acaba de robarme la oportunidad de intercambiar palabras.

II

Cerré los ojos y quedé dormida. La recordé en el sueño invitándome a una taza de té en su *Garden Party*… –niña de mirada japonesa. ¡Sueño loco! Ni que fuese Miss Mansfield. Es tan hermosa. Su corte de pelo varonil, entre otras cosas, en verdad me la recuerda– … sentadas en la hierba… el sabor dulce del té y el picante del jengibre me hacen feliz… No sé cómo, ya no estamos en el mismo lugar, sino detrás del rosal. Estás desnuda y soñando, similar a la *Venus dormida* de Giorgione y Tiziano, en la misma posición, con una sábana delante, al parecer de seda. Una de las más esplendidas pinturas que he visto en mi vida. Eres una diosa. Me acerco. Ahora pasas a ser la *Venus de Urbino* de Tiziano, pero, en vez de estar en un lujoso aposento como en el cuadro, sigues ahí en el jardín, despierta y mirándome como una geisha apetecible.

Sus manos me gustan. Están tocándome. Al principio me erizo un poco, luego no. Paso mi lengua entre sus dedos, que me rozan el rostro… continúa y me acaricia el cuello, el lóbulo de la oreja MÁS el hombro MÁS los senos MÁS la espalda MÁS las nalgas MÁS vuelven a mi rostro: hermosos dedos…bajan a mi… Me asusto al descubrir frente a nosotras a varios personajes del jardín de la Mansfield: Laura dándole instrucciones a cuatro obreros sobre donde ubicar la marquesina… Otra Laura, en realidad la misma, mordiendo un pan con mantequilla mientras mira a un muchacho. Luego sale corriendo…

Al parecer no nos ven. Se desvanecen y estamos solas. Ahora que analizo, estos personajes del «jardín» estuvieron aquí para realzar aún más la intimidad, el esplendor, semejante a las dos sirvientas que trajinan al fondo en la pintura de la *Venus de Urbino*.

La acaricio. Siento el sonido juguetón de las teclas de un piano y alguien que canta una melodía enternecedora. Estamos sentadas tomando té, pero esta vez bajo la marquesina. Le brindo una lila, la acepta, y sonríe mientras disfruta del aroma al acercarla a su nariz.

–Esta parte me encanta –interrumpe mis pensamientos y vuelvo en mí–. Escucha:

«(…) para maravillarse de que un hombre rudo como aquél gustase de aspirar el aroma de la lavanda. Ninguno de los hombres que ella conocía hubiera hecho semejante cosa. ¡Oh, qué sensibilidad tan fina había en aquel trabajador! ¡Ah, qué extraordinariamente simpáticos eran los obreros! ¿Por qué no podría ella tener por amigos a varios obreros, en vez de esos niños tontos y atildados con los que bailaba los sábados por la noche? (...)».

Reímos a carcajadas. Nuestras miradas chocan. Esta vez yo saboreo mis labios, pero con timidez. Creo que apenas lo nota.

–Es muy bella esa escena –respondo, y ella asiente con la cabeza– ¡Sabes!, no nos hemos presentado, apenas sé tu nombre –esto último lo pienso.

–Mejor que sea así, decir nombres puede romper el encanto –dirá ella.

Retoma la lectura. La contemplo con disimulo. A veces creo que mientras lee me mira con el rabillo del ojo. ¡Locuras mías!

III

Te pareces a ella: Kathleen o Kass te dicen casi todos. Ahí estás, leyendo tus propios cuentos... Te gusta el alemán, francés... Pasaste tu infancia en una casa de campo: *Chesney Wold* se llamaba. Cuando pequeña, seguro eras gorda y se burlaban de ti. Eras la rara de la familia: «Kass la difícil», «Kathleen la sentimental». Fuiste la tercera al nacer, al igual que Chejov. Más tarde, ya escritora, te acusarán de haber plagiado un cuento suyo; esa será una de tus desgracias.[1]

[1] Algún día pienso hacer un ensayo sobre las similitudes que tienes con él: su influencia en tu obra. Hablaré sobre los hermanos de Chejov y los tuyos. Por cada hermano de él que nacía, también se originaba uno en tu familia, pero con sexo diferente (y en distintas épocas). Los de él son cuatro: Alexandr y Nikolái los mayores. Mijaíl e Iván menores que él, al igual que María, la hembra de la familia. En total seis. Ambos, él y tú, murieron de tuberculosis.

Tus hermanas son cuatro: Vera y Chaddie las mayores. Beauchamp (la llamaré así, con tu apellido materno, porque su muerte prematura impidió nombrarla) y Jeanne, menores que tú. Al igual que Leslie, el varón de la familia. En total seis o cinco. Eso ya no importa.

¡Qué tonta soy!, claro que no eres Kass y tu vida no fue ni es así, solo te pareces a ella. ¡Muñequita japonesa! Si en verdad fueras Kass, entonces yo sería Marion, tu mejor amiga de la infancia. Recuerdo ese día cuando fuiste con tus hermanos a recibir a «Querida Mamá», llegaba en barco después de un largo tiempo alejada. Allí estabas, ansiosa por verla. «¡Llegó! ¡Llegó mamá!», dijiste. Sí, ahí está y la escucho decirte: «Bien, Kathleen, veo que estás tan gorda como siempre». Te miro: mi amiga Kass sonrojada… al borde de un ataque de rabia… alejándose con la cabeza marchita, mientras el viento mueve su pelo.

Y entonces me miras, vuelvo en mí. Preguntas algo, apenas entiendo y lo repites de nuevo.

La Deuxième Voyageuse

IV

–¿Sabías que la autora murió joven? –pregunto, pero no entiende y debo repetir.

–Sí, lo sabía –reconoce ella.

Pienso que sus respuestas siempre son cortas. Es timidez, lo sé. Desde la primera vez que le brindé galletas noté que era tímida. Tal vez me ofreció el libro por timidez. Se parece a Ida, la amante de Katherine. A pesar de su pelo largo me recuerda, además, al bello de Murry con cara de niño. El otro amante o esposo de Katherine, da lo mismo.

–¿Lo leíste completo? –me interroga.

–¡Sí!, toma –contesto mientras le devuelvo el libro.

–Noo, chica, sigue leyendo. Solo quería comentarte una de las descripciones finales que parece la mejor de la historia.

–¿Cuál? –la chica Murry hojea las páginas.

–Ésta –dice rozando el párrafo con el dedo.

–Sí, tienes razón. Es una bella descripción de la muerte, cada vez que la leo lloro.

–Es la mejor que haya leído –comenta mientras nuestras miradas convergen. No es bella, pero su mirada es muy penetrante. Me gusta mucho, su rostro es placentero y reflexivo. Y su tez un poco pálida transmite frescor y alegría. En realidad me lo recuerda. ¡Sí!, definitivamente parece una fotografía de Murry.

–¿Puedo? –dice, y la percibo sonrojada.

–¿Qué cosa? –contesto.

–Leer la descripción para las dos.

–¡¡¡Sí!!! Claro que puedes. Me gusta.

–¿Quién?

–La descripción –digo riendo.

V

Se acerca a mí. Casi están juntas nuestras caras. El libro está delante de las dos, en el centro, descansa justo en mis manos. Comienza a leer. Su voz es como un susurro. Suave. Suspiro.

«Sobre la cama de lienzos limpios, yacía el joven dormido, tan profunda y completamente dormido que parecía estar muy lejos, en otra región distante. Remoto y tranquilo. Estará soñando con algo muy bello. No había que despertarlo nunca más. Su cabeza se hundía apenas en la almohada; tenía los ojos cerrados, ciegos tras los párpados violáceos. Se hallaba completamente entregado a su sueño. ¿Qué podían importarle los cestos con pastelitos y golosinas, las capas con volados de encajes y las fiestas campestres? Se había alejado de todas esas cosas. Estaba hermoso, maravillosamente bello y puro. Mientras, a pocos metros de distancia, la gente reía, charlaba, se divertía y tocaba la orquesta, en las casuchas miserables, al otro lado del camino, ocurría esta maravilla. Aquel hombre era feliz… Feliz (Todo va bien) decía la cara dormida. (Así es como debe ser). Estoy contento».

–En realidad es perfecto –digo mientras seco mis lágrimas y observo dulcemente las que se deslizan por su rostro.

–¿Se acabaron las galletas? –pregunta el hombre del tique. Apenas me había dado cuenta de su regreso.

–No –digo mientras busco el paquete en la cartera.

–Y tú..., ¿te sientes mal? –pregunta él señalando a mi chica Murry.

–No –contesta ella mirándolo desafiante.

Le muestro las galletas. Agarra unas cuantas y se va, tal vez por temor a su mirada. Me doy cuenta que se detestan. ¿Por qué será?

VI

Si no fuera porque al parecer la chica Murry no gusta de hablar mucho, le diría que este cuento de Katherine tiene algunos rasgos autobiográficos: sucede que sus padres dieron una fiesta de verano y mandaron a Vera, hermana mayor de Katherine, a llevar un poco de comida a la familia de un joven obrero que había muerto. Y Vera fue como Laura en el cuento, vestida de fiesta y con sombrero, al callejón ubicado tras *Tinakori Road* donde vivía este muchacho.

Pero, claro, esta historia no te interesa para nada. ¡Tal vez disfrutes la poesía tanto como yo! De eso también podría hablar. Además de mi amor por las flores, las fiestas... Con el tiempo seremos muy unidas. Viviremos en mi apartamento, lleno de alfombras de variadas texturas, en las que me siento cada tarde a tirar las cartas que presagian mi futuro: me dijeron que conocería a alguien de otra vida. ¿Serás? Mis gustos: ...el cine francés, hacer el amor en francés, hablar en francés. ¡Ojalá supiera! Amigos: Gerardo y Paulette, una pareja de loros. Las damas francesas parecen locas y aventureras. ¡Y estas dos cosas me encantan! Si pudiera decoraría mi apartamento al estilo francés, pero de decoraciones no sé nada. Mis sueños: ser cantante, pero lo que hago es pintar. Me gustaría coleccionar hombres de belleza rara, mi chica Murry, pero esto nunca te lo podría decir. Adornaría un cuarto solo para ellos y los encerraría para cuando me hagan falta. *Chambre des Marionnettes*, lo llamaría. También hay una fantasía que quisiera cumplir antes de morir. «Si es que muero, ¡qué cosas digo! Pues no, no moriré jamás», prostituirme por una noche, regresar a casa y tirarme desnuda a dormir en la alfombra. Luego, despertar y ver una película francesa, ninguna en específico. Masturbarme mientras miro a los protagonistas. Más tarde sacaría a un hombre del cuarto para saciar mi necesidad de pintar hombres desnudos. Antes los rasuraría. La pintura sería semejante a la *Creazione di Adamo* de Miguel Ángel, con su forma humana perfecta, semejante a los dioses griegos. Luego haría el amor con mi *marionnette* y, para terminar, fumaría un cigarrillo mientras miro el mar desde el balcón... De vez en cuando partirás a tu casa y quedaré sola. No me gusta convivir con personas por mucho tiempo. Adoro la soledad. Después, cuando te necesite, telefonearé. Me visitarás haciéndote llamar John Middleton Murry. Te daré la bienvenida vistiendo un kimono que compré después de ver una exposición japonesa. Nos sentaremos en la alfombra a conversar: ...ese que sientes ronroneando es mi gato Wingly. ¡Esta es Ribni!, mi muñeca hija, la tuve hace poco. Más tarde beberemos las tres *une tasse de thé.*

La Première Voyageuse

VII

El tren está deteniéndose. Me paro y sonrío. Mi pequeña geisha hace lo mismo.

–Que tengas buen viaje –digo.

–Gracias –contesta.

Si no fuera tan tímida le diría:

–¡Por cierto, mi nombre es Marion!, como la amiga de Katherine –ella reirá, yo también–. Pero no Marion Ruddick, mi apellido es Miller. Aunque, claro, si has visto fotos de Murry, el esposo de Katherine, te habrás dado cuenta de que por mi físico sería perfecta para interpretarlo en una película de Hollywood.

Ella dirá:

–Sí, es verdad.

Yo reiré otra vez.

–Aquí tienes mi dirección y teléfono –le entregaré mi tarjeta–, escríbeme o llámame. ¡Ay!, discúlpame, hablo tanto que apenas he dejado presentarte. Ahora sí, dime rápido, o el tren partirá y no podré bajarme…

Camino. El hombre de los tiques pasa por mi lado en dirección contraria.

La Deuxième Voyageuse

VIII

En verdad es muy tímida. La chica Murry se despidió y no dijo su nombre. Tenía que haberme presentado yo primera y así obligarla a hacer lo mismo.

¡No te sientes aquí! ¡No te sientes aquí ahora! ¡Qué insistente este hombre!

–¿Se fue tu amiga?

–¡No me quedan galletas!

–¿Cómo te llamas?

¡Qué boba fui! ¡Ay, Katherine, por qué no se te ocurrió antes! Claro, estabas ensimismada con su candidez y parecido a Murry. Tal vez ella habría hablado más si le hubieras dicho tu nombre. Diría:

–¡Qué coincidencia! Pero no serás Mansfield, ¿verdad?

–No, ¿cómo crees? –diría yo–. Mi apellido es Purcell, Katherine Purcell. Aquí tienes mi tarjeta, llámame.

–¿Cuál es tu nombre? Hey… Parece que te fuiste de aquí por un instante.

–¡No me quedan galletas!

–¿Te han dicho que te ves linda así reflexiva?

–¡Nooo! Lamentablemente no me quedan galletas.

Ella hubiera reído y dicho:

–Sí, te llamaré.

–Que tengas buen viaje. ¡Recuerda llamarme!

Y quién sabe que más hubiera pasado con el tiempo.

La Première Voyageuse

IX

Abro la puerta. Como siempre, estoy sola, sin perro, gato o tortuga. Prendo el televisor. La *Pausini* canta una… dos… tres canciones bellas. Estoy nerviosa. Subo la música, me relajo y recuerdo al hombre de los tiques, lo imagino caminando en dirección contraria a mí, sentándose al lado de la muchacha, enamorándola. Se besan, un beso no: sus dientes son horribles. Dan ganas de vomitar.

Algún día la volveré a ver. Además de mi nombre le diré que soy escritora. Claro, ocultaré que fui acusada injustamente de plagiar el *Garden Party* de la Mansfield. Charlaremos un rato mientras fumo un cigarrillo. Comentarás que te gusta leer a Maupassant en su lengua, a Dickens, Flaubert, Jane Austen, a las hermanas Brönte. Preguntarás:

–¿Qué te parecieron las *Wuthering Heights* de Emily?

¿Sabes?, te imagino vistiendo de rosa, al estilo de *A l'ombre des jeunes filles en fleurs*, con las que Proust obtuvo el premio Goncourt. Dirás que a veces sueñas estar rodeada de mariposas y yo reiré. Te invitaré a una taza de té en mi casa y seremos felices.

X

Quiero soñar que amo a una Katherine con mirada de muñeca japonesa, a una Katherine que viva en BUENOS AIRES. Siempre he soñado visitar BUENOS AIRES, hacer el amor en BUENOS AIRES, ser una escritora famosa en BUENOS AIRES… Estoy cansada y quiero llorar.

Arañar las paredes. ¿Qué dices? ¡Estás loca! Aprovecha todo esto y escribe un buen relato… ¡Escribe, Marion! ¡Escribe y déjate de pendejadas!

Si esto fuera un cuento al estilo de Katherine, se llamaría *Algo pueril pero muy natural*, o *Leves amores*. Quién sabe que otro nombre llevaría. En ese caso lo escribiré mañana. Ya tengo lo más importante. Todo está en mi cabeza, ahora puedo parar. «Cuando uno se detiene está tan vacío, y al mismo tiempo nunca vacío sino llenándose, como cuando se ha hecho el amor con alguien a quien se ama, nada puede afectarlo a uno, nada», decía el viejo Hemingway. Sí, lo haré por ella y por nuestra relación en el *Garden Party*. Mañana continuaré.

Si esto fuera un cuento, Katherine comenzaría:

Está sentada a mi lado. De su cartera saca un paquete de galletas y me brinda.

–No, gracias –digo.

En realidad tengo un hambre de perra comegalletas… ■

© Andrea Roche

DAVID ALIAGA

1989

David Aliaga nació en L'Hospitalet de Llobregat, en el extrarradio de Barcelona (España). Es licenciado en Periodismo, máster en Humanidades y actualmente prepara su tesis doctoral en el marco del programa de Teoría de la Literatura de la Universidad Autónoma de Barcelona. Ha escrito sobre la cuestión identitaria judía en la narrativa contemporánea para revistas como *Avispero*, *Jewish Renaissance*, *Mozaika* o *Quimera* y, en 2018, codirigió Séfer, festival del libro judío de Barcelona. Es autor de los libros de relatos *Inercia gris* (2013), *Y no me llamaré más Jacob* (2016), *El año nuevo de los árboles* (2018), así como de la novela breve *Hielo* (Paralelo Sur, 2014). O eso dicen.

INSOMNIO DE LAS ESTATUAS

David Aliaga

«Empiezo a dar cuenta de mí mismo (...) porque alguien me lo ha pedido».

JUDITH BUTLER

Después, ya de regreso en el hotel, desvelado como casi cada madrugada, me iba a preguntar si realmente habían sucedido la nieve y la noche, los destellos azules y rojos del coche de policía, y mis dudas y el frío, todo aquel embrollo nocturno. Me había parecido que uno de los agentes le decía Valjean al otro, y pensé en buscar en Google la comisaría más cercana, llamar y preguntar si estaba de servicio un agente Valjean, pero no lo hice. Dejé que el episodio se confundiese en mi memoria hasta no poder distinguir si su recuerdo era real o soñado, y solo le conté el incidente a Daniela meses después del viaje. Ella no supo si tomarlo por cierto o contagiarse de mis dudas, solo me dijo: vaya, parece como si hubieses vivido uno de tus cuentos.

Sucedió la noche en que al fin comenzó a nevar. Llevaba ya cuatro días en la ciudad y no había dejado de escuchar a todo el mundo decir que el temporal iba a alcanzarnos a los invitados al *Salon du livre* antes de que tomásemos el vuelo de regreso. Que veríamos Montreal echarse sobre los hombros su manto de invierno, que solían coincidir la feria y la primera nevada del año, y que eso le concedía encanto y autenticidad a la experiencia de los quince tipos a los que, como a mí, el gobierno de Quebec invitaba a descubrir la ciudad y sus talentos literarios.

Se me ocurrió, mientras caminaba distraído por la rue Notre-Dame Ouest sin darme cuenta de que en el helor húmedo que lo rodeaba todo habían empezado a mecerse frágiles estrellas de hielo, que en cierto sentido hubiese sido más preciso referirse colectivamente a nosotros como quince tipas. Lingüísticamente no era normativo, pero si desde las nueve de la mañana, visitando las oficinas de las principales editoriales francófonas de la ciudad, durante la tarde en la *meeting room* del palacio de congresos y hasta que inventaba alguna excusa para no ir a cenar con las demás nos ataba aquella condición de invitados, de compañeros de profesión, de rastreadores de textos brillantes o vendibles y la circunstancia exigía –¿lo exigía?– definir el sexo colectivo, uno integrado por trece editoras y dos editores era innegablemente femenino.

Quince tipas, entonces. *Publishers* o *editors*, como nos designábamos a cada poco en la lengua franca, eran voces que no presentaban ese problema –el inglés siempre me ha parecido un idioma más posibilitador en términos de practicar la confusión, de difuminar los contornos y salvar, morir nadando pero más cerca de la orilla, la falla entre lo sucedido y lo narrado. Pero en español, en mi cabeza, tenía que escoger. También en francés. La editora parisina, Marie, era *éditrice* y no *editeur*. Y yo no podía evitar, cuando lo hacía, referirme a nosotros en mi cabeza como quince editores, editores invitados, editores europeos, pero no me disgustó pensar que –y eso lo descubrí cuando una brizna de frío me tiznó de aguanieve la mejilla izquierda– aquellos días cuestionaban la posibilidad de una identidad monolíticamente masculina.

Había aprendido que para regresar al hotel solo tenía que buscar alguna de las calles principales que atravesaban la ciudad de norte a sur o de este a oeste y caminarlas hasta reconocer una estación de metro –Sherbrooke, Victoria Square, Rosemont, Bonaventure– que me resituase y me permitiese seguir callejeando hacia la Rue McGill, que reconocía de vuelta por la impresión ensoñada que me producía la luz ocre de las farolas reflejada en el marrón pálido de las fachadas y porque había en ella algunos restaurantes que abrían hasta tarde, entre ellos un *fish and chips* en el que cenaría las noches siguientes, y un veinticuatro horas regentado por un sij en el que las tres anteriores había comprado una botella de agua y unos paquetes de regaliz antes de subir a la habitación. Pero entonces, cuando aquella idea de las quince editoras, me encontraba aún lejos del Saint Paul. A unos cuarenta y cinco minutos, quizá cuarenta si apresuraba el paso. Era una calle menos agitada, sin apenas negocios, por la que casi no transitaban coches a aquella hora y en la que las pocas bombillas que permanecían encendidas al otro lado de las ventanas, a menudo, cuando pasaba por delante, se fundían hacia el negro y la noche y el sueño.

No sé muy bien por qué, decidí dejar la Rue Notre-Dame Ouest, una de las calles que aseguraban mis paseos nocturnos, y torcer a la derecha. Rue Guy, decía el letrero en la esquina. Era una calle un poco más oscura. Las farolas se repartían en ambas aceras a intervalos más espaciados que en la calle principal, y parecía que los hombres y mujeres que habitaban aquellas casas de tres pisos habían decidido irse a dormir aún más temprano. Salvo una mujer. Debía de ser diez o doce años mayor que yo, pero puedo estar equivocado. Estaba sentada junto a la ventana, con el cabello recogido de cualquier manera, vestida con ropa cómoda y leyendo en una pose relajada. La imagen me produjo una extraña satisfacción. Me reconfortó observarla durante unos segundos, como si yo mismo estuviese sentado en aquel salón, con un pantalón ancho, una sudadera y un libro en las manos, sintiendo la calefacción a una temperatura que permitiese llamar hogar a mi cuerpo.

Traté de distinguir, a tantos metros, qué libro estaba leyendo. La vista, claro, no me alcanzó, pero me sobrevino la idea de que leía a Annie Ernaux. O así es que quise completar la escena. No sé por qué Ernaux, y no, yo que sé, Modiano, mucho más melancólico y noctámbulo. Quizá porque la pasajera que había viajado desde la escala en Fráncfort hasta Montreal sentada en el asiento a mi derecha había estado leyendo *Los años*, y yo había curioseado indiscretamente por encima de su brazo y me había parecido que Ernaux era una autora poderosa y delicada al mismo tiempo, había descubierto que en sus libros habitaban la furia y lo sutil… Pero yo entonces no había leído a Ernaux más que los cuatro párrafos furtivos del trayecto en avión y no pude terminar de saber por qué había ubicado uno de sus libros en las manos cálidas de aquella mujer con el pelo mal recogido y ropa cómoda que leía en su apartamento de la Rue Guy.

Debió de notar la lectora que alguien la observaba desde la calle y, aunque si hubiese podido distinguir mi mirada hubiese descubierto, quiero pensar, una curiosidad franca, casi tierna, se apartó del alfeizar, apagó la luz y fue a leer a otra parte porque, aunque la pieza quedó a oscuras, aún iluminaba sus contornos el resplandor de una lámpara más profundo en la casa, en una habitación a la que mi curiosidad no alcanzaba.

Eché a andar de nuevo, y un par de travesías después se me pasó por la cabeza volver sobre lo andado y llamar al timbre para disculparme. A quién le gustaría que la mirada de un desconocido se entrometiese en su intimidad. Que un par de ojos cuestionasen una escena cualquiera de nuestras vidas, preguntasen quién eres tú y por qué estás leyendo junto a la ventana, a esta hora, con esa ropa, con el cabello así mal ordenado, y qué libro lees, por qué ese libro y no otro, por qué estás sola y despierta cuando los otros duermen, qué dice de ti todo esto y qué puedo imaginar yo, que no te conozco de nada, pero que he comenzado a retratarte, a cerrar tus posibilidades de ser en torno a estos interrogantes que pronuncio con la absurda legitimidad de quien mira desde la calle al interior de tu apartamento. Pero eso solo hubiese sido más raro.

Volví a doblar una esquina caprichosamente. Rue Ottawa. Por allí no había caminado todavía. O no reconocía la calle, el paisaje. La nieve arreciaba y, a pesar de ello, bajo el helor, creo que fui capaz de oler el mar más cerca que en ningún otro de mis extravíos montrealeses. El cielo negro se desfondaba en minúsculas briznas de invierno imposibles de contar que ya se habían empezado a resistir a convertirse en humedad sobre la acera y la cubrían de blanco, y la hacían resbaladiza. Montreal se emborronaba de nieve y de noche.

El primero que me advirtió sobre el temporal había sido el taxista que me recogió en el aeropuerto. Un haitiano grandón, muy negro, que pasó los primeros quince o veinte minutos de trayecto escuchando una emisora de radio extraña en la que alguien muy enfadado daba un discurso en francés, provocando a cada rato los gritos enfervorecidos de la masa. Le pregunté algo en ese mismo idioma, que hablado por mí no se parece demasiado al de Ernaux o Modiano, ni al del agitador político en los altavoces, y entonces, como sonrojado, bajó el volumen de la radio. *D'où êtes-vous?*, me preguntó. Su francés tampoco era el de los escritores que tanto me gustan. Hablaba con una voz distinta a la que le imagino a Bergounioux o Volodine, más cavernosa y aturullada. *De Barcelone, d'Espagne*, contesté, aunque aquellas coordenadas explicasen poco sobre quién era yo. *Je viens de la Méditerranée*, tendría que haberle dicho, y tal vez así la respuesta hubiese tenido algo más de sentido para mí mismo. Pero dije en primera instancia *Barcelone*, y luego *Espagne* –callé un *Catalogne* que juzgué del todo inútil para un taxista haitiano de Montreal–, y el conductor me situó en su mapa de acuerdo a esas dos referencias geográficas y a lo que quiera que en su cabeza significasen Barcelona y España, que significaron, seguro, cosas muy distintas que en la mía mientras pronunciaba ambos topónimos. Por ejemplo: *Ah, Barcelone! Football, Messi, Griezmann.* Sonreí asintiendo con la cabeza –¿qué cordialidad habría pronunciado yo si él me hubiese explicado que era haitiano en lugar de haberlo descubierto por la emisora de radio que llevaba sintonizaba? ¡Ah, Haití, vi un documental sobre los *houngan* y esos polvos que utilizan para convertir a seres humanos en zombis dementes! Fútbol, Messi, Griezmann, dijo. Al menos, uno de mis abuelos era seguidor del Barça. A veces, al cruzar por delante del estadio o cuando, pasando canales en la televisión por cable, aparece un partido, pienso en mi *papous*, y en las veces que fuimos juntos al campo y en que con mi primer sueldo le regalé una camiseta azul y grana porque nunca había tenido una y él se la puso para ir ese día a ver al equipo, aunque le daba vergüenza llevar ropa deportiva por la calle. Después de todo, si el taxista tenía también un equipo de fútbol, especialmente si lo había heredado, sin posibilidad a renuncia ni a razones, o si era seguidor de los Montreal Canadiens porque lo había sido su primer casero en el Quebec, o su esposa canadiense, o porque su padre al llegar del Caribe había trabajado en el pabellón limpiando asientos o vendiendo palomitas, pero también si conservaba la filiación a cualquier institución haitiana, en su comentario fortuito sí había empezado a comprender intuitivamente algunos de los lazos que por azar me unían a Barcelona.

From Barcelona, but your roots are not there, right?, quiso adivinar una de las tres editoras alemanas de nuestro grupo. *Your surname is not a typical Spanish one, right? I've never heard it before.* Una mujer con encanto de abuela, una mirada azul cristalina y afable, que además había vivido dos años en Madrid y a ratos se animaba a conversar en español. Me encogí de hombros y también a ella le devolví la sonrisa. Podría ser, comencé a explicarle, algo cansado de andar todo el día pasando del inglés al francés, sin saber en cuál de los dos idiomas sentirme más torpe, más enjaulado. Los abuelos de mi padre eran judíos de Salónica que llegaron a España antes de la guerra. Gracias a eso, sobrevivieron. Mal que bien. Desde luego, corrieron mejor fortuna que la familia a la que dejaron atrás. Amordazados, pero vivos. Y que haya judíos en España, muchos, que han olvidado que la tarde en que los falangistas tomaron Barcelona fueron a espoliar la sinagoga de la calle Provenza, desenrollaron el séfer Torá en mitad del asfalto y se mearon encima... Así de filosefardita eran el fascista y sus perros. Cualquiera de mis cuatro abuelos –los maternos eran sefardíes de Marruecos, de Tánger, ¿conoces Tánger?, que llegaron con el dictador ya a punto de morirse– antes se habría cortado las dos manos que votar a la extrema derecha solo porque odian más a los putos moros que a los perros judíos y cantan loas a Israel –solo a una parte de Israel, la que les interesa– como escudo de Occidente, había empezado a contarle, como furioso, porque siempre acabo contando a quien pregunta sobre las nupcias entre lo de judío y lo de español o lo de barcelonés o lo de catalán, como furioso, que España está llena de judíos idiotas. Pero mi apellido podría ser español, después de todo, retomé, cuando me di cuenta de que mis palabras y mi excitación estaban ensombreciéndole aquel gesto entrañable, que no merecía ser tiznado de rabia ni de preocupación. ¿Por qué no? En el siglo XIV fueron miles los judíos que se marcharon de Barcelona, Gerona, Tortosa... también de Toledo o Córdoba hacia Europa y el Norte de África. Quizá yo sea el fruto de un viaje de ida y vuelta.

Durante la cena de bienvenida, el editor portugués, Soares, preguntó, para romper el hielo en nuestro extremo de la mesa, junto a la editora búlgara, Annetta, y la veneciana, Flavia, y la parisina cuáles eran nuestros escritores favoritos. Me revolví en la silla. Nunca sé que responder. O sí lo sé, pero sé también que me arrepentiré porque mañana, o quizá solo un rato después, preferiré otros; según mi estado de ánimo esa tarde al llegar a casa empezaré a releer cualquier libro de Charles Simic y me pondré de pie en el sofá, y leeré unos versos en voz alta, y Daniela vendrá al salón y se reirá, y me dirá que soy un payaso, y reiré yo también. Y otra tarde estaré leyendo a los franceses, Modiano, Quignard, Michon y no querré hablar hasta mucho rato después de haber cerrado la novela porque todavía estaré viviendo un poco en ella, en el París espectral, en una telaraña de traiciones durante la Ocupación, en la búsqueda de la niña asesinada en los campos, frente a una profetisa de cuyos ojos se derrama un río, en el estanco de un pueblo del Languedoc o cruzando un puente de una aldea de la Bretaña. Entonces opté precisamente por los franceses, que son los que suelo preferir ante lectores para los que Thomas Pynchon o Richard Ford serían elecciones demasiado evidentes. Y Marie abrió los ojos un poco más y dijo algo así como *Vous lisez des auteurs complexes, grands écrivains!*, que era lo que yo quería que dijese, porque a veces soy el lector de Spiderman, del Doctor Extraño, de La Patrulla X que solo quiere que lo dejen tranquilo con sus cuarenta y ocho páginas cosidas de onomatopeyas en la mano, y otras soy el escritor y editor todavía joven que no ha terminado su doctorado en Teoría de la literatura pero que lee *auteurs complexes*, de los que no todo el mundo ha oído hablar, y al que le gusta impresionar a una compañera de profesión, aunque enseguida no quiera más que lo obliguen a jugar el papel de tipo sofisticado, ni de intelectual, y se dé pereza a sí mismo, y al llegar al hotel necesite llamar a un amigo para reírse de algo que ha dicho un par de horas antes.

Esa vez abdiqué en cuestión de segundos, rompí mi retrato, o la máscara, o el espejo, y ya no sabían en qué fragmento me podían encontrar realmente, en los retales que ya no componían un reflejo único buscaban mis ojos o mi boca con sus preguntas, aunque el interés era efímero y cordial. El ambiente era distendido. Ni Flavia ni Soares ni Annette ni Marie te medían de forma tan evidente como la holandesa, y me redefiní: *Pense pas. Grant Morrison et Steve Englehart font également partie de mes favoris. Englehart? Morrison?*, pronunciado con acento en la segunda o y una ceja enarcada. Autores *de la BD.* Escribo una tesis doctoral sobre cómics de superhéroes. Tipos con mallas de colores que salvan al mundo de acomplejados como el barón Mordo o el Hombre Topo. Y se echaron a reír. Sorprendidas, Soares francamente divertido, palmeando la mesa, reaccionando a lo que juzgaban como peculiar. Trajeron entonces la comida: pizza, ensalada, pasta. Alguien le preguntó a Flavia, creo recordar que no fui yo –espero que no fuese yo–, qué opinión le merecía la lasaña y ella dijo, claro, que nada que ver con la que preparaba su madre.

La ensalada era para mí, la costumbre de no pedir ni siquiera la pizza cuatro quesos que me apetecía por sospechar que habrían manejado el queso sin limpiarse las manos tras colocar los cortes de speck sobre la pizza de Soares, la carne picada en la lasaña de Flavia. Y eso también me disgustaba. Lo había intentado en otras ocasiones, una vez en Washington, de viaje con mi primera pareja –me he impuesto usar pareja o compañera, entonces decía novia–, comerme una hamburguesa de *pulled pork* con salsa de queso *cheddar*. Pero entonces había emergido una incomodidad, las ganas de vomitar, desde alguna parte, mi abuela metiéndome los dedos en la boca, entre la carne de cerdo masticada y llegando hasta la garganta, hurgando en el esófago con el índice y el corazón, y había tirado la hamburguesa sobre el plato, enfadado, con una sensación de desazón en el pecho, con ella mirándome raro, mi abuela enfadada, quizá fingiendo estarlo más de lo que lo estaba, diciéndome: somos judíos y no comemos carne de cerdo, ni queso con la carne. Y yo no comerlo, y preguntarme qué diantres quería decir que éramos judíos, que yo era judío, y si para mí tenía que ver –y claro, tenía que ver…, a veces– con la forma de mirar la comida, con no comer lo mismo que otros y que me preguntasen, y a veces simplificar u ocultar diciendo que era vegetariano, otras veces que no comía carne, o, al fin, que era judío.

Un joven escritor judío como Jonathan Safran Foer, quiso hacerme un cumplido Soares. Balbuceé algún tipo de afirmación. Al menos compartíamos referencias asociadas al hecho judío y al literario. En Barcelona, en España, de donde le había dicho al taxista haitiano que yo venía, de donde yo *era* –y cómo iba a serlo, entonces, pero también, cómo iba a no serlo, al menos, un poco– un judío era, como dice un amigo, un unicornio, una criatura fantástica de la que mis vecinos han oído hablar, pero que cuando descubren que están ante ella, buscan el cuerno o el rabo, y dicen las cosas más extrañas o desafortunadas, aunque traten de ser amables. ¿Eres judío? ¿Y qué es ser judío? ¿Crees en Dios?, o, más incómodos, ¿No crees en Cristo? Además: ¿los judíos hacéis tal cosa o no hacéis tal otra? Incluso: ¿estás circuncidado? Pero también, ¿cómo es posible que te gusten Michon y Englehart, Pynchon y *Canción de hielo y fuego*, Aronofsky, Wagner y el fútbol, todo al mismo tiempo? ¿Por qué no vienes a cenar con los demás? ¿Por qué has pedido *pulled pork*, hijo? ¿No vais a ser padres? ¿Por qué has escogido firmar con un nombre que no es el que te dimos? ¿Por qué se lo prestas a tus personajes? ¿Qué hace paseando solo a estas horas, con la que está cayendo, señor? ¿Se encuentra bien? ¿Cómo se llama, *monsieur*?

El coche de la policía municipal de Montreal iluminaba la calle, la negra noche y la nieve blanca, de azul y de rojo. Los dos agentes me miraban con cierta prevención –quizá fuese yo un loco o un borracho, o ambas cosas, y ambas cosas las he sido, la primera más que la segunda, algunos días de mi vida–. Al que le decían Valjean volvió a preguntar: *Ça va, monsieur?* Y su compañero añadió en seguida: *Are you OK, sir?*, por si no comprendía. Estaba sentado, me vi de pronto, sin recordar cómo había acabado allí, en el pedestal de piedra de una escultura de granito, de líneas muy rectas, maciza, sobre la que la nieve se había aposentado. Traté de reconocer al tipo que habían representado en la piedra, pero ni sus formas ni la inscripción en el pedestal me decían nada. Me volví hacia los agentes y asentí con la cabeza. Diría *oui* o *yes*, supongo.

¿Cuánto tiempo llevaba allí? Me ayudaron a ponerme en pie y poco a poco me hice presente. De pronto, mi cuerpo tomó conciencia del frío. Se desvanecieron el negro y el blanco absolutos que recordaba como justo anterior a la llegada de los agentes. *Are you a tourist?* Y con la cabeza más clara, temiendo que fuese a tener un problema, les aclaré que era editor, que estaba en la ciudad por unos días, invitado por su gobierno, para el *Salon du livre*. Se miraron entre ellos, Valjean y el otro, y luego se giraron otra vez hacia mí. *Passport?*, pidió el otro, y yo lo busqué a tientas en los bolsillos del abrigo y se lo ofrecí. Lo abrió con las manos mucho más acostumbradas a manejarse con guantes de lo que lo estaban las mías, echó un vistazo y me preguntó: *so, you are Mr. David Aliaga?*

Al que no le decían Valjean y del que ya nunca sabré el nombre me tendía el pasaporte de vuelta. ■

© Mónica García

AURA GARCÍA-JUNCO

1988

Aura García-Junco nació en Ciudad de México. Estudió Letras Clásicas en la Universidad Nacional Autónoma de México, y sostiene una relación de amor y disputa con lo que ahí aprendió. Su primera novela, *Anticitera, artefacto dentado* (Tierra Adentro, 2019), es prueba de ello. Ha sido becaria de la Fundación para las Letras Mexicanas y del programa Jóvenes Creadores del Fondo Nacional para la Cultura y las Artes. Actualmente colabora en diversas revistas con ensayos, cuentos, y quejas, además de dedicarse a la traducción literaria. Escribió un libro de ensayos sobre amor y relaciones que verá la luz próximamente, para gran vergüenza de las tías de la autora. *Mar de piedra* es su segunda novela, en ciernes, de la que aquí se ofrece un fragmento.

MAR DE PIEDRA

Aura García-Junco

La suerte determinada por el destino es imposible de evitar, incluso para los ~~dioses~~. Abajo del tachón, en otro color: *A menos que los dioses sean varones.*

Escrito en una pared en el Paseo de las Estatuas,
Col. Centro, Ciudad de México, 2025.

Antes

Entra en vigor la ley federal contra las desapariciones

Miércoles, 30 de noviembre de 2011, a las 12:51 pm

A solo tres días de su aprobación, la controversial Ley Federal contra las Desapariciones, que indica el fin de una investigación en curso al localizarse la estatua de un desaparecido, fue aplicada por primera vez.

Luego de casi cuatro meses de la ausencia de Eloísa Montiel, los familiares de la estudiante de Historia de la Universidad Nacional Autónoma de México (UNAM), confirmaron que la estatua de la misma fue encontrada en el Paseo de las Estatuas, antes Madero, en el centro de la capital. Los familiares de Montiel no han emitido más declaraciones.

Con lo anterior, queda oficialmente cerrado el expediente de la estudiante, entre el gran número de protestas que ha acarreado la implementación de esta ley, aprobada por mayoría. Ante el creciente número de estatuas, se espera que con esta ley se desahogue gran parte de las investigaciones relacionadas con desapariciones en la capital.

Después

Dos encuentros en el Paseo de las Estatuas
(antes, avenida Madero), 2025

La vida transcurre con la normalidad de cualquier domingo. Dentro de lo que se puede ver, solo hay una persona. Las estatuas ocupan toda la avenida, cubren el pavimento, originalmente destinado a los automóviles. Su presencia tiñe de gris el espacio. Gris: el ánimo que se respira, como de cementerio, como de naufragio, como de escombros. Figuras de hombres, mujeres, incluso niños, todas de pie, con ropas distintas, uniformadas por el color de la piedra. Las hay gordas y flacas; las hay que miran desde una altura inusual (más de dos metros, la de un anciano con bigote) y las que solo pueden ver el pecho de otras porque su cuello rígido no las deja mirar hacia arriba.

Ahí, un hombre parado frente a la estatua de una mujer con vestido. Es un poco más pequeña que él, y delgada, tan ligera, piensa, que parecería flotar, aunque esto es, obviamente, inexacto, pues sería imposible despegarla incluso un centímetro del suelo. ¿Cuánto pesará realmente? ¿Una tonelada? Imagina el vestido corto y amplio bajo un vuelo de viento azulado, los colores brillantes que, está seguro, alguna vez adornaron la tela. Imagina que en ese soplo se alza la falda y revela un pedazo del muslo que debió vibrar de piel joven. Imagina la tibieza huidiza de lo que ya no es. El hombre la ve y piensa, solo piensa, en tocarla; intuye la textura pulida, severa y fría bajo las yemas de sus dedos.

Soñé este momento desde niño. Jalaba tu falda dura que era de pronto tela, un mechón se deslizaba sobre tu frente. Tu mirada era tan penetrante que me ponía en pausa. Tus ojos, unas veces cafés y otras azules, parpadeaban en ese momento y me dirigías la mirada más hermosa que he visto en sueños o despierto.

En medio del idilio, me daba cuenta. Algo estaba raro. Mis ojos se sentían secos, no los podía cerrar. Primero entraba en pánico, intentaba mover los brazos y correr, brincar, lo que fuera. Imposible. Mi grito atorado se volvía placer porque entonces tú parpadeabas y yo ya no necesitaba cerrar los ojos, quería verte sin parar. Ya sólido, me volvía el que adorabas.

En la adolescencia, tuve mil veces ese sueño. Luego se perdió por un tiempo, cuando yo me perdí en navegares erráticos; pero ahora, aquí, lo recuerdo como si me hubiera llegado esta misma noche. Una gran diferencia: en el sueño te podía tocar. No es que aquí no pueda. Eres más cercana que muchas cosas, pero en este lugar es como si fueras una estatua de museo, de miles de años. Es como tocar algo sagrado. Estiro mis manos y se doblan antes de sentir tu piel de piedra. La magia del instante: Este es el Momento. Este es el Sentido. Mana.

El hombre casi espera que la estatua conteste a su monólogo interior. No quiere, como en su sueño, parpadear por miedo a perderse algo. Piedra y carne de cara a cara en la misma inmovilidad. Si no fuera por los colores, sería difícil saber quién respira. Tal es la perfección de la estatua.

Entrecierra los ojos. Sabe que en ese instante está en un estado total de percepción, ese que casi no ocurre y que le permite sentir y percibir cosas que normalmente no puede: vibraciones, señales, respuestas. Así es como nota que otra presencia se avecina, aún antes de que sea visible. La quietud se ha roto. La expresión de la mujer que llega por detrás de la estatua declara sorpresa: no esperaba a nadie ahí. Se miran los que pueden mirarse y hacen una mueca con sus labios dúctiles.

Ahora

Sofía

¿Ya está borracha? No cree. Quizá. Muy posiblemente. Cuando el deseo antes vago de besar a Ulani se vuelve más bien una posibilidad, la respuesta se inclina hacia un rotundo sí. Está borracha y es un peligro. *Contrólate, Sofía.* Antes de que Sofía avance más en sus reflexiones, Ulani vuelve, hace el ademán de sentarse, pero, en cambio, se inclina frente a ella y la besa. Sofía no tiene tiempo de pensar en otra cosa que en la textura de los labios.

–Aquí hay mucha gente. ¿Y si vamos a tu casa? –susurra Ulani en un tono muy bajo, un dejo de timidez. *No hay manera, dile que no,* contesta contundente la voz interior de Sofía.

Según la Encuesta sobre la Percepción Pública de la Ciencia y la Tecnología en México (ENPECYT), los mexicanos confían más en la fe, en la magia y en la suerte que en la ciencia.

72,59 %	Confía en la fe y muy poco en la ciencia.
62 %	Cree que las personas se pueden volver estatuas a voluntad.
75 %	Cree que los *mattangs* predicen el destino.
30 %	Afirma que algunas personas poseen poderes psíquicos.

Sofía la mira a los ojos: son verdes, pequeños, como una concentración de mar en un punto. Más cerca y más cerca. Sus narices se rozan y la mirada se abruma. Los labios no se atreven a tocarse, dudan, pero la distancia, ya tan pequeña, se siente como una caricia extendida en toda la carne. Los sabores del vino se unen y las lenguas exploran tímidamente dientes ajenos. Los brazos-enredadera aprietan, cada vez con mayor necesidad. Los pechos se estrujan, se aplastan y deforman con la presión. Siente la humedad. Siente esa cara fina en sus manos, que ahora navegan hacia abajo, hacia los hombros pequeños y huesudos. Cuello, clavículas, omóplatos, axilas, pecho naciente, tirantes que caen, escote, manos colmadas de piel. Ojos: una alumna. Momento ingrato de reconocimiento en el que duda, *esto está mal, pésimo, soy su maestra, ¿cuántos años tiene?, ¿veintitrés?, ¿veinticuatro?*

Ulani se sienta sobre sus piernas. Acompaña un beso profundo con el vaivén de sus caderas, baja su blusa, que se había vuelto a subir, y deja los pechos al aire, levantados por el resorte del top, justo frente a la cara roja de Sofía. Por sus ojos se filtra la piel morena, erizada, los vellos pequeños que terciopelan el tacto. El vientre se contrae, su cuerpo se pone duro, pero Sofía no puede. Comienza a pensar en las estrategias de retirada. Toma suavemente a Ulani, le acomoda la blusa. La besa, acaricia su mejilla.

–Perdóname.

Ulani, desconcertada, la mira desde su par de destellos verdes.

–Voy al baño –dice y se levanta. Deja tras de sí una estela de olor a tiaré que marea los pensamientos de Sofía. Mar bajo su ropa. Mareas se agitan en su cabeza a un lado de la imagen de Ulani: las risas de la cena, el lento baile de los cuerpos, los comentarios que la sorprendieron con su agudeza. *Casi una niña. Bueno, no, una niña tampoco, pero sí una alumna. ¿Qué me pasa, Eloísa? ¿Por qué la traje aquí?*

«Me gustaría discutir unas cosas que no me quedan claras sobre las relaciones entre mujeres en la tribu que mencionaste».

«Claro, podemos agendar una tutoría…».

«Es que, ¿porque no tomamos algo en un lugar cerca de tu casa, para que no tengas que perder el tiempo desplazándote?».

El filtro bajó la guardia y de repente la vi: con su piel morena, los ojos verdes y una sonrisa un poco torcida, parada frente a mi en la sala de profesores. Ni siquiera sé si lo que dijo califique como una insinuación o entra ya de plano al campo de las invitaciones a salir. ¿Tú qué opinas, Elo? En la facultad nadie sabe que soy lesbiana, o al menos no se lo he dicho a nadie. ¿Se me nota?

Sofía se termina el vino de un trago y sirve más. Duda un momento, y no llena la copa de Ulani, quien ya regresa del baño con las mejillas recién lavadas. La chica se sienta de nuevo en el sillón y estira la mano.

–¿Tú lo hiciste? –carga un pequeño marco con un dibujo.

–Una amiga.

–¿Y por qué lo tienes colgado en el baño y todo lleno de polvo? Está muy lindo.

Sofía se sorprende, tantos años en la pared lo han hecho parte de los objetos invisibles de la casa, esos que ha aprendido a ignorar.

–Otro día te cuento.

–Ah, entonces sí nos vamos a volver a ver –Ulani sonríe otra vez con la boca ligeramente torcida y le da un trago a la única copa llena.

Sofía no sabe qué decir. Entre la violenta repulsión hacia sí misma, emerge el deseo de besarla. No está pensando claro y el cosquilleo del vino teje una fina capa sobre su piel. En vez de pararse, se agacha en dirección a Ulani. La lleva hacia atrás y, cuando la chica está acostada, le toma los brazos y baja con los dientes su blusa. Suspiro.

Definición

Un mattang está hecho con varitas de fibra de coco que se entrecruzan. Es el mapa de las aguas del tiempo que te fueron asignadas por el cosmos. A veces una conchita señala una isla, una persona, algo que te pone triste; a veces, una corriente, un camino, una manera de resolver un problema. Si ves el mattang de otra persona, no podrás interpretarlo, aunque entiendas muy bien el tuyo. No te desesperes. A diferencia de otros mapas, cada mattang está hecho para que un par de ojos lo descifre. Tu mattang es solo tuyo y solo guarda tu destino. Interprétalo con paciencia y con ayuda del tiempo y el mana. No

es cosa fácil y, a veces, lo que parece obvio, esa curva en la varilla que te hace dar una vuelta, tomar una decisión, como terminar una relación o renunciar al trabajo, es algo totalmente distinto: la invitación a sentir las ondas del mar y esquivar el obstáculo para seguir ese mismo rumbo. Hay que leer el destino con mucho cuidado. Confía en ti: al fin y al cabo eres el mejor y único piloto del barco de tu vida.

Mattangs: nueva guía espiritual para interpretar el mundo. Tercera edición

En la cama, con los cuerpos mullidos de piel y el olor dulce de Ulani, Sofía contempla quedarse una hora más, al día siguiente, otro mes. Tiembla ante esa idea, con el sabor amargo del vino aún en los labios. Saca con lentitud su brazo, tibio bajo la chica dormida. Hierve, pero cierto pudor la hace buscar una sudadera, negra, cubierta del pelo blanco de Clío, que maúlla desde la cocina.

Ya en la sala, se tira en el sofá. Algo se le entierra en el coxis. Examina con la mano: el cuadrito del baño entre los cojines. Le limpia el polvo con una servilleta arrugada. Es el dibujo de una mano abierta con una concha en medio. La concha es tan pequeña que parece perdida en medio de la palma, como si flotara ahí. Los trazos del lápiz son débiles y, con el tiempo, el papel, un poco más amarillo, los ha comenzado a ocultar. En la parte de atrás del marco hay un «Para Sofía» y un entramado de líneas borrosas.

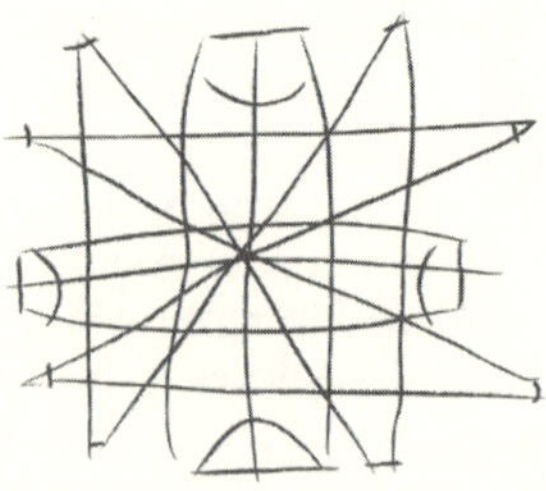

Nunca entendió por qué Eloísa firmaba con eso. Cuando Sofía le preguntó, debió ser en el primer año de la carrera, ella le dijo con tono burlón que era un mapa de sí misma.

«¿Un mattang?», preguntó con suspicacia Sofía, que comenzaba a ver cómo cada vez más gente a su alrededor creía en esos mapas como si fueran horóscopos o guías espirituales. Los mattangs aparecían en lugares inesperados, la mesa de centro de su madre, la cama de su compañera de departamento cuando hacía tan solo una década ninguna persona en México sabía de su existencia. Algo se le escapaba. Nada en los libros sobre navegación que había consultado daba cuenta de un uso espiritual de los mapas, y mucho menos los pintaba como una bola de cristal. Nadie había podido explicarle en qué consistía que tu vida presente y futura estuviera metida ahí, en un amarre de ramas y conchas.

«No sé todavía», dijo Eloísa con un tono tajante que sabía usar muy bien, indicación de que no había nada más que decir.

En retrospectiva, con el cuadro enfrente, le parece irónico que Eloísa fuera por ahí trazando mattangs de un futuro que no iba a tener. Así como los científicos buscan los genes que causarán la muerte prematura, el cáncer, la calvicie, ¿se podría buscar en un mattang el preciso punto en que se decreta que una morirá? *A lo mejor entre estas rayas de aquí es donde está el secreto de lo que te pasó, Eloísa. A lo mejor está el nombre de tu muerte. O, a lo mejor, es una gran estupidez lo que estoy pensando.* Irónico: la única certeza es que los mattangs sí le dieron a Sofía, que no creía en ellos como aparato adivinatorio, un futuro: volverse una estudiosa del tema, solo para entender cómo diablos terminaron siendo eso para su México guadalupano. Después de todos esos años y libros, a veces solo le parecía que la aparición de las estatuas había causado una suerte de locura colectiva.

Escucha los pasos atontados de Ulani, se acerca ya vestida. Sin decir nada, con una sonrisa de rostro completo, se tira al sofá a un lado de Sofía. No se sabe bien quién lanza el primer beso.

–En la secundaria jugábamos a encontrar pares de mapas. ¿Lo has hecho? –dice Ulani mientras mira el cuadro entre las manos de Sofía.

–No, no creo en esas cosas.

–Sí, eso dicen todos. Enseñas historia de Micronesia y Polinesia, pero no crees en nada más que cultura y geografía, que tienes una colección de mattangs enorme, pero los ves solo como objetos. Incluso estudias a Kaula Aranda solo por su arte. Pero, ¿sabes qué pienso? Que nadie puede dedicar tanto tiempo a algo si no ve la magia, el mana, que contiene. Si no, ¿por qué el cuadrito?

La boca de Sofía está sellada de súbito, la sien palpita. Sofía tensa las manos sobre el marco, como garras. Ulani las acaricia y abre suavemente. Toma el cuadro.

–No te pongas así. Lo único que quería contarte es que jugábamos a encontrar pares de mapas, mis amigas y yo. Íbamos a una secundaria técnica, en una zona de la ciudad que seguro no conoces porque está bien fea. A la hora de la salida, en vez de hacerle caso a los tipos mayores que se paraban afuera a dar vueltas como pavorreales, veíamos constelaciones y mattangs y los juntábamos en pares de mapas y pensábamos que en algún lugar en medio estaba nuestro destino; puras tonterías como ser millonarias o actrices famosas o posdoctoras en Literatura.

Ulani jala su mochila bajo la mesa de centro, rebusca en ella hasta que saca un libro. Sofía lo reconoce: *Atlas para entender el mundo: Nuevas leyendas de Oceanía.* Ella escribió uno de los ensayos. No está orgullosa de aparecer en ese libro, que el charlatán de Serratos compiló. Ulani abre una página, ocupada casi en su totalidad por una imagen del cielo. Sofía se sorprende: nunca notó el parecido de la constelación con el dibujo de Eloísa. ¿Qué posibilidad hay de dos imágenes paralelas por puro azar, un mattang y el cielo? Las pequeñas coincidencias que hacen al mundo creer y a Sofía sentirse incómoda.

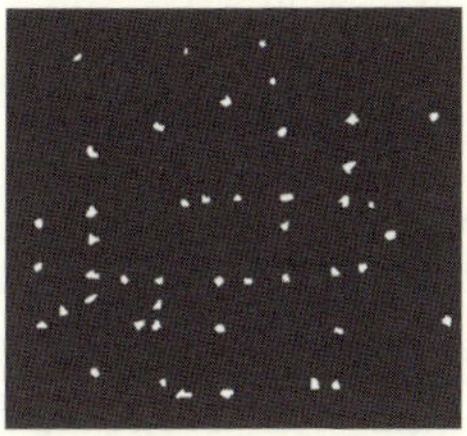

En el cielo estrellado de la isla de Rapa Nui, cielo tan limpio, tan prístino como ninguno, apareció esa noche de entre todas las noches, una nueva constelación. Los ojos de un joven navegante permanecían abiertos por el insomnio. Desde su lecho de hierba miró sin cuidado el cielo y se sobrecogió ante ese espectáculo de luciérnagas celestes. Primero revolotearon un poco y finalmente se formaron unas al lado de otras, unas debajo de otras. Inmóviles en el firmamento, le mostraron el sendero que debía recorrer para llegar a la primera de las islas Pitcairn.

Serratos, Marco Polo; Embleton, Sofía; et al., *Atlas para entender el mundo: Nuevas leyendas de Oceanía*, Santillana, 2022.

Ha pasado una hora desde que Ulani se fue, tiempo más que suficiente para una retahíla de autorreproches y de alegrías. Arrastra los pies descalzos al baño y vuelve a colgar el cuadro. De repente se ve como un objeto extraño, fuera de lugar a pesar de tanto tiempo, desde la primavera de 2010, colgado en el mismo sitio. Lo mira con la taza entre las piernas porque el cuarto es tan pequeño que el excusado araña la pared. *Lo dejo o no lo dejo, he ahí el dilema. ¿Tú qué opinas, Elo? Tú lo hiciste.*

Inspecciona los trazos del lápiz. La mano era de Sofía, la conchita la inventó la dibujante. El pantano de recuerdos comienza a remover algo en su pecho. Voltea el cuadro, lo cuelga con el trasero de papel estraza viendo al frente. Con la letra de Eloísa y su mattang que no lo era. Así queda mejor. «Para Sofía» se despide de ella al salir del baño.

Un zumbido desde el teléfono: «Voy a llegar un poquito tarde, yo creo que 7:30. Llevo vino y un regalo».

Ya solo faltan dos horas. Un destello de alegría, una sonrisa automática. Sofía voltea el teléfono y regresa a la hoja impresa que está leyendo sobre el escritorio, pero se da cuenta de que su concentración desapareció.

Ulani otra vez entre ella y su trabajo, como ha pasado las últimas semanas. Ahora el salón de clases tiene otro significado. Cuando entra en él, la tensión del secreto hace que su corazón lata más fuerte; es más consciente de cada movimiento que hace y de cómo se ve desde distintos ángulos. La mirada de Ulani se ha vuelto el centro de un panóptico, y Sofía, sospechosa de un crimen. *Culpable* de un crimen. Cada día, frente a su clase, se pregunta si alguien más sabe lo que sucede entre ellas, y mira los rostros de los demás estudiantes en busca de pistas que lo confirmen. Encuentra curiosa la sensación de nerviosismo que se acumula entre sus piernas cuando piensa en Ulani y en la posibilidad de que las descubran. Principalmente le da miedo pensar que no le disgustaría que eso pasara. Piensa en Luis, el estudiante más guapo de la clase, uno que Sofía siempre ha visto como un patán aunque no tenga más evidencia que el tono burlón con que se dirige a sus compañeras, nerviosas cuando hablan con él, y se lo imagina sintiéndose levemente humillado y seguramente algo excitado al descubrir que Ulani, esa chica hermosa y suave (Sofía lo ha visto mirándola), no solo no lo quiere a él, sino que prefiere a la maestra, una mujer no tan joven, algo aburrida, que sin duda no puede competir en escala de belleza con él.

Se ha sorprendido más de una vez a media clase imaginando a Ulani desnuda, la sensación de sus pieles juntas y el toque de las yemas de los dedos recorriendo el costado de su abdomen. En esas ocasiones contiene el escalofrío y se enfoca en la clase, que siempre parece ir en orden a pesar de sus distracciones. Las peores veces, síntomas incontrovertibles del aprieto en que está, cree distinguir el aroma de la chica y el recuerdo de sus risas en caudal le hacen brotar dentro del pecho algo parecido a un día luminoso de aire ligero. Empieza a sentirse intoxicada. Lo único que hace es pensar en Ulani, en que las atrapen o, peor, en el momento en que se enamore como una idiota y luego Ulani se vaya, desaparezca de la faz de la Tierra, y la deje de nuevo en mil pedazos. *¿Y si termino con ella de una vez? Me evito el dolor, le evito mi dolor, no nos arruinamos la vida mutuamente.*

Respira. Quita a la gata de su regazo e ignora el maullido de reclamo. Arranca una hoja de libreta. Escribe: «No la trates mal, no es su culpa que estés rota. No la trates mal, no es su culpa que estés rota. No la trates mal, no es su culpa que estés rota». Se para al baño. Toma una vela grande y polvosa, olor a brisa marina, y la prende para que la hoja se consuma poco a poco, mientras repite en su cabeza el mantra. El olor a quemado acompasa la danza del carbón y hace que la nariz le pique. No puede evitarlo, estornuda y con ese estornudo el carbón vuela.

Intenta agarrar una de las manchas negras que ahora puntean el lavabo, pero se hace polvo entre sus dedos y mancha más todo. Se mira el rostro, tiene tiznada una mejilla. Ve más de cerca para limpiarse y una arruga bajo los ojos detiene su atención. *¿Es lo último de mi belleza, que además nunca fue tanta?* Le parece que la arruga marca un camino por su piel, que ella sigue con las manos, hasta las marcas de expresión de su boca. Hay manchas en las mejillas. Sofía se saca la blusa y los pantalones y se queda en ropa interior frente al espejo. Clasifica su cuerpo, parte por parte, lo disecciona como un carnicero haría con una vaca. Compara su estómago flojo con el vientre duro y marcado de Ulani y su trasero sin gracia con las nalgas redondas y perfectas de la chica.

Mientras está de perfil, sus ojos se topan con el cuadrito colgado en la pared que declama un «Para Sofía». La silueta difusa de una Eloísa de veintidós años entra al baño y se para junto a ella. Sofía siente cómo el dolor de los primeros tiempos después de su desaparición le llena las entrañas, oprime sus vísceras. Un dolor que no la había visitado desde hacía catorce años. *Fue invisible por tanto tiempo y ahora parece que no lo puedo dejar de ver.* Se da cuenta de que Eloísa siempre ha estado ahí, es una fosa que rodea su castillo sellado, el vacío que le sirve de guarda.

Sofía sale del baño sin ropa y entra a su cuarto, que en ese departamento diminuto está a un metro; rebusca en el clóset, escarba entre papeles inservibles. Toma al fin una caja verde. Pesa más de lo que recuerda y, al tratar de abrirla, nota que la madera está algo hinchada por la humedad. Con un sonido de aire a presión, la caja se abre y el olor a mojado arrecia. Una foto: al fondo, enormes prismas triangulares de piedra gris y áspera, debajo, el valle de lava solida en figuras caprichosas. El espacio escultórico de Ciudad Universitaria. En la imagen, Sofía sonríe con una ligereza que no recuerda haber sentido desde hace mucho. A unos centímetros de ella, sin tocarla, la Eloísa de papel sonríe, sí, pero sus labios no dan la impresión de liviandad sino de dureza. *Labios de secreto, así te dije una vez y te burlaste de mí. Tus labios de secreto, estos mismos que tienes en la foto, al final se quedaron con el secreto de tu propia desaparición.*

Demasiados recuerdos. Son las 6:30 y Ulani va a llegar a las 7:30 y no ha avanzado ni una sola línea de trabajo. Así como está, con todo y rímel corrido, sin ropa, se sienta en la sala. Deja pasar un momento.

«No voy a poder hoy. Discúlpame, me enfermé del estómago muy feo. Te escribo cuando me sienta mejor».

Manda el mensaje y apaga el teléfono.

La fotografía susurra desde sus manos. *¿Dónde estás?* Sofía siente un impulso: tiene que regresar al único sitio donde Eloísa existe. Emprende una carrera de pies rabiosos hacia el lugar al que juró no volver.

Tres meses después

Dos encuentros en el Paseo de las Estatuas (antes, avenida Madero)

Sofía

No sé cómo diablos pasó, pero terminé aquí, en este café. La ruta era tan simple que nada podía salir mal. Después de todo, la otra Eloísa está varada ahí para la eternidad. ¿Por qué habría de cambiar cualquier plan que se relacione con ella? En estos tres meses, nada ha variado ni lo más mínimo. Ir a ver tu estatua es tan cotidiano como cualquier paseo para bajar por comida. Pero así sucedió, contra todo pronóstico. Llegué desde atrás. Iba pensando en Ulani y, cuando me di cuenta de eso, el estómago se me revolvió por ir a ver a mi Eloísa de piedra, con otra mujer (esta sí de carne) en la mente. Luego, se me revolvió de nueva cuenta por la primera revoltura. Pensé en que iba a ver nada más que a una estatua, que tú, Eloísa, estás muerta o perdida, que debo asimilarlo ya y seguir. Con todo esto llenándome el cerebro, ya estaba muy cerca cuando, desde atrás de la cabeza de la Eloísa-estatua, mi nuevo rincón sagrado, apareció una cabellera rubia y revuelta. Un tipo de traje, de unos treinta, niño rico, viéndola como embelesado, con ojitos de becerro. Me dieron ganas de irme, pero la curiosidad ganó. No, la verdad no fue eso. Admito que, como la loca que soy, sentí celos. ¿Cómo carajos?, ¿celos? Me da incluso asco pensar que me he vuelto posesiva de una estatua, porque sí: me tengo que repetir, ya no es automático, querida Eloísa, que es solo una estatua, piedra en medio del Paseo, una entre tantas otras. Ahora revuelvo un té verde en este café que huele a viejo y busco en los pliegues acuosos de la taza una respuesta, como una vil creyente de las señales y augurios, como si le dijera, a ver, tecito, dime quién es este y qué hacía ahí, dime si no es *él tipo*. El té, por supuesto, mira impasible desde su ojo de agua y a mí se me termina el tiempo de pensar.

Luciano

Estuvimos en ese café una hora. Le calculo unos treintaitantos años, ya se le empieza a notar la edad, pero se ve que de más joven era medio guapa. Dijo que se llama Sofía, y no dejó de sacar humo un solo momento desde que nos sentamos en la mesa de afuera. Si no fumara tanto, seguramente no tendría la piel así, tipo con arrugas y los poros visibles. Es una lástima que las mujeres se arruinen por un vicio. Siempre se lo he dicho a las mías, no porque piense pasar la vida con ellas, sino para que estén conscientes de lo mal que les puede hacer. Ninguna mujer de arriba de treinta debería tener permitido fumar. Hablaba con voz grave y prepotente, como súper masculina. Raro porque sus chinos largos y oscuros, y sus ojos color miel no se me hacían marimachos. Me habló de Eloísa: dice que así se llama. Eran amigas en la universidad, y un día ella desapareció. Nadie supo nada y luego apareció la estatua. Esa, la misma que visito desde niño. No necesité ni un segundo para darme cuenta de que eso no podía ser, los años no eran suficientes.

«¿Estás segura de que es esa, justo esa, la que tú dices?», le pregunté.

Sus ojos lo expresaron todo rotando hacia arriba, en blanco, como diciendo, *Sí, imbécil, tiene la cara de alguien que conocí: estoy segura*. La plática cambió de tono. Yo le dije que no podía ser porque esa estatua, la mía, estaba ahí desde hace mucho, desde chico, y ya tengo treintaitrés años. Su boca formó un gesto burlón: ahora se reía de mí.

«Mira, te aseguro que esa es la estatua de Eloísa Montiel, *desaparecida* en el 2011, hace catorce años para ser exactos».

«Petrificada, en todo caso», le contesté.

«Si eso te ayuda a dormir por las noches, ándale, *petrificada*, entonces. Búscalo, seguro aún encuentras algo en internet».

No llegamos a nada. Al final es con ella, «la Eloísa», que he estado soñando todos estos años. La imagen de su cara se ha mantenido como una foto cuando otras cosas desaparecieron. No es algo falso porque un presagio tan fuerte como un sueño no puede ser falso. Más que enojarme con las respuestas, me sentí confundido. Quiero saber en qué lugar de mi mattang está Sofía. Que las causas no sean evidentes aún no importa, la respuesta siempre llega al que sabe sentir el mar. Mana. ■

© Andi Parejas

MARTÍN FELIPE CASTAGNET

1986

Martín Felipe Castagnet nació en La Plata (Argentina). Ha publicado las novelas *Los cuerpos del verano* (Factotum, 2012) y *Los mantras modernos* (Sigilo, 2017). En 2012 ganó el Premio a la Joven Literatura Latinoamericana otorgado en Francia y en 2017 fue seleccionado por Bogotá39 como uno de los mejores autores jóvenes latinoamericanos. Ha participado en diversas residencias internacionales como MEET, Art Omi, Casa Refugio Citlaltépetl y Übersetzerhaus Looren. Es doctor en Letras, editor de la revista *Orsai* y traductor. Su obra ha sido traducida al inglés, francés y hebreo, estudia japonés de forma interrumpida y de vez en cuando escribe guiones de cine.

NUESTRA CASA SIN VENTANAS

Martín Felipe Castagnet

En La Aduanita estaba prohibido bucear: demasiados restos arqueológicos en el fondo del lago. Eso no impedía que los chicos del pueblo intentaran llegar a lo profundo de una sola zambullida, sin otra cosa que el aire que llevaban en sus pulmones. Fue durante una de esas zambullidas, entre los rostros enigmáticos de una civilización perdida, que Éufrates decidió que quería ser mujer y escultora. Emergió con una piedra traslúcida que había tomado a ciegas del lecho barroso y la conservó durante toda su vida.

La piedra seguía sobre su escritorio, como pisapapeles, cuando abrió el sobre, y fue lo primero que vio cuando logró despegar la vista del resultado de los exámenes. La punción con aguja gruesa, las tomografías, la cirugía, no quería pensar en nada de eso: ya había vivido demasiadas operaciones. Mejor pensar solo en la vieja piedrita, tan compañera, en los ídolos de madera o marfil que poblaban la mesa, en las estatuas completas e incompletas de personas y animales, los grabados en las paredes con su oleaje hipnótico, en la totalidad de su atelier. A un costado, en realidad un sillón, la cama en la que dormía (había abandonado su habitación, que ahora servía de depósito), la frazada de lana a punto de rozar el piso. Su aprendiz seguramente la acomodaría, en su ronda habitual… y también ordenaría las pilas de libros, aunque nadie se lo hubiera pedido… pero a cuánto estaba realmente la frazada de tocar la mugre, se preguntó… ese centímetro hacía toda la diferencia… cuando Haydée le dijera «pero si está otra vez en el suelo», ella respondería: no, todavía no lo está tocando…

La escultora parpadeó y salió de esa zona en la que se había metido, ahora sí con la mente clara. Guardó el sobre en el tercer cajón del escritorio. La noticia, esperada, no la agarraba desprevenida: tenía muchos asuntos que resolver. Para empezar, se acordaba demasiado bien de un amigo escritor, probablemente la persona más inteligente que había conocido. Pero a pesar de estar mal de salud, no había dejado testamento y ahora los libros se editaban con un mal gusto vergonzoso: le habían publicado los borradores, las servilletas, hasta las mejores listas del supermercado. A ella no le iba a pasar, aunque todo el mundo legal le causara más pena que gracia; se había resignado, como tuvo que resignarse a las visitas médicas. El destino físico de su obra iba viento en popa: ya estaba comprometida con el museo regional que con su ayuda habían fundado en La Aduanita para exhibir algunos grupos escultóricos rescatados del lago, ni el más importante ni el que más público prometía, pero repleto de manos cariñosas; solo faltaba arreglar los detalles. Pero estaban tan cerca del acuerdo, buscado por ambas partes, que no le preocupaba realmente.

Tocó las estatuas, cada una, o al menos todas las que pudo. Eran las pocas que le quedaban, las que había logrado no vender; si fuera por ella no se hubiera desprendido ni de una sola: eran como familia, los parientes silenciosos. Cada una le comunicaba una sensación diferente, como la que le evocaba una taza de té ahumado o la que acumulaba el calor del día, por poco que fuera. Tocarlas era importante, un ritual para despertarlas y mantenerlas con vida. El nadador a punto de sumergirse, completamente doblado, las manos ya desapareciendo en el agua o el aire. La vendedora de perfumes, una de sus primeras obras: cualquiera juraría que podía oler la cajita apenas entreabierta que ofrecía la jovencita con la cabeza gacha (todavía se cruzaba de vez en cuando con la modelo, ahora una matrona de tetas caídas que atendía la papelería del pueblo). Y junto a la puerta del atelier el perro ciego, echado en el pedestal, levantando las orejas pero sin enfocar la mirada. Lo acarició: el bronce estaba bien gastado. Todos sus amigos lo acariciaban, por insistencia suya, para la suerte.

Después, se dijo mientras salía del atelier, está el tema de la lápida. A eso se dedicaba desde hacía unos meses, desde que apareció la puntada, antes incluso de ir al médico buenmozo de la capital. Haydée Ricci, su aprendiz, había fruncido el ceño ante su pesimismo (con qué gusto le iba a enrostrar los resultados del estudio, se regodeó la escultora). ¡Una lápida no es asunto menor! Es la última obra de un escultor, lo quiera o no. ¿Entonces va a ser una escultura sobre tu tumba?, preguntaba Haydée tras pensarlo un poco. No, le respondía Éufrates, solo una lápida, que basta y sobra. ¿Dónde había dejado las llaves? ¿Le quedaba sidra o iría a necesitar?

Está bien, seguía Haydée después de un rato, todo lo que haga una artista como vos se puede considerar una escultura. Ahí es cuando Éufrates sonreía. En realidad… tampoco la voy a tallar sola. Pero va a ser mía, la tranquilizaba. Y si tampoco la tallara ella misma, qué importaba. Un verdadero artista, había aprendido Éufrates, usaba las manos de cualquiera.

Se puso la campera y la gorra, que antes olió, como hacía siempre: una mezcla de leña y cebolla. A último momento agarró una botella del armario, una damajuana forrada de mimbre que todavía conservaba restos de pulpa de manzana adheridos al vidrio. Cerró la puerta de la casa, sin trabarla, y emprendió el camino que llevaba colina abajo. Saludó a sus vacas lecheras y se sacó la gorra frente a los chanchos, la gran cerda con sus crías, buen día, buen día. Las novedades del sobre la habían liberado. Ya no podía postergar lo impostergable, que siempre había dejado para después. El museo regional, el destino de su casa y sus obras, la aguja, el boceto de la lápida que hacía y deshacía a su antojo, todavía una mancha sin definir. A medio kilómetro se desvió y bajó por los pastizales secos hasta la casa del vecino. Dejó la botella vacía junto a la puerta y siguió cuesta abajo el sendero que terminaba por retomar el camino principal.

No, lo que realmente le preocupaba era otra cosa. Ese era el verdadero asunto, ajá. El problema del anillo. Sí, consideremos el anillo, se dijo. Pero los pájaros eran más interesantes, las aves rapaces que sobrevolaban los pinos en círculos imperfectos, y allá a lo lejos el lago resplandecía cuando se corrían las nubes… y bajo la superficie las cabezas silenciosas, la piedra eternamente gastada…

Media hora más tarde había bajado de la montaña. La primera parada del ómnibus era el cementerio, al que se accedía por una puerta cancel, justo al final de La Aduanita, que como pueblo cada vez era más grande pero tampoco llegaba a ser ciudad. Cuando terminaba el camposanto había un negocio que, en vez de tener una entrada en ángulo recto, estaba cercenada por las vías del tren. Ese era el local que hacía y vendía las lápidas. Lo había fundado su amigo Hermes, mucho tiempo atrás, y ahora se encargaba el hijo, Marcel. Un cartel enorme que había tallado el padre decía: HERMES E HIJO, ARTESANOS DE LA PIEDRA. Y debajo el hijo había agregado una cita sagrada de los textos antiguos: ALLÍ EN LO ALTO EL DULCE PREMIO.

Marcel trabajaba afuera cada vez que podía, pero cuando empezaban los fríos no aguantaba porque, según decía, un grabadista con guantes era peor que un manco. Ese día estaba en el patio de entrada, arropado en una bufanda que lo rodeaba varias veces. Leía un libro en una silla de mimbre, y le daba la espalda a una lápida inconclusa. Éufrates se sentó en otra de las sillas y le contó brevemente las esperadas novedades. Bueno, respondió Marcel después de una palmadita en el hombro, todos habitamos una casa sin ventanas. ¿Eso significa que tenés que entregar el anillo? ¿Ya sabés a quién? Cuando la vio negar con la cabeza, agregó: Al menos habrás decidido entonces qué va a decir tu hoja en blanco. Así le decían a la lápida, para restarle peso. Ella se rió y contestó: Va a decir «Sin apuro y sin plata». Pero ambos sabían que ninguna de las dos cosas era cierta. Marcel era su persona de confianza en el pueblo, y la única que tenía la llave de su casa (sin contar a Haydée, que vivía en la ciudad y se tomaba el tren todos los días salvo el de descanso).

Al regresar colina arriba Éufrates se desvió para volver a pasar por la casa del vecino. Agarró la botella junto a la pared, ahora llena de sidra, y dejó un par de monedas al azar en la lata pintada de verde.

Más tarde, en la cocina, se sirvió un tazón y lo calentó un ratito en la hornalla. Fue hasta el atelier y se sentó en el escritorio. Del tercer cajón, bien al fondo, sacó una cajita. Durante un largo rato contempló el Anillo de Ruirving. Tenía la simplicidad de un círculo hecho con un solo trazo, que por muy poco no terminaba de cerrar; de oro oscuro, como la melaza, hasta que se lo ponía a la luz: entonces parecía traslúcido como su piedra. El anillo era más ligero de lo que recordaba.

Yo quería diseñar mi lápida tranquila, y ahora... Siempre puedo elegir al azar, pensó, pero no sería justo. ¿Acaso el viejo Chairo la había elegido al azar? ¿Entre todos los artistas de un lugar tan vasto? La había visitado dos veces a su atelier en la montaña: una para conocerla y otra para legarle el anillo. La primera ocasión lo hizo solo; la segunda con un abogado todavía más viejo que él. Hacía muchos años la habían elegido; ahora le tocaba elegir a ella.

Había sido la sorpresa de su vida. Éufrates era todavía una artista joven, ya con seguidores, prometedora, pero no se sentía consagrada. Sí había logrado establecerse económicamente y mudarse a esa casa a los pies de la montaña, a espaldas del pueblo donde había nacido. Cada tanto recibía la visita de amigos talentosos, de posibles compradores, incluso de alumnos que viajaban hasta la ciudad más cercana para tomar clases con ella. Pero nada la preparó para esa visita. En todo el Portento no había mejor actor ni actriz que Chairo; ninguna estrella en ascenso se comparaba a la leyenda del viejo actor y su aura de zorro. Éufrates lo había visto varias veces en escena, en el corto tiempo que pasó de joven en la capital, cuando estudiaba en la academia de artes y oficios. Y ahora se le aparecía en su puerta y le pedía que le mostrara los secretos de sus estatuas.

La primera vez que lo recibió no supo qué ofrecerle (ella nunca tomó alcohol) así que le sirvió un vaso de la sidra que fabricaba el vecino. Chairo le pidió vaso tras vaso y se terminó llevando la botella de culo ancho. Nunca le explicó el porqué de la visita; solo que necesitaba conocerla en persona. Un amigo coleccionista lo había introducido a la obra de esa artista joven, e incluso había visitado, de incógnito, una pequeña muestra en una galería metropolitana. Éufrates le mostró su horno y su fragua, su depósito y su colección personal. ¿Querés que te regale una?, le ofreció ella, borracha de felicidad. Chairo largó una carcajada y a ella se le quedó grabada esa risa franca. Puedo comprarla, aclaró serio, y la escultora insistió: te la regalo o nada. Quizás otro día, concedió el actor.

Siete años después, una voz desconocida anticipó la llegada de Chairo para ese mismo día. La escultora bajó corriendo la colina, y en vez de dejar la botella vacía golpeó la puerta hasta que el vecino, algo asustado, interrumpió su siesta. Decime que todavía te queda una botella de sidra, le rogó. Era el final de la primavera, pero Éufrates se volvió con las últimas tres botellas, dos en la mano y una debajo de la axila, y las enfrió en la heladera. Esa noche volvieron a tomar sidra; el abogado que acompañaba a Chairo se negó con una sonrisa pero sí aceptó sentarse: las rodillas no le resistían. Chairo, en cambio, apenas si se mantuvo sentado. ¡Ahora no, ahora no!, le decía a su abogado. Éufrates no entendía nada y pensó: quiere comprar una de mis estatuas, no, las quiere comprar todas.

El viejo le explicó: El Anillo de Ruirving es un premio que se le entrega al mejor artista vivo, y ahora yo te lo entrego a vos. Es un premio secreto y nadie debe saber de su existencia, salvo la fundación que lo financia. Desde ahora en adelante no te va a faltar dinero. Tu único trabajo es seguir dedicándote a tu arte y, cuando llegue el momento, entregárselo al único artista que creas que de verdad lo merezca.

El abogado sacó la cajita de su bolsillo y la abrió. Un mes después Chairo estaba enterrado en su casa sin ventanas; el día que le llegó la noticia Éufrates se probó el anillo por primera vez.

Al día siguiente convocó a Haydée al atelier. Su aprendiz era una buena chica, aunque le escondía las reseñas negativas. A Éufrates le causaba gracia: el crítico que había destrozado su última exposición era un bebé de pecho; le faltaba tanto por aprender de la vida que la escultora leyó la reseña como una vindicación. Si quería mejorar como artista, Haydée debía empezar a leer con más astucia esas críticas.

Necesito agendar una reunión con la maestra Brasi Siraise, le indicó. La aprendiz estaba acostumbrada a los nombres importantes, pero aun así le llamó la atención el pedido. Éufrates no quiso explayarse. Hacerlo significaba contarle acerca del sobre en el tercer cajón. Es como una entrevista de trabajo, le explicó a medias. Más tarde Haydée asomó la cabeza: Brasi había aceptado. Cada vez tenía menos fuerzas, así que programaron la visita para esa misma semana, en el que terminó siendo uno de los días más fríos del año.

Esa mañana se despertó con un nudo en la mitad de la espalda. Fue hasta el tambo: sus pisadas aplastaban la nieve y la hacían crujir. La suciedad le dio algo de vergüenza. Haydée limpiaba, y había limpiado en previsión de la cita, pero nunca alcanzaba: la escultora prefería excavar una montaña antes de lavar un solo plato. Mientras desayunaba miró los utensilios y la vajilla con los que comía, como si los viera por primera vez: un pato entre los juncos, la abeja en el tenedor. A la leche le flotaban grumos de grasa: la parte más rica, decidió. Haydée había tenido la idea de agendarle un desayuno con Brasi, pero Éufrates se levantaba demasiado temprano, cuando todavía era de noche, y no iba a esperar su llegada.

Quince minutos después estaba vomitando el desayuno en la bacha de la cocina. Si tan solo tuviera tiempo para dedicarme a mi hoja en blanco, pensaba. Pero tenía que juntarse con Brasi: no podía dejarle el anillo sin estar segura. El viejo había puesto sus expectativas en ella, se había esmerado en estar a la altura. Aunque después pensaba: Estar a la altura de qué, y rechazaba esa idea simplona que ejercía tanto influjo sobre ella. Y luego volvía a preguntarse: ¿Pero lo logré o no? ¿Pasé la prueba o caí en la trampa? Abrió la canilla y se enjuagó la boca, se cambió la camisa y se sentó en el atelier a esperar que llegara su invitada.

Seguramente Brasi sienta intriga por la invitación, pensó Éufrates. Era su rival desde que la conocía: tenían prácticamente la misma edad y una carrera en paralelo donde habían competido por las mismas becas, los mismos premios. Pero la maestra Brasi, como le decían todos, no sabía nada del Anillo de Ruirving, y en eso la había vencido por completo. Ese antagonismo no había impedido cierta amistad, o al menos el trato constante, tan pulido como su piedra, e igual de duro por dentro. Brasi la criticaba a sus espaldas, y a veces también a solas, pero para Éufrates la competencia las había mejorado a ambas.

Su rival siempre había tenido algo desencajado, como si hubiera aprendido el idioma pero no la cortesía. Éufrates lo resumía así: a Brasi le falta una pieza; quizás eso es lo que la lleva a destacarse. En sus años de juventud, la capital del Portento estaba en un período de crecimiento acelerado: nuevos barrios surgían de la noche a la mañana, resultado de una reforma agraria impulsada por el gobierno. En medio de esos nuevos barrios y asentamientos llegó Brasi Siraise, una joven extranjera, que no entendía cómo los capitalinos lograban desplazarse por la ciudad sin ninguna indicación.

Al día siguiente de llegar, lo primero que hizo fue buscar una guía de transporte, que le permitiera ubicarse y saber qué línea la llevaba a qué parte. No solo no había: le dijeron que no existía tal cosa. Fue en ese momento cuando pensó: Ya sé qué es lo que vine a hacer acá, contó veinte años después en una entrevista radial que Éufrates había escuchado junto a la estufa a leña. Brasi compró el único mapa comercial de la capital que existía, un plano del casco viejo que no indicaba nada sobre el transporte, e hizo lo más elemental: se tomó el primer ómnibus que pasó. El boletero le preguntó hasta dónde iba. Y Brasi le respondió en su idioma precario: Final, final. Al terminar el recorrido había algunos puestos de comida, donde la gente comía en un banquito y una mesa en medio de la calle. Ella también se sentó y almorzó, y después se tomó otra línea. Al día siguiente hizo lo mismo. Su hospedadora le ayudó a conseguir un mapa catastral, de los que se usaban para la construcción. Lo calcó en papel manteca y sobre la copia dibujaba sus recorridos diarios. Y al terminar el primer borrador del mapa, volvió a hacer cada línea de ómnibus con los ojos cerrados, para poder sentir mejor cada curva de la ruta.

Cuando llevó su proyecto a la Secretaría de Transporte para que confirmaran su validez, el empleado llamó a sus compañeros de oficina y les dijo: ¡Miren, justo lo que andábamos necesitando! Ni siquiera ellos tenían un mapa de todas las líneas. Era un diseño intuitivo al ojo, con todas las líneas en diferentes colores, como se acostumbra ahora.

El dinero que le entró por el mapa le permitió a esa extranjera sin amigos entrar en contacto con los diseñadores de la capital; ahí fue donde la conoció Éufrates, en un círculo de jóvenes artistas que se juntaba en una fábrica de jabones abandonada. Y ese fue el mapa que la futura escultora había comprado cuando se mudó a la capital, la primera vez que pudo vestirse como mujer sin que le dijeran nada, la primera vez que sintió que estaba en camino de ser alguien, gracias a un mapa de bolsillo que la guió por tierra incógnita. No le sorprendía que hubieran terminado en el mismo lugar; la admiraba y la envidiaba por igual.

Unos años más tarde Brasi la impactó con otro proyecto colosal: una ciudad en miniatura, a 1/14 de escala, lo suficientemente grande como para caminar por su interior. Me podía agachar y ver por la ventana, recordó Éufrates, y si me acercaba podía seguir encontrando detalles. Pero lo que más le gustó era que Brasi había construido dentro de la fábrica de jabones una ciudad auténtica, una ciudad viva que no se parecía en nada a la capital que la albergaba. Para lograrlo le había asignado a cada uno de los miembros de su equipo una época distinta, con su propio desarrollo especulativo, y la ciudad en miniatura crecía y cambiaba a lo largo del tiempo que la exposición estuvo montada.

Todos los proyectos de Brasi compartían esa lógica tan espacial como colaborativa; eso también le había agradado a Éufrates, que reconocía un talento que a ella le resultaba imposible. Era el dinero, el sistema de premios simbólicos y metálicos, lo que las había llevado a competir; también ese tono cortante que usaba Brasi, y que a ella le hacía tanto mal: ya lo había soportado demasiado de chico. Los roces fueron empeorando, y una noche, sin que el resto lo supiera, Brasi le juró que si no se alejaba le iba a partir la cara con un fierro, que ahora la fábrica equivalía a su equipo de colaboradores, mientras que a ella, la joven promesa de la escultura, no le gustaba trabajar en grupo. Se gritaron cosas: alienígena guapomacho, buitre pisacabezas. Después se apaciguaron, pero para entonces Éufrates ya estaba planeando su regreso a La Aduanita.

Con el paso del tiempo Brasi se transformó en una artista total que canibalizaba todas las disciplinas, con exposiciones en galerías y museos, pero para Éufrates siempre lo había sido desde ese mapa de bolsillo. ¿No estaba para eso el arte? ¿En qué ayudan mis estatuas, pensó Éufrates, salvo para decorar un mundo que no lo necesita? ¿Quién necesita que alguien como yo intervenga una piedra completamente sana? ¿Por qué yo y no cualquier otro, como pensó después de la última visita de Chairo, por qué yo y no ella?

Brasi llegó en bicicleta, una proeza que la escultora admiró: cuesta arriba, avanzaba con el máximo esfuerzo, primero un pedal y después el otro, como en cámara lenta.

Como esperaba, Brasi no quiso saber nada sobre tomar sidra, ni fría ni entibiada. Para qué me llamaste, le preguntó a bocajarro después de las preguntas de rigor. Éufrates le dijo parte de la verdad: Me estoy muriendo y quería que hiciéramos las paces. No pareció sorprenderse, su enemiga. ¡Tan joven!, le dijo Brasi, y la tomó de la mano (qué manos inmensas tengo, pensó Éufrates, igual que mis rodillas cuadradas). Ambas acababan de entrar en esa primera vejez que es el comienzo de otra cosa, la madurez de un artista, pero una iba a tener el tiempo que la otra no. Las dos estamos viejas, le contestó Éufrates con algo de malicia, como si la decrepitud fuera contagiosa.

Charlaron toda la mañana de los recuerdos del pasado, sobre todo esa etapa en la que ambas habían compartido la vida sin freno de la capital y luego los intentos vagos de reconciliación. Éufrates le recordó lo poco que le gustó a Brasi cuando visitó su muestra zoológica fuera del horario de apertura. Al destapar la cabeza de un gato dormido, sugerida apenas con dos líneas encantadoras que descendían hasta cruzarse y formar el hocico, Éufrates no pudo evitar acariciarla, y por unos segundos quedó una aureola en la frente de metal. Brasi la miró con bronca y le dijo: Eso no se hace. Lo que Éufrates no le contó es que luego, a solas, conversó con uno de los guardias de la exposición, que le confesó que los peces sonaban como una campana. Eligió un ejemplar del cardumen que luchaba contra la corriente y lo golpeó suavemente con el nudillo, que dio un sonido precioso, pero nada metálico: era el zumbido del mármol, llevado por el desgaste y el pulimento a un estado de extrema tensión. Dos salas después, mientras la exhibición retrocedía en el tiempo hasta la época de los animales extintos y las esculturas se hacían cada vez más abstractas, Éufrates volvió a oír ese sonido; era el guardia que disfrutaba como ella de esas maravillas.

Estuve a punto de no venir, le confesó Brasi. La reunión me intrigaba, pero también interrumpía mi trabajo: de hecho, esta mañana me desperté con la intención de cancelar. ¿Qué podemos hacer dos calandracas como nosotras? ¿Comparar cicatrices? ¿Tu cambio de sexo, mi cesárea? Cada una tiene sus propios traumas, y ya tengo suficiente con el pasado. Pero me imaginé que algo importante me querías decir. Aunque no sabía bien qué…

Haydée golpeó la puerta y les ofreció más café, que Brasi aceptó contenta. Cuando se quedaron a solas de vuelta, le preguntó a Éufrates por qué la tenía de aprendiz, si no era tan buena como artista. Quiero decir, no es mala, pero cualquiera aprende a batir. Éufrates supo que Brasi la estaba poniendo a prueba, pero de todos modos era cierto: Haydée tenía talento y perseverancia, pero le faltaba la necesidad de querer imponerse, de decir yo soy, y terminaba siendo mejor colaboradora que artista. Había llegado a ella por el programa de becas que había montado con la plata de la fundación, destinado a chicos del interior del país que quisieran estudiar en la capital, y se dio cuenta tarde de que no iba a lograr transmitirle todo lo que ella podía enseñar. Pero Haydée era alegre, el atelier se llenaba de vida cuando estaba presente, y disfrutaba verla crecer: cómo se le definían los rasgos a medida que dejaba atrás la adolescencia, una escultura viva, el primer rostro que Éufrates era consciente de ver envejecer todos los días.

Después de desayunar Brasi le pidió una vuelta por el tambo, donde le hizo preguntas sobre las vacas. ¿Por qué esa tenía la cola recortada? ¿Cómo distinguía a la que había parido? Éufrates le explicó eso y más, como por ejemplo la afeitada que deja el roce constante de la quijada con los corrales de engorde (ambas estaban en contra) o hacerles escuchar música clásica (ambas a favor). Y entonces Brasi, con toda frescura, le descerrajó el tiro: ¿Me hiciste venir por el Anillo de Ruirving, no?

Éufrates se sintió defraudada: con la fundación, con Brasi, con ella misma. Pero sobre todo con su rival. No deberías haberlo dicho, pensó, aunque sea para hacerme seguir creyendo en el secreto. Brasi debió haberle visto la cara porque alzó los hombros y dijo, con una sonrisa tímida: Todo se sabe en el mundo del arte, al menos para los que quieren saber. Caminaron de regreso frente a los lechoncitos, que se escondieron detrás de la madre.

Dónde está ahora esa ciudad a escala que construiste, le preguntó Éufrates con la mirada perdida. En un museo privado, contestó Brasi, siempre se llevan nuestras mejores cosas y a cambio nos dan billetes que no sirven para nada. Y vos para qué querés el anillo, le preguntó. Por el prestigio, respondió. ¡Pero si nadie lo sabe! Los que importan lo saben. ¿O sea que vos importás y los demás no? Podría mantener a todo mi equipo, respondió Brasi, ¿hice mal en decirte que sabía? No, respondió Éufrates, hiciste mal en saberlo.

Antes de irse, después de juntar su abrigo, Brasi se agachó frente a la estatua del perro, pero no la acarició. Siempre me gustó tu perro sordo, le dijo. Cómo sabés que está sordo, le preguntó Éufrates. La maestra Brasi resopló: ¿Alguna vez hubo un perro que no mire hacia la puerta cuando entra o sale su amo?

La próxima vez que tengas noticias mías, dijo Éufrates, quizás… Pero no se decidió a terminar la frase. Brasi dijo: No tenés que decir nada, y subiéndose a la bicicleta se fue por donde había llegado, ahora con la pendiente a su favor. La escultora se quedó en el patio, con los brazos cruzados. Los animales estaban afuera del tambo y de vez en cuando hacían sonar el cencerro. Nevaba sobre las vacas, que resoplaban su vapor caliente.

Querría no haber recibido nunca el anillo, pensó, pero no quiero soltarlo; tengo que decidir a quién, pero no aguanto mi decisión. Brasi la había expuesto, lo leyó en sus ojos: todo me fue más fácil porque tuve la plata. Podrías haberte quedado callada, pero me lo hiciste más difícil. Por eso siempre nos costó ser amigas.

Éufrates se fue a dormir con una decisión tomada: renunciar al anillo, devolver parte del dinero, si hacía falta, y se arrepintió apenas la despertaron las náuseas. Le gustaba el goce secreto de haber sido elegida y tomaba la renuncia como una afrenta. En todo caso podía morirse y no dárselo a nadie, fingir ignorancia ante la fundación, ¡perdón, me morí! No iban a hacerle devolver la plata con la que había vivido todos esos años, con la que había financiado el sistema de becas, la plata que había ahorrado para dejarle a Haydée junto al atelier. ¿O sí podían? No había firmado ningún contrato, solo facturaba los ingresos como hacía con cualquier otro benefactor. Se le había vuelto un asunto burocrático: un recurso con el que podía realizar mucho bien, pero a la vez una carga muy pesada para alguien que solo quería dedicarse a la belleza, al acto de otorgarle un sentido a lo que nos rodea por medio de una intervención a veces mínima que a veces, con suerte, perdura en el tiempo. El dinero la había arrastrado hacia la beneficencia, y ahora estaba atrapada. Nunca había logrado averiguar el origen del Anillo de Ruirving, pero ahora estaba segura: algún viejo artista, demasiado culpable por su cuenta bancaria y demasiado narcisista como para invertir mejor la plata.

Al menos la lápida seguía su curso. Aprovechaba las jornadas de trabajo para charlar con Marcel. Mientras tallaban le contaba sobre su infancia como varón y el lago lleno de las sonrisas misteriosas de las monarcas de antaño, cuando todavía era posible sumergirse y explorar el fondo lacustre; sobre crecer a toda velocidad en la capital y la relación que había tenido al volver al pueblo con Hermes, el padre de Marcel, el fundador de la fábrica de lápidas; sobre la memoria pública y la trascendencia individual, sobre el rol del arte y el misterio de la creación, la historia secreta de sus propias obras. Marcel escuchaba con atención y cada tanto asentía, compenetrado, aunque sin dejar de dibujar en su libro de bocetos.

Por qué te cuesta tanto dejarle el anillo a Brasi, le preguntó un día el grabadista, si ya la elegiste. No es tan fácil, mi querido, se trata de mi legado. Pensé que para eso estaba el museo, replicó Marcel, o tu lápida, que al menos es lo que todos van a ver cuando te visiten. Si pudiera dejarte el anillo a vos, dijo Éufrates, todo sería más fácil. ¿Y no podés? No puedo. ¿Por qué? La persona elegida tiene que tener relevancia. ¿Y yo no soy relevante? La escultora se rió.

Mientras volvía, colina arriba y gorra encasquetada, Éufrates recordó cuando su abuela la llevó en tren a la ópera, y cómo había quedado deslumbrada por la bravura de la cantante en el escenario. En la puerta lateral que daba a los camarinos, la cantante le entregó de su propio ramo una rosa amarilla, una rareza por ese entonces... se la había mostrado a su abuela, que había accedido a esperar pese al frío, y a la que extrañamente le resplandecían los anteojos... le dijeron gracias, gracias de corazón, pero la cantante ya se había alejado... Aunque muchos se hayan acercado a esa perfección, nunca escuché a nadie cantar como ella, se dijo en una pausa del camino para tomar aire y contemplar el ocaso sobre el lago, precisamente porque para mí fue una experiencia transformadora. La calidad alcanza hasta cierto punto; lo demás ya lo ponemos nosotros.

Al día siguiente, como ocurría todos los años, con mucha vergüenza Haydée le pidió vacaciones: quería visitar a su familia en las islas al oeste del Portento. Claro, le respondió Éufrates, con la vista clavada en la ventana: era la ocasión ideal. ¿Vas a poder encargarte sola del tambo, vas a lavar los platos, barrer las virutas? Sí, la tranquilizó la escultora con el tono firme que usaba cuando decía la verdad, prometo limpiar todo lo que ensucie. Al día siguiente llamó a la fundación: un número de teléfono que hasta ahora solo había utilizado para dudas contables. Necesito que venga alguien del equipo, dejó dicho.

Esa misma noche llegó un escribano, de apuro, en un auto con chofer. Naturalmente, no era el mismo abogado que había acompañado a Chairo hacía tanto tiempo, pero aun así Éufrates había albergado cierta esperanza. El escribano se arrodilló junto a su silla para sacar los papeles del maletín; era joven pero se estaba quedando pelado. ¿Llegó a una decisión?, le preguntó. Éufrates respiró hondo: Le lego el anillo a la maestra Brasi Siraise. Y después agregó: Pensé que me iba a reír cuando lo dijera, pero nunca me sentí tan seria. La única condición es que le avisen ustedes, después de mi deceso, no quiero hacerlo yo. Firmó por duplicado el papel que lo certificaba y le entregó una copia al escribano. Del tercer cajón sacó el estuche y también se lo entregó.

Mientras el escribano revisaba el Anillo de Ruirving, Éufrates levantó su piedra para usarla como pisapapeles, pero esta vez se la quedó en la mano. Con la yema del dedo acarició la silueta, parecida a una pezuña, suave y lustrosa como una bellota, y hasta la olió, en busca de aquellos olores de su infancia en el lago, que creía recordar parecidos al pino y al óxido. No percibió nada, pero sí la frescura maciza de siempre cuando la tocó con la nariz. Mañana la voy a devolver a su verdadera casa, decidió Éufrates, que regrese con las estatuas del lecho profundo, y se la guardó en el bolsillo.

Al día siguiente, cuando estaba a punto de bajar hacia el lago, recibió una llamada del museo de La Aduanita: habían aceptado oficialmente su donación y querían filmarla hablando sobre su obra. Está bien, les respondió con una botella vacía en la mano, pero antes quiero hacer un cambio en la cesión, uno chiquito. Y ahora sí, viejita, pensó, dejá de sostener todos esos huesos.

Haydée sufrió un ataque cuando se enteró de la muerte de Éufrates. La abandoné, le dijo por teléfono a Marcel, tuve la intuición pero la dejé para que se muriera sola. No quiso volver para el sepelio ni hacerse cargo de la casa. Voy a repensar qué quiero hacer de mi vida, le dijo antes de colgar.

Enterraron a Éufrates en el cementerio del pueblo, junto a las vías, que se llenó de conocidos y desconocidos. La escultora era la única persona famosa de La Aduanita, y eso les bastó para acercarse ahora que se había muerto. Brasi mandó una carta de condolencias, escrita a mano:

Mi labor no me permite asistir, pero quería dejar en claro mi admiración por mi colega Éufrates. Siempre nos retrataron como rivales, y lo fuimos, pero aunque nuestras diferencias fueron públicas, también nos unieron los secretos.

Marcel hizo poner la lápida, incompleta, tal como ella la había dejado. Era una obra sobria, una pared de hiedra atravesada de lado a lado por una especie de tajo en la parte baja de la piedra, como si la hubiera abierto un cirujano; cada hoja de la enredadera estaba tallada con delicadeza, salvo una que había quedado sin trabajar. La frase que iba debajo del nombre también había quedado vacía.

Después de terminada la ceremonia Marcel subió por el camino de los autos, que era menos abrupto. Los del museo regional le habían hecho llegar un mensaje: la estatua del perro ciego era para él, lo último que Éufrates les había exigido, y ellos estuvieron de acuerdo. Simplemente no se esperaron que la muerte ocurriera de manera tan inmediata, y de esa manera. Ni siquiera habían llegado a filmarla junto a sus obras. No se preocupen, les dijo Marcel, yo tengo horas y horas de entrevistas con ella. Charlábamos y al quedarme solo transcribía en un diario todo lo que me había contado.

Pensó en la estatua del perrito, que tanta suerte le había dado desde que era chico y acompañaba a su padre al atelier. Había algo en esa ausencia de mirada que lo conmovía: el perro no veía por ciego, no por ser de bronce. Quedaría bien sobre mi tumba, se dijo, cuando me toque, y se prometió esa misma tarde emprolijar la planta de zapallo que crecía de manera salvaje sobre la tumba de su padre.

Llegó a la casa de la escultora. No escuchó ningún cencerro, lo que le llamó la atención. La helada había matado la mayor parte del forraje sin segar. Marcel abrió el portón. Las vacas, desesperadas de hambre, salieron todas juntas a comer el pasto de la mañana. ■

CARLOS FONSECA

1987

Carlos Fonseca nació en San José (Costa Rica) y pasó su adolescencia en Puerto Rico. Es autor de las novelas *Coronel Lágrimas* (Anagrama, 2015) y *Museo animal* (Anagrama, 2017), así como la recopilación de ensayos *La lucidez del miope* (Germinal, 2017), por el que recibió el Premio Nacional de Literatura de Costa Rica. Fue seleccionado en 2017 por el Hay Festival para integrar Bogotá 39, y por la Feria del Libro de Guadalajara como una de las veinte Nuevas Voces de la narrativa latinoamericana. Es profesor de literatura latinoamericana en el Trinity College de la Universidad de Cambridge. Reside en Londres.

NOTA DE AUTOR: Quisiera agradecer a Gabriel Piovanetti-Ferrer, que me proveyó los materiales que dieron paso a esta historia.

RUINAS AL REVÉS

Carlos Fonseca

1

La página, recortada de un viejo periódico y pegada torpemente sobre el cuaderno, relata un suceso ocurrido en los Balcanes. Durante el invierno de 1991, cuando la guerra entre las facciones yugoslavas entraba en su etapa más cruenta, un gran número de los habitantes de un pueblo a las afueras de Zagreb reportó sufrir de insomnio. Más inesperado fue un síntoma que los médicos croatas no tardaron en achacar al traumático estrés producido por los bombardeos. Los insomnes, cuando finalmente lograban conciliar el sueño, decían soñar con un color que nunca antes habían visto: una especie de azul fosforescente, a medio camino entre el azul cielo y el azul ártico.

La noticia pasaba a referir una coincidencia ocurrida meses después. Esa primavera, los habitantes del poblado serbio de Deronje habían sido testigos de cómo los pétalos de las asparagáceas que puntúan las praderas cercanas se pintaban de un azul refulgente, no tan distinto de aquel con el que decía haber soñado su contraparte croata. La nota, más allá de comentar la posibilidad de que el color se debiese al uso de agentes químicos como el sarín durante el conflicto, se limitaba a reportar el enigma detrás del hallazgo. Sobre la parte inferior de la página del cuaderno, debajo de una foto, tal vez falsa o impostada pero ciertamente convincente, de las luminosas flores, aparecía escrito a mano: «*La profecía: el caos travestido de destino*».

2

La conjunción del recorte de periódico y la cita, hallada hoy mientras revisaba los cuadernos inéditos del poeta hondureño Salvador Godoy, me ha hecho pensar en la serie de coincidencias que tuvieron que ocurrir hace dos años para que, en la larga y angustiosa estela del huracán que acababa de azotar a la isla, yo llegase a interesarme en Arno Krautherimer y en sus sueños. También en ese caso fue una combinación del caos y el destino la que me llevó hasta la figura de ese arquitecto austriaco, en cuyos remotos delirios creí reconocer la imagen de nuestro ruinoso presente.

Para ese entonces yo todavía vivía en Puerto Rico, en un pequeño apartamento que había sido antes de mi abuela y cuya particularidad radicaba en ser la única residencia sin balcón en toda la torre. A alguien se le habrá olvidado construirlo, solía decir riendo ella mientras desde la mecedora que había ubicado frente al ventanal miraba desafiante hacia fuera. Más de una vez, durante las caóticas semanas que sucedieron a la tormenta, recordé su risa y, deteniendo el trajín en el que me encontraba, me senté a ver el paisaje tras la ventana. Allí estaba: la isla devastada pero aún así la isla. Desde el décimo piso podía ver a vuelo de pájaro los escombros de las viviendas cercanas, la forma en la que la tormenta se había encargado de disolver la nitidez del panorama con la misma fuerza con la que un niño desordena de un golpe las piezas de un puzle. Más allá se veía la laguna, pacífica e inconmovible, tras la cual se extendía esa ciudad que ahora destechada, cubierta por el azul artificial de los toldos plásticos, se asemejaba al cuerpo vendado de un herido. Me sentaba allí a descansar un poco, hasta que el calor se hacía espeso y yo finalmente creía entender la sensación de hastío en la que sobrevivíamos. No era el tedio del aburrimiento ni mucho menos el de la indiferencia sino la sensación de que el mundo había regresado a un estado primario en el que el tiempo volvía a ser pesado y denso como el propio sudor.

Andaba sentado en la mecedora cuando tres golpes a la puerta me sorprendieron una mañana. Tres golpes que resonaron sobre el espacio oscuro e inhóspito que el temporal había dejado atrás, entre cuyos pasillos, abarrotados por artículos de primera necesidad, yo había aprendido a moverme con la sobria diligencia de un sacerdote medieval. Esquivé cajas de agua potable, decenas de aparatos a medio recomponer y demás escombros, hasta llegar a la puerta. Tras ella, sudoroso luego de subir a pie las diez plantas de escaleras, encontré a mi amigo Gabriel Piovanetti. Desde el huracán Piovanetti se había convertido en una especie de radio ambulante. Todas las mañanas salía de su apartamento, listo para las largas caminatas con las que buscaba remediar la escasa información con la que subsistíamos en aquellos días. Al cabo de seis o siete horas, a eso de las tres de la tarde, regresaba de sus paseos trayendo a modo de noticia las imágenes que decía haber visto: la devastación de Cataño, la Perla reducida a un enjambre de cables y madera, la enorme escultura de la mujer desnuda de Botero que los vientos habían arrastrado hasta el mar. Lo escuchábamos tocar la puerta, siempre a las tres y sabíamos que aún en plena catástrofe, podíamos contar con la constancia de sus historias para hacernos olvidar la congoja.

Tal vez por esa testaruda puntualidad, me extrañó que sus característicos golpes a la puerta llegasen a las once y no a las tres. Había una razón para ese cambio de horario. Decía haber encontrado, a las afueras de la Escuela de Artes Plásticas, una serie de cajas sobre las cuales aparecía mi nombre: *Para Carlos Fonseca.* Con el paso del tiempo me ha ido quedando cada vez más claro que esas cajas no me estaban dirigidas. No era yo el Carlos Fonseca al que hacían referencia. Poco importó entonces.

Entusiasmado con ese inesperado hallazgo, pensando que tal vez aquello prendería una inesperada chispa en un mundo en el que el tiempo parecía estancarse, rehíce el camino que había trazado mi amigo apenas unas horas antes, hasta que vi –entre tanto poste caído, árbol derrumbado e inútil escombro– las cajas. Mi amigo tenía razón: no sin alegría reconocí, borroneado por el agua, mi nombre, sin pararme a pensar que era también el de otros. Poco podía imaginar que ese error, o presunción, me regalaría la alucinada arquitectura de Arno Krautherimer.

3

Impresiona pensar cuántas historias acaban en la basura. Descartadas, ignoradas, olvidadas. Ese, pienso ahora, debió de haber sido el destino de esas dos pequeñas cajas si no hubiese sido por el ojo avizor de mi amigo. Evidentemente maltrechas a causa de la lluvia, yacían en una larga fila de cajas similares. Alguien, convencido de que las inundaciones las arruinarían, las había sacado del almacén de la escuela. Y la verdad es que no se equivocaba del todo, como pude confirmar cuando, ya de regreso en casa, las abrí y encontré un bonche de papeles mojados, malogrados e ilegibles. Recuerdo que intenté leer algunas de las páginas pero en cada ocasión fracasé: más podía el paso de los años y las intransigencias del clima que los ojos cansados de un pobre historiador desempleado. Apenas logré distinguir algunas palabras solitarias –*planos*, *dimensiones*, *bases* – que me hicieron pensar en los exámenes de geometría de mi adolescencia. Justo estaba a punto de darme por vencido cuando, al fondo de la segunda caja, hallé lo que en un principio pensé era una pequeña y mohosa arca que, cubierta como estaba por varias capas de embalaje, parecía haber escapado de la devastadora suerte de todo lo que la rodeaba.

Ahora, al recordar todo, revivo la emoción que significó para mí el descubrimiento: la sensación de que, más allá del tenebroso limbo en el que nos había dejado inmersos, la catástrofe me legaba algo. Un viejo cofre de esmerada caoba brasilera sobre el cual alguien había labrado, en letras doradas que el tiempo se había encargado de oscurecer: *E.C. 1945*. Al abrirlo encontré un centenar de páginas amarillentas pero intactas, cuya mezcla de imágenes y de texto comenzó por confundirme, pero dentro de las cuales, poco a poco, pude empezar a reconstruir una posible historia. En hojas elegantemente estampadas –sobre cuya cabecera podía leerse, en refinada tinta azul, *Enrique Colón, Psicoanalista, Avenida Ashford, San Juan, Puerto Rico*– aparecía desplegada la crisis emocional de un hombre al que el expediente primero se refería como «el paciente» pero al cual rápidamente pasaba a llamar «el arquitecto».

Tal vez buscando un horizonte para lo que leía, me senté en la mecedora de la abuela y desde allí, frente a la ventana levemente agrietada, comencé mi lectura del archivo, preguntándome a cada instante quién sería el arquitecto al que hacían mención. Llegando al final encontré una página que decía: *Paciente: Arno Krautherimer, Apuntes de sesiones: 1942-1943*. Recuerdo que pensé en cuán extraño sonaba aquel nombre en mis alegres trópicos y cuán raro era que un archivo tan antiguo e íntimo se hallase en el almacén de la Escuela de Artes Plásticas. El recuerdo de un dato me proveyó una explicación posible: mirando la serie de alucinantes esbozos arquitectónicos que acompañaban a los apuntes, me dije que lo más probable era que el expediente hubiese llegado allí durante los años de transición en los que el edificio pasó de ser la sede del antiguo Manicomio Insular a alojar la entonces recién inaugurada Escuela de Artes Plásticas. No recordaba las fechas, así que todo era posible. Lo más probable era que en el traspaso del edificio alguien hubiese confundido los bocetos de un paciente con los croquis de un artista y el expediente se hubiese filtrado hasta llegar a ser parte del acervo cultural de la institución. Me río ahora al pensar que le debo a esa breve confusión entre el arte y la locura mi iniciación en la arquitectura onírica de Arno Krautherimer.

Debo reconocer que esa tarde, mientras exploraba aquel universo de confesiones pronunciadas bajo pacto de confidencia, sentí en un principio cierto pudor. Tuve la impresión de que sin querer me inmiscuía en una intimidad ajena, como quien encuentra una puerta abierta y decide adentrarse en la casa del vecino. La curiosidad, legitimada en parte por el hecho de que las cajas parecían estarme dirigidas, terminó sin embargo por ganarle la partida a la vergüenza. Poco a poco me dejé cautivar por la inesperada imagen de ese hombre de exótico nombre, recostado en un improbable diván casi ochenta años atrás, contándole sus sueños y sus temores a uno de los primeros psicoanalistas de la isla, mientras al otro lado del océano el mundo se jugaba las cartas. Lo imaginé rubio, de ojos claros y mirada esquiva, reticente ante las preguntas que, con una sonrisa que delataba admiración, le hacía el analista caribeño. Y me pregunté qué tendría que ver yo con todo eso. Yo, un historiador en paro, un profesor cuya carrera parecía desde hacía mucho un callejón sin salida, pero cuya estocada final, no podía saberlo aún, recién había sido propiciada por ese huracán que sin embargo me regalaba la historia de una vida.

¿Qué tenía que ver yo con aquellos sueños y con aquellas memorias de infancia? ¿Qué sabía yo de los lamentos de un austriaco? Recuerdo que entre la multitud de apuntes que poblaban el archivo psicoanalítico, uno en particular me llamó la atención. Uno que decía: «*El paciente dice soñar edificios que son el opuesto de lo que conscientemente imagina durante el día. Dice sentirse como un fraude ya que despierto aboga por espacios construidos según la sencilla armonía de la razón pero por las noches sueña lo inverso. Cuando le pregunto por su infancia, recuerda las grietas que crecían pacientemente entre las piezas del entarimado de roble y haya del piso de su niñez en la Viena de fin de siglo. Confiesa que esa imagen del suelo fisurado se ha convertido en una obsesión. Le he sugerido que, para aminorar el efecto de las pesadillas, intente esbozar los edificios que aparecen en ellas*». Luego, en otra página cercana aparecía la transcripción, esta vez en primera persona, de uno de los sueños: «*Ayer he vuelto a soñar. Soñaba que estábamos en la vieja casa de Leopoldstadt y que yo, intentando escapar de las grietas que veía crecer a mi alrededor, iba hasta la ventana y con mucho esfuerzo me asomaba, como hacen los niños. Una corriente de aire frío se colaba en ese instante, me hacía girar y de pronto veía a mi madre, que inclinándose mojaba su pelo en una tina de agua fría. El cabello, ahora pesado, le tapaba la cara y yo creía intuir que aquel peso terminaría por hacer colapsar la casa. Lo peor ha sido, sin embargo, la conciencia aguda de soñar a pesar del deseo desesperado de despertar*».

Guiado por aquellas escenas, comencé a reconstruir la imagen de ese niño austriaco, gateando sobre el entarimado de roble y haya, jugando con los escombros que el paso del tiempo dejaba perdidos entre las fisuras del suelo. Lo vi, creciendo en aquella Viena de monumental y fría arquitectura, e intenté trazar la línea de continuidad que lo emparentaba con el hombre que años más tarde, convertido ya en arquitecto, se sentaba frente a un psicoanalista caribeño a rememorar su infancia. Recuerdo haber intuido que ese hombre perseguía el calor y haber sonreído al imaginarlo en batalla con los mosquitos. Tal vez las pesadillas que decía tener no eran más que el producto del bochorno isleño.

Los numerosos esbozos que contenía el expediente interrumpieron mis ridículas divagaciones. Mirándolos, pensé que el arquitecto tenía razón: parecían ser el producto de un delirio febril, la pesadilla de un arquitecto que súbitamente había tomado conciencia de la fragilidad de lo real. En los primeros, fechados a principios de noviembre de 1942, los retoques eran menores: se mantenía cierto minimalismo pero empezaban a aparecer las grietas. Lentamente, sin embargo, las fisuras iban reclamando su espacio hasta que, llegando a los últimos esbozos, fechados en febrero de 1943, las estructuras parecían perder su forma inicial y las grietas amenazaban con abarcarlo todo. En esos últimos la arquitectura parecía enloquecer y los edificios, más que edificios, tomaban la forma de los estratos contrapuestos de las rocas en el desierto. Luego daban un paso más allá y hasta las líneas rectas parecían ceder, dando paso a unos bocetos que me hicieron pensar en las formas marinas: en las siluetas sinuosas y esquivas de los corales, los pulpos y las anémonas. Bajo uno de ellos, el propio Krautherimer había anotado una idea que me llamó la atención. Unas líneas que traducidas al español dirían: «*Siempre he pensado que la arquitectura es fiel reflejo de la naturaleza, el régimen de lo estable, de la armonía, del reposo. Comienzo a intuir que podría ser lo opuesto: la arquitectura como un espacio de fuerzas encontradas, como placas tectónicas a punto de entrar en colisión*». La mención a la inminencia del temblor concretizó algo que había pensado al ver los diseños: la intuición de que algo en ellos resonaba a la perfección dentro de la catastrófica secuela que entonces vivíamos. Frente a mí, el paisaje que enmarcaba el ventanal parecía confirmar el presentimiento. Me impresionó que, a pesar de la fecha, no se hacía mención alguna en esos apuntes a la guerra que entonces se libraba, ni al papel de Austria en la misma. Como si bastase entender que la naturaleza no era el pacífico jardín soñado, sino un mundo de fuerzas batallando por primacía. Hablar de la naturaleza de la arquitectura era una forma oblicua de hablar de la historia, me dije y por primera vez sentí que tenía sentido que, de todas las personas, esos papeles me hubiesen llegado a mí. Luego seguí leyendo y mirando, notas y esbozos, hasta que, llegadas las seis, sentí cómo el atardecer se extendía primero sobre la laguna y luego sobre la ciudad, y sin electricidad que la iluminase, la casa volvía a lo oscuro.

4

Durante las siguientes semanas, mi fascinación con la figura de Arno Krautherimer y sus extravagantes sueños pasó a llenar, de alguna forma, el gran vacío que el huracán había dejado tras de sí. Por las mañanas, en la humedad asfixiante del otoño caribeño, me encargaba de ayudar a los amigos y familiares con las diligencias que nos mantenían a flote ante la falta de luz, de agua y de información. Arreglaba ventanas rotas, instalaba generadores eléctricos, repara techos. Luego, llegado el mediodía, me sentaba en la mecedora y me entregaba a la lectura y análisis del expediente psicoanalítico. Pasaba las horas intentado entender los arriesgados diseños, sueños e ideas del arquitecto austriaco, hasta que llegadas las tres escuchaba los golpes de Piovanetti a la puerta. Lo invitaba a entrar y, sin ahondar mucho en esos descubrimientos que en cierta medida le debía, lo dejaba hablar sobre el mundo que yacía allá fuera. Ese mundo de escombros en el que yo, poco a poco, había comenzado a ver un cruel reflejo de las pesadillas de mi arquitecto.

ARNO KRAUTHERIMER
ARQUITECTO
807 AVE. DE LA CONSTITUCIÓN, MIRAMAR, PUERTO RICO

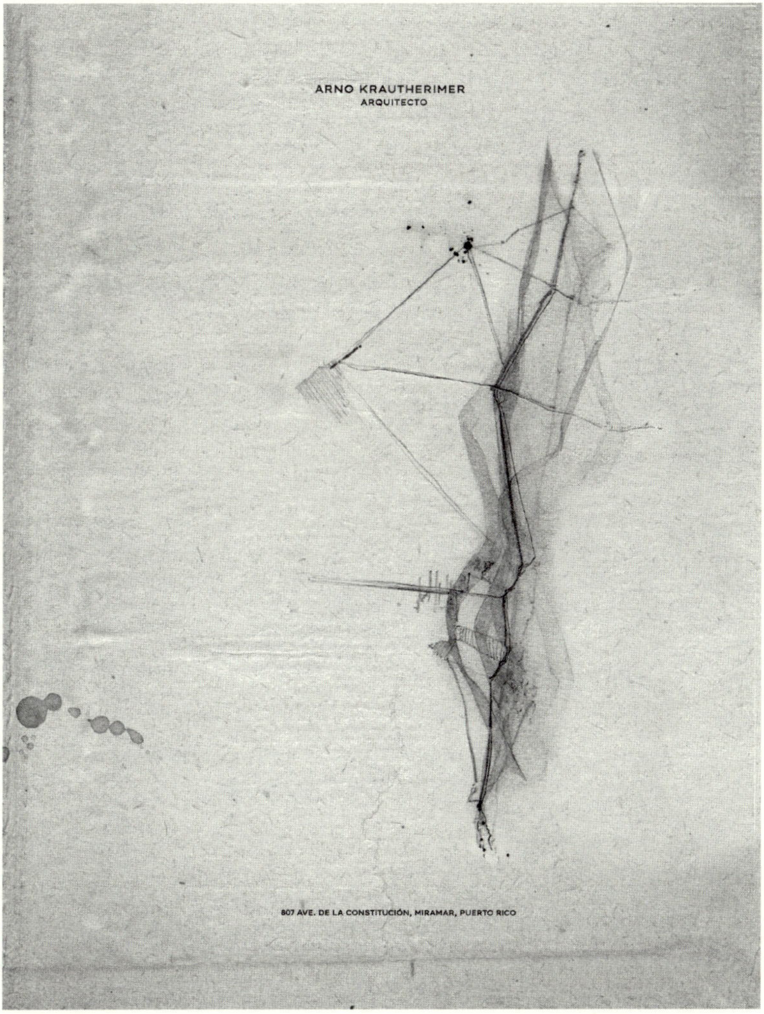
ARNO KRAUTHERIMER
ARQUITECTO
807 AVE. DE LA CONSTITUCIÓN, MIRAMAR, PUERTO RICO

ARNO KRAUTHERIMER
ARQUITECTO
807 AVE. DE LA CONSTITUCIÓN, MIRAMAR, PUERTO RICO

A principios de diciembre, Gabriel cerró uno de sus informes de manera inusual. Me invitaba a una fiesta que, para celebrar la llegada de la luz a su casa, pensaba celebrar Karina, otra amiga cercana. Acostumbrado ya a las noches a oscuras, contemplé negar la invitación pero terminó por convencerme un dato hasta entonces olvidado: nuestra amiga había estudiado arquitectura. Tal vez hablando con ella podría aclarar la procedencia de los enigmáticos papeles que sin querer había heredado. Así que acepté.

Horas más tarde, al entrar en la casa de nuestra amiga, sentí que me adentraba en una de las estructuras soñadas por Krautherimer. Recordé que la casa había permanecido abandonada por más de una década, durante la cual había servido de antro para los adictos, hasta que Karina y dos arquitectas de la facultad habían decidido remodelarla. Habían hecho sin duda un trabajo excepcional, pero el encanto de la casa recaía en gran medida en las huellas que quedaban de su pasado más innoble. Era extraño, pensé, verla así, alumbrada, poblada de gente, como si muy en el fondo no hubiese pasado nada: ni el abandono, ni la droga ni la catástrofe. Obviamente, era yo el que me equivocaba: si estábamos allí era para celebrar que finalmente uno de nosotros, por lo menos, le ganaba la batalla a la tormenta. Pero no pude dejar de sentir que de alguna manera la fiesta era un puro simulacro de intimidad. El huracán nos había dejado destechados, dejando nuestros secretos expuestos a la intemperie. Por miedo de parecer poco solidario, no comenté mis pensamientos a nadie. Preferí entregarme a la fiesta y a las cervezas, milagrosamente frías, hasta que, pasadas las doce, encontré a Karina finalmente sola, fumando en el balcón. Me le acerqué despacio y, tras los saludos iniciales, me atreví a preguntarle si por casualidad había escuchado de un arquitecto austriaco de nombre Arno Krautherimer. Hasta el día de hoy recuerdo la amplitud de su risa sobre la noche finalmente iluminada.

Recuerdo haber pensado entonces que esa risa –con su perfecta mezcla de picardía, ironía y soltura– era lo que me había atraído a ella diez años atrás. Poco quedaba en mí, reflexioné, de ese muchacho. La vi reír, hacer un gesto ambiguo y desaparecer entre la muchedumbre que todavía poblaba la casa. Regresó al cabo de un minuto cargando dos libros. Puso uno de ellos junto al cenicero y abrió el segundo en una página que había marcado con el dedo índice.

Acá está, dijo, mientras volvía a sonreír. Bajo una fotografía de un hombre de amplias cejas y profuso bigote encontré el nombre de mi arquitecto. Su mirada era más juguetona de lo que había imaginado y su pelo oscuro contradecía la imagen que me había hecho de él como un europeo de pelo rubio perdido entre los trópicos. Llévatelos, que ya me los sé de memoria, me dijo. Y sin pedirme más explicaciones, sin ni siquiera proveerme más detalles, volvió a desaparecer entre la muchedumbre. Ya no la volví a ver esa noche. Regresé a casa a eso de la una, cargando conmigo los dos libros en los cuales, tal vez a causa del alcohol, tal vez a causa de la fiesta, sentí se hallaba la clave para desencadenar el hermético mundo al que recién había accedido tres semanas antes.

5

La vida de Arno Krautherimer, según leí en los dos libros, era un ejemplo de eso que todos conocemos tan bien pero preferimos ignorar: que nuestros sueños a veces se empeñan en traicionarnos. Nacido en el seno de una familia judía en la Viena del fin de siglo, su vida trazaba un arco perfecto a través de la arquitectura modernista del Siglo XX. Heredero de las ideas de Adolf Loos, a muy temprana edad había decidido dejar atrás los ornamentos de la vieja Viena, siguiendo el camino de los que serían sus dos grandes maestros: en los años veinte había cruzado el Atlántico en busca de las praderas de Frank Lloyd Wright, solo para encontrarse con la figura maltrecha y anciana del casi olvidado Louis Sullivan. Estados Unidos era, para él, la tierra de la sencillez. Finalizada la primera guerra mundial y con ella el imperio de los Habsburgo, Krautherimer había llegado a América buscando alejarse del frío monumentalismo del viejo mundo. Y lo había logrado. O por lo menos creía haberlo logrado. En el primero de los libros que mi amiga me había pasado, titulado *Modernism in Architecture*, aparecían fotografías de algunos de los proyectos completados por Krautherimer en los años treinta: estructuras geométricas, guiadas por el minimalismo horizontal de extensos techos que confundían el adentro y el afuera. Recuerdo haber mirado los edificios con extrañeza, reconociendo en ellos ciertos rasgos que en los esbozos incluidos en el archivo psicoanalítico mutaban hasta convertirse en pesadilla. El libro, sin embargo, no incluía mención alguna a Puerto Rico ni a ninguna estadía del arquitecto en la isla.

Busqué en aquellas semanas complementar los datos con la lectura del segundo libro, una vieja copia de la historia de la arquitectura en Puerto Rico, de la cual se desprendían páginas con una facilidad espantosa. Con la ayuda del índice, hallé un capítulo dedicado al rol de la arquitectura dentro de las reformas políticas instauradas a principios de los años cuarenta. Según leí, a comienzos de la década el futuro gobernador Luis Muñoz Marín intentó esbozar, junto al entonces incumbente Rexford Guy Tugwell, un plan de modernidad para la isla. Un proyecto de futuro económico y social que también pasaba por la arquitectura: nuevos hospitales, nuevas escuelas y viviendas públicas. Krautherimer había llegado a la isla como parte del llamado *Comité de diseño para obras públicas* al que le asignaron la renovación de la infraestructura. Poco podía sospechar que, bajo el calor de aquellos agitados trópicos, el minimalismo de sus diseños arriesgaría mutar en ruina.

De su vida se ofrecían pocos detalles, pero uno de ellos resonó en mí. El libro mencionaba de pasada que Krautherimer había sido, de joven, amigo cercano de Ernst Ludwig Freud, hijo de Sigmund Freud. Me reí al pensar que un hombre que había estado tan cerca del padre del psicoanálisis, un hombre que lo más probable incluso había caminado y cenado junto a él, buscase años después la cura para sus desasosiegos en el diván de uno de los primeros psicoanalistas puertorriqueños.

Busqué entonces entre los viejos papeles, hasta encontrar aquel que había leído aquella misma tarde: «*Un sueño, entrevisto con claridad a media mañana, mientras trabajaba en un par de esbozos para el proyecto escolar. He visto caer nieve sobre los helechos de la selva virgen y el contraste me ha llevado a pensar en el crujir del hielo cuando toca el agua caliente. Entonces he tomado conciencia de que era esa la pesadilla que había tenido la noche anterior y de cómo, a media madrugada, había sentido que era la propia Europa la que lentamente crujía*».

Hubiese sido fácil leer aquellos sueños, me dije, como pesadillas que trasladaban al plano íntimo el colapso de la Europa de su infancia. Más difícil e interesante era leer todo en clave caribeña.

Preferí imaginar que, tal y como algunos sueños profetizan lo que vendrá, los sueños de Arno Krautherimer auguraban el porvenir de ese delirio de modernidad que empezaba a agotarse incluso antes de nacer. Y volví a vislumbrarlo en el invierno de 1942, sudoroso y exhausto, construyendo los cimientos de un presente moderno mientras por las noches soñaba su eventual colapso. Creí verlo brevemente en su delirio tropical, reviviendo la experiencia que había tenido años antes cuando, en la impecable Viena de su infancia, había mirado al piso y había encontrado allí, entre el entarimado de roble y haya, un mundo de silenciosas grietas. Nuestra triste fortuna, pensé, era vivir entre aquellos ruinosos paisajes que él, más comedido, se limitó a soñar.

6

Cuando uno busca los signos, los oráculos aparecen por todas partes. No sé en qué momento la agonía de aquel arquitecto se convirtió en la mía. Lo único que sé es que, poco a poco, la lectura del expediente terminó por inundar mi realidad. Miraba a mi alrededor y veía grietas por todas partes, sueños naufragados. Como si la isla fuese la barca cuya estabilidad nunca habíamos cuestionado, pero cuyas fisuras quedaban al descubierto ahora que el temporal se había encargado de inundar la tierra firme. Lo chocante, comprendí entonces, era que el desastre solo desenmascaraba las fallas ocultas pero omnipresentes. Yo mismo, llegué a pensar por esos días, era un proyecto malogrado. Poco parecía importar que hubiese hecho todo lo que de joven me sugirieron los mayores: sacar buenas notas, lograr una beca en una universidad norteamericana, graduarme con honores y regresar, listo para el triunfo, a la isla. Lo hice todo según el plan, pero al regresar seis años más tarde parecía que ya no quedaba nada para mí. Apenas un trabajo de mesero en una barra local a la que los turistas llegaban ya borrachos. En más de una ocasión, conversando con alguno de aquellos turistas, me había atrevido a comentarles mi dilema, solo para escucharlos decir que la solución era clara: debía aprovechar mi pasaporte y viajar hacia el norte –a Orlando, a Chicago, o a Nueva York– a una de esas ciudades que en el pasado le habían dado la bienvenida a la diáspora puertorriqueña. Yo me quedaba callado y pensaba en mi hermano, quien había salido de la isla hacía ya casi una década camino hacia la Gran Manzana. Cada vez que hablábamos intentaba convencerme de que me mudase. Me prometía un cuarto gratis hasta que encontrase trabajo. Yo siempre le decía que no, tal y como le decía que no a los turistas. Puerto Rico era mi país y al fin y al cabo tenía mi trabajo en la barra y mi rutina. El huracán, sin embargo, había terminando por llevarse también aquello y con eso mi paciencia.

Desempleado, sin nada que perder, me adentré en la vida de Arno Krautherimer como quien en medio del desierto cree ver un oasis a lo lejos y se impone un destino. Llegué incluso a pensar que podría transformarlo todo en un libro, una monografía que retratase aquel insólito episodio en la vida del arquitecto y en la historia de Puerto Rico. Hasta imaginé un título: *Rise and Fall of a Modernist Dream*. En las tardes más optimistas de ese invierno eterno, mientras veía cómo poco a poco la isla batallaba por retomar la normalidad, vislumbré ese libro como una posible salida y redención. La publicación me traería cierto reconocimiento y me regalaría un futuro como académico. En cada ocasión, la traicionera lógica de sueño y pesadilla volvía a salirme al paso y al cabo de unas horas el optimismo se desvanecía ante la evidencia de la devastación.

Uno de esos días, entusiasmado con el proyecto, decidí caminar por la Universidad. Los escombros de los edificios, la límpida vegetación que apenas comenzaba a renacer y la ausencia de las cotorras que solían alegrar con su canto el paisaje me salieron al paso. Incluso con el libro, pensé, poco quedaba para mí allí. Caminé entre los pasillos, por los cuales ahora los estudiantes parecían moverse con más cautela y cansancio que antes, copias lejanas de esas esculturas de Giacometti que tanto me habían gustado en otra época, hasta que, llegando a la plaza del teatro, advertí una pequeña multitud. Me acerqué pensando que se trataba de un músico o tal vez de un payaso, pero rápido comprendí mi error. Frente al grupo, un fotógrafo retrataba a una bailarina de ballet posando en puntas entre los restos de una vieja estructura. Mirándola, pensé que Krautherimer tenía razón, la verdadera belleza solo se conseguía cuando se arriesgaba el colapso. «*La arquitectura: desafío de la gravedad*», recordé haber leído bajo otro de sus bocetos y la precisión de la frase me ayudó a entender la escena que ahora tenía frente a mí: esa bailarina en puntas que, al menos por ese breve instante que la fotografía luego convertiría en eterno, exhibía el hilo vertical que nos ata a los dioses. Estuvimos allí unos minutos, hasta que el fotógrafo completó la sesión y yo extrañamente sentí que se cerraba un ciclo. Dos días más tarde regresó finalmente la electricidad a casa y yo, al ver prenderse la luz, supe que había llegado la hora para salir de la isla.

7

En los meses que le siguieron a esa súbita decisión, intenté olvidar a Arno Krautherimer con la misma voluntad con la que busqué dejar atrás todo lo que me atase a la isla. Me aferré a los detalles prácticos de la mudanza, consciente de que entregarse a la carga del día a día es otra forma de enterrar las penas. Me enfoqué en empacar las cosas, en confirmar con mi hermano que su oferta siguiese abierta, en buscar posibles trabajos en la Gran Manzana, en despedirme de familiares y amigos. Pensé llevarme el expediente conmigo, pero preferí dejarlo con Karina. Ella, arquitecta al fin y al cabo, sabría mejor que yo qué hacer con aquel archivo que me había acompañado a través de la larga estela del desastre. Cansado, sintiéndome un traidor, dejé la isla a principios de abril.

Cinco meses más tarde caminaba junto a una nueva novia por las calles de Manhattan cuando vimos, para mi sorpresa, un póster que anunciaba una exposición en un museo cercano. El tema: la arquitectura modernista. Sin confiarle la verdadera razón de mi interés, la convencí de que sería interesante darle un vistazo. Sobre las paredes de la enorme sala desfilaban los nombres de los grandes arquitectos del siglo pasado y sus proyectos icónicos. Reconocí la Fallingwater de Frank Lloyd Wright, el Wainwright Building de Louis Sullivan, el Miller House de Richard Neutra, los diseños de Le Corbusier, de Walter Gropius, de Marcel Breuer y tantos otros de la Bauhaus. A cada uno de esos famosos arquitectos le había sido dedicada una pared entera para la exposición de sus obras. Me alegró reconocer en los diseños ciertos rasgos de esa visión propiamente moderna que los sueños tropicales de Krautherimer habían logrado transformar en su opuesto. Ya estábamos por salir cuando, en la última sección de la exposición, titulada *Aftermaths of Modernism*, me asombró encontrar una fotografía con un proyecto del propio Krautherimer. Se trataba de la Von Kaufmann House, una mansión que el austriaco había construido en California en la década de los cincuenta para el famoso productor Hugo Von Kaufman. Una casa límpida y moderna que parecía en total concordancia con los diseños de Krautherimer hechos en los años treinta, antes de su estadía en la isla. La misma sencillez, la misma armonía, la misma oda a la razón y al minimalismo. Solo yo sabía de la convulsa corriente subterránea que traicioneramente palpitaba bajo la superficie afable de aquellos diseños.

Tal vez me acerqué mucho a la fotografía o a su placa pues mi novia me preguntó si la pieza era especial. Temeroso de exhumar la catastrófica realidad que recién creía haber dejado atrás, hice un gesto de negación y seguí caminando, buscando con afán el minimalismo del olvido. Y la verdad es que lo logré encontrar por años, hasta que hoy, leyendo los cuadernos de Salvador Godoy, me topé con esta noticia que habla de la inesperada coincidencia entre los sueños croatas y las flores serbias. Volví a recordar entonces el azul del cielo de mi infancia y cómo después de la tormenta todo parecía haber cambiado a excepción de las nubes. La aguda frase de Godoy –«*La profecía: el caos travestido de destino*»– me salió al paso y comprendí en ese instante cómo yo mismo había intentado robarle un destino a un hombre de nombre idéntico al mío. ■

PD. Luego de publicar la primera versión de estas notas, un amigo historiador me llamó para comentarme que el Antiguo Manicomio Insular había cerrado sus puertas en 1928 y la Escuela de Artes Plásticas no había abierto las suyas hasta 1967, así que no era posible el traspaso de los papeles de una institución a otra. A ese amigo le dije que de eso precisamente iba este breve recuento: de la posibilidad de confundir fechas, de la posibilidad de mezclar causas y efectos. Mi problema con los historiadores siempre ha sido ese: no saben torcer las líneas rectas. No saben soñar la historia.

© Alván Prado

ANDREA CHAPELA

1990

Andrea Chapela nació en Ciudad México. Es autora de la tetralogía de fantasía juvenil *Vâudïz* (Urano, 2008-2015), el conjunto de ensayos *Grados de miopía* (Tierra Adentro, 2019) y de los libros de cuentos *Un año de servicio a la habitación* (UDG, 2019) y *Ansibles, perfiladores y otras máquinas de ingenio* (Almadía, 2020). Se graduó en Química en la UNAM y en la Maestría de Escritura Creativa de la Universidad de Iowa. Recibió en su país el Premio Gilberto Owen de cuento 2018, el Juan José Arreola 2019 y el Nacional de Ensayo Joven José Luis Martínez 2019. Ha sido becaria del FONCA y del Ayuntamiento de Madrid en la Residencia de Estudiantes. Actualmente imparte talleres, clases de idiomas y colabora en las revistas *Este País*, *Literal*, *Vaso Cósmico* y *Tierra Adentro*.

ANILLOS DE BORROMEO

Andrea Chapela

Cada tres meses cruzamos el terreno del rancho para revisar las celdas solares y probar la antena con otra frecuencia. Esta vez intentaremos algo nuevo, pondremos la antena en ángulo hacia el cielo para que las ondas de radio reboten. Después de transmitir durante veinticuatro horas volveremos para ver si alguien ha contestado.

Hasta ahora todos los intentos se han quedado sin respuesta.

Somos como los científicos de antes, que lanzaban señales al espacio en busca de vida en otros planetas. Nosotros también estamos buscando vida, pero aquí, más allá del Istmo, más allá de México, para saber qué o quién sobrevivió al colapso.

Volvemos a la casa grande cuando ya está oscureciendo, directo a cenar. Cuando encendemos la antena, que utiliza demasiada electricidad, no podemos usar los focos y tenemos que iluminar el comedor con velas, como si estuviéramos en otra época. A lo largo de las mesas la discusión se centra en este intento, si funcionará, si vale la pena gastar tanta energía en esa búsqueda, cuánto tiempo más lo intentaremos. Clara –esta es su primera vez de ir a la antena– pregunta a quién llamaríamos si lográramos establecer comunicación. Las respuestas varían: nombres de ciudades, familiares, instituciones que probablemente ya no existan. Mamá dice que a nuestro antiguo departamento de la Ciudad de México. Al escucharla, me doy cuenta de que no me interesa llamar a nuestra vieja casa, de que hace tiempo acepté que papá no sobrevivió. No elegiría ningún lugar en México, si pudiera hacer solo una llamada, marcaría al bar de Madrid.

Pienso *el bar* y no *un bar*, porque en este trabajaba Susana y estaba justo debajo de nuestras microviviendas. Allí pasé tantas horas del año que viví en España –leyendo en la barra, con una caña o tomando café a media tarde, hablando con Manu después del trabajo–, que en mis recuerdos parece el único de la ciudad. Fue allí donde pasé la última alarma climática. Estuvimos los tres encerrados veintidós horas, sin saber que sería la última vez que estaríamos solos.

No he pensado en ese día desde hace mucho tiempo y de repente, con una simple pregunta, regreso ahí.

A las 08:25 sonó la alarma. Salté de la cama. Un temblor, otro grande como el de 2031, pensé, y mi cuerpo reaccionó antes que mi cabeza. Sin ponerme pantalones ni zapatos alcancé la puerta y ya iba a salir cuando me percaté de que la alarma era una nota única, ondulosa, y no el *guaguagua* de mi infancia. De que estaba en Madrid y no en México. De que aquí no había temblores, pero sí días extremosos. Días de encierro. El tercer día de ese verano en el que las temperaturas superaban los 50 grados. Hasta ese momento, los países se habían adaptado para acomodar cada catástrofe climática, las heladas del invierno, los calores del verano, la falta de lluvias en algunas regiones, los terribles huracanes en otras. La vida, sobre todo en lugares como Europa, seguía día a día sin muchos contratiempos.

Durante la última alerta climática, Susana había dicho: la próxima vez deberíamos bajar aquí, tomar el bar y ocultarnos hasta que pase la alarma. ¿Se acordarían? ¿Y si yo bajaba y no había nadie? ¿Qué haría entonces? Había algo humillante en recordarles nuestra promesa de pasar el día juntos. Me quedé dudando, allí, junto a la puerta, hasta que escuché mi nombre. Susana me llamaba desde la calle.

Abrí la ventana. La alarma seguía sonando, pero había bajado de intensidad y debajo de la nota sostenida se oía una voz de mujer que repetía cada dos minutos: *Emergencia climática. Se esperan temperatu-*

ras superiores a los cincuenta grados. Se pide a los ciudadanos tomar todas las precauciones. Emergencia climática...

En días de alerta solo quienes trabajaban en puestos de primera necesidad podían circular por la ciudad. El transporte se reducía al mínimo y moverse en auto privado estaba prohibido. Aun en nuestro barrio, más allá de la M30, en el sur de Madrid, teníamos que tomar precauciones: no abrir las ventanas, utilizar el mínimo de electricidad y encender los reguladores que mantendrían el clima de nuestros pequeños estudios para proteger tanto a los inquilinos como la estructura del edificio.

A pesar de las indicaciones, allí estaba yo, en plena alarma, asomada al balcón vacío y abajo, en la calle, Susana, vestida con unos shorts y una blusa de tirantes, el cabello agarrado en una media coleta. Recordé que, de no haber sonado la alarma, a Susana le habría tocado abrir el bar esa mañana. Un golpe de suerte.

–Angélica, ¿bajas o qué?

El corazón me dio un vuelco. Pensé: el plan sigue en pie, sí lo recuerdan, sí quieren que esté con ellos. Ahora sé, y no sé si lo sabía entonces, que buscaba en cada gesto y muestra de cariño la comprobación de que me querían de la misma forma que yo a ellos, una señal que me explicara qué sucedía entre nosotros. Pensaba que los gestos más pequeños tenían cierto significado. Como cuando me quedaba dormida en la cama de Susana, mi cabeza apoyada en su regazo, mientras ella leía y después me reprochaba: me dices que vienes a estudiar y en realidad creo que vienes a dormir la siesta, y yo me reía, le daba un beso en la mejilla y le decía que tenía razón, que dormía mejor si sabía que ella me cuidaba el sueño. Como cuando mirando televisión en la habitación de Manu, él se acostaba a lo largo del sillón, su cabeza apoyada en mis piernas, mi mano en su cabello, su mano en mi rodilla, dibujando círculos y círculos. Yo trataba de discernir los límites de nuestra relación. Había algo entre nosotros, que necesitaba, pero no me atrevía a pedir.

Nunca supe qué hacer con ese deseo.

Diría que los conocí el mismo día, pero eso es imposible. Sé que conocí a Manu primero. Cuando llegué del aeropuerto arrastrando mis dos maletas, él estaba bajando cajas de un taxi y apilándolas frente al portón. Como nuestras microviviendas estaban una junto a la otra y yo no tenía nada que hacer, me ofrecí a ayudarle a subirlas y a cambio él compró unas cervezas, que nos bebimos sentados en el suelo de mi estudio. Me contó que venía de Sevilla y que, mientras esperaba a que se abriera un hueco en el programa de doctorado que quería, iba a trabajar como técnico en un laboratorio. Yo le dije que estaba en Madrid para estudiar una maestría. Quedamos en ir juntos al Rastro para conseguir lo que nos faltaba. Me dio alivio encontrar un amigo tan rápido, sobre todo el vecino de pared.

Si lo contara como lo recuerdo diría que esa misma noche conocí a Susana, cuando fui al bar para la cena, pero no es posible que mientras estaba tomando cerveza con él, también estuviera hablando con ella. Debió ser otro día cuando me senté en la barra, pedí un bocadillo de jamón y ella me preguntó de dónde era. Me dijo que vivía en el edificio desde hacía algunos meses y prometió pasearme por el barrio.

Semanas después nos encontramos los tres en una fiesta en la azotea. La última fiesta antes de que comenzaran las heladas del invierno y el frío nos impidiera estar fuera. La chispa fue un comentario inofensivo, dicho por alguien que ni siquiera recuerdo, justo cuando Manu y yo nos acercamos a servirnos más vino. Susana hablaba con un grupo grande junto a la mesa de bebidas y entonces alguien le dijo que ella seguro era de las personas que tenían una figura retórica favorita. Claro, dijo ella entre risas, ¿tú no? La respuesta llamó tanto mi atención, que me giré hacia ella. No sé si fue por el vino o la noche, pero me atreví a decir que me gustaba la sinécdoque. Por el sonido y por la película, más que porque supiera lo que era. Manu preguntó qué era un sinécdoque. Susana le dijo que era un tipo de metonimia y él le pidió un ejemplo. Nos encarrilamos. Poco a poco el resto de la gente nos abandonó y nos quedamos los tres, cautivados por la curiosidad común. Se nos perdió la pregunta original para dar paso a otras cuestiones que daban pie a ejemplos cada vez más descabellados, hasta que nos acabamos la botella de vino. Mientras discutíamos si abrir otra, alguien puso una canción que le gustaba a Manu. Se levantó y dijo: Eso luego. Ahora vamos a bailar, y nos tomó a cada una del brazo.

Cuando era adolescente, mi madre diagnosticó que una parte de mí siempre quería más. No tienes llenadera, me decía cuando llegaba tardísimo porque no había sabido irme de una fiesta a tiempo y me había quedado hasta el final. Manu y Susana tampoco tenían llenadera. Incluso cuando la fiesta ya estaba acabando (la cumpleañera se había ido horas antes), nos quedamos allí, hablando hasta que se hizo tarde, se acabó el alcohol y la batería de las bocinas. A la mañana siguiente, Manu tocó a mi puerta para saber si quería desayunar *tortitas* y me dijo que invitara a Susana. Desde entonces fuimos inseparables.

Cuando volvemos a nuestro cuarto después de la cena, mamá me dice que ha estado pensando seriamente en que la antena es un desperdicio de electricidad. Llevamos tantos años intentando establecer contacto, que ha comenzado a pensar que no tiene sentido seguir. ¿Vas a ponerlo a votación en la siguiente asamblea?, le pregunto y aunque me dice que no lo ha decidido, la conozco lo suficiente para saber que no se sacará la idea de la cabeza. Tiene razón en que podríamos usar esa energía para otras cosas, pero suspender la búsqueda me deja helada.

Aunque el terreno del rancho era nuestro cuando llegó el colapso, hace muchos años que nuestra opinión no vale más que la del resto. Las decisiones las tomamos como comunidad. Si bien papá construyó esta casa poco a poco a lo largo de mi infancia y adolescencia, mamá fue la que nos organizó, la que se unió a las comunidades que ya vivían en esta zona del Istmo de Tehuantepec y les ofreció la infraestructura que teníamos para que entre todos pudiéramos sobrevivir.

El fin del mundo no tenía que llegar cuando lo hizo y tal vez una o dos generaciones más pudieron haber vivido el equilibrio de un lento declive ambiental. Pero siempre hay un quiebre. ¿Fue suerte que mamá y yo estuviéramos en el rancho cuando llegó el colapso? La última comunicación que tuvimos antes de que todos los aparatos dejaran de funcionar fue un mensaje de papá. Un nuevo virus, trataré de salir de la Ciudad de México, el caos. Desde entonces, solo hay silencio.

Que Manu me atraía me quedó claro desde el principio. Encontré en él muchas de las características de otros hombres que me habían fascinado: una buena memoria, una curiosidad arrolladora, unas ganas por hacer cosas, un sentido del humor que estaba en sintonía con el mío (mezcla de sarcasmo ácido y ejercicios de imaginación que se nos salían de control). Reconocí que me atraía por cómo esperaba y buscaba cada oportunidad de hablar con él. A veces me sentaba a leer u oír podcasts en el balcón por horas solo esperando a que él saliera y me encontrara allí. Una de esas veces estábamos sentados cada uno en su balcón disfrutando el aire de la noche. Yo con la espalda apoyada en la pared y los pies balanceándose fuera del borde. Él en un banquito, bebiendo una cerveza. Si hubiéramos estirado el brazo a través de los barrotes, podríamos haber tocado con la mano el codo del otro.

¿Crees que volverías a enamorarte de la gente con la que estuviste antes?, me preguntó. Sí, le dije, una vez que quiero a alguien, me cuesta mucho trabajo dejar de quererlos. Yo siento, dijo, que pierdo el interés muy rápido. No solo por las personas, sino por las actividades, los lugares, las rutinas. Es como si una vez que la novedad se va, que comienzo a entender cómo funciona algo, la cosa pierde misterio, pierde fuerza. Me pasó cuando quise aprender a jugar ajedrez. No lo hago bien, porque solo practiqué y aprendí hasta que entendí qué tenía que hacer para aprender más. Me di cuenta de cómo tenía que estudiarlo, vi clarísimo el camino. No sé si podría recorrerlo, pero sentí que lo conocía y eso hizo que me diera pereza seguirlo. Y algo así me pasa a veces con las personas. Conozco a alguien nuevo y casi siempre en unos minutos me hago una imagen de por dónde va la cosa, quiénes son, cómo será la relación. Y no digo que siempre tenga razón, eso de enjuiciar tan rápido ya me ha metido en problemas. A veces me equivoco. La cosa es que siento que lo tengo claro y entonces pierdo el interés. Las personas que me dan vértigo son una minoría, son las que llaman mi atención. ¿Vértigo?, pregunté. Sí, hay gente que conoces y te da vértigo por lo inesperado. Con ellas no hay camino seguro.

Lo vi claro: conocer a alguien es como estar parado en el borde de un barranco. Deseé ser una de esas personas para él. Sentía que por debajo de sus palabras había implícito un «te cuento esto porque es lo que me haces sentir». Ahora me pregunto si ese subtexto existía de verdad.

Si con Manu fue fácil, casi natural, la atracción, con Susana me tomó por sorpresa. Recuerdo a la perfección el momento en que supe que la deseaba. El turno de Susana terminaba temprano ese día, así que a las nueve cerró su parte de la caja, tomó un suéter y se sentó junto a mí en la barra para cenar. Declaró que había que brindar. Un brindis llevó a otro que llevó a otro que terminó con nosotras saliendo a la calle y caminando hacia Lavapiés para encontrar un sitio donde bailar. Nos metimos a una discoteca en la calle Cabeza y bailamos hasta las seis de la mañana. Bailamos, bebimos, dimos vueltas. Cuando llegamos, el sitio estaba medio vacío, pero al pasar las horas se fue llenando. Y, aunque en algún momento apenas podíamos movernos incluso cuando nos subimos en la tarima, era como si toda esa gente no existiera. Con ella sentía que todo era posible.

Cuando encendieron las luces salimos tomadas de la mano. La seguí por las calles de Madrid de regreso a casa por un camino más largo y enredado de lo necesario. Una guiando a la otra y luego la otra guiando a la una. Dando vueltas medio borrachas, hablando y riendo y luego callándonos para no hacer ruido. En algún momento nos dieron ganas de mear y nos turnamos para ponernos en cuclillas entre dos coches. Luego corrimos, como si hubiera una posibilidad de que alguien se diera cuenta. Entre risas le confesé que nunca había meado en la calle y eso le dio otro ataque de risa. Cuando estoy borracha, meo donde me da la gana, declaró antes de volver a tomar mi mano.

No sé qué sentí entonces. Creo que llevaba toda la noche con una cosquilla bajo la piel que no lograba identificar, pero que se intensificaba cada vez que nuestros ojos se encontraban. Quisiera estar de nuevo allí, cuando supe que Susana me tomaría de la mano y me llevaría por todo Madrid sin soltarme, pero no se atrevería a más. Y cuando pensé eso, cuando entendí eso, mi reacción fue oponer resistencia, detenerla en medio de su ataque de risa, dar un paso y besarla. ¿Está bien?, le pregunté después, como pidiendo permiso, aunque me había besado de regreso. Ella asintió. Tenía mucha curiosidad por saber qué se sentiría, dije. ¿Y qué se siente? Me alcé de hombros, le sonreí, bajé los ojos, tal vez me sonrojé. Tú también estabas allí, dije. Ante esa respuesta se rio, me plantó un beso en la mejilla y enganchó su brazo en el mío. Vamos a casa, dijo.

Esa fue la única vez que sucedió.

No sé si cuando los escuché tener sexo fue la primera vez que estuvieron juntos o si ya había pasado antes. Nunca pregunté. Esa noche, después de que volvimos borrachos de algún bar, Susana apoyada en mí, Manu caminando detrás, entré a mi habitación y como estaba mareada me fui al baño directamente. No estoy segura de por qué terminé sentada en la bañera, tal vez me pareció más estable que mi cama o solo quería estar más cerca del escusado. Entonces los escuché. Al principio no estuve segura. Pensé que estaba imaginando sus voces, pero en cierto momento oí a Susana, fuerte, decir el nombre de Manu (en realidad dijo *Manuel*) y supe que no estaba imaginando nada, que el sonido sordo era la cama, que ella debía ser la voz más aguda, en un tono que jamás había escuchado antes y él… Sí. A él también lo estaba escuchando. De hecho, él era más ruidoso que ella, o más bien quiero decir que él era constante, mientras que ella iba y venía.

Si no hubiera estado tan borracha probablemente me habría dado vergüenza, habría salido del baño, cerrado la puerta y puesto música. Pero en lugar de eso me quedé mirando la pared de mosaicos blancos que nos separaba, escuchándolos con atención. Media atención tal vez porque oírlos comenzó a causar estragos. Y estoy segura de que fue el sonido, porque no tengo el recuerdo de haberlos imaginado, solo el sonido que me hacía sentir pesada. Todo el calor de mi cuerpo se anidó en el vientre y perdí conciencia de mis piernas, mi torso, mi cabeza, olvidé cómo respirar. Al oírlos solo quedaron mis dedos y ese calor... Pensé: ojalá la pared desapareciera. Ellos allá. Yo allí.

Creo que, a la mañana siguiente, entre la vergüenza de lo que había hecho (¿por qué me dio vergüenza? ¿Por oírlos, por tocarme, porque era la irrupción en un acto íntimo al que no me habían invitado y entre dos personas que quería? ¿Se habrían molestado de haber sabido lo que había pasado? Nunca se lo dije), tuve que aceptar que los deseaba no solo por separado, no solo como amigos, sino juntos, cerca, así como los había oído.

Se apoderó de mí una tristeza derivada de que yo quería algo que no sabía cómo pedir ni si podía tener. Y el sentimiento creció cuando ninguno de los dos me buscó para el desayuno. Después supe que habían dormido hasta pasado el mediodía y que, para cuando se desperezaron y fueron a tocar a mi puerta, ya habían pasado horas desde que yo había salido en busca de no sé qué. Anduve hasta el río y me senté en el pasto a leer, a pretender que no estaba cruda. Durante esas horas me convencí de que no valía la pena que las cosas cambiaran entre nosotros. Está bien, me dije, esto es suficiente. La relación puede ser lo que es. Solo lo que ya es.

Ahora pienso que no quería enfrentarme a su rechazo. Ni en ese momento ni las muchas veces que sabía que estaban juntos sin mí. Entonces, pensaba que, como iba a regresar a México, no tenía derecho a decir nada, a cambiar nada de lo que había entre nosotros, pero creo que en realidad estaba aferrándome a la esperanza de que, mientras no dijera nada, todo entre nosotros era posible.

Me pregunto si habrán comenzado a salir de verdad después de que me fui, si seguirán juntos, si habrán sobrevivido al colapso. Si se acordarán de mí.

Duermo mal, no sé si por los recuerdos o por la propuesta de mamá de apagar la antena. Pienso en los científicos esperando una respuesta del espacio que nunca llegó, en el Gran Silencio que se extendía, que constataba nuestra soledad como especie. Pienso en la señal que mandamos. Las llamaban ondas de cielo porque rebotan en la atmósfera y regresan a la Tierra más allá del horizonte. Con ellas podríamos alcanzar Europa. Es improbable que seamos los únicos que quedan, pero si no podemos comunicarnos, entonces estamos solos.

Para distraerme del insomnio, recorro las horas de ese día en el bar, ese último día que pasé con ellos a solas. Claro que no lo vivimos así, incluso a pesar de mi inminente partida, fue un día que transcurrió como tantos otros. Aun así, reconstruyo cada momento y le doy orden a los recuerdos. Primero desayunamos, después leímos, dormimos una siesta, vimos películas, hablamos, bebimos vino, se fue pasando el día.

Después del desayuno, movimos las mesas del bar para hacer espacio y nos turnamos para inflar el colchón. Decidimos que antes de ver una película, queríamos leer un rato. Pusimos la lista de música que habíamos ido creando a lo largo de muchos fines de semana de cruda (resaca, habrían dicho ellos). La combinación del calor de sus cuerpos, mi desvelo de la noche anterior y el sol, que se colaba por las rendijas, me adormeció. Me desperté porque me hormigueaba un pie atrapado bajo el cuerpo de Manu, que estaba acurrucado alrededor de Susana. También dormían. Pensaba que el hecho de dormir juntos, enredados, representaba toda la confianza que no podíamos expresar. Quise, como esa vez en el baño, estar más cerca, derrumbar la distancia que nos separaba. Despertarlos y enredarme con ellos de verdad. Desterré ese deseo y en su lugar me acomodé: mi pierna entre las de Manu, mi cuerpo junto al de Susana. El movimiento la hizo abrir los ojos. Extendió su brazo hacia mí y tomó mi mano. Yo apreté sus dedos y volví a cerrar los ojos.

Por la mañana me cuesta trabajo levantarme y comenzar mis tareas. Me toca, como todos los días, revisar los niveles de los invernaderos, pero cuando por fin llego a medir pH, humedad, temperatura y todas las otras variables que pueden afectar los cultivos, lo hago en automático. Puedo imaginarme dentro de cinco años haciendo justo lo mismo. ¿Qué habríamos pensado entonces, ese día en el bar, de lo que vivo ahora? Cuanto más tiempo pasa, más me cuesta mantener la esperanza de que un día volverá todo lo que hemos perdido: volverán los aviones, la internet, la comunicación inmediata. ¿Qué estamos haciendo? ¿Añorar el pasado mientras esperamos que el colapso nos alcance? Sobrevivir, eso diría mi madre que es lo que hay que hacer. Algunas veces, para molestarla, le digo que no basta con sobrevivir, que hay que vivir. Vamos paso a paso, me contesta mientras cuida de las conservas o los cultivos o las celdas solares o la purificadora de agua.

Para no seguir con ese pensamiento, recuerdo de nuevo la noche del bar. Era ya tarde, no sé exactamente qué hora, pero tal vez ya de madrugada. Recuerdo que estábamos bebiendo vino tratando de decidir si íbamos a jugar algún juego, cuando Susana dijo:

–¿Con quién pasarían el fin del mundo?

–No es *el* fin del mundo –contesté y dejé el libro de lado–. Es *un* fin del mundo. Todos los días son el fin del mundo ahorita.

–Ya sé, pero... Digamos que sí fuera el fin del mundo. ¿Con quién lo pasarían?

–¿Tú lo sabes? –le preguntó Manu–. Yo creo que tendría que pensarlo.

–A ver, superclaro no lo tengo, pero me gustaría que fuera con gente que quiero, con la que estuviera muy cómoda, ¿no? Tal vez mis padres, tal vez amigos... Con vosotros, por ejemplo.

–Para eso necesitamos que Angélica se deje de tonterías y se quede en Madrid –dijo Manu.

Los dos me miraron esperando mi respuesta. Pensé que era una pregunta hipotética más, de esas que nos hacíamos todo el tiempo. Ahora pienso si no me estarían pidiendo que me quedara, si no supe o no quise oírlo entonces.

Si lo hubiera entendido, tal vez habría dejado la copa de vino de lado, los habría tomado de la mano y les habría dicho que, si me lo pedían de verdad, no me iría, que me quedaría a pasar el fin del mundo con ellos. Pero me quedé callada. No sabía que no habría otra oportunidad, que el colapso llegaría unos meses después, que era una ilusión cada vez que pensaba que regresaría, que después tendríamos tiempo para todo. Nunca había tenido tanto miedo y tanto cariño como entonces.

Y por eso dije:

–No sé con quién, pero sí sé dónde.

–¡Ah, claro! Se me olvida que tu padre tiene uno de esos bunkers para pasar el fin del mundo –dijo Susana y no insistió con la pregunta.

Quisiera volver a ese momento y explorar las posibilidades. Ahora todo, el mundo, incluso el tiempo mismo, se siente pequeño. Haberme quedado callada entonces significa cargar con mi silencio, con todo lo que pudo ser.

Cuando llegamos a la antena, por la tarde, nos recibe el zumbido de los generadores. Revisamos los equipos con cuidado, en busca de cualquier transmisión y, como todas las veces antes de esta, no hay nada. Observo mi reflejo en la pantalla, la línea verde ondula, sube y baja. Podría ser cualquier medición, tal vez un electrocardiograma, el pulso de un cuerpo buscando a otro, pero no es más que un intento fallido, una onda de cielo que no encontró respuesta.

Pienso de nuevo en Manu y Susana. Me permito imaginarlos una última vez.

Apago la antena, la onda en la pantalla desaparece y solo queda mi reflejo. Quiero creer que sobre el horizonte existen otros mundos posibles. Cuando mamá proponga que no volvamos a usar la antena, votaré en contra. ■

© Alex de la Torre

ANDREA ABREU

1995

Andrea Abreu nació en Tenerife (España). Al cumplir los dieciocho comenzó sus estudios de periodismo en la Universidad de La Laguna y en 2017 se mudó a Madrid para cursar el Máster en Periodismo Cultural y Nuevas Tendencias de la Universidad Rey Juan Carlos. Ha sido becaria, camarera y dependienta de una famosa marca de lencería. Como periodista, ha escrito para 20minutos.es, *Tentaciones* de *El País*, *Oculta Lit*, *Lola* de *BuzzFeed*, *Quimera* o *Vice*. Es autora del poemario *Mujer sin párpados* (2017) y del fanzine *Primavera que sangra* (Demipage, 2020). Es codirectora del Festival de Poesía Joven de Alcalá de Henares. En 2019 fue ganadora del accésit del XXXI Premio Ana María Matute de narrativa de mujeres. *Panza de burro* (Barrett, 2020), editada por la escritora Sabina Urraca, es su primera novela, se traducirá a siete idiomas y será adaptada por El Estudio, la productora audiovisual de *Los detectives salvajes*.

MI NUEVO YO

Andrea Abreu

Mi nuevo yo es paciente y sosegado. Nada desquiciado, nada histérico. Ya no soy la mujer que gritaba Toni-te-voy-a-escacharla-cabeza-contra-el-piso cuando mi exmarido se dejaba sin fregar el mango de las cucharillas del postre. Antes de todo esto, mucho antes de todo esto, yo era una persona que desconocía la importancia de los doshas, que consumía harinas blancas, tenía pensamientos destructivos y tomaba café.

El cambio llegó a mi vida cuando me atreví a dejar a Toni y me apunté al mismo grupo de biodanza en el que conocí a Ruymán. Lo estaban promocionando en el tablón de anuncios del centro cultural. Ese día fui a tomarme un barraquito y empecé a caminar como descontrolada por el pueblo, desquiciada, más hecha polvo que un cangrejo de tierra. Me sentía sola y cansada. Mi hijo se acababa de mudar a Madrid y me había encasquetado a su perro Miqui. Hacía poco que lo había adoptado en un refugio para perros viejitos. Era blanco y muy rizado, todo lleno de chiratos, todo despelujado. Solo dos días antes Toni y yo habíamos firmado los papeles del divorcio. Mis pensamientos iban y venían entre la euforia y el miedo. A ratos pensaba que no tenía que haberme separado, que nadie me iba a querer porque estaba amargada y era fea y tenía el pelo feo y las puntas del pelo como chasquilladas por una cabra. Otras que me había quitado un peso muerto que llevaba colgado del mismo centro de la espalda, como un cernícalo posado en los huesos de la columna.

Empecé a ir a los talleres de biodanza al día siguiente. En ese salón acristalado de la casa de Mayte –la que organizaba el curso– con olor a ferruja y salitre, la gente sonreía todo el rato, hablaba despacio y te hacía sentir parte de algo más grande. No había hombres maleducados cagándose pedos y escupiendo por las esquinas. Al principio hicimos una ronda de presentaciones y cada uno contaba cómo la biodanza había cambiado su vida. Yo no dije nada porque todavía mi mente y mi cuerpo pertenecían a mi vida anterior. Antes de empezar a practicar tenía todos esos mensajes claros en la cabeza, dijo una señora de unos sesenta años, con el pelo canoso hasta la cintura, ámate, respétate, vive el momento, pero todo eso solo estaba en el cerebro, cuando empecé a venir los talleres, lo sentí en el corazón. La biodanza es un revulsivo a la hora de tomar las riendas de tu vida, le respondió otra más joven. Incluso en el trabajo me lo notaron, dijo una con los ojos vidriosos. Mis compañeras de la oficina dicen algo te pasó, muchacha, estás como más contenta. Hasta la mirada la tienes más brillante, terminó dejando caer la palma de la mano sobre el pecho, y el que parecía ser el marido la acarició por la nuca. Yo estaba asustada y un poco afrentada. La gente del grupo sabía cómo sentarse en el suelo sin parecer un revoltillo de carne y cómo usar las palabras para darles un significado cada vez más profundo. Hablaban de sí mismos como si se conocieran, y yo solo sabía que estaba sola después de casi veinte años de matrimonio.

Tras la primera sesión de biodanza, vino el taller de cocina macrobiótica que me recomendó Marina, la de la venta ecológica; después el de autoaceptación, el de constelaciones familiares, luego el de diseño y creación de un baño de compost, el de dinámicas familiares sanas, al que intenté que fueran Toni y mi hijo, pero al que terminé yendo yo sola, danza africana, mindfullness, reiki, abonos ecológicos, contact impro, tantra. Después de dos años de transición y aprendizaje ya había logrado alcanzar mi nuevo yo. La gente confiaba en mí. Me había ganado fama de mujer pacífica y sabia en cuestiones relacionadas con el cultivo de la moringa y el uso de las flores de bach. Ahí fue cuando llegó Ruymán. Antes de que él viniera, en el grupo solo había hombres con la nariz y las orejas minados de pelos demasiado largos.

Algunos de ellos olían a colonia de lavanda del Mercadona y no hay olor que yo más odie en el mundo. Pero luego llegó él. Desde el principio estaba privado conmigo, no paraba de mirarme y de reírse de lado. Era un hombre alto y flaco, más flaco que un cangallo, pero ancho de espalda. Tenía más o menos la misma edad que yo, él cuarenta y tres y yo cuarenta y cinco. Las manos grandes y morenas, llenas de venas y pelos gruesos como punchas. Me pareció un hombre bastante bien parecido, aunque tenía la cabeza calva como una huerta quemada.

Empezamos a acostarnos después de los encuentros del grupo de biodanza aunque yo sabía que estaba casado y tenía dos niñas. Los compañeros del taller, sobre todo Mayte, empezaron a sospechar que teníamos algo, pero nadie lo decía. La mayoría de las personas que estábamos en el curso practicábamos el poliamor. Bueno, no, yo no, yo solo me había acostado con Ruymán desde que mandé a Toni a freír chuchangas, pero igualmente creía en la libertad de amar a varias almas al mismo tiempo.

Aquel día, después de la sesión, llegué a mi casa cansada y con una agonía fuerte en la boca del estómago. Era jueves y todos los jueves Ruymán venía conmigo. Practicábamos reflexología holística y, después, nos acostábamos. Me dijo que no tenía ni fisquito ganas, que quería estar con la mujer y las niñas. Normalmente no me afectaban los sentimientos de celos y envidia. Había alcanzado un alto grado de amor propio, sobre todo desde que me escribí en el espejo del baño la frase *Ser hermosa significa ser tú misma*. Pero esa vez me atacó un ardor de rabia muy fuerte. Algo que no sentía desde que estaba viviendo con Toni y se pegaba hasta las tantas sin aparecer porque estaba por ahí con la chica de la arepera. Me di una ducha escocesa, una técnica que me enseñó Nubia, la dueña del herbolario. Combinando agua caliente y muy fría los vasos se dilatan y se relajan los músculos. Le mandé un guasap a mi hijo, me quedé un rato mirando el móvil pero no me respondía. Me fui a la cocina a hacer un fisquito de cena. Me hice una tostada de pan de espelta integral con hummus y kimchi hecho por mí misma. Estaba muy orgullosa de mi kimchi. Empecé a morder la tostada muy despacio, despacito. Desde que dejé a Toni, doy treinta y tres mordidas por cada chascazo, ni una más ni una menos. Eso me ayuda a controlar los gases, me hace más suavita la digestión. Cuando estaba dando la mordida diecisiete del segundo bocado, un pedazo de pan se cayó al suelo y me di cuenta de que había una tremenda meada en la alfombra de la cocina. El Miqui tenía que haber entrado por algún sitio y se había meado todo, todito, encima de mi alfombra libanesa preciosísima. Siempre les decía a todas las chicas del taller que me había costado dos duros de segunda mano, pero en realidad la pedí por Amazon y me dejó sin un euro en la cuenta a mitad de mes. Era la primera vez que el Miqui orinaba dentro de la casa. Limpié la tremenda meada con un paño enchumbado en vinagre, el único producto de limpieza que uso desde que descubrí mi nuevo yo. Fui corriendo a la puerta de atrás de la casa y salí al patio. Allí estaba, acostado en la camita de mantas viejas de patchwork, mantas de patchwork que hice en el taller aquel que dio Lunita en la finca de Tacoronte. Al principio Miqui me daba bastante lo mismo. No me gustan mucho los animales, aunque no suelo decirlo. Así que, cuando mi hijo se fue, le puse una cama con las mantas debajo del porche del patio y no lo dejaba entrar en la casa. Le di mis queridas mantitas porque pensé que si le negaba la oportunidad de vivir bajo mi techo a un ser sintiente, de dormir en mi cama, por lo menos tenía que hacerle un regalo verdadero.

Cuando el Miqui me vio aparecer por la puerta del patio, me miró con aquellos ojos neblinosos de perro viejo, con aquellos ojos como de bruma en el monte. Le dije: Miqui-Miqui-Miquito, muy mal. Eres malo. Eres malo y te portas mal. Pero te mereces vivir y sentir. Todos nos merecemos vivir y ser queridos. Por eso no te voy a meter un leñazo con la chola aunque tengo ganas de hacerlo, porque te voy a dar una segunda oportunidad. Todos nos equivocamos y queremos que nos perdonen, ¿verdad? Y cerré la puerta. Cuando iba por la mitad del pasillo, un dolor chiquitito se me metió en el pecho y retrocedí. Me alongué por la ventanita de la puerta de aluminio y me aseguré de que Miqui no estaba muerto. Desde que descubrí mi nuevo yo, estoy segura del poder devastador de los pensamientos negativos y, en ese momento, sentí miedo de haberlo destrozado, de haberlo reventado como un conejo en el centro de la autopista. Cuando miré por el cristal, me quedé algo impactada: el Miqui estaba bien, y no solo estaba bien, se estaba tirando a las mantas de patchwork como un macho de cabra. Su cuerpito temblaba sobre la tela de colorines que parecía un resorte. Tiqui-tiqui-tiqui. Era un movimiento eléctrico, imparable. Encontré algo de magnético en el pene, afilado y rojo como una pintura de labios vieja, saliendo al exterior igual que un nardo naciendo. Al Miqui lo habían castrado ya muy mayor y todavía mantenía el deseo sexual de un perro adolescente. Lo miré durante unos segundos, respiré y me fui a mi cuarto.

Aquella noche Ruymán no me envió ningún guasap antes de dormir, como solía hacer los días en los que no nos veíamos. Pensé en mandarle uno pero me di cuenta rápido de que eso no era de mujer independiente, que iba a parecer que no sabía estar bien sin él. Mandar mensajes de desesperada no iba acorde con mi nueva personalidad. Me senté delante del ordenador y empecé a ver unas conferencias de salud holística y alimentación natural que había empezado a ver unos días antes. Intenté concentrarme pero se escuchaba un ruido insistente, un ruido como de lija clavándoseme en los oídos. Después de un rato intentando focalizarme en la pantalla, me di cuenta de que el Miqui estaba rascando la puerta del patio con las uñas. Miqui nunca había rascado la puerta del patio. Por lo general no hacía ruidos y yo no me comunicaba con él más que para ponerle los friskis y el agua. Me levanté de la silla y crucé el pasillo. Miré por el cristal de la puerta y estaba de pie sobre las dos patas traseras, llorando, llorando como lloran los niños chicos cuando están tristes. Lo observé un segundo y me di la vuelta. Mientras avanzaba por el pasillo, una angustia me atravesó el centro del pecho como un hachazo. No estaba siendo compasiva, y mi nuevo ser tenía que serlo. Desde que dejé a Toni comprendo la importancia de las vibraciones. Al final todo nuestro mundo consiste en energía en vibración que transporta informaciones. Las vibraciones que proyectas a través de tus pensamientos y sentimientos atraen a tu vida esa misma energía del universo. Lo similar se atrae, dice siempre Maya, la chica de pilates. Di la media vuelta y abrí la puerta del patio con un poco de miedo, la abrí despacito, como intentando impedir el paso de algo malo, invisible y malo. Nunca había tenido un perro dentro de casa. Mi madre tampoco soportaba a los animales, aunque los padres de ella tenían cabras y hurones y conejos y quícaras negras como la noche. De pequeña me enseñó a tenerle miedo a los perros. Cuando mi hijo trajo a Miqui pensé que me iba a pasar algo malo, por eso siempre lo dejaba por fuera, en el patio, con las corujas y los perenquenes.

Por primera vez dejé que el Miqui entrase en la casa. Lo levanté por las patas delanteras e intenté trasladarlo hasta la alfombra del pasillo. Hacía mucho tiempo que le decía a la gente que dormía en el suelo, solo con una esterilla y una almohada, pero no era verdad, aunque mi plan era hacerlo en cualquier momento. La mayor parte del tiempo dormía sobre un colchón de viscolátex echado al suelo. El Miqui me marcó el brazo con los dientes y lo dejé caer. Me di cuenta de que el poquito contacto que habíamos tenido lo había convertido en un perro bastante asalvajado, parecía que nunca había vivido en una casa. Yo tampoco era una buena cuidadora. Lo dejé solo en el pasillo y me fui a mi cuarto. Me puse mi camisón de viscosa rojo con espigas, mi camisón rojo con espigas que compré en unas rebajas de Natura. Coloqué el CD de meditación guiada en el equipo de música. Me eché un poco de aceite de almendras en las manos y empecé a masajearme el cuello mientras trataba de concentrarme en las palabras: *Antes de iniciar quiero que tomes una postura cómoda, tranquila y serena. Cierra tus ojos y haz una respiración bien profunda. Recuerda que estás a salvo, estás bien aquí y ahora. No hay nada que temer. Quiero que repitas conmigo, ya sea de forma mental o en voz alta, lo siguiente: estoy dispuesto a perdonarme, porque me amo, me doy este hermoso regalo que me he negado durant* MIQUIIIII, le grité como endemoniada.

Cuando tenía los ojos cerrados, el perro había entrado en el cuarto y se había vuelto a mear. Esa vez en una esquina del colchón. Salí corriendo embadurnada en el aceite de almendras y agarré el paño y el vinagre. Cuando regresé a la habitación, Miqui estaba echado sobre la alfombra trapera de al lado de la cama. Rápido-rápido empecé a restregar el meado antes de que traspasase la sábana bajera. Restregué tanto que los brazos me empezaron a doler muy fuerte, casi tan fuerte como cuando le agarré la cabeza a Ruymán durante una hora en su primer día de biodanza mientras me decía: Yo lo que necesito es una mujer que me quiera y que me acune y que me amamante. Cuando terminé, una parte de la cama quedó toda mojada y apestando a vinagre. Me entró un sueño repentino, tirante, y me acosté en una esquinita del colchón. Miqui estaba enroscado sobre la alfombra y me pareció que no pasaba nada si esa noche dormía en el cuarto. Me desperté a las cinco de la madrugada arrebatada de calor y sudando. Era uno de esos ataques de fuego y agobio que me daban desde hacía unos meses. Allí estaba el Miqui. Acostado en la alfombra. Respirando como un hombre viejo que se deja dormir con un documental de leones puesto. Me recordó a mi padre poco antes de que se muriera, a mi padre echado en el sillón con la camisa de botones abierta, toda encachazada de estiércol. Me quité el camisón rojo de espigas y empujé las sábanas hasta tirarlas al suelo. Me quedé con las piernas abiertas. La piel me olía a almendras y estaba suavita, muy suave como un durazno por fuera. Empecé a deslizar los dedos por mi ombligo y me toqué. Miqui respiraba cada vez más fuerte, tan fuerte que parecía un cochino comiendo cáscaras de plátanos y sobras de comida. No conseguía correrme y paré un poco. A mi cabeza regresó la imagen de Miqui temblando encima de las mantas de patchwork. Su pene rojo tan nítido, abriéndose como una flor, abriéndose casi dentro de mí. Me corrí sin tocarme. Era la primera vez que me pasaba y no sería la última.

A partir de la mañana siguiente, Miqui empezó a vivir dentro de mi casa. Desde el principio, cuando volvía de dar las charlas de medicina ayurvédica que me permiten pagar la luz y el agua, me esperaba detrás de la puerta. Toda la casa estaba meada. Los cojines, las alfombras y las esquinas de los muebles carcomidas de los orines. Empecé a encontrar belleza en el acto de limpiar una meada. La mezcla de orina y vinagre me abre el apetito. A veces mis amigas del grupo de biodanza me llaman para contarme cosas de los novios y Miqui se echa sobre mis pies. Los pelos de sus orejas me acarician las uñas por dentro.

Aún hoy sigue sin gustarle que lo agarre por las patas y lo lleve de un sitio a otro. Yo respeto sus prioridades pero él me trata como su esclava. Rompe todos los vestidos que encuentra por fuera del armario. Llegó a destrozar toda la vajilla de tacitas de té chinas que me regaló mi amiga Estrella. Una vez, después de volver de un taller estupendo de quesos vegetales hechos con frutos secos, llenó toda la casa de basura podrida. Mientras yo no estaba, sacó la comida descompuesta de la compostera del patio y la regó por las habitaciones. Por el día, la convivencia con Miqui es horrible. Pero todo se compensa con la noche. Él, como un monje obediente, como un monje entregado, viene cada noche a acostarse en la alfombra. Antes de dormirse sobre ella, se la tira un cuarto de hora y yo lo observo. Luego da tres vueltas sobre sí mismo y se tumba. Cada noche, como una monja abnegada, me consagro a la masturbación. Sobre las cinco de la mañana me da el arrebato de calor. Me viro hacia la puerta y lo miro respirar. Me acaricio un poco los pezones. Y me fijo en el pene rojo y rizado. No necesito mucho. Me vale con imaginarlo temblando como un coche recién arrancado sobre el piche. Me basta con dibujar su pene como un cangrejo guisado en mi cabeza. Su pene traspasando los agujeros con forma de quejada que le hizo a la alfombra, a la manta de patchwork, al camisón rojo con espigas. ■

© Marcos Huisman

CAMILA FABBRI

1989

Camila Fabbri nació en Buenos Aires (Argentina). Es escritora, directora y actriz. Fue nominada al premio Cóndor de Plata como actriz revelación por la película *Dos disparos*, de Martín Rejtman. Escribió y dirigió las obras teatrales *Brick*, *Mi primer Hiroshima*, *Condición de buenos nadadores*, *En lo alto para siempre* (con Eugenia Pérez Tomas) y *Recital olímpico* (con Eugenia Pérez Tomas). Ha escrito para *Inrockuptibles*, *La Agenda Buenos Aires*, *Vice* y *Culto*. *Los accidentes* (Emecé, 2017) fue su primer libro de cuentos, su segundo es la novela *El día que apagaron la luz* (Seix Barral, 2020). Algunos de sus textos han sido traducidos al inglés y el francés.

NADIE SABE LO QUE HACE

Camila Fabbri

Antes de separarnos, Juan me compartió una carpeta de Google Drive. Se llamaba «citas» y era un archivo cargado de cosas que le llamaban la atención. Estuvo un año recopilando fragmentos y frases de artistas, figuras de la farándula y gente que hablaba cerca de él en la calle o en algún transporte público. Un documento donde buscar ideas cuando ya parece que no va a haber más nada. Sabía perfectamente que eso era un tesoro y me lo dio. Tenía veintiocho años cuando Juan se fue de casa y pensé mucho en mi familia, tal vez más que en él mismo. Nuestra cocina vacía me traía el llanto clandestino de mi papá, escondido detrás de la voz de Enrique Macaya Márquez mientras el partido de fútbol se desplegaba en canal once o el intento alterado de mi mamá de discutir en voz baja arruinándose los músculos de la garganta. Pensé mucho en la pena que sentía a diario por esa gente que podía vivir hipertensa y a los gritos como si eso fuera algo a lo que me tenía que acostumbrar. Pensé en mí, en esos primeros años de vida, encerrada en el placard de la habitación de mi abuela para que nadie me viera mientras me iba construyendo mi propia personalidad.

Cuando Juan se fue, entré al archivo de citas a diario. Intuía que todo ese rebrote de imágenes tenía que ver con la fractura de algo estable. Varias noches entré al archivo infinito hasta que di con una nota de un medio español que se especializaba en datos curiosos. Hablaba sobre la *Argentavis Magnificens*, un pariente gigante de los buitres. Un ave de hace seis millones de años atrás, de plumas negras y azules, que medía ocho metros de largo, igual que un autobús escolar. Un bicho que ponía menos de un huevo al año, una de las fecundidades más bajas de la historia natural. La nota venía acompañada de una foto en escala. Un hombre miraba a cámara al lado del fósil de la Argentavis, que abría sus alas detrás de él en un museo argentino. Tal vez el ave más grande que haya volado los cielos. Era brutal y parecía la sombra de ese hombre que miraba a cámara sin saber muy bien lo que hacía. Estaba solo y bien vestido. Parecía que intentaba distinguir su futuro mirando hacia adelante con esa cosa que parecía una historia pesada y monstruosa parada detrás.

Entonces llamé a Juan por teléfono. Rompí el pacto de distancia que habíamos hecho y le dije que gracias. Que me había puesto a pensar en el pasado. Y el pasado era la familia, y la familia era ese pájaro.

Eran adolescentes las dos y estaban en piyama informal, nada de pantalones estampados y moños. Llevaban remeras de bandas y bombachas, en cambio. Yo también estaba ahí. Sé que miraba en silencio. La fascinación y la distancia. Eso que me pasa cuando miro competencias de deportes de alto riesgo también, tan ajenas a mi cotidiano quieto y urbano, pero ahí está: la belleza de un saltador de esquí mientras vuela y bien podría romperse la mandíbula en mil pedazos al caer. Miro y admiro, casi siempre con distancia.

Era muy temprano en la mañana y yo era diminuta. Recién cumplía cinco años. Mis hermanas tenían los ojos hinchados del descanso y la perturbación de las hormonas. Empezó cuando una le dijo a la otra que quería leer y la otra, con saña matinal le respondió que a ella no le importaba, que ella quería escuchar música. Un rato largo de ese vaivén en la conversación que no va a ninguna parte y yo cada tanto podía verles el cuerpo que les crecía a esas dos nenas que eran hermanas entre ellas y medio hermanas mías. Y yo que odiaba tanto la idea de lo medio, que no llegaba a ser algo completo, entonces esas chicas en bombacha eran mi familia pero a la vez no tanto. «Yo quiero escuchar música», decía Ana, y Cecilia ya no respondía, se mordía los labios porque no cabían las palabras para algo tan injusto. Eso de compartir habitaciones siendo casi adultas ya, teniendo ideas tan concretas, afiches del Frente País Solidario –Frepaso– el primer partido político que les generaba la misma agitación que el Indio Solari moviendo el cuello en el centro de un escenario en las afueras de Capital Federal. «Yo quiero escuchar música», decía Ana y me alzaba a upa y me llevaba a dar vueltas por la habitación al ritmo de una melodía muy urbana mientras su hermana Cecilia le decía que pare un poco, que ya no era graciosa la escena, que mamá estaba durmiendo y la iba a despertar. Ana respondía que no le importaba, que se despierte mamá y que ardiera Troya. Así decía: «Ardiera Troya», «que arda Troya», y yo que no tenía la menor idea de qué era arder.

La primera trompada llegó después y fue en seco, a sangre fría. Tengo grabado el sonido de la piel de Ana porque fue en primer plano. Llegó a mi cara el efecto rebote, como un viento. Ana me dejó en el suelo porque necesitó llevarse las manos a la cara. Corrí a la cama para mirar mejor. De nuevo lo mismo: tener siempre la mejor ubicación para la catástrofe. «Yo quiero leer» dijo Cecilia y se recostó en la cama. En ese momento mis hermanas eran dos animales a punto de aclarar las cosas. Ana se tiró encima de Cecilia y le hizo algo en la cara que no sé muy bien, pero lo hacía bien, fue como un brote de inspiración. Entonces se arañaron y se tiraron de los pelos largos, porque tenían la misma cabellera una y la otra, larga, negra, espesa, sin flequillo. Los genes puestos ahí, en el peinado. Siguieron diciéndose lo mismo, parecía que no había forma de mejorar el guion, que una quería una cosa y la otra, otra cosa, y se iban lastimando. Mirarlas hacer ese trabajo era como ver una habitación que se desordena. Se olvidaron de que yo estaba ahí. Siguieron gritando unos minutos hasta que entró corriendo mi papá, también en piyama informal, también en remera y calzoncillos. Todos demasiado expuestos ahí, arañándose y en ropa interior. Ese hombre que entró a la habitación sin golpear e intentaba separar a las hermanas era mi padre, pero no era el suyo. Igualmente podía enojarse y entrar en acción porque esa era su casa y esa niña sentada en la cama era su hija y esas adolescentes ya eran gente de confianza. Agarró de los brazos a Ana y la encerró en un abrazo que intentaba dejarla inmóvil. Cecilia se incorporó en su cama y se peinó con los dedos. Tenía la cara colorada, como si la sangre se le hubiera agolpado toda ahí. Ana seguía gritando, ahora en el living, mientras mi papá le decía que era una pendeja de mierda.

Yo seguía en silencio. Pensaba en cuál de las dos había ganado la pelea. Cecilia me miró a los ojos, se acordó de que yo estaba ahí. Que esas cosas pasan cuando la gente se quiere mucho, algo así dijo. Entonces yo habré pensado eso. Que quererse también es que arda Troya. Que quererse es arder mal.

Mi mamá dormía en la habitación. No se enteró de nada. A las dos horas desayunábamos en la cocina. Las adolescentes seguían en bombacha y los adultos ya se habían combinado prendas. Oíamos un partido de fútbol en la radio. Él hacía comentarios sobre *fouls* injustos y sobre Rafael Maseratesi, el delantero de Rosario Central. Nadie le respondía nada. Cecilia se pasaba un algodón con alcohol para curar un arañazo que tenía en la frente. Ana comía obleas.

Un año después, mi mamá les dijo a mis hermanas que ya no podía mantenerlas, entonces ellas entraron a trabajar como cadetes en una empresa petrolera en Microcentro. Con un sueldo mínimo decidieron alquilar un departamento para vivir juntas. Ana y Cecilia tenían dieciocho y diecinueve años, una militancia activa y un grupo de amigos que hacía bromas ingeniosas y únicas. Mis *mitad hermanas* se fueron a vivir a otra parte. Yo me quedé con los adultos y no me quedó otra opción que empezar a crecer.

A partir de acá empecé a perder la fascinación y vino el desajuste. Lo que falló. La mandíbula rota del saltador de esquí.

El camión de mudanza llegó una mañana que yo no me pude despertar. Volaba de fiebre por culpa de una bacteria odiosa con la que dieron los médicos muchos días más tarde, una enfermedad que nació en Gales en el 1900 y que maté con antibióticos. Yo tenía siete años, la edad de las pestes. Nos mudamos mientras amanecía. Me llevaron en andas a mí y al resto de los muebles. Íbamos a vivir por un tiempo indefinido en la casa de Elsa, mi abuela materna. Se nos había acabado la plata y mi papá estaba cansado de vender enciclopedias virtuales. Tuvimos que abandonar el departamento con terraza que alquilábamos hacía más de cinco años. Mi mamá empezaba a estudiar psicoanálisis y aplicaba terminología en las conversaciones. Nadie le seguía la corriente. Mi papá le respondía cosas demasiado concretas, ya había abandonado hacía tiempo la mística de conquistarla con palabras que sonaran bien. Con un perro de raza y tres estufas eléctricas, huimos.

Sarandí 944 era la nueva dirección que tenía que recordar de memoria, por ejemplo, para llenar los cupones de sorteo de supermercados Coto. Sarandí 944 era una casa antigua, de techos altos y pisos helados. Sarandí 944 era oscura y tenía olor a una época en la que yo todavía no había pisado esta tierra. Enfrente había un templo chino que abría sobre todo los fines de semana, y al lado, una sede de la mutual de trabajadores. Nadie nos visitaba en Sarandí 944 porque estábamos lejos. Yo tenía prohibido invitar amigos o amigas. Nunca hablamos de la vergüenza que nos daba traer a alguien a casa.

Mi abuela tenía setenta y cinco años y un cuarto propio. Había vendido la cama de dos plazas que compartía con su marido y ahora usaba una individual. En la viudez le quedaban más cómodos los espacios acotados. Un rosario de madera de un metro de largo colgado al costado de la cama. Una radio portátil con la mayoría de los botones hundidos. Un cubrecama de flores ordinarias, de colores gastados. Un aparato telefónico de color negro con la gigante insignia de Telecom. Elsa se untaba crema rejuvenecedora todas las mañanas porque creía ciegamente en los poderes de la ciencia que olía bien. Daba diez vueltas en redondo por su habitación porque eso le activaba la circulación sanguínea según ese programa de radio de las siete AM, ese que repetía cada diez minutos una cortina publicitaria con un jingle que decía: «Un perfume en tu piel, te verás muy bien, te mantendrás mejor, la magia de Biocom». A mí me dieron el living para dormir. No había más habitaciones en la casa prestada. Me pareció bien porque a los siete años todo lo que no corresponde puede generar entusiasmo. Con nosotros convivían su perra y nuestro perro. Se trenzaban más de una vez por día ahí en el fondo del pasillo que conectaba la cocina con el resto de la casa, se mordían, volaban pelos. El perro triplicaba el tamaño de la perra y quería montarla porque vivía en celo. El sonido de la riña animal podía ser una constante también, igual que la discusión del aguinaldo y el fin de mes que siempre derivaba en un portazo en seco. A mí me tocaba escuchar detrás de la puerta, quería saber los detalles, los acuerdos, qué tan cerca estaba el final de la pareja. Me quedaba en guardia como una cazadora, con los brazos apoyados sobre el marco de la puerta, así tenía tiempo de saber cuándo se habían ido uno encima del otro o si todavía estaba a tiempo de separarlos. Mis hermanas ya vivían en un PH con pisos tan rotos y carcomidos que parecía un cementerio. Dejé de verlas. Solamente hablábamos por teléfono. Se dirigían a mí con la voz aguda de quien siente una culpa que todavía no reconoce y a mí me conformaba escuchar ese tono condescendiente. La hermana menor despoblada y sin recursos era un lugar que me quedaba cómodo. Hola, Cami, cómo estás, cómo estás, cómo estás.

Los domingos a la noche eran de la televisión de aire. Elsa era devota de la conductora rubia de medias Silvana que se corría el flequillo de la cara y pegaba alaridos de asombro. Una de esas noches mi abuela se amasaba el pecho, ahí donde está el corazón. Había oído, también en la radio, que ese ejercicio favorecía a las válvulas. Lo sé porque me lo repetía muchas veces, hacía el esfuerzo de que el consejo de la salud quedara guardado en mí. Un hombre de provincia se había ganado el millón y la conductora de pelo albino le exigía que le contara a los televidentes a qué lo iba a destinar. Creo que esa fue una de las primeras veces que oí a alguien hablar, devotamente, de tener hijos. El hombre estaba tan feliz que parecía enfermo de angustia. Hablaba de todo lo que quería comprarle a sus hijos, de todos los países a los que quería llevarlos. Era un momento emotivo del show y mi abuela ponía los ojos chinos y me preguntaba si yo alguna vez iría a tener hijos. Esa noche yo tenía ocho años y pensaba que tener hijos era únicamente dejar que ese hijo pase varias horas del día encerrado en un placard porque eso, y solo eso, le podría parecer apasionante.

En Sarandí 944 enmudecí. Empecé a escuchar detrás de las puertas y paredes. Dejé de dormir porque tenía que estar alerta por la pareja que dormía en la habitación de al lado. Dejé las ideas propias y empecé a usar las de ellos. No hablaba en la mesa, ni en cumpleaños familiares, tampoco en Navidad o Año Nuevo. Siempre alguien lo hacía por mí. Hice cálculos económicos, ofrecí mis ahorros, abracé a esa mujer que era mi madre mientras se secaba el pelo aguantando las lágrimas, salí a pasear con mi padre los domingos una vez que se separaron, me metí en un pelotero inflable y fingí entusiasmo, cada vez que me preguntaron cómo estaba siempre dije que bien, me maquillé las ojeras del insomnio con una base líquida de mi abuela, Elsa, esa mujer que me despertaba a los gritos en la mitad de la noche para que la ayudara a caminar hacia el baño, me encerré cada vez más en ese placard, cada vez más horas del día me encerré. Cuando no había nadie alrededor, abría la puerta de ese mueble que ocupaba toda una pared y me zambullía entre los tapados de piel y los trajes de gabardina. Olía a matapolillas. Como ese pianista famoso de anteojos débiles y peinado afro, que mueve desaforado los hombros mientras toca una canción que lo conmueve, como si se hiciera a sí mismo un masaje. Eso tan feo que hace, que parece estar a punto de caerse del banquito. Eso tan deforme y desfigurado se parece mucho a cómo crecí.

La gata vomita tres veces sobre el piso del living. No sé qué le pasa. Levanto el resto con una servilleta de dibujos animados. No me da rechazo lo que venga de este animal. Lo limpio mientras estoy pensando en cualquier otra cosa: enfermedades respiratorias, estadísticas, virus, temperatura corporal, bacterias, salarios mínimos. Me siento una madre que arranca mocos y come restos del piso. Alguien que perdió el asco. Tiro el vómito hecho un bollo sobre el dibujo de Mickey Mouse y me tiro en el sillón. Otra vez suena el teléfono y es Marcos. Se comunica con la poca señal que le permite el viento patagónico. Me pregunta si ya me vino el período y le respondo que todavía no. Está ansioso y no tiene nada que hacer. Yo tampoco. Estamos frente a un evento histórico infinito y sin piedad. Me pregunta qué haríamos en caso de que esa demora sea un hijo. Le respondo que todavía no lo sé.

En el último link del archivo de citas de Google Drive encuentro este video. Después de que le ponen un audífono por primera vez, un bebé descubre el sonido. Nunca en mi vida vi un bebé asombrado pero eso es lo que pasa en estas imágenes. El bebé abre los ojos, empieza una carcajada sin cortes. No puede creer esa aparición de un sentido, ese fantasma bueno que había estado escondido desde el día en que nació hasta esta parte. Aunque no se la ve en el video puedo oírla, es la madre. No se queda callada, más bien todo lo contrario, pega alaridos de emoción. Deja que el nervio se le escape todo por la boca. La suya es una felicidad maternal, la desconozco pero me parece bien. El bebé ríe, la madre llora. Esa cosa con audífono ahora es la familia y el futuro. El bebé sigue asombrado, ahora mira a cámara. Se queda quieto ahí. No sabe lo que hace. ■

DAINERYS MACHADO VENTO

1986

Dainerys Machado Vento nació en La Habana (Cuba). Sus relatos y ensayos, tanto en español como inglés, se han publicado en revistas y compilaciones de varios países. En 2014 se mudó a México, para estudiar una maestría en Literatura Hispanoamericana. Dos años después, la academia la llevó más al norte. Ahora está a punto de doctorarse en Lenguas y Literaturas Modernas en la Universidad de Miami. Es cofundadora del sello editorial Sualos/Swallos para el que ha editado varios volúmenes sobre teatro del exilio. Es autora del libro de cuentos *Las noventa Habanas* (Katakana, 2019). «El color del globo» es parte de su nuevo proyecto narrativo, *El álbum de las treintañeras*.

EL COLOR DEL GLOBO

Dainerys Machado Vento

Rogelio me vio sacar el móvil de la cartera y ya iba a empezar a protestar porque siempre estoy metida en Instagram, cuando le solté la primera pregunta que me vino a la cabeza:

–¿Y cómo van a hacer el *gender reveal*?

–¿Qué?

Neutralizado. Siempre ha detestado hablar de bebés, especialmente en aquellos tiempos en que llevábamos más de seis meses templando día y noche, intentando a toda costa preñarme o que yo lo preñara, si fuera el caso.

–Que si ya sabes cómo mi prima Leydi va a revelar el sexo de su bendición.

–Leydi no es tu prima –obvio que quería cambiar el tema, porque él siempre ha sabido que Miami es la ciudad de los primos, y que aquí primo es el primer ser humano que te deje entrar a su vida, especialmente cuando eres pobre como lo fuimos nosotros por tantos años.

–Oye, pero qué pesado estás –me defendí con convicción. Algo dentro de mí me decía que era un buen día para ganar todas las peleas que me diera la gana de echar–. ¿Sabes o no sabes cómo será develado el sexo de la criatura? Porque mira, según Google, podríamos estar llegando a un evento altamente peligroso para nuestras vidas: noviembre de 2019, *gender reveal* en Texas, un avión cargado de 350 litros de agua rosada se estrelló minutos antes de avisarle a los padres que traían al mundo una nueva obrera hembra, potencialmente republicana.

–¿Obrera hembra? Pero ¿a ti qué te pasa? Yo lo único que te pido es que no vayas a decir en la fiesta que estamos intentando tener un hijo.

–O hije, Rogelio, o hije, que no quiero camisas de fuerza heteronormativas desde tan temprano.

–¿Puedes dejar el teléfono, por favor? –iluso, estaba tratando de alejarme de mis convicciones sociales y de mis ganas de joder.

–¿Por qué? Si el que está manejando eres tú. Mira, otro ejemplo: un año antes, abril de 2018, 47 mil acres son incendiados en Arizona cuando una pareja trató de revelar con fuegos de colores el sexo de su obrero, otro potencial republicano. Dice la noticia que el obrero nació saludable algunos meses después, pero los bomberos gastaron ocho millones de dólares apagando la gracia de los padres. ¿Tú sabes lo que son ocho millones? No, no. Tú no lo sabes. A estas fiestas le llaman *White Straight Culture*, hashtag: #culturadeblanquitosheteronormativos.

–Con globos, mijita, con globos. No seas tan dramática, por favor.

–¿Cómo dices, socomemierda? –pensé el vocativo, pero no se lo dije, dejé mi pregunta ahí, en el «cómo dices» de la mínima decencia.

–Leydi va a hacer su *gender reveal* con globos de colores, rellenos de helio, que van a salir de una caja: si los globos son rosados, tendrán una hembra; si son azules, tendrán macho –mi marido fingía paciencia.

–¿Me estás diciendo que la muy hija de puta va a matar tres o cuatro aves en extinción que se van a comer el plástico de los globos pensando que son comida?

Rogelio me miró a los ojos tratando de fulminarme. Saboreé mi potencial victoria y volví a la carga:

–Si es que da igual, mi amor, ya sobrepasaron la idea de hacerse un aborto; si tienen como siete meses cargando con la bendición, que seguro también votará republicano y será amamantada exclusivamente para la foto de Instagram. Mira: hashtag #amamantarenpublicoesunderecho, #quierodarlatetaconsudor, #jodidaperocontenta.

–Ño, pero qué tensa te ponen los *gender reveals*, mija. Te pido por favor que dejes ese teléfono.

–No –evoqué mi mejor tono de defensora de los derechos humanos–. Si aquí voy a revisar ahora mismo mi calendario de ovulaciones, y te aviso que esta noche tenemos que templar otra vez, que estoy en mis días buenos.

–No me hables de eso, coño, que se me quitan las ganas de llegar a la fiesta.

–Qué diré yo con mi licenciatura en Biología y mi máster en Políticas de Género –y con mis ganas de joder, debí agregar–. No tengo ningún deseo de llegar a esa puta oda al binarismo capitalista, donde a nadie le importan la pila de pájaros que se van a morir asfixiados igual si se comen un globo azul o uno rosado. Y yo te pregunto, Rogelio: si esa criatura que está en camino no es niña ni niño, ¿de qué color van a ser esos globos?

En silencio, vencido, Rogelio hizo al carro doblar por la última esquina que nos separaba de la debacle. Se abrió ante nuestra vista una calle llena de automóviles nuevos, parqueados casi uno encima de otro. Milagrosamente encontramos un espacio para estacionar sobre el césped de una viejita, vecina buena onda, que –tan amable ella– nos levantó el dedo del medio de la mano derecha para saludar.

Me bajé del carro. Le reviré los ojos a la vieja. Metí mi celular en la cartera y escruté el cielo en busca de potenciales aviones asesinos. Estábamos a salvo. Por ahora. Agarré el regalo caro, carísimo e innecesario que habíamos comprado hacía dos días; un regalo que el hijo o hija (o hije, aunque los globos no avisen) de Leydi seguro que iba a dejar de usar cuando no tuviera ni tres meses de nacide. Rogelio se me adelantó para entrar solo en la casa y se metió las manos en los bolsillos. No hacía frío, al contrario, el perro calor miamense me chorreaba el maquillaje y a él la parte de atrás de la camisa; pero era su señal de que no quería estar cerca de mí, de que yo le había ganado el primer *round*. Así que la fiesta prometía mucha diversión, especialmente para mis ganas de joder y mis seis meses como vagina fracasada.

–Buenas tardes a esa gente de Kendall –gritó mi tío Esteban cuando Rogelio y yo habíamos cruzado el umbral de la puerta–. A ver cuándo me invitan a su *yendereveal* de ustedes, que ya como que les toca.

–Hola, tío, ¿cómo ha estado? –Esteban tampoco es mi tío, por eso siempre le he hablado de usted y nunca lo dejo que me abrace, porque tiene la mano bastante suelta.

–Bien, sobrina, bien, esperando a que se decidan tú y Rogelio a tener un beibi.

A nadie le había contado de mis fracasos. Y la verdad, no es que estuviéramos seguros de querer traer otro obrero (u obrere) al mundo, pero nos habían dicho mil veces que con un hije nacide en Estados Unidos solían ser más rápidos los trámites para hacernos ciudadanos americanos. Por eso le sonreí a mi tío que no es mi tío y le di una palmadita en el hombro, sin darle besos ni detalles ni chance de que me tocara las nalgas con disimulo.

–Leydi está en el patio, pasen, pasen que los está esperando.

Leydi hacía su *gender reveal* en el patio de su casa, hashtag #clasebaja nivel Dios. Tomé nota mental de cómo las fotos de esta patética fiesta lucirían en Instagram.

–¡Amiga de mi alma! –gritó ella cuando nos vio llegar al patio, y su barriga empezó a subir y bajar como un yoyo que se le quería atravesar en la garganta–. ¡Qué bueno que vinieron! Si trajeron el regalo pónganlo en la mesa de sorpresas, que no lo quiero ver. Espero que lo hayan comprado amarillo o blanco, porque hasta dentro de unas horas no vamos a saber el sexo de este bebé.

–¿Horas? –no pude contenerme.

–Ay, chica, la fiesta dura un rato, es un decir. Yo no sé si horas o minutos, estoy muy emocionada. Pero este angelito que traigo en la barriga será de todos modos una bendición –dijo Leydi, tan previsible, tan básica, tan poco fotogénica y se abrazó la barriga como si sus brazos fueran una boa al acecho.

–Sí, sí, prima, no pasa nada, era solo una pregunta, hashtag #eslaemoción –me oculté detrás de cualquier justificación, mientras ponía mi regalo caro encima de una mesa ¡con un mantel de plástico!

–Hablando de preguntas locas, amiga de mi alma, ¿para cuándo tú y Rogelio nos invitan al *gender reveal*? Mira que se les hace tardecito, ya estás dejando atrás los treinta.

«Jeje», gruñó por fin mi marido, porque lo suyo no era una risa, sino un «ahí vamos otra vez». Le agarré una mano sudada con fingida pasión, todo para vengarme de que me hubiera dejado atrás cuando estaba entrando a la casa. Guardé unos segundos de silencio. Saboreé el miedo en sus ojos cuando creyó que iba a develar que llevamos seis meses singando noche y día, asqueados uno del otro. Pero no, Leydi sola se había arruinado la fiesta con su mal gusto, ya no necesitaba de mí:

–¿Quién sabe, Leydi? Aún no nos decidimos. Hay tiempo –y escuché a Rogelio soltar un suspiro de alivio.

–¿Tiempo? No, no, tiempo el que se están tomando para decidirse, ya llevan como cuatro años aquí en Miami, tienen trabajos estables los dos, buen crédito –el crédito aquí es un medidor más importante que la salud para tener prole–. Yo diría que tiempo, tiempo, no tienen mucho, porque mira Julita, que esperando al hombre perfecto yo creo que se va a meter a monja, la pobre…

Como convocada por su nombramiento, la voz de pito de Julita interrumpió la patética escena que prometía ser interminable:

–¡Hola, hola, mi gente! –nunca mejor dicho aquello de «nos salvó la campana», la voz de campana de Julita. –Qué bueno verlos. ¿Cómo estás, Rogelio? ¿Cómo estás tú, mi amiga? Los veo de funeral a *gender reveal*, de Pascuas a San Juan, de Navidad a Año Nuevo… ah no, ese último chiste no funciona –igual Julita se rio de su chiste con un campanazo desde la garganta–. Pero, qué bueno verlos.

–Lo propio, Julita, qué bueno verte. ¿No vino Mario? –mi pregunta seguía el curso natural que debería tener la conversación si estuviéramos en un hogar del siglo XXI. Julita no se va a meter a monja. Julita es mujer de Mario hace años, pero Mario es uno de los líderes demócratas de la Florida, y en una casa de republicanos sería difícil que lo aceptaran.

–No, no –a Julita se le pusieron rojos los cachetes–. Aquí está papi, por eso Mario mejor se quedó en la casa. Que no quiero sospechas ni jodiendas. Pero dime, amiga, ¿para cuándo tu *gender reveal*? ¿Cuándo hacen tú y tu marido la fiesta?

–¿Quién sabe, Julita? –la respuesta funcionó bien la vez anterior, hace diez segundos –Aún no nos decidimos –quizás volvería a funcionar la misma respues… O no.

–¿Cómo que no se deciden? A mí no me vengan con eso que yo los conozco bien y ya están rozando los treinta y cinco, casi más cerca de los cuarenta.

–Bueno, pero por ahora no queremos tener hijos –interrumpió Rogelio y me sorprendió el tono avergonzado de su voz. Sentí un poco de pena por él, porque ni siquiera fingiendo ser comemierda podía aguantar tanto acoso. Bienvenido a los treintas de una mujer sin hijos.

–Vamos a hacer el *gender reveal.* Vamos a soltar los globos –alguien gritó desde el otro extremo del patio. Todo eran gritos en esa casa. Corrieron Julita y Leydi, una detrás de la otra, atosigadas por la barriga de Leydi. Rogelio otra vez me dejó atrás y en mi cabeza se repetía su avergonzado «ahora no queremos», que, para ser justos, debía haber sido sustituido por un «parece que ella no puede».

En el patio estaba Guillermo, el esposo de Leydi, parado junto a su madre y su hermano gemelo. Los tres cargaban una caja de más de metro y medio, forrada con cigüeñas y corazones morados. ¡Le dio un infarto a la puta caja!, pensé.

–Hola, Rogelio; hola, amiga –Guillermo me hechó una sonrisa y para darme un beso, tuvo que soltar la caja gigante. No le avisó ni a la madre ni a su gemelo que, ante el repentino desequilibrio del peso que cargaban, se tambalearon como si estuvieran frente a un espejo roto. Con caras de susto, los dos se apresuraron a recuperar el equilibrio y levantaron la caja que, además de fea, también quedó huérfana de un par de brazos que la estabilizaran.

–Hola, Guillermito –le devolví el saludo tratando de sonar súper cordial.

–*Don't call me that, bitch.* Me llamo William.

–Te llamas Guillermo, Guillermo Pérez, y te dicen William, no te hagas. Yo me llamo Elena y nadie me ha dicho mi nombre desde que entré por la puerta. Acostúmbrate que la vida es así.

–¿Qué te pasa, Elena? ¿Estás con la menstruación? ¿O estás envidiosa porque la fiesta no es tuya?

–Debe estar menopáusica, porque desde que llegó está protestando –aunque sea difícil de creer, la intervención de Leydi tenía un tono conciliador–. Ya, ya dejen eso y vamos a hacer el *gender reveal*, uh, qué emoción tengo.

Guillermo Pérez siempre le ha hecho mucho caso a su esposa. Así que sonrió otra vez y, en son de paz, me dijo:

–Elena, a ver cuándo nos invitan ustedes al *gender reveal*, que se les está haciendo tarde para encargar.

Pero, ay, ni son ni paz. El avión que ponía en peligro la fiesta hizo su entrada triunfal en la pista de mi vagina.

–Mira, Guillermo Pérez, ya no me resinguen más con eso del *gender reveal* que yo no quiero tener hijos ni hijas ni voy a hacer *gender reveal* en un patio para soltar tres ridículos globos que lo único que van a hacer es matar a una pila de pájaros indefensos.

–Amiga, cálmate, no es momento –la que intervino fue Julita.

–Mira, Julita, no te metas. ¡Y ya dije que me llamo Elena!

–Coño, amiga... Elena, pero qué malagradecida eres. ¿Estás en tus días?

–Ni estoy en mis días ni pinga. Llevo diez minutos aquí y cinco veces me han preguntado que cuándo voy a tener un hijo. ¿Y si me sale trans? ¿No va a ser hijo mío? Y ya les dije que ni uno ni otre, que no voy a joder cuatro pájaros con tres globos de colores, ni dejar que destruyan un bosque haciendo pañales desechables para un renacuajo que no puede ni limpiarse el culo.

–Qué insensible –murmuró Leydi mientras daba rienda suelta a sus manos de serpiente para que le abrazaran la barriga.

Guillermo Pérez y el hermano gemelo me miraban con la misma cara de ofendidos, como si fueran una fotocopia de la madre. Detrás de mí escuchaba un murmullo que iba creciendo hasta que entre las ruinas de aquellas voces identifiqué otra vez el gruñido de un «jeje» de Rogelio. No sé si lo hizo a propósito o por los nervios, pero de qué pinga se estaba riendo, ¿se reía de mí?

–Ustedes son unos egoístas que saben que el petróleo se va a acabar, que el agua se va a acabar, que los polos se están derritiendo, y siguen pariendo y gastándose el mundo. Por eso estábamos mejor en Cuba sin *gender reveal* ni globos de colores.

–Comunista, vete pa' Cuba –el alarido era de Esteban.

–¿Tú sabes que Julita es la mujer de Mario Rodríguez? Hashtag #elcomunistamásgrandedeMiami –le grité de vuelta y a todo pulmón, cruzando mis dedos para hacer el símbolo del numeral. No se movió.

–Apretaste –la campana en la garganta de Julita sonó breve.

–Relájate, mija, vamos a dejar esto, por favor –Leydi estaba en un sollozo, soltando lágrimas hasta por las orejas. Y verla en su papel de madre sensible fue la cereza que le faltaba a mi pastel, la última lucecita de mi pista de aterrizaje.

–Que me llamo Elena, Elena como la de Troya, Elena cojone'.

Y mi chillido fue tan fuerte que, del susto, la madre de Guillermo Pérez soltó la caja llena de cigüeñas y corazones morados. Se rompió el sello de papel de estraza. Seis globos salieron volando: tres rosados y tres azules. El pequeño grupo de invitados se quedó en silencio unos segundos. Contemplaban los globos en su ascenso. ¿Qué significaba aquella fiesta de colores además del alivio por mi repentino silencio? Todos miraron al hermano de Guillermo Pérez que empezó a saltar con las manos en alto.

–¡Gemelos! ¡Gemelitos! ¡Leydi trae jimaguas, caballero! ¡Una parejita! ¡Ay dios mío!

«Felicidades, Leydi; felicidades, William». «*Oh my God, congrats*!», creció de a poco el murmullo de la fiesta. Le agarré la mano sudada a Rogelio, que seguía sonriendo con cara de comemierda, y lo arrastré por el patio hasta la cocina; de ahí a la sala. «Hashtag #hijosdeputa, asesinos de pájaros». Para ser sincera, creo que nadie escuchó mis últimos gritos. Celebraban con tremenda algarabía aún cuando los seis globos de colores habían desaparecido, seguro atascados ya en la garganta de algún pobre animal.

–Tú sabes que no quiero tener hijos, ¿verdad? –me soltó Rogelio en cuanto nos subimos al carro.

–Ni yo tampoco, si estamos bien como estamos. Libres, felices, con dinero de sobra. Si pasamos los treinta años y nunca quisimos chamas, menos los vamos a tener ahora para usarlos como carta de migración.

–Yo no sé qué nos dio –su reproche fue un mazazo.

Era, sin embargo, demasiado tarde. Ocho meses después, nació nuestra bendición. Hashtag #fuimadredealtoriesgo. Ni Leidy ni Guillermo Pérez estuvieron en el *gender reveal* que hicimos en el patio de la casa. Ni vieron el video del globo rosado que me reventó en la cara en aquella fiesta. Los muy cheos me tienen bloqueada en Instagram. ■

ALEJANDRO MORELLÓN

1985

Alejandro Morellón nace en Madrid (España) y se cría en la isla de Mallorca, donde aprende a leer y a escribir. En 2010 disfruta de una beca de creación en la Fundación Antonio Gala y poco después publica su primer libro, *La noche en que caemos* (Eolas, 2013), ganador del Premio Fundación Monteleón. En 2015 queda finalista del Premio Nadal y en 2016 resulta becado por Acción Cultural Española en la Cité Internationale des Arts, en París. En 2017 su libro de relatos *El estado natural de las cosas* (Caballo de Troya, 2016, Candaya, 2021) es ganador del Premio Hispanoamericano Gabriel García Márquez. En 2019 participa como escritor en el programa Connecting Europe Literary Artists, y fue elegido para el programa literario «10 de 30», emprendido por la AECID. *Caballo sea la noche* (Candaya, 2019) es su novela más reciente.

EL GESTO ANIMAL

Alejandro Morellón

En el centro mismo de la pantalla aparece primero un resplandor sin bordes y después la imagen que se define, se congrega en torno al cuerpo antropomórfico: un hombre o una mujer bajo el cielo nocturno. Es una noche falsa, proyectada en croma sobre el fondo del estudio, sin luna pero con algunas constelaciones reconocibles entre las cuales, a la derecha del cinturón de Orión, entre Betelgeuse y Canis Maior, el rostro se manifiesta. Los ojos verdes revelan manchas diseminadas en el iris, los trazos del delineador y la nariz de tipo romana le atribuyen una expresión casi faraónica; bajo los párpados, unas pestañas de longitud desproporcionada se elevan y descienden como si una mariposa quisiera remontar el vuelo.

–Una vez escuché la llamada de la ninfa Salmácide y bebí de las mismas aguas que el hijo de Hermes y Afrodita, y de la transfusión de sus cuerpos también emergí yo, Avalovara, para difundir la voz poseída de los espíritus algonquinos, hijas mías, y la voz absoluta de la vieja Baba Yagá, la de Hatshepsut, y la de la diosa cósmica Hathor con orejas de vaca, la de los cátaros y su Señora del Pensamiento, la de la beguina y mística Hadewijch de Amberes, la de Santa María Egipcíaca, la de Margherita y la de Dulcino, y la de Tertuliano y su sentencia: creo en estas cosas porque son increíbles.

En lo que a todas luces parece una pausa dramática, Avalovara fija la mirada en el espectador y muestra a través de los labios una lengua teñida de azul por una piruleta. El plano se abre y revela una mesa de caoba oscura y en el centro, al lado de la piruleta, un rótulo con su nombre y un teléfono de consulta para los televidentes. También, en la misma mesa, sobre un tapete negro: velas, efigies, cartas del tarot, piedras, un rosario de cuentas amarfiladas, plumas, un cráneo de caballo o de un animal parecido a un caballo, y otros objetos inidentificables. La cámara recorre el músculo de los brazos, la espalda ancha, el cuello estilizado, el vestido de tul negro que le cruza el torso en diagonal y deja al descubierto un solo pecho, el izquierdo, coronado por una pezonera metálica.

–Y con estas voces os hablo ahora, hijas mías, en este mundo que parece estar brutalmente dividido, pero, ¿hubo alguna vez en que el mundo no estuviera brutalmente dividido, entre los hombres y las mujeres, entre los creyentes y los no creyentes, entre los dogmáticos y los infieles, entre los politeístas y los monoteístas, entre las criaturas y los que las dominan, entre los opresores y los oprimidos, entre los prostituyentes y las que se prostituyen, entre las víctimas y los verdugos, las brujas y los inquisidores, la clase burguesa y el proletariado, los delirantes y los cabales, entre la salud y la enfermedad, entre el mundo de arriba y el mundo de abajo, en un cúmulo de contraposiciones, en una lucha inexacta e infinita de los contrarios…? Pero ahora, ¿qué ocurre con la nueva Papisa? ¿Por qué este odio tan visceral a Micaela Andreína? A pesar de todos los cónclaves celebrados, escuchad bien, el mundo parece indignado por el hecho de que alguien que no sea un hombre, es decir, una MUJER, ocupe el mando papal, ostente la mitra y el báculo, se erija como santa madre y sumo pontífice y vicaria de Cristo y sierva de los siervos de Dios, y que esa misma MUJER sea, además, tan joven y tenga la mirada decidida, pero, sobre todo, según dicen los vetustos gerontocráticos, apostólicos y romanos del Vaticano, por su arrogancia al acercarse al palco en el que se ha besado los dedos para levantarlos luego hacia la devota multitud, como una madre que le da las buenas noches a sus hijos.

Avalovara se besa también los dedos e inclina la cabeza para enfatizar el gesto. El pelo largo y completamente blanco produce destellos al ponerse de perfil, cuando le hablan a través del auricular oculto en su oreja.

–…y parece que ya nos han llegado las primeras imágenes directamente desde la Plaza de San Pedro, el esperado momento en que ha sido nombrada la nueva soberana del Estado y… Dentro vídeo.

Ahora, en la pantalla, la retransmisión del cardenal protodiácono. Michelangelo Bernufoni se aclara la voz y se dispone a vocalizar el *Habemus papam* desde el balcón mientras los feligreses aúnan cánticos y vítores, se alzan cirios y crucifijos, banderas de todos los países, se gritan palabras de gloria y bendición porque al fin, después de muchos días de tensión mediática y encierro electoral, después de que haya sido vista la fumata blanca ascender y luego difuminarse en el cielo de la plaza, las consagradas palabras reverberan por todo el exterior de la basílica. A la derecha del cardenal hay un espacio iluminado en el que, ahora sí, hace su aparición Micaela Andreína. En su cara una luz de procedencia incomprensible, la melena ordenada y lisa sobre los hombros, en el semblante una determinación, pero también un sosiego. Frente a ella, un silencio sepulcral al que se impone desde la balaustrada.

–No existe más que un defecto: carecer de la facultad de alimentarse de luz. De esa llama del entendimiento que es un resplandor que emerge en medio de la confusión, una luz que tiene el rostro de Nuestra Señora de Magdala, una imagen que se acercó una noche a donde yo estaba y que me esclareció la vista, las cortinas dejaron de moverse, la llama se quedó estática, el dulce aliento de Ella me lavó la cara y los ojos, y me dijo: no tengo heridas, pero las siento. Entonces entendí las máculas de mi propio pensar, la incertidumbre ancestral, los miedos atávicos del mundo por medio de los míos propios, y ella supo que yo sabía, y yo supe que ese saber era impronunciable, que no podía abandonarme para ser transferidas a otros la fe y la luz. Pero así también supe que una y otra eran parte de mi cometido, ayudar a que otros la encuentren, la fe, y se alimenten de ella, de la luz: ser guía o ser bastión, ser lazarillo o consejera, baluarte, voz interlocutora, ser rasgadura en el velo de la falsificación, y todo para que la verdad pueda adentrarse en la penumbra, para que entendamos todo lo que de cierto hay en la palabra de la Diosa, en las prolongaciones de su amor, en su envergadura, en los heroicos pero humildes actos que trascienden de su ímpetu. Porque ella se ha vaciado en su creación, nos ha dado el ser a mí y a todas para que se lo devolvamos, lo redistribuyamos para y a través de otras, las que no nos escuchan hoy pero que nos escucharán mañana. El pasado y el futuro son el único tesoro de la mujer que se abandera a sí misma, pero no asiéndose a una dependencia espiritual sino renunciando a ella, huyendo de los consuelos de la religión y del hombre, negando la inmortalidad o la utilidad de los pecados o la absolución última para ser, en tanto criaturas atribuidas de gracia, no como una promesa sino como una constatación, hermanas, asistiendo a la transmutación divina, a la obediencia al orden del mundo, al *amor fati*, al esplendor de la negación y de la renuncia. Al igual que en la teología apofática de San Agustín, no aspirar al conocimiento divino sino a su renuncia, porque la fe deja de serlo si se nutre exclusivamente de conocimiento. Y también porque la luz que pueda entenderse no es una verdadera luz, será una luz ficticia, explicable, transcribible, y por la tanto limitante y limitada, y la verdadera luz, la claridad absoluta, no puede ser confinada, porque la verdad pura solo existe en la imagen inconclusa, infinita, en la imagen y en la memoria de esa imagen. La verdad es una y muchas, y no distinta en nada la una de las otras, la verdad es repetición y multiplicación, es la desembocadura del sello, es un abrazo dado al aire, una idea a la que se llega fantaseando, a la que se llega también con la palabra, porque la palabra la da el pensamiento pero también el pensamiento nos es dado por la palabra, y por eso hemos de devenir nuestros actos en imaginación, y nuestra imaginación en actos…

El plano se acerca progresivamente hasta cerrarse únicamente en la boca y en los ojos de Micaela Andreína, que no deja de mirar hacia la multitud. Durante unos segundos de transición las figuras de Avalovara y de la Papisa se superponen. No se parecen, pero hay quien diría que comparten la autoridad del gesto, hierático, confiado, en los dos rostros una solemnidad escénica y elocuente. Después, mientras la imagen de la Santa se difumina silenciosa y termina por desaparecer, Avalovara ocupa el espacio de la pantalla, cruza las manos en un gesto entre piadoso y reflexivo, y se dirige a sus televidentes:

–Ya habéis oído a nuestra nueva Papisa, pero, ¿qué ocurre con ella?, me pregunto, ¿por qué suscita tanta veneración y odio a partes iguales? ¿Sus actos son fruto de la santidad o del delirio, de la demencia o de la beatitud? Hay quienes dicen que su llegada al cargo es un claro vaticinio del colapso, y otros que, en cambio, piensan que esta mujer ha venido para ofrecernos la redención absoluta, la comunión celestial definitiva. ¿El inicio del fin o el fin del inicio? Lo sabremos muy pronto, seguro, pero de momento, hijas mías, no os olvidéis de rezar al santo del entendimiento. Hacedme el favor.

La silueta desaparece tras una cortina de niebla y las luces altas del escenario se encienden. El director da la señal de final de emisión, le indica a todo el mundo que la toma ha salido bien con un levantamiento del pulgar y sale del set de rodaje. Avalovara se sienta frente al espejo del camerino y se revienta una espinilla apenas imperceptible bajo el alero de la nariz. Cuando llega la hora reparte besos entre sus compañeras de sección y abandona el edificio ya entrada la madrugada, sale por la puerta de atrás para evitar a los admiradores y coge un taxi en dirección a los barrios bajos de la ciudad.

La casa es antigua pero grande, las estancias son altas, el salón amplio, las paredes están decoradas en su mayoría por motivos orientales, grabados japoneses, fotografías de hombres y mujeres asiáticas. Un gran biombo con una estampa del monte Fuji parte su habitación en dos, entre la cama y el escritorio. En el medio de la salita principal, junto a la ventana, un busto de Ezra Pound se va encendiendo a medida que la estancia se ilumina.

Avalovara calienta un sobre de fideos precocinados y se recuesta en el futón sobre el suelo, al lado del gato, frente a la pantalla de cine que ocupa prácticamente toda la pared y en la que se reproduce la ópera *Madame Butterfly*.

–Mírala bien.

–...

–¿No está preciosa estando tan triste?

–...

–Mira más allá del palco buscando algo.

–...

El gato al que Avalovara dirige sus intervenciones abre a medias los ojos, bosteza (la cabeza para atrás, la punta de la lengua señalando hacia arriba, los dientes de cachorro ahora bien visibles a causa de la nueva luminosidad del cuarto) y vuelve a hundir su cabeza en el hueco entre dos cojines.

–Cio-Cio San sabe a ciencia cierta que su angustia no le sucede a nadie más porque es la forma que tiene de identificarse, de encontrar un estatus de desigualdad con el resto, a través de la diferencia de las pequeñas manifestaciones.

–...

–Mira cómo la cantante se levanta en éxtasis.

–...

–¿Ves como entorna la mirada?

–...

–¿Ves cómo sonríe pero a la vez sufre?

–...

–Hablando del amor que quizá no venga.

–...

–Esperaré escondida.

–...

–Un poco por broma, un poco por no morir.

–...

–A la espera de ese barco que no ha de llegar todavía, de ese oficial que tanto la desespera, mirando desconsolada hacia la lejanía, desconsolada pero con una súbita esperanza, quizá el barco que llega sea *ese* barco, y la espera habría llegado a su fin.

–...

–¿Ves como tensa los brazos al aire?

–...

–¿Y los ofrece a la vista de los que oyen?

–...

–Como queriendo imprimirle al gesto la desgracia.

–...

–*E un po' per non morire.*

–...

–¿Ves cómo se interna en el rincón más oscuro y apartado de la habitación, donde está dormido el niño con las piernas dobladas, una encima de la otra, comprendiendo que ese no va ser *ese* barco, intuyendo quizás que *ese* barco no existe, nunca fue?

–...

Avalovara se lleva las dos manos a la cara en lo que parece un intento por contener los pómulos en su sitio. Aún tiene restos de rímel en las pestañas y sombra de maquillaje alrededor de los ojos; al quitarse la peluca blanca, unos rizos negros le caen sobre la frente. Dos de las uñas postizas se le han caído o las ha tirado sobre la cama, el gato ha intentado jugar con ellas pero luego se ha vuelto a quedar dormido y ahora está ronroneando.

–Mira cómo cierra y abre los puños.

–...

–Como si sostuviera algo invisible.

–...

–Desliza el cuerpo de bailarina y se sitúa frente al público, en el lado más visible del escenario, y entonces Suzuki abandona la escena y ella se adelanta otro paso.

–...

–Hasta que se deja caer extenuada.

–...

–Y después aguanta la lágrima.

–...

–Solo un poco más.

–...

–Y entonces sí.

–...

–Entonces llora y ladea la cabeza.

–...

–Para que el público pueda ver bien el llanto.

–...

–Para que el mundo adivine su dolor.

–...

Avalovara se duerme y vuelve a despertar con el ruido de los camiones que limpian la calle. Lanza una mirada al cielo ensimismado y poco expresivo que reconoce gracias a su insomnio habitual, hacia un cielo sin forma ni sustancia todavía. La claridad termina por abrirse y alumbra los charcos y luego los edificios, convierte la neblina gris en azul, y después cae sobre la casa como si fuera agua iluminada, recubre los muebles de la habitación, la cómoda, el escritorio, el biombo de Hokusai, y se va filtrando progresivamente a través de los demás objetos. En la pantalla, Cio-Cio San se quita la vida en la escena final: se clava el *tantō* en la garganta y desfallece en el suelo comprendiendo por fin la inevitabilidad de las circunstancias, con un gesto entre la desesperación y la renuncia. Avalovara, reclinada todavía sobre el futón al lado del gato, el cuerpo disuelto por el desamparo de la protagonista, se duerme otra vez, *un po' per non morire*, hasta bien entrada la tarde. ■

JOSÉ ADIAK MONTOYA

1987

José Adiak Montoya nació en Managua (Nicaragua). Empezó a publicar en diarios y revistas a principios de este siglo. En 2007 publicó *Eclipse*, su primer libro. Su novela *El sótano del ángel* obtuvo el premio nacional del Centro Nicaragüense de Escritores en 2010 (Océano, 2013), a la que siguen *Un rojo aullido en el bosque* (anamá, 2016), *Lennon bajo el sol* (Tusquets, 2017) y la novela biográfica sobre la escultora danesa-nicaragüense Edith Gron, *Aunque nada perdure* (Seix Barral, 2020). Ha sido incluido en diversas antologías de narrativa centroamericana y participado en residencias de creación literaria en México y Francia. En 2015 fue el ganador del III Premio Centroamericano de Cuento Carátula. En 2016 la Feria Internacional del Libro de Guadalajara lo incluyó en su lista de escritores latinoamericanos más destacados nacidos en la década de los ochenta. Ha sido traducido al francés y al alemán y desde 2018 reside en la Ciudad de México.

RASGOS DE LEVERT

José Adiak Montoya

Lo primero fue la belleza. Aquí les digo lo ocurrido. Levert nació un día primaveral en que el sol, astro rey, esfera de las esferas, alumbraba despampanante el verdor de la vida en la tierra, trinaba el mundo, reían todas las creaturas. Fue el día del eclipse. Por un minuto el sol fue privado de su fuerza y mientras los ciudadanos, acá se los narro, contemplaban absortos, pensaban ¡oh espectáculo glorioso!, la oscuridad se hizo de este lado de la tierra. Levert salió del vientre de su madre donde por nueve meses estuvo soñando tranquilamente, envuelto en líquido tibio, seguro del mundo. Su llanto en medio de la tiniebla sonó a desamparo. Todos los ojos esperaron ese minuto hasta que el sol hubo sido descubierto y pudieron contemplar al recién nacido en la totalidad de su esplendor. Un niño perfecto. Un querubín caído. Una risueña pintura. Iluminó entonces junto con el sol la casucha en la que le tocó nacer y los ojos atónitos de quienes estaban en la estancia. La gente del arrabal, la barriada en la que nadie recordaba cuándo había sido la última vez que el alumbrado funcionó, jura que esa noche sobre la casucha de Didiane el poste de luz prendió potente su foco, iluminando la endeble estructura como una sola vela contra la oscurana, mientras ella en el interior seguía embelesada con el niño en brazos. Su séptimo hijo.

Cuentan, como todos lo vimos, que esa noche la gente del barrio hizo una sinuosa fila sobre la calleja de lodo que llevaba hasta la puerta de Didiane. Había niños en brazos, de la mano, expectantes, mujeres y ancianos. Corrió la noticia de que un infante caído del cielo por su belleza había nacido en el barrio y sin duda todos querían verlo. Tenían semanas, algunos meses, algunos años de no hablar con Didiane, y hoy esa gente diría hola Didiane, hemos venido acá a felicitarte por tu hijo, hemos venido acá a desearte lo mejor, ¿cómo está la familia?, ¿cómo está Julien?, ¿cómo va la vida?... peregrinó el barrio entero a pie, de noche, pues el sol ya estaba oculto, los brazos cargados de regalos, gallinas, comida de fiesta, ropa de niño.

En la entrada de la casa, Julien, padre orgulloso, recibía a las personas y les decía bienvenidos sean, muchas gracias por la visita, y entonces las ancianas, los niños, los hombres o mujeres entraban, dejaban su obsequio y cruzaban la sala minúscula, casi en ruinas, hasta el lecho de Didiane, donde a media luz contemplaban en sus brazos al pequeño dios. Junto a la cama, tres y tres, firmes a cada lado, sus hermanos hacían guardia, asumiendo la postura de algo que tendrían que proteger el resto su vida. Pero como todos habrán de saber no fue así.

Durante la noche entera la familia hizo custodia. Y conforme la madrugada avanzaba Didiane no desfallecía, se sentía vigorosa, con una fuerza que no recordaba haber sentido desde su juventud, cuando luego de las lluvias salía a la calle a saltar sin descanso entre charcos de lodo. Poco a poco la fila de gente fue menguando junto con el paso de las horas. La peregrinación había concluido y el barrio entero con sus propios ojos había visto que era cierto, que había nacido un ángel entre ellos. Que el niño brillaba, que el niño despedía un olor a almendras frescas, que era todo hermoso. Los seis hermanos de Levert cabeceaban por el cansancio cuando la madre los despachó a su habitación, un mediano cuarto que compartían desde siempre. Sus seis hijos antes de Levert, todos varones, todos nacidos uno tras otro.

Didiane había pasado media vida encinta, parecía décadas mayor de lo que en realidad era, pero no la habían consumido tanto los partos como la penuria... Antes, cuando era una niña brincando charcos, la pobreza le pertenecía a sus padres. El hambre era algo normal, no conocía cosas diferentes. Una vez que se vio adulta, cargando a su primer hijo, tomó conciencia de que era pobre, que era una bajeza, que no sabía nada. Le dolió por primera vez no saber leer, no entender cómo funcionaba su propio país, no poder ubicarlo en el mapa. Julien se convirtió entonces en un trozo de madera en el naufragio. Un hombre por el cual velar y trabajar para que nunca se fuera de su lado, para que la pobreza fuera compartida, para que las aguas viscosas de la desdicha no llegaran hasta su boca a ahogarla. Él, que había visto en ella a una creatura inocente cuyas caderas le parecían frutas carnosas, la salvaba… como un ángel protector que aletea jalándola de los brazos para evitar que se hunda en la marea. Y cayeron en un amor de profundidad, y las noches se volvieron para enlazarse en el camastro sin poder apartarse el uno del otro. Creyendo que al día siguiente el destino proveería, que no había que hacer nada más que amarse para vivir. Y entonces se los cuento, como todos lo saben, como dijo el poeta la maldición de los vientres pobres es la fertilidad, y la maldición cayó en Didiane. Una y otra vez. Como antes en su madre hasta que ella nació, séptima y última en un parto de muerte. Didiane no tuvo a nadie que le hablara de la maldición que traía el amor, tuvo seis hermanos mayores que sortearon la vida pasando uno sobre el cadáver del otro. Como su madre, tomó lo que creyó era el amor y fue la miseria y el parto. Estaba vieja sin estarlo, con los dientes picados, con la mueca fija de unos labios endurecidos.

Había tenido, junto a Julien, que soportar el peso de muchos hijos para que ese niño llegara. Ahora la casa estaba rebosante de alimentos. En las calles del barrio la saludaban como a una soberana, como si los ojos de todos hubiesen despertado de un letargo prolongado para darse cuenta que ella, Didiane, era una persona que merecía respeto. Su cabello encanecido parecía rejuvenecer y sus arrugas se camuflaban y se escondían de la luz, por primera vez en mucho tiempo aquel rictus impenetrable en sus labios se convertía en sonrisa cuando amablemente recibía regalos de sus vecinas que le decían para el niño, para usted, tiene que estar fuerte para poder criar a ese pedacito de cielo tan hermoso, tan lozano, tan querubín, mientras se inclinaban para tocar las mejillas del pequeñuelo y luego discretamente se tocaban las suyas cual si de un bálsamo se tratase.

No faltaba nada.

Acá se los digo como a nosotros se nos dijo. Pues eran tres los Ministros, y eran viejos y casi ciegos, y se dice que habían sido jóvenes cuando el Comandante había sido joven. Algunos decían que eran sus hermanos, pues nada se sabía de la familia del Comandante, para todos siempre habían estado ahí, desde antes de que la Historia existiera. Pues se decía que en algún tiempo anterior a la Memoria lo traicionaron y que luego fueron perdonados sin rencor en sus corazones, y el Comandante les dio gloria y ministerios. Eso decían, pero nadie podía jurarse testigo. Otros decían que los cuatro se conocían desde jóvenes, que correteaban juntos las calles, antes del Tiempo, y que nunca se separaron. Y como esas, la nación estaba llena de historias.

La verdad es que eran tres ancianos sombríos, y hacía mucho que no se les miraba en las reuniones, asambleas y desfiles políticos. Se sabía que vivían porque nunca se había anunciado su muerte.

Se supo de ellos hasta que aceptaron la misión de visitar a Levert, de seguir el rastro de su luz, hasta que dijeron sí mi Comandante iremos a contemplarlo y le llevaremos obsequios para que todos en todas partes puedan admirar la bondad con la que usted gobierna la nación.

Y partieron entonces en caravana, negros vehículos, uno por cada Ministro, y cruzaron la ciudad de barrios adormilados de tristeza, entre aquellos edificios estáticos, empantanados en el tiempo. Les dio la noche bordeando el mercado pútrido a las afueras de la ciudad, esa ciudadela que envenenaba las aguas de la playa, cuyos puestos las olas acariciaban y tornábanse infectas. Con miedo cruzaron pues se sabía, y todos lo sabemos, que por las noches en ese mercado pululaban seres malogrados, de dos cabezas, treinta dedos, ojos de pescado, hombres deformes cuya monstruosidad no estaba hecha para el ojo humano, almas que la ciudad rechazaba y encontraban refugio en la oscuridad de sus callejas inmundas.

Arrabal por arrabal recorrieron. Así cuentan que los vieron. Por el norte y por el sur, tres ancianos de tinieblas. Por el este y el oeste, tres espectros sin luz.

Los Ministros vagaron por días buscando a Levert, se despistaron y se orientaron, volvieron sobre su camino y rehicieron su viaje. No podían tardar más y más no tardaron. Pronto dieron con el barrio en el que Didiane rebosaba de alegría.

No les costó reconocerlo:

Este barrio ya no era gris como los otros, no reinaba la pobreza. La tierra era ahora fecunda, estaba cubierta de huertos y floresta, acá no corrían riachuelos negros de inmundicia donde los perros y los cerdos iban a beber. Corría el agua cristalina y los niños jugaban felices.

Venimos a mirar al recién nacido, venimos a traer obsequios. Dijeron al entrar. Y la gente al verlos les cedió el paso, la misma gente que llevaba días bajo el sol, en larga fila para mirar al niño Levert.

Y entraron los Ministros como una sola sombra que el cenit parte en tres. Julien y Didiane les dijeron bienvenidos. Los niños de la pareja, ahora férreos guardianes de su hermano, se apartaron para darles paso. Ahí, a la luz pálida, vieron a Levert. Los Ministros se hundieron en un largo silencio, con los pies clavados en la tierra, y dentro de ellos se batía una marejada violenta, un maremoto arrancando de raíz los árboles de su maldad. Aquella visión del niño más bello visto por ojo alguno barrió todo lo que había en ellos dejando solo escombros de la perversidad. Los Ministros habían sido purificados. En los ojos de Levert observaron el tiempo y a ellos mismos observando el tiempo en los ojos de Levert. Y cuentan que ahí entendieron todo, aquí se los digo. Entendieron que el Comandante temía al niño, tenía envidia porque lo adoraban como su nación jamás lo había querido a él. Supieron que lo quería borrar, arrancarle la vida, que eran espías de sus largas garras. Se dieron la vuelta, besaron en los labios a Didiane y Julien, entregaron sus ofrendas y sin decir palabra alguna partieron en dirección contraria al Palacio de la Nación, lejos del Comandante.

No se supo de ellos más. Así contaron que ocurrió. En los escombros de su mal crecía tímida la flor de la bondad.

Los sueños a veces pueden ser tanto, lugares en los que se camina sobre nubes, arena, un espacio donde nada está seguro, y los presagios... Tantos presagios vienen desde albores antiguos, los pájaros vuelan en sueños y quieren decirnos algo más allá del aleteo de sus alas, mucho más... Pero pocas veces un sueño ha sido presagio directo, sin pájaro que interpretar, solamente una declaración sin sombras, un monólogo claro, una advertencia palpable.

Y esto ocurrió:

Una vez que los tres Ministros, antiguos esbirros del Comandante y ahora almas dueñas de su propia bondad, tomaran un camino distinto al acordado con el amo de la nación, una vez identificado el lugar en que Levert había nacido, Julien tuvo un sueño, y esto fue lo que vio:

Se hallaba dormitando, desplomado en una silla, un calor viscoso le envolvía el cuerpo, y un viento de polvo le trajo la visión: a la distancia lo vio acercarse, no variaba de tamaño, se apostó frente a él, era un ser enano, mitad hombre mitad duende, encorvado casi al suelo por el peso de una rugosa joroba, estaba desnudo, su piel estriada y curtida, lodosa, un ser como salido de las noches del mercado... Posó sus ojos, enormes sobre Julien: Vengo yo, desde las entrañas del Palacio de la Nación vengo yo, sin que los tres Ministros lo supieran los he seguido yo, silencioso como sombra he seguido sus pasos entre barrios y barriadas hasta llegar aquí, y a advertir lo que tengo que advertir yo, que los Ministros otra misión traían con sus trajes negros, una misión de muerte que ya no cumplirán, pero el niño... El niño está en peligro mortal, el niño debe salir de aquí, hay que sacarlo pronto, se lo digo yo...

Su voz cavernosa se fue desvaneciendo en el viento áspero y en la densidad del sueño. Al despertar, la boca pastosa de Julien pedía agua, y en sus ojos aún estaban los ojos de la aparición y en sus oídos retumbaba la mortal advertencia. Entre la oscuridad Julien reconoció el respirar entrecortado de Didiane. La despertó con brusquedad y le refirió el sueño con precisión. Al terminar su relato le dijo mañana salimos de acá.

Esa noche ninguno de los dos volvió a dormir. Así nos fue contado y así lo contamos.

La mañana después del presagio los sorprendió con decenas de personas fuera de la casa: algunas de ellas, venidas desde pueblos aledaños, habían pernoctado ahí para llevar sus ofrendas a Levert, para llevarse a casa un poco de su perfume, de su esencia sanadora, porque todo en el barrio había florecido por él y su solo aroma, su sola visión, podía hacer florecer los hogares también.

Durante todo el día Didiane y Julien recibieron a la gente. Sus miradas temerosas se cruzaban a cada minuto, pero nada podían hacer, tendrían que esperar la noche para marcharse. Toda la tarde atendieron a ancianos, hombres de almas desgarradas, madres con niños en brazos que decían ser afortunadas de que sus hijos vivieran a la par de Levert, afortunadas de que un día jugarían juntos a la pelota, ese sería un barrio en que los niños crecerían en plenitud y gloria. Los seis hermanos de Levert apostados haciendo guardia.

A la mitad de la madrugada, a la misma hora en que Julien había tenido el presagio, mientras los visitantes del día siguiente dormían profundos fuera de la casa, Didiane explicaba a sus hijos que tendrían que hacer un paseo nocturno, y que necesitaban todo el silencio posible para salir, para no interrumpir el sueño de los que yacían en el patio. Los niños, entre legañosos y emocionados con la aventura propuesta, asintieron con sus seis cabezas.

En silencio, Didiane y su esposo metieron en grandes bolsos los más valiosos objetos que habían sido ofrendados en las últimas semanas a Levert, también suficientes víveres y ropajes. A media luz, Julien observó a su esposa y por primera vez desde que el niño había llegado la notó deslucida y ojerosa, como si la mano de la vida anterior a Levert hubiese estirado un dedo para dejar una mancha en su frente.

Salieron a la noche como una procesión del silencio, se escabulleron entre los ronquidos de los durmientes del patio. Didiane llevaba a Levert en brazos, arropado en mantas que cubrían por completo la luz de su cuerpo. Algo le dijo que no volviera la mirada, pero desobedeció, volteó el rostro hacia su casa y pudo ver cómo el foco de luz que caía sobre el techo se debilitaba hasta ceder, dejando al barrio en la total penumbra. Reanudó la marcha y las arrugas parecieron volver a aflorar en su rostro.

Por cerros y cañadas dicen que cruzaron, vagaron días con sus noches, sus pies se enllagaron, pero continuaron la marcha, alejándose del peligro advertido en el sueño. Donde pisaban, con Levert en brazos, crecían frutos y corría el agua.

Pasaban los días y las semanas, y la cólera del Comandantísimo subía como la humarada sube de la tierra. Nadie en todo el aparataje gubernamental tenía pista del paradero de los Ministros. Habían desaparecido y con ellos su misión.

Los tres, sus grandes hombres, estaban muertos, era seguro. Sin duda, pensaba el Comandante, el niño era más peligroso que lo que su negro corazón le dictaba. Había sido un ingenuo, se equivocó de estrategia al haber enviado funcionarios ancianos para localizar una amenaza tan urgente contra su autoridad, este era el error más grande de su mandato. El niño hacía temblar su poder. Los testimonios que corrían por la nación opacaban la figura del Comandante y lo hacían temer, y el temor lo había empujado a actuar con imprudencia y precipitar a la muerte a sus tres Ministros, a los tres agentes en los que fundamentó su dominio. Ahora debía actuar con fortaleza.

Y con fortaleza actuó. Así se supo.

Nunca había tenido la necesidad, pero nunca antes la cólera, el miedo y la desesperación lo habían conquistado como una lepra. Reunió el mayor número posible de guardias de su gobierno, sus uniformes crearon una asesina marea verde. Jóvenes todos, acostumbrados a sembrar horrores y cosechar espantos, hombres cuyo corazón había sido suplantado por un carbón rabioso de odio a la vida. Se habían fundido con el acero de sus armas. En ellos solo rabia quedaba ahora, la misma rabia que encendía las órdenes del Comandantísimo.

Sonaron sirenas por cada calle de la ciudad y, desde la más alta torre del Palacio de la Nación, el mandatario vio alejarse a su ejército de ira a cumplir sus preceptos.

Y fluyeron los soldados por las calles como fluye la corriente de un río de caudal indetenible, con sus armas apuntando a la inocencia que dormitaba en los barrios. La gente, tranquila, sin sospechar que la muerte se acercaba marchando, sin sospechar que una tormenta de balas caería sobre los cuerpos desnutridos de los niños.

Entonces las botas abrieron las puertas, con poderío y sin advertencias.

A algunos no les dio la vida para escuchar la bala que los mató, tan solo por el fragmento de un instante vieron la cara del soldado que les apuntaba. Otros niños, un poco mayores, no supieron nada, recibieron el plomo mientras pateaban un balón a punto de convertirse en un gol que no alcanzaron a ver.

La noche se llenó de gritos, así nos contaron, así lo vimos y así será contado siempre. Gritos que se desvanecían en el cielo negro y llantos de madre que también se volvían gritos.

Los soldados buscaron por cada recoveco de cada casa de los arrabales a todo niño, y ese era el delito: se supo que donde la inocencia es un crimen solo la muerte impera.

Las madres, colgadas como peso muerto de las vestiduras de los militares, suplicaban sin entender por qué... Pero la plaga verde se lo tragó todo. Cada arma era el brazo del Comandante que se extendía a los barrios pútridos que él jamás llegaría a pisar, un brazo que por más que se estirara para alcanzar la vida de Levert, no pudo llegar a su cuerpo frágil y bello, envuelto entre las mantas de Didiane, escapando, haciéndose una con los montes. Ella, Julien y su procesión de vástagos.

El Comandantísimo yacía entre sus sábanas esa noche, lleno de profunda paz, creyendo que ya nada podría hacer temblar su figura hecha para la gloria. Creyendo la amenaza eliminada se fue hundiendo en un profundo sueño de aguas tranquilas, el sueño de los que nada deben. Mientras, lejos de su fortaleza, escapando entre cañadas, en brazos de su madre, Levert desprendía un llanto desgarrado, un llanto que bien podía ser el hambre o la conciencia sigilosa de su cruento destino, que lejos de él se había decidido esa noche.

Al día siguiente brilló más el sol y evaporó la sangre. Brilló sobre las calles, sobre los pequeños cadáveres aún tibios por el abrazo de sus padres. Al día siguiente todo fue desierto, pues es sabido que una ciudad sin niños es la más alta condena al silencio.

Y algunos en el barrio se preguntaban por Didiane y por el niño salvador que a la vez los había condenado. De esto pocos saben, nadie lo contó, pero hay quienes hablan de ello: Unos dijeron que encontraron paz, otros dijeron que encontraron hambre, nadie sabe con certeza, no se supo nada de ellos luego de que escaparon de casa entre los peregrinos que dormitaban en el patio.

Muchos imaginaron que la familia, Levert en brazos, se asentó en un punto claro, otros dijeron que en el nuevo hogar hicieron un huerto en que los tomates crecían del tamaño de melones, que bastaba que, asistido por su madre o alguno de sus hermanos, Levert hundiera un minúsculo dedo en la tierra y entonces cualquier cosecha florecería. Otros decían, pues esto nunca se vio, que andrajosos vagaban de ciudad en ciudad, una vieja y un viejo sin rumbo, seguidos por una procesión de niños desnutridos pidiendo posada y un pan, con el más pequeño resguardado del ojo humano, porque descubrirlo era delatarlo, era firmar la sentencia de muerte.

Nadie sabe qué ocurrió con ellos en esos días.

Lo cierto es que meses después, cansados de peregrinar y escapar, cuando la sangre se hubo secado en los barrios pero las lágrimas seguían vivas, desde la distancia los vieron aparecer. Ocho figuras recortadas por el ocaso. Tal vez un espejismo del calor inclemente, tal vez alucinación de las mentes rotas que ahora reinaban por las calles de la nación. Pero no, eran ellos que regresaban, así lo vimos, así se contó y así lo digo.

Ahora, en el país del silencio, costras de sangre seca como cascarones bajo las uñas era lo único que la gente conservaba de sus hijos. Todo lo demás había sido para la tierra. Las personas deambulaban desorientadas, algunas cargando el balón del gol que no pudo ser. Y así, huérfanos de niños, los descubrió el llanto del que una vez adoraron, acercándose sin saber que ya no pertenecía a ellos. Que ya no pertenecía a ningún lugar porque su nacimiento significó la muerte de los sin culpa. Y así lo vieron, ya sin brillo, una creatura común.

Se adentraron en el barrio que una vez fue suyo. Las personas los veían con pasmo indecente, primero advirtiendo sus pasos, como caníbales hambrientos que no terminan de creer lo que ven. Los seis niños, vivos y sanos, caminaban temerosos. Todos los ojos estaban puestos en ellos.

Por largo rato se detuvo la procesión de espectros. Lo inmóvil reinó. El viento tomó otro rumbo para que nada perturbara el encuentro de estos dos mundos que una vez habían sido uno solo. La familia de Levert sintió temor de aquellos ojos acuosos, anfibios, desnudando sus vidas. Uno de los niños, tembloroso, soltó el líquido de su vejiga, un tibio charco empezó a formarse a sus pies. Al notarlo, Didiane rompió la quietud, lo tomó brusca del brazo y avanzó en dirección a la que una vez fue su casa. Las miradas reptando sobre el aire los siguieron, hasta que la familia desapareció tras la puerta de su antiguo hogar.

Adentro todo era caos, no quedaba nada de lo poco que dejaron. Lo que había permanecido estaba destrozado. Las ofrendas, todo lo que consiguieron gracias a la belleza de Levert desapareció dejando un rastro de destrucción. El olor, insoportable, a inmundicias.

Didiane y Julien se miraron, comprendiendo que habían regresado a un cementerio. Un temblor hubo en sus semblantes, un temblor que sacudió la paz de Levert, un llanto agudo fue expulsado con potencia de los pulmones del niño y se escapó de las derruidas paredes, inundando el barrio. Afuera, todas las personas sintieron el escalofrío siniestro de ese llanto, un graznido fatal, de mal agüero. Y por primera vez temieron a algo que alguna vez habían adorado. Así se nos dijo, así se contó.

Por muchos días hubo miedo en la familia, pues sabían que Ellos estaban afuera, los que quedaban de sus vecinos, deambulando sin voluntad por las calles. Didiane y Julien sabían que si ponían un pie en el exterior, aquellos ojos se les clavarían acusadores, les quemarían la piel con la mirada. Pero pronto los niños tuvieron hambre, pronto Levert no dejó de llorar. Lo poco que llevaban encima se había agotado. Era hora de salir, momento de enfrentar el desolado paisaje, de enfrentar aquellas almas muertas.

Julien cruzó el umbral y se hundió en el silencio del barrio. Las calles en quietud. Hasta el viento evitaba pasar por ahí. Todo el silencio bañado por una luz cobriza y odiosa, como un ocaso que nunca termina.

Entonces Julien vio una figura acercarse. Así se nos dijo, así se contó. Y la figura iba en harapos y Julien la confundió con una anciana. Pero al acercarse, cuando la tuvo de frente se supo que era una jovencita de unos quince años, enjuta, sucia, consumida. Levantó hacia Julien los brazos, dos ramillas frágiles, y en la palma de sus manos, dos tomates grises, invadidos por el moho. Julien contemplaba temeroso la escena, los ojos de la aparición se enlazaron con los suyos. Y entonces la niña abrió una boca cavernosa para decir el huerto está muriendo, todo lo que nace, nace enfermo. Cerró con fuerza los puños mientras entre los dedos se escurrían tiras de una pasta agusanada.

La primera protuberancia apareció cerca del primer cumpleaños de Levert. Al mismo tiempo que el agua de los pozos empezó a ponerse negra. Era un bulto en la base del cuello del niño, del tamaño de un pulgar adulto, era blanda y suave, llena de un líquido que con el tiempo la hacía reventar y florecer ampollas a su alrededor, y por ello, Levert, que hasta hacía poco se había convertido en un niño inquieto, estaba cubierto de protuberancias rodeadas de vejiguillas acuosas. Y esto se supo, porque todos lo vimos: que mientras proliferaban los males en la creatura, la tierra del barrio se tornaba seca e infértil. Todo nacía muerto. Y lo poco que quedaba en arbustos y árboles, antes abundantes de fruta, se iba secando víctima de un mal vertiginoso.

Hubo hambre y pronto hubo más hambre. Los únicos niños del barrio, que ya solo eran los de Didiane, parecían pequeñas calaveras grotescas que tenían que salvaguardar a un hermano ahora también grotesco y lleno de costras, salvaguardarlo de los otros, de las almas que penaban fuera de casa, arrancadas de sus hijos porque Levert, el niño estrella, había nacido entre ellos.

Cuando el llanto de Levert se escapaba de las paredes de la casucha, el barrio se tapaba los oídos, pues ese era el llanto que les había arrebatado a sus hijos.

Una madrugada, así cuentan que ocurrió, Julien despertó intranquilo de la tortura de sus sueños, contempló a su mujer, avejentada, envuelta en guiñapos, sus hijos malolientes, y a media luna fijó la vista en Levert, escuchó sus ronquidos, como el estertor de muchos sapos, los huesos deformes cediendo al crecimiento de una carne rugosa en su espalda, la nariz casi desaparecida entre las protuberancias del rostro. Así vio a su hijo, y lo vio monstruoso. Abrió entonces la puerta y antes de salir ni siquiera miró atrás. Y nadie más lo volvió a ver. Así dicen que ocurrió.

El despertar fue una punzada. Aun antes de abrir los ojos Didiane sintió el hueco en la cama. Sabía lo que significaba pues lo había temido tanto. Apenas unas astillas de luz empezaban a colarse en el interior de la casa. Los ronquidos de Levert cesaron. Yacía sola en el lecho que por tantos años compartió con Julien. Un segundo de tristeza fue todo lo que hubo, el resto fue desesperación, desesperación que la hizo saltar y gritar a los niños que salieran, que fueran en busca de su padre.

Y así se les vio salir, primero siguiendo a la madre, luego dispersándose por las calles, avanzando entre los cuerpos ambulantes que habitaban ahora ese lugar. A Levert lo dejaron solo en casa, y nunca antes había estado solo, esto se sabe. Por primera vez y sin entenderlo, sintió el abrazo del desamparo, un abrazo que no habría de soltarlo durante tantos años por venir en su vida. La casa era una gigantesca mazmorra. Y en el silencio y la quietud empezó su llanto, ese llanto que paralizaba al barrio como el sonido de una sirena que anuncia el paso de la muerte. Y así, llorando, dio sus primeros pasos torpes, los primeros de su vida... hacia la puerta.

Al escucharlo, Didiane, que ya se había alejado un buen trecho de casa, empezó una carrera acelerada. Sus pies, descalzos, se herían sobre el piso accidentado y espinoso. En su camino vio cómo todos los rostros se volteaban hacia el llanto. Absortos. Aterrorizados.

Al tener la casa a la vista, Didiane supo que era tarde. Se mantuvo en pie, pero su vida cayó de rodillas: sosteniéndose en el marco de la puerta, apenas erguido como un torpe animal recién nacido, estaba el monstruoso fruto de su vientre. La piel estriada, los músculos voluminosos, llenos de bultos y pústulas, los huesos desordenados, la nariz ida entre los tumores de la cara, despidiendo un hedor a almendras podridas que llegaba a todas las narices. Las miradas del barrio estaban sobre él. Así lo vieron, así lo vimos.

Y la furia de los miserables se lanzó contra la bestia.

Se hizo una lluvia de piedras.

Esto se supo que ocurrió después:

Y fueron desterrados del barrio, y por años en el destierro Didiane se preguntaría, entre una nube de incertidumbre, si realmente había existido esa felicidad efímera de la que ahora tanto dudaba. Todo se diluía, hasta Julien –aquel rostro vital que tanto amor le prometiera a ella, una joven hambrienta y analfabeta– le parecía construido por irrealidades, un recuerdo fabricado, y ella, la joven hambrienta y analfabeta le parecía, comparada con lo que era ahora, un ser feliz y resplandeciente. Había estado llena de un vigor que ya nunca reconocería en la mujer desdentada en que se convirtió. Su bondad estaba muerta, y su nobleza marchita era ahora una sombra que deambulaba las calles en busca de limosna, llevando de la mano a Levert, cuya fealdad era cubierta por una manta alguna vez blanca con un solo orificio para sus ojos. Una fealdad destinada para el asombro, la repulsión, la lástima o la compasión, al momento que Didiane, andrajosa, develaba al niño luego de un discurso lastimero frente a un grupo de extraños en una plaza o en un autobús y estiraba la mano suplicando monedas.

Levert tenía prohibida la palabra. Se limitaba a mover los ojos, dos pequeñas gotas aceitosas casi extraviadas en la rugosidad de su rostro, clavando la mirada en los desconocidos que aparecían ante él, seres distintos, seres que temblaban al verlo porque les recordaba su propia fragilidad. Cada vez que su madre levantaba esa manta él se revelaba a un mundo al que nunca pertenecería. Un solo momento de luz antes de volver a ser cubierto.

Didiane bajaba de los autobuses tirándolo con ira de la mano, porque al final del día recordaba su sueño antiguo de felicidad y sentía caer como un peso irrevocable la certeza de que ese monstruo acabó con todo, contaminado lo que alguna vez fue bello. Él había creado la felicidad para que ella supiera lo que significaba perderla.

Y así empezó a saberlo Levert, que el día que Didiane muriese lo matarían, vendrían de noche seis sombras sobre él, se ensañarían con su carne abultada, romperían sus huesos sin simetría hasta reducirlo a un charco de sangre negra que se secaría al sol sin nadie a quien le importase. Ellos, los seis, también pertenecían al mundo que Levert malograra al cargar con las muertes de los inocentes. Y ese mundo era el peligro.

Y entonces pasó, y así fue contado. Como su padre, quince años atrás, que en una noche huyó ante lo que consideró monstruoso, así también Levert, huyendo ante lo que consideraba monstruoso, se arrastró con sigilo sin perturbar el sueño de su madre y hermanos, escapando de algo que era más perverso que su imagen en el espejo.

No llevó consigo más que su manta, su escudo ante las pedradas para las que nació destinado. Y se supo y todos supieron que vagó por algún tiempo, avanzando de noche y ocultándose en el día. Hasta que ya sin familia y sin Comandantes a quienes le importara su vida, se topó con las puertas del enorme mercado de la ciudad, esperándolo como la boca de un animal oscuro, ese lugar donde por las noches podría ser uno con los demás, con los apestados, donde podría quitarse sin temores la manta que lo cubría y nadie repararía en su cuerpo maltrecho. Uno con los monstruos. Levert miró de nuevo las puertas de ese pequeño mundo del que tanto había escuchado, y entró sin titubeos a la vida que vendría. ■

© Gala Phenia

ANIELA RODRÍGUEZ

1992

Aniela Rodríguez nació en Chihuahua (México) y tiene estudios de Maestría en Letras Modernas por la Universidad Iberoamericana. Es la escritora mexicana más joven en obtener los premios Chihuahua de Literatura 2013 con *El confeccionador de deseos* (Ficticia, 2015), y el Nacional de Cuento Joven Comala 2016 con *El problema de los tres cuerpos* (Minúscula, 2019). Fue seleccionada en el programa «Al ruedo: ocho talentos mexicanos» por la Feria del Libro Guadalajara en 2019. En su país natal ha sido beneficiaria de los programas Jóvenes Creadores del Fondo Nacional para la Cultura y las Artes y Creadores con Trayectoria del Programa de Estímulos al Desarrollo y la Creación Artística. Ha publicado, además, el poemario *Insurgencia* (ICM Chihuahua, 2014). Entre otras cosas, también es hija de Pedro Páramo.

DÍAS DE RUINA

Aniela Rodríguez

Things change, see? They don't sleep anymore on the beach.
MURRAY OSTRIL

No era ni la piel lechosa ni los ojos desorbitados de tu hijo lo que te precipitó, Carmelo, a la ribera del mar: un cuerpecito que apenas cabía en la cuna de tus brazos y que habías aprendido a querer como se quiere a una planta que ha pasado demasiado tiempo adornando nuestro jardín. No era eso, sino una cosa que nunca te habías preguntado, y que se te vino como un torrente de agua fría en cuanto alcanzaste a verlo a lo lejos, en mitad de la madrugada, ahogados los pulmones de agua salada y sin esperanza de sobrevivir porque era demasiado frágil, demasiado pequeño y tú, Carmelo, lo habías dejado que se ahogara así. Era el perro miedo a perderla a la Marina, porque a nosotros no nos lo explican, pero por muy bestias que seamos, somos capaces de sentir algo más que rabia y furia.

Así que, con los huevos pesándote hasta la mandíbula, echaste a un lado los huaraches y caminaste, caminaste hasta que se te cansó la mente de pensar en todo lo que pasaría de aquí pa'lante, porque cuando uno está borracho pasan muchas cosas que uno no piensa que vayan a pasar, sobre todo si es tu hijo. Sobre todo si, en mitad de la madrugada, decidiste traerlo para que sintiera la arena tiznada debajo de los pies, aún demasiado inocentes para saber que nada de esto tenía sentido, Carmelo. Lo sacaste del catre aprovechando que la Marina había ido a ver a su madre, enferma de espanto. Ella te lo había dejado en un acto de fe, porque a pesar de todo, creía en ti, esperaba que cuidaras bien de él. Entonces, torcido y con el sofoco de la noche pegándote en la nuca, volteaste para todos lados. El chamaco estaba ahí, boca arriba, con espumarajos entre los labios, como una bestia abandonada a su suerte; como si esa bestia no fueras tú, Carmelo, que lo habías dejado morir así nada más. El chamaco, sobre todo, era *tu chamaco*, ese que le habías sembrado a la Marina cuando tiempo atrás se levantó la falda en las tarimas viejas de la feria para enseñarte lo que sí era bueno, y de ahí pa'l real llegaron meses de incertidumbre: unos tantos en los que tu mujer todavía te quería y otros en los que dejó de mirarte con ternura y se abandonó a la tiricia, ¿cómo le ibas a decir, Carmelo, que lo habías echado a perder todo en una borrachera? Que lo único bueno que le quedaba de ese hogar se había ido, sin más, como la espuma.

Anduviste un rato, perdido en la playa, sin saber a quién tenías que llorarle. Ya no sentías los brazos: estabas rendido para cuando se te apareció el Jacinto y sin querer le dijiste, ayúdame compadre, y él primero te escuchó y luego se dio cuenta del bulto aquel que era tu hijo, y que no tardaría en volverse polvo. Ayúdame a llevarlo a con Doña Pancha, le suplicaste, pensando que ella podría curar a tu chamaco; que, dentro de todo, este cagadero no podía ser más que un sueño, y que finalmente el bebé solo estaba empachado o prendido de susto por haber pasado la noche a la intemperie.

Caminaste y caminaste, Carmelo, repitiéndote las mismas pinches palabras que no tenían sentido: el niño va a ponerse bien, el niño va a salir gateando, la Marina va a volver y yo no voy a ponerme otra guarapeta como ésta, ¿verdad que no, Diosito santo?, porque no eras capaz de ver la muerte a los ojos. Aceptaste que se te hundieran los pies en la arena, ya fría por la brisa de la madrugada. ¿Verdad que no, Señor? Aceptaste también cuando la Pancha te abrió la puerta de juncos, nada más para gritarte en la cara, qué chingados te pasa, Carmelo, a ese niño no hay más que darle que la extremaunción y una sepultura decente.

Cruzaste los callejones que te llevaban del malecón al pueblo. Te llevaste al chamaco a cuestas, en un rebozo de la Marina que te amarraste a la espalda y con el que te vieron tambalearte por las esquinas. Las gentes hablaron, porque aquel era un pueblo chico; tú las dejaste decir misa: al cabo que tus sentidos estaban apagados, pero te acordabas de ciertas cosas, como el último bocado de frijol con epazote que te habías echado a la panza ese día y que ahora te recalaba, como diciéndote lo tarugo que habías sido por dejarte amansar con una puñetera pachita de licor barato que ni siquiera había logrado sacarte un momento de gloria. Un perro se te acercó a morderte los pantalones y trastabillaste, casi a punto de caerte con todo y el bulto que traías en la joroba y que algún día también tuvo el rostro de tu hijo, pero con el poco tino que tenías lograste dar el paso y cruzar aquel umbral que ojalá, Carmelo, nunca hubieras atravesado.

Ahí estuviste un rato, sentado, con las manos hechas nudo. Miraste al hombre aquel con la sangre escurriéndole sobre los antebrazos y los pies marchitos, clavados en un madero astillado, y lloraste todavía más: tú ni siquiera tenías el puto consuelo de la herida. Sorbiste las lágrimas que se habían convertido en gargajos y entonces él apareció a mitad del altar. A usted venía buscándolo, padrecito, le soltaste sin más, pero no te contestó. Hasta allá había llegado el tufo rancio de tu última borrachera. Vengo a confesarme porque aquí no hay naiden que me oiga, remataste, y él entendió que borracho, sí, pero algo de decencia te quedaba. Te abrió la puerta del confesionario y te sentó como pudo, ¿qué traes ahí cargando, Carmelo?, te dijo, y te quedaste silencio. Las lágrimas se te dejaron venir por encima de los bigotes, traigo aquí a mi chamaco, padrecito, o lo que es ahora mi chamaco, y le destapaste el rebozo para dejar que lo viera: un cuerpecito hinchado, todavía con algunos parches de arena adornándole el cuerpo. Vengo a que me dé algo pa' curarme esta pinche tristeza, y así caíste, de rodillas en el piso: ya no hubo cómo sorber ese buche caliente que se te arrejuntó en la garganta y se lo confesaste. Que la noche estaba fría pero con todo y todo, lo habías echado a andar para que conociera el mar. Que ya con las copas encima, te fuiste a dormir y no lo llevaste de vuelta contigo. Que despertaste de madrugada y por eso venías así, despatarrado y oliendo a cantina, pero con el ánimo de que alguien te dijera qué es lo que tenías que hacer ahora. Era eso y nada más lo que necesitabas: la traicionera sensación de que alguien estaba guiando tus pasos y ya no había posibilidad de equivocarte. Estabas harto de hacerlo una y otra vez.

El cura hundió la cara entre las fibras mugrosas del rebozo. Una cosa minúscula, todavía con las marcas de la sal sobre la frente y los labios tiesos, que se habían quedado sin decir una sola palabra en su vida. Estabas sobre la banca, Carmelo, pensando en si tu mujer habría llegado ya a la casa, si acaso habría encontrado el catre vacío, sin tu griterío de todos los días y el balbuceo sin sentido del chamaco. El cura respiró profundo. Sintió flotar a su alrededor esa nata aceda, ese olor a eructo y a orines y a agua salada que no dejaban de impregnar el aire de su iglesia. ¿Y a mí a qué vienes, Carmelo?, te dijo. Este niño no tiene ni un rostro a quien podamos llorarle.

No querías regresar a casa ahora que ha amanecido, Carmelo. El padrecito te dejó quedarte; al fin y al cabo, no sabías bien a bien por qué habías ido a buscarlo. Él tomó aquel bulto entre sus brazos, con el asco inundándole todo allí dentro, y con mucho cuidado se lo llevó a la sacristía, ahí donde tú ya no pudieras hacerle nada, aunque a pesar de todo no hubiera ya mucho qué hacerle. El niño está muerto, te repetías. Estamos solos y ya no tenemos niño. Nadie habría sido capaz de entenderte, por más que lo hubieras deseado. Él, supiste, le puso los santos óleos en la frente, aunque el pobre estaba ya del otro lado. Lo vistió de blanco con un ropón que alguien más había abandonado y le limpió la carita, para quitarle las manchas que todavía llevaba en los cachetes. Carmelo, pásame el cirio, te dijo, y tú trastabillaste, como si nunca hubieras visto un cirio en tu vida. Como si, de repente, se te hubiera borrado la existencia de tantos y tantos domingos en la iglesia, donde alguna vez habías llevado a la Marina a grabar su nombre y el tuyo en el árbol de allí afuera. Ahora no recordabas si el tiempo ya los había desdibujado, o si habías sido tú mismo el que talló sobre las letras en un ataque de cólera. Nada de esto tenía sentido. Tomaste el cirio y lo encendiste, pensando que quizás lo más sensato era dejar que el recuerdo de tu hijo se consumiera y, con él, la herida aquella que te venía pesando desde la noche.

Sentiste la mirada de aquel hombre. Lo entendiste: para él estabas sucio. Te mencionó un par de cosas, lávate los dientes, hijo, échate esta cobija a la espalda. Recibiste un pedazo de pan y té caliente, para aliviar los nervios. Él te dijo que no te preocuparas, que el Señor pronto estaría más cerca de ti. ¿Lo estaría, Carmelo?, te preguntaste: lo único que tenías cerca eran las ganas de vomitar que se te resquebrajaban en las paredes del estómago. Pero él insistió y arropó al niño con una ternura que no habías visto hacía tanto tiempo. Poco a poco el cuerpo se te aflojó, ya déjalo descansar en paz al pobre, le escuchaste, seguido de otras palabras. No las entendías todas, pero sabías que eran oraciones y que pedían por el alma del niño; unas, en perfecto latín, ni siquiera hiciste el esfuerzo de interpretarlas. Lo único que querías era que lo bendijeran, y de ahí pa'l real, lo que viniera para ti era lo de menos. El pecado estaba hecho, Carmelo, y no había manera de tallarlo para borrar cada una de sus letras.

Te despertó el olor a incienso quemado. Para ti nunca fue fácil reconocer un olor de otro. Con los pescados era distinto, por alguna razón: entendías bien la diferencia entre una lubina y una merluza. Incluso se movían de otra forma cuando intentabas jalar las redes para atraparlos a todos en un mismo golpe. Vivías, como lo hacían tantos otros en ese pueblito de mierda, de la pesca: un trabajo ingrato pero decente, que te mantenía tranquilo y que te dejaba respirar un aire como el que nunca habías probado ni volverías a probar en tu vida. Estabas curtido para conocerle al mar sus caprichos y sus recelos; lo entendías de alguna forma extraña en la que uno solo puede entender a alguien que ha amado toda su vida. Con todo y que te arrebatara lo que más querías y que luego te hiciera preguntarte: ¿acaso era el niño, Carmelo, lo que tú más querías?

Amodorrado, todavía, intentaste moverte. Querías ver su cuerpecito, nada más para acordarte que sí: que sí eras tú y no el mar el que se lo tragó para dejarlo ahí, ahogado en el salitre y el frío de la noche. Esperando a alguien que no iba a llegar, Carmelo, ¿eras tú realmente a quien tu hijo esperaba? Querías verlo y darle un beso por última vez: arroparlo, aunque ya no tuviera frío. Decirle a la Marina que todo iba a estar bien, que ahora tendrían un angelito para cuidarlos y guiar el bote cuando hiciera mal tiempo, y que nada iba a ir mal después de eso, ¿qué más podría ir mal, Carmelo, si ya habías tentado hasta el último de los infiernos? Muévete, Carmelo, te dijiste, todavía con la pesadez del alcohol haciéndote de piedra.

Tú has venido a la orilla, escuchaste cantar en coro a aquellos que aún ayer habían sido tu pueblo: duro, arisco, pero siempre tu pueblo. Levántate, balbuceaste, levántate y ve a buscar al niño y llévatelo contigo a darle la sepultura que merece.

Ahí te quedaste, *tú, pescador de otros mares*. No sabías si era el cansancio o la tristeza lo que te impedía moverte. Tarugo siempre habías sido, pero en otros tiempos tuviste al menos la agilidad para correr y correr sin que se te hundieran los pies en la arena mojada. Ya no eras aquel, Carmelo, ¿qué te había pasado? No ibas a entenderlo nunca, por más que apretaras los ojos muy fuerte y esperaras que algo en ti se moviera de su sitio. Tarugo, y todo, te diste cuenta del mecate que llevabas anudado a los tobillos; otro más en las muñecas. Miraste pa' todos lados. El curita había desaparecido, y tampoco quedaba rastro del cuerpo del chamaco. ¿Qué podías hacer ya, Carmelo? ¿Gritar, llorar, reír? Escuchaste un rugido que te venía desde la panza, ese rugido que muchas veces había sido por hambre y otras tantas por furia.

Y entonces, supiste que no estarías solo por mucho tiempo más. *Señor, me has mirado a los ojos,* escuchaste el retumbo de voces sobre los vitrales y algo allá dentro se te movió. Un tropel de piernas y de voces ablandaba las bancas y atravesaba el altar. Era la turba, que había venido a buscarte para lavar tu espíritu del pecado. Ellos olieron tu miedo, y corrieron a encontrarte. Y por más que quisieras tomar el pasado y arrugarlo entre tus manos, lo tenías allí mismo, frente a tus narices.

Lo primero que alcanzaste a ver fue la sotana, limpísima, del sacerdote. Detrás de él la muchedumbre: abiertas las fauces de par en par, como una jauría lista para hincar los colmillos en tu carne podrida. Borrachos unos de alegría, consternados otros de verte inmóvil y sin saber qué hacer, se acercaron hacia donde estabas. Ellos olieron tu miedo, Carmelo. Tú lo único que querías era ver por última vez al niño, que te dejaran recorrer con el dedo los párpados amoratados, resecos de tanta sal. Que te dejaran sentir aquella ansia en el cuerpo, la que llega solo cuando uno ha dejado morir a su propio hijo. A tirones y cortes de navaja te quitaron los mecates que te ataban a la silla. Cerraste los ojos, ¿a quién te quedaba pedirle piedad ahora, si el único que podía salvarte eras tú? Era el pueblo contra tu palabra: el pueblo fiel que venía por ti, que te jaló de brazos y piernas y te escupió en la cara cuando pudo, y que también te arrancó a jirones la ropa para hacerte sentir ese mismo frío que tu hijo habría sentido al ras de la madrugada. Gritaste, Carmelo, cuando sentiste los empellones y los rasguños, porque sabías que solo había una forma de terminar con eso.

Empujón tras empujón, te sacaron de la iglesia y te obligaron a caminar por callejones que parecían no tener inicio o fin; un laberinto, carajo, de esos que solo se le aparecen a uno entre sueños. Recordaste entonces el repiqueteo de las olas aquella noche. Las escuchaste clarito: el niño estaba tumbado boca arriba, esperando que fueras a sostenerlo y a mecerlo entre tus brazos. No lo hiciste, Carmelo; ahora, eran ellos quienes te sostenían a ti entre puñetazos y saliva mezclada con sangre. Eran ellos los que, armados de palos y guijarros, te apresaban contra ellos para que no pudieras escaparte. Las mujeres del pueblo iban detrás de la procesión, rezando un rosario por el alma del ahogado, ese hijo tuyo que ya no era más que un bulto pequeñito. Había dejado de ser tuyo, Carmelo. Nunca más lo sería.

Tus pies desnudos tocaron la arena mojada. Ya casi no veías; llevabas tan hinchados los ojos que cada puñetazo te dolía menos. ¿Qué diferencia hay entre un abrazo y un empujón, Carmelo? No estabas seguro de poder distinguirlos ahora. Tropezabas entre el vocifere de los hombres y el rezo sosegado de sus mujeres. Las piernas ya no te respondían, y ellos te hicieron levantarte y andar: andar toda la ribera mientras los rasguños en la carne se convertían en navajazos, y los impactos más insignificantes terminaban por partirte en tres las costillas. Recordaste tus días en el mar: cómo metías las redes y te sentabas a esperar. Esperabas y esperabas el movimiento de los peces, aquel temblor que te decía que todo estaba bien, y que el mar, como tú, también seguía su curso. Pensaste en tu pececito, aquel que habías dejado boqueando en la marea en el mismo sitio en el que ahora te habían detenido. Escuchaste los cánticos retumbando en tus oídos; la procesión te llenó de golpes y de insultos y de lamentos por la mala hora en que naciste. Te dejó lisiado, te hizo andar por la orilla de la playa, te perforó las manos y la boca, dejó que el agua salada hiciera buches en cada lesión y en cada corte. Te lavó, Carmelo, por más que todavía no entendieras cuánta agua y cuantos golpes hacen falta para lavar un pecado de ese tamaño. No te dolió recordar que te habías quedado sin el alivio de una esposa o un hijo a tu lado. Habías venido con el mar, y ahí también estabas condenado a desaparecer.

A veces, Carmelo, hay que abandonarse e implorar que el tiempo haga lo suyo; por eso, apretaste los puños con la fuerza que te quedaba y esperaste, esperaste la última de todas esas heridas: esa que llegaría con el impacto de una piedra caliza en la nuca, y que terminaría por teñir la arena de un rojo que nunca antes habías visto. Los últimos pálpitos los presentiste bien claro en el pecho con una serenidad que no entendías del todo. Nada más por eso te abandonaste al consuelo de aquella herida y soltaste los puños, Carmelo, mientras las mujeres del pueblo terminaban de cantar y orar por tu alma purulenta, *junto a ti buscaré otro mar.* ■

ESTANISLAO MEDINA HUESCA

1990

Estanislao Medina Huesca nació en Malabo (Guinea Ecuatorial). Es profesor, escritor, guionista y productor audiovisual. Ganó su primer concurso literario a los dieciséis años con *Tierra Prometida*. En 2017 obtuvo el galardón de Narrativa del primer Certamen Literario de la Academia de la Lengua Española en Guinea Ecuatorial, con una historia de magia y hechicería titulada *Odji Nzam*. Al año siguiente ganó el tercer premio del mismo concurso con *John Fucken*. En 2016 publicó su primera novela, *Barlock, los hijos del gran búho* (Amazon), a la que ha seguido *El albino Micó* (Létrame, 2019) y *Suspéh: memorias de un expandillero* (Diwan África, 2020).

WANJALA

Estanislao Medina Huesca

Eran las 3 y pico de la madrugada cuando Heriberto Ebula apagó el motor de su viejo Toyota Corolla. Era el sitio perfecto para llevar a cabo el acuerdo verbal al que llegaron, excitados, en uno de los reservados del *paff* de Morena y que no era sino ir a una zona apartada y oscura para mantener relaciones sexuales como debieron haber hecho desde hacía siempre. Heriberto sugirió aquel lugar porque, según él y sus amigos de copas, era el más oscuro y menos transitable de Elá Nguema, testigo de esta historia. Sin duda, el mejor decorado para ocultarse de los ojos curiosos de los que quieren verlo todo en un lugar donde el chismorreo agresivo, hiperbólico, el *congosá*, ha cumplido la mayoría de edad, fuma y esnifa.

Con los faros apagados desde varios metros antes, estacionó ahí, a caballo entre el centro de las monjas de María Auxiliadora y un lateral del cementerio municipal de Elá Nguema. En aquel lugar (siniestro para niños y adultos asustadizos), la noche era oscura como los sobacos de un enchaquetado, salpicados con los bajos de varios aparatos de música que retumbaban a lo lejos, además de los cláxones de los coches solitarios que rodaban sobre el asfalto de la calle de José Sí Esono, perpendicular a donde él había estacionado.

Era diciembre y la tolerancia de ruido no escrita era más evidente que en ningún mes del año. La música sonaba en todas partes a cualquier hora del día o de la noche, incluido, obviamente, en los límites fronterizos del campo santo de la capital, donde sus inquilinos debían soportar la alegría de los vivos y las visitas nocturnas de tipos como Heriberto que no respetaban ni tan siquiera a los fieles difuntos.

Heriberto era pura poesía, un taxista excelente que se emborrachaba por disgusto y que con su discurso ponía en tela de juicio la gestión del gobierno de la república y sus aliados, quienes, a su criterio fundado a partir de su hibridación, eran simples daños colaterales, fruto de la mala gestión española y su colonización bruta y desmedida. Alguien debía pagar el pato. Su Guinea no era un país, era un proyecto como el resto de proyectos que se iniciaban ahí y que él llamaba «abortados». Pensaba que todas las iniciativas en suelo patrio terminaban abortándose. Por eso entendía que no se acabaran nunca las carreteras, las construcciones, las obras sociales, los decretos que favorecían a las capas más vulnerables, los cines, el equipo nacional de fútbol de Guinea Ecuatorial, el Nzalang, la educación, los acuerdos con empresas, embajadas o países, las leyes de inclusión o simplemente los recreativos y salas de juego para niños y adolescentes (para adultos seguía habiendo un número considerable), por poner algunos ejemplos. Todos y absolutamente todos han terminado siempre parándose por motivos, a veces, que se escapan a toda lógica. Algunos ni siquiera echan a andar. Los dineros fluyen como el maná, pero a la inversa. En vez de caer del cielo, brotan de la tierra en forma de crudo, un aliciente para desorganizar un poco más el proyecto de país, sobre todo cuando todos miran por sus propios bolsillos.

Heriberto echaba la culpa a España. Lo hacía siempre. No había manera de moverle del sitio. Era cencerro de oro. No le importaba que España hubiese sido su morada cuando tuvieron que huir, vía Camerún, de las persecuciones del gobierno del proyecto a los miembros del movimiento de autodeterminación de la Isla de Bioko, el MAIB, en Bioko y alrededores. Su padre había sido miembro hiperproactivo de la organización al que llamaban entonces, «grupo de rebeldes». Más de veinte años en España le habían educado para odiar tanto a los españoles como gente de la etnia fang a pesar de tener varios amigos fang a quienes decía que no eran igual que los otros fang por no hacer cosas de fang. Más de veinte años en España zarandeado aquí y allá por los intolerantes a la tolerancia, los racistas, supremacistas, xenófobos y todo tipo de individuo con «problemas» adquiridos en la infancia, campando a sus anchas porque las instituciones también militan en esos grupos que tienen orgasmos mentales cuando recuerdan que son hijos de un país donde no se ponía el sol. Delirios de grandeza. Ignorancia de las leyes de la física, sobre todo, la que concierne al movimiento de rotación de la Madre Tierra.

A Malabo volvió con veintisiete años y, a pesar de tener dos licenciaturas, le costó las mil y una noches conseguir trabajo. El enchufismo también funcionaba a la inversa. En vez de abrirle las puertas, se las cerraban en la cara. Es normal que ocurra en un país tan pequeño donde todos conocen a todos. La sombra de su padre era más alargada al sol. Al año de instalarse con su hermana mayor consiguió un trabajo medianamente bueno. Tener cerrada la entrada a España por rebelde por fin empezó a pesar menos. Pero ya saben lo que dicen, «la felicidad dura dos segundos en la casa del rebelde». Lo echaron por reclamar un incremento salarial y por comerle el coco a sus compañeros con malas prácticas como la huelga, reclamación de firma de contratos, antigüedades y «cosas» que no gustan a los jefes de su ciudad natal.

Heriberto estaba acostumbrado a no callarse las cosas, a decir siempre lo que pensaba, a no achantarse ante nadie, a ir hasta las últimas consecuencias. Era el legado que le había dejado su padre y estaba dispuesto, si hiciera falta, a abandonar este mundo injusto y desolado como lo había hecho él antes. Pero recuerden la cita anterior; «la felicidad dura dos segundos en la casa del rebelde».

Aquel 27 de diciembre Heriberto iba un poco bastante borracho, pero ella también. Maite, la del culo que le enervaba desde siempre, bonito y respingón. Su tensión sexual no resuelta desde que coincidieran en un instituto de Fuenlabrada. Llevaban en torno a diez años sin verse. Ser el único negro de su clase le había puesto las cosas muy de cara con ella, pero por entonces era un enjambre de hormonas rebeldes que rebotaban sin descanso.

No tardaron en reclinar la silla de Heriberto para continuar con los besos y tocamientos que iniciaron en el *paff* de Morena. Hacía tiempo que su erección se había suspendido en tensión cargante constante.

Lamentablemente ninguno de los dos había previsto aquel encuentro, así que les costó coordinarse para quitarle a ella sus vaqueros rotos y a él sus bermudas de camuflaje. Y por si fuera poco, Maite llevaba tiempo viviendo en Bata, así que le tocó a Heriberto aguantar su aroma inconfundible de las mujeres de la capital continental en cada movimiento, cada lametazo. Ese olor salino del mar que baña el litoral y que, sumado a la humedad corporal ocasionado por el insufrible sol de la capital del continente, hicieron presión en su mente, aunque no se quejó como sí habría hecho años atrás.

Se rieron en su torpeza, pero terminaron en una postura que les favorecía a ambos. Aprovechando las dimensiones del interior del coche y la movilidad extraordinaria del asiento del conductor, Maite se colocó a horcajadas, compartiendo el espacio vital de su trasero con el volante que no terminaba de estar lo suficientemente alejado.

Continuaron besándose apasionadamente, soltando bufidos de placer que los alejaban de la música de la fiesta más cercana. Fue así como el corazón de Heriberto galopó frenético en su pecho, deseando ese contacto, esa entrada triunfal al jardín de sus delicias.

Quiso ser cauto, disfrutar de cada instante, lametazo, mordisco, pero al mismo tiempo rápido por las probabilidades de que pasara alguien por ahí que conociera la matrícula de su coche y luego lo revelara a su mujer, con quien se había casado tradicionalmente hacía tres años y medio, después de que su madre se lo implorara para aplacar una rebeldía que podría terminar en Black Beach o bajo tierra como su padre. Huelga decir que fue su madre quien hizo los arreglos para casarle con la hija de una muy buena amiga suya de la infancia, adolescencia y primera juventud. Algo que iba muy en contra de la forma de pensar del menor de los Ebula.

Maite, excitada perdida como él, en sutiles movimientos ascendentes y descendentes, ungió su miembro con su sexo, disparando los niveles de azúcar en su cuerpo, propulsándole a apartarla de sus labios, desvestirla del top blanco para encontrarse de sopetón con sus pechos que pendieron desafiantes.

Exhaló quebrado, relamiéndose los labios.

No iba a perder ningún instante, así que se lanzó deliciosamente a sus pezones para matar una obsesión que llevaba bailando en su mente por muchísimo tiempo. En ese momento, ella tomó su miembro y se lo introdujo lentamente en sus húmedas profundidades, acobardada dulcemente por los mordiscos que le sembraba en sus pezones. Se quedaron quietos un instante, conscientes de que en ese punto ya no había vuelta atrás. La mente de Heriberto volaba en todas las direcciones que le llevaban al placer que sentía en ese preciso momento.

Antes de que pudiesen ponerse en movimiento, surgió una luz conocida en la oscuridad. Su reflejo en los retrovisores hizo que su corazón se suicidara con una sensación de ahogo retumbante en el pecho. Conocía muy bien esos faros. Ella, con mejor visual que él, se retiró inmediatamente para buscar deprisa sus pantalones y su top blanco.

Antes de que Heri pudiese disimular la situación, tenía a un policía aporreando efusivamente en los cristales de su coche.

–¡Muf! ¡Abre! ¡Fuera! ¡Abre! ¡Abre! –gritó este colérico.

Bajó tímidamente el cristal y saludó con voz cascada.

–¡Buenas…buenas noches, hermano!

–Ni buenas noches ni niño muerto. ¡Baja! ¡Qué mierdas va a ser esto!

No le dieron tiempo a ponerse los pantalones. El cabreo parecía de libro. Tan pronto como le dijo esas palabras, otro policía se apeó del coche de intervención rápida para flanquearlos, mostrando un rostro cabreado y asqueado por lo que veía, cuando eso mismo hacían ellos por las calles de Malabo cuando no estaban de servicio, aunque también a veces cuando lo estaban. Si los pillaban, bastaba con identificarse y asunto zanjado. Ya saben, la vieja guardia.

–¡Tú, *wä*, baja, mierdas! –le dijo el recién incorporado a Maite, quien había logrado ponerse las bragas, pero no el resto de indumentarias–. ¡Abre o rompo este cristal, einñ!

Ambos se apearon delante de las luces del cangrejo. Heri iba únicamente con camisa hawaiana y Maite con sus bragas y su top que se había puesto mientras se bajaba del Toyota Corolla.

–Hermano, no hace falta que nos grites. Sabemos que hemos hecho mal.

El militar pareció confundido con sus últimas palabras y el tono utilizado para decirlas.

–Ah, tú sabes más que yo, ¿no?

–No he dicho eso, mi hermano. ¿Puedo hablar con el que esté al mando, por favor? –preguntó Heri vacilante.

–¿Qué mando ni qué mando? ¡Habla bien! –replicó molesto el otro policía que iba bastante acelerado–. Estáis cometiendo delito.

«No me jodas, lumbreras», murmuró la conciencia de Heriberto.

–Lo sé, hermano –dijo casi susurrando–. No había otro sitio, hermano. Tú ya sabes.

«Sigue así Heriberto», volvió a susurrar su consciencia mientras su receptor decidía si contestarle o no, mientras daba vueltas alrededor del coche como si buscara a un sospechoso peligroso. «Dile hermano todas las veces que hagan falta para tranquilizarle. Dicen que eso les relaja. No te derrumbes. Mantén la calma. No muestres signos de enfado. Agacha la cabeza. Habla con templanza. Les gusta que les hagan la pelota. Vas bien».

–Yo no sé nada. –terminó diciendo mientras se dirigía a Maite.

Cuando estuvo a escasos centímetros de ella, sacó una linterna y deslizó su luz desde los pies hasta la cara gacha de la tensión sexual a medias resuelta de Heriberto, deteniéndose bastante en la entrepierna de ella y después en su escote, donde hizo pequeños círculos marcando sus senos.

Vosotros sí que venís de España y tenéis estudios –retomó la palabra, apartándose momentáneamente de Maite, aunque mantuviera la luz de la linterna apuntando su cara–. Vosotros sabéis más que nosotros, ¿no?

«Mierda. Mi acento me ha vuelto a delatar», murmuró la consciencia de Heriberto.

–No es esto, hermano –volvió a decir Heriberto–. Sabes que estamos de fiesta, hermano. Hemos tomado un poco y…

Las últimas palabras de Heriberto le resultaron irrelevantes al joven policía. No le estaba escuchando porque había vuelto a fijar su atención en Maite.

–¡Tú! –le gritó a ella– ¡Levanta la cara! No es ahora cuando vas a hacer como que eres la más santa. ¡LEVANTA LA CARA!

Maite obedeció de inmediato, parpadeando como recién despertada en un quirófano. En ese instante, el policía que había aporreado su cristal salió a escena de nuevo para calmar su impaciencia tomándola del brazo.

–¡Muf!, ¡fuera!, ¡subir, subir! –les gritó al tiempo que instaba a ambos a subir al coche de intervención rápida.

–Dame las llaves de este coche –le dijo el de la linterna.

–Espera, hermano. Todo se puede hablar, ¿no?

«Muy bien, Heri, echa el cebo».

–Ya hablarás ahí arriba. Sabes muy bien que te van a encerrar y vas a tener que pagar. ¿Es tu mujer, no?

–No, hermano. Es una amiga.

El militar o policía, no sabía bien, sonrió, al tiempo que buscó a sus compañeros para poder reírse en grupo ante el panorama que tenían en frente.

–¿Qué clase de amigas soléis ir teniendo así? –preguntó antes de aprovechar los movimientos de Maite para alumbrarle el trasero–. Yo también quiero una amiga así.

–Hermano, podemos hablar. ¿Cuánto te puedo pasar para que nos dejes volver a nuestra fiesta?

«Bien hecho. No ha sido tan difícil. Ahora espera a ver qué pasa».

Tras un breve silencio y medio, el aludido contestó preguntando.

–¿Tú has visto cuántos somos? –dijo girando el torso hacia el vehículo del que colgaban, cual murciélagos, varios agentes que los observaban famélicos.

–Lo sé. ¿Cuánto os puedo pasar así? –dijo en un hilo de voz–. Ella está casada y yo también. No podemos empezar a ir ahí arriba, ya sabes lo que pasaría, hermano.

–Yo no te he mandado que vengas aquí a hacer estas cosas.

«Dale la razón, Heri, dale la razón, eso inflará su ego y bajará la guardia».

–Lo sé, hermano. Culpa mía. Culpa mía. Ella no tiene nada que ver. Por eso te estoy pidiendo por favor.

Volvió a haber un escueto silencio, entrecortado por las recriminaciones en fang del resto de policías o militares, no tenía ni idea de cómo diferenciarlos. Se atropellaban las competencias casi siempre.

–Vale. No tenemos toda la noche. Hay que buscarnos un 100 mil ahí, pero deprisa. Mientras bebéis y hacéis cosas, otros tenemos que cuidar de vosotros.

–¿Puedes bajarlo un poco, por favor? No tengo tanto dinero.

–Amigo, ¿tú bromeas con nosotros?

«Cuidado. Cuidado. Negocia bien. Negocia con cabeza. Recuerda lo que te dijo Reyes. Aprende a mentirles. Aprende a mentirles. Terminarán cogiendo lo que les des».

–No, agente. ¿Cómo iba a bromear? Simplemente que no tengo tanto dinero aquí.

Hizo un gesto reprobatorio y luego habló.

–¿Cuánto tienes?

–Solo 20 mil, creo.

–¿Crees? –preguntó con un cambio considerable en el tono de su voz–. Aaah, Lucio, ¡súbeles! Que vayan a hablar ellos mismos ahí delante con el comisario, a ver si no van a gastar menos de 200 mil.

«Eres tonto. ¡Arréglalo! ¡Deprisa!».

Vale, vale, espera –sugirió desesperado Heriberto–. En casa tengo otros 50 mil. Podemos ir a cogerlos, no hace falta que vayamos a ninguna parte.

Hubo un silencio. Luego habló de nuevo el que tenía agarrada a Maite por el hombro.

–¿Dónde vives?

–Aquí cerca, detrás de la iglesia.

«Tonto. Súper tonto. ¡Qué pena me das! ¿Quién diablos eres?».

Tras intercambiar palabras en fang con varios de sus compañeros que habían comenzado a rechinar los dientes, terminó diciendo el de la linterna:

–Vale, vamos. Es navidad, no queremos haceros ningún mal.

«Claro que no, hijo de puta».

Heriberto y Maite pudieron vestirse, apresurados por la insistencia del militar o policía de tráfico, no sabía bien cuál. En comitiva se dirigieron al domicilio de Heriberto, quien conducía el Toyota Corolla acompañado de ese mismo policía, mientras Maite viajaba con el resto de militares para asegurar que este no salía por patas.

Heriberto aparcó en la plaza de Elá Nguema, justo delante de la iglesia regentada por los salesianos, a una distancia más que prudencial de su domicilio. Se apeó con las llaves en la mano y comenzó a trotar hasta llegar a la puerta de su casa. Abrió con delicadeza y entró. Se dirigió a la habitación donde dormía su mujer, quien había ocupado toda la cama para reafirmar su enfado con que su marido trasnochara de nuevo.

–¡Consuelo! ¡Consuelo! –la despertó con sutiles pero eficaces golpecitos.

–¡Qué!

–¿Dónde está el dinero de la matrícula de Junior?

–¿Qué?

–El dinero de la matrícula de Junior, ¿dónde está?

–¿Porqué? ¿Qué pasa? ¿Qué hora es?

–Los hijos de la grandísima puta de los militares me han retenido el coche. Dicen que me falta un documento.

–¿Qué documento ahora?

–Hoja de ruta.

–¿Qué?

–Hoja de ruta.

–¿Otra vez?

–Otra vez. Ya ni se molestan en cambiar de estrategia. Por favor, dame el dinero, no quiero que lo lleven a la perrera porque tendré que buscar 300 mil que sabes que no tenemos. Mañana lo voy a trabajar y te lo daré. Ya sabes que puedo hacerlo.

–¿Qué?

–El dinero, Consuelo.

–¿Qué dinero?

–El que te di ayer para pagar la matrícula de Junior mañana.

–¿Ese 50 mil?

–Sí.

–No lo tengo. Se lo presté a mi papá ayer mismo para ir al médico.

–¿Qué?

–Se lo presté a mi papá ayer. Me lo dará pasado mañana que es cuando cobra.

–¿Qué dices?

–Que no los tengo, main. ¡Déjame dormir! Estoy cansada.

–¡Joder! ¿Me presionas como problema para darte el dinero y luego vas y se lo das a tu papá para ir al médico que va por beber cuando no debería beber?

–¿Qué?

–¡Mierda! ¡Mierda! ¡Mierda!

Heriberto salió de casa rascándose la nuca. Tenía que buscar la manera de arreglar aquello antes de que explotara y su paz se volviera guerra interna y externa por el marido de Maite, alférez bastante influyente del ejército del aire recién trasladado a la capital.

Al llegar a la plaza, para su horror y desgracia, ni los policías ni el cangrejo ni Maite estaban. ■

© Carlos Gil

MUNIR HACHEMI

1989

Munir Hachemi nació en Madrid (España) un sábado con aguacero. Es de ascendencia argelina por parte de padre. Comenzó vendiendo sus cuentos en formato fanzine por los bares del barrio de Lavapiés junto al colectivo literario Los Escritores Bárbaros. Más adelante editó su primera novela, *Los pistoleros del eclipse*, y la segunda, 廢墟, aunque esta vez lo hizo en papel y las vendió, además de en Madrid, en Granada, ciudad en la que sigue viviendo. En 2018 publicó *Cosas vivas* (Periférica). Conoce los placeres de la traducción literaria y de alguna manera logró sacar adelante una tesis doctoral sobre la influencia de Borges en la narrativa española. En la actualidad prepara un libro de relatos. Admira el valor y la inteligencia (que es otra forma de valor).

SOPORTE VITAL

Munir Hachemi

Para Sifan Zhao

Uno

Mientras bajaba las primeras plantas, G pensaba en la materialidad del cuerpo, en su peso, en la masa que supuestamente pierde al morir, en el aire que se aloja entre sus articulaciones, en lo que le estaba costando acarrearlo y en que nada de aquello le parecía verosímil. A la altura del segundo piso ya no pensaba nada, o al menos nada similar.

Cuando lo vieron aparecer, los operarios se sorprendieron. Las luces cortas de una ambulancia languidecían al fondo del aparcamiento. El conductor estaba apoyado en uno de los costados del vehículo; el calor del verano era casi insoportable incluso a esa hora de la noche, pero al tipo no parecía importarle. G no se sintió capaz de recorrer los treinta metros que lo separaban de las puertas dobles de la entrada trasera de Urgencias y pidió ayuda. Los dos operarios retrocedieron unos pasos; el otro, el de la ambulancia, miraba su móvil y no pareció oír su llamada.

–¿Cómo has llegado hasta aquí? –preguntó uno, el más joven.

–Vivo a cinco o seis cuadras –respondió G, y se dio cuenta de que resollaba.

Durante unos segundos los hombres no supieron qué hacer o qué decir. A G lo sacudió una arcada y perdió el equilibrio. El operario mayor saltó y logró sostener el cuerpo antes de que se derrumbara.

–Perdón –dijo G, absurdamente.

El joven estaba visiblemente asustado. Se alejó tres o cuatro metros y dirigió la vista hacia el de la ambulancia, que permanecía ajeno a lo ocurrido. El otro sostenía el cuerpo pasando sus brazos bajo las axilas y lo miraba como se mira un objeto radicalmente extraño, como si él mismo no tuviera también uno, un cuerpo. G pensó un instante en el miedo que un cuerpo puede llegar a infundir, y luego en los motivos que habían llevado al hombre a ponerse en riesgo, a sostenerlo en lugar de dejarlo caer, como si al cuerpo aquello pudiera importarle, como si que tocara el asfalto caliente tuviera algún significado.

El hombre apoyó dos dedos en la yugular del cadáver.

–Está muerto –dijo. E inmediatamente se corrigió: –Muerta.

G no respondió. Sacó una bolsa de tela basta del bolsillo y un papel de arroz y comenzó a enrollar un cigarro. El operario joven, que se había ido alejando cada vez más, desapareció tras las puertas correderas de Urgencias. El mayor habló:

–¿Me haces a mí otro?

Sin decir nada, G tomó otro pellizco del tabaco y otro papel. El operario miraba sus manos y rememoraba otro tiempo no tan lejano en que todo era distinto. La humedad resultaba asfixiante. El hombre pensó que era posible ver cómo respiraba el asfalto, el vaho o la neblina ascendente, y luego que probablemente se equivocaba y que aquel vapor correspondería a otro fenómeno que él no era capaz de explicar. Al otro lado del aparcamiento no había ni un alma, solo el conductor de la ambulancia. Se podía sentir el zumbido de las farolas.

G terminó de armar los cigarros y le pasó al operario el suyo. Para poder fumar distribuyeron equitativamente el peso del cuerpo; G lo cargó sobre el hombro derecho y el otro sobre el izquierdo. Así cada uno tenía una mano libre.

–No tengo fuego –dijo el hombre, rebuscando en su pantalón.

G se palpó el bolsillo de atrás en busca de un mechero. Trató de recordar si había echado uno antes de salir de casa, pero no fue capaz. Hizo un gesto con la cabeza, como señalando al cuerpo. Mascullo algo.

–¿Qué?

G paró un momento de hurgarse los bolsillos y se sacó el cigarro de la boca.

–Digo que era mi abuela.

–Ah.

Antes de que G pudiera reanudar su búsqueda, las puertas de Urgencias crujieron y dos hombres emergieron a la noche tranquila. Uno era el operario joven. El otro iba todo vestido de amarillo pálido y se ajustaba unos guantes de látex mientras caminaba. No sería mucho mayor que G ni que el otro, el que venía con él, y fingía con poco éxito ira o enfado. Dos gotas de sudor le rodaban por la frente.

–¿Está usted loco? –el tipo susurraba y miraba de reojo hacia el fondo del aparcamiento, al conductor de la ambulancia. El operario mayor ocultó el cigarro entre los dedos con un hábil giro de su mano libre.

–Hay que llevarla a su pueblo natal –dijo G, y añadió el nombre del lugar.

El recién llegado pidió al operario mayor que sostuviera todo el peso del cuerpo y comenzó a auscultarlo. G aprovechó para reanudar su búsqueda, sacó el mechero y comenzó a fumar. Con cada bocanada que lanzaba hacia arriba, los mosquitos que se arracimaban en torno a la luz de la farola se escabullían solo para reagruparse un instante después.

–Esta mujer está muerta, no puede ir a ninguna parte. Solo transportamos cuerpos vivos. ¿Nadie lo ha visto traerla hasta aquí?

G se encogió de hombros.

–Vivo a cinco o seis cuadras –la brasa del cigarro refulgió entre el índice y el dedo medio cuando G señaló en la dirección de su casa–. El pueblo está a unos sesenta kilómetros de aquí.

G se quedó callado. Por un instante solo se escucharon las voces inconexas de un vídeo que el conductor de ambulancias miraba, sonriendo, en su móvil.

–Por favor –dijo G, finalmente.

El hombre de amarillo dudó o pareció dudar un momento y finalmente dijo algo a los operarios, algo que G no pudo entender. Sin esperar a que se sacara el cigarro de la boca, el mayor le pasó el cuerpo y los tres se apartaron unos metros. El joven se quejaba por algo y mantenía cierta distancia. Comenzaron a discutir. G pensó que hacía solo unas horas estaba jugando a las cartas y bebiendo un licor fuerte con su abuela. Su hija y su mujer dormían en el sofá, frente a la tele, y ellos dos apostaban en silencio. Pensó en la suerte que ella había tenido de conocer a su bisnieta, y un instante después en lo vacía que estaba esa idea, en lo absurdo que era ese pensamiento, y luego en el motivo por el que era absurdo, pero no supo descifrarlo. Le llegaron algunas palabras de la discusión, palabras como «tradición», «entierro» o «última voluntad». G recordó que cuando nació su hija un amigo le había dedicado un poema. «Una bocanada inaugural» –decía, predecible– «una diferencia atmosférica, una frontera». Algo así. Utilizaba el adjetivo «lábil» en referencia a una broma privada entre ellos dos. G pensó en el tiempo que había pasado desde la última vez que lo viera, en lo que estaría haciendo ahora su amigo. En si estaría haciendo algo.

La conversación entre los tres hombres subió de tono y lo sacó de sus ensoñaciones.

–Aquí lo que pasa es que los de tu generación os creéis mejores que nadie –el operario mayor sujetaba al joven de las solapas y este miraba aterrorizado sus manos, sus nudillos, luego al hombre de amarillo, otra vez las manos, a G, a su cigarro encendido y al del otro, apagado, creyendo comprender algo pero sin saber exactamente qué.

El tipo de la ambulancia se acercó.

–¿Qué pasa?

–Esta mujer –dijo el de amarillo como si se sorprendiera de sus propias palabras– está viva. Hay que llevarla a su pueblo natal.

El tipo dijo el nombre del pueblo. G asintió con la cabeza. El de la ambulancia los miró extrañado.

–Voy a preparar el documento que lo acredita –dijo el de amarillo–. Id cargándola.

Se marchó sin esperar respuesta. Los otros se miraron y se pusieron manos a la obra. No permitieron que G los ayudara. El operario mayor fue el que cargó el cuerpo en la camilla. Entre los tres la empujaron por la rampa y la metieron en la ambulancia. G se terminó el cigarro mientras pensaba en el peso que se había quitado de encima, en que no sabía si de verdad quería eso, en que ya no tendría que lavarla más, en que algún día él también sería aquello, un cuerpo, no algo similar sino eso mismo, el cuerpo de su abuela, porque aunque finjamos que no es así solo existe un cuerpo, un cuerpo sufriente y laborioso, su abuela, él, su hija, el de la ambulancia, la ternera que habían cenado esa misma noche antes de ponerse a jugar a las cartas. Al pasársela al operario, G había podido oler por última vez el aliento de su abuela. Olía a licor y a muerte y a ternera.

Dos

Unos meses después de aquello G habría de recordarlo todo mientras desayunaba en un restaurante. Sostenía a su hija en el regazo y ella jugaba –aunque con una actitud de profunda seriedad (o eso pensó G)– a mirarse en un espejo y a chocar su nariz con el cristal. En un momento dado casi lo tocó con la lengua, pero G logró evitarlo a tiempo. Aún tenían permiso para estar allí siete minutos y unos segundos. G sonrió a su mujer y se fijó en sus pómulos huesudos y apartó la vista hacia las tostadas de bacon y huevo.

–Está viva –había repetido el de amarillo aquella noche, extendiéndole un volante al de la ambulancia.

Este lo miró por encima.

–Lo que usted diga.

G iba atrás con el cuerpo, en silencio. Aún estaba caliente, pero tal vez fuera porque era verano y todo estaba caliente.

Durante muchos kilómetros no se cruzaron con nadie; solo las ambulancias y otros vehículos especiales podían viajar por carretera. En los dos primeros controles los agentes no abrieron las compuertas traseras. En el tercero sí: dos hombres uniformados apuntaron al cuerpo con una linterna y cerraron la ambulancia inmediatamente, tapándose la boca con el cuello de la camisa. Solo entonces G reparó en que allí había empezado a oler. El calor lo empeoraba todo. Fuera los hombres discutían a gritos con el conductor, pero a él las palabras le llegaban amortiguadas por el metal de las compuertas. Hablaban muy rápido y en el dialecto local, así que G solo captaba algunas: «gas», «muerto», «abuela». Quiso salir, pero no podía. Debía mantener la mano bajo la almohada, ya que el soporte vital estaba prendido en secreto de su dedo índice, es decir: las constantes de la pantalla eran en realidad las suyas. Así que empezó a hacer frases con las palabras que le llegaban: «es necesario un permiso para transportar gases de abuela». «De noche todos somos gente de hospital». «Las regulaciones actuales no habilitan para la muerte». Pronto quiso escribir un poema o una canción. Se sentía como si no conociera su propia lengua, como si pensara en un idioma extranjero.

Al rato arrancaron. G no preguntó nada ni el chófer le dio explicaciones. Quiso seguir haciendo poemas o al menos frases, pero no pudo. Pensó que extrañaba el sonido de las palabras y luego que tal vez éstas aún estuvieran reverberando en el metal de la ambulancia sin que él pudiera captarlas. Se preguntó si no pasaría lo mismo que con la luz de las estrellas, si dentro de miles de años en otro planeta alguien no oiría cosas como «intubada», «hedor» o «soporte vital». Estaba casi seguro de que la respuesta era no, pero no habría sabido explicar por qué.

Tras cuatro o cinco kilómetros el chófer detuvo la ambulancia en el arcén. G oyó el golpe de la puerta del conductor y el aire de la noche le golpeó la cara cuando se abrió la compuerta trasera. Allí y entonces el aire entraba fresco. Decenas de pequeños insectos revoloteaban alrededor de los faros traseros de la ambulancia. El conductor tiró de su camiseta para taparse la nariz, se volvió y se puso una mascarilla quirúrgica. Subió al contenedor. Esa fue la palabra que a G se le pasó por la cabeza para referirse al lugar en el que estaban él y su abuela: «contenedor». El otro le sostuvo la mirada unos segundos. Parecía asustado, pero la mascarilla hacía que discernir esa clase de emociones no fuera sencillo.

–Se está hinchando –dijo, señalando al cuerpo.

Por la mente de G pasaron súbitamente varias imágenes, imágenes de la vida de su abuela en el campo, del día en que nació su única hija, es decir, su madre; del modo en que se aplicaba un bálsamo en las manos encallecidas tras una dura jornada de trabajo; de esas mismas manos trenzando una cesta de mimbre o arrancando malas hierbas; extrañamente, también de la cara que habría puesto si décadas atrás, cuando tenía la edad que G tenía ahora, le hubieran dicho que su cuerpo se estaba hinchando. Las imágenes eran nítidas y nuevas para él, así que pensó que tal vez le estuvieran llegando a través del soporte vital, que quizá la pinza que atrapaba su índice y el de ella funcionara como una antena. G apartó la mano de debajo de la almohada instintivamente. Se dio cuenta de que habían pasado unos minutos y de que el de la ambulancia le estaba retirando los anillos a su abuela. Ya solo le quedaba uno. G trató de recordar cuántos llevaba cuando se desplomó sobre la mesa en la que jugaban a las cartas, pero no fue capaz. De pronto se sintió infinitamente cansado.

–¿Qué haces?

–Se está hinchando.

G permaneció inmóvil. Muy despacio, el otro le sacó el anillo a su abuela. G percibió un olor a mentol en el aire y pensó que el chófer estaría usando una pomada para engrasar los dedos. No pudo resistirse más al sueño y cerró los ojos. Los volvió a abrir al sentir el roce del brazo del otro, que ahora le quitaba el collar al cuerpo. G no sabía cuánto tiempo había pasado. Le dio la impresión de que habían sido muchas horas, pero aún era de noche. El de la ambulancia parecía sonreír bajo la mascarilla, y G creyó que le decía que todo estaba bien. La siguiente vez que abrió los ojos el hombre tenía las pupilas clavadas en las suyas y manipulaba algo dentro de la boca de su abuela.

–Si mi abuela te pudiera ver... por menos que eso... –masculló G.

Las manos del otro se congelaron un instante en el aire. El calor, la humedad y el hambre hacían que G sintiera náuseas. A lo lejos se oían unos grillos. De su pantalón surgió, de repente, un pitido, y luego una voz que se suponía que era de mujer.

–Perdona, no te he entendido. ¿Dices que quieres deshacerte de un cadáver?

El asistente de su móvil se había activado por error y había soltado en un tono entre robótico y jocoso lo que en otro tiempo se había llegado a considerar una divertida ocurrencia. G quiso reír pero no fue capaz. Miró al otro fijamente y dijo:

–Siri, llama a la policía.

–Llamando a la policía. Tus coordenadas se enviarán de forma automática a la centralita.

El chófer retiró la mano de golpe, como si su abuela le hubiera mordido (a G le pareció incluso ver las marcas de sus dientes) y salió corriendo del contenedor. Aún esperó a que el otro arrancara el motor antes de colgar a la voz confusa que lo saludaba, interrogante, al otro lado de la línea. Solo al apagar el teléfono –y sin saber por qué– soltó una carcajada seca y comenzó a deslizarse lentamente sobre la camilla, junto a su abuela. La abrazó, apoyó la cabeza en la almohada y pensó en cómo se verían sus dos cuerpos desde el cielo si la ambulancia, la camilla, el soporte vital, el conductor… si todo fuera transparente salvo ellos dos, si solo estuvieran sus cuerpos desnudos flotando a cien por hora sobre el asfalto, en cómo los vería un extraterrestre si la luz que emitían le llegara algún día. «Idénticos», pensó, «así nos vería», y decidió que aún habría de esperar una semana antes de enterrar a su abuela. «Siete días», pensó: «el siete es un buen número para recordar a los muertos». Y se durmió. ■

IRENE REYES-NOGUEROL

1997

Irene Reyes-Noguerol nació en Sevilla (España). Estudió Filología Hispánica y actualmente prepara oposiciones como profesora de Lengua y Literatura en Educación Secundaria. Ha recibido, entre otros, los premios del Certamen Joven Tigre Juan, el Brocense o el Camilo José Cela, que le han permitido participar en once antologías y en un taller de escritura creativa. Ha publicado dos libros de relatos titulados *Caleidoscopios* (Ediciones en Huida, 2016) y *De Homero y otros dioses* (Maclein y Parker, 2018), como homenaje a la tradición literaria clásica.

NIÑOS PERDIDOS

Irene Reyes-Noguerol

Because I could not stop for Death,
He kindly stopped for me.

EMILY DICKINSON

A los niños perdidos. Y a sus madres.

La Abuela siempre lo decía. Ver, oír y callar.

Despierta, de madrugada, los ojos abiertos en el ecuador de la noche, la Niña se pregunta. En la oscuridad fría de marzo –olor dulzón y sucio–, fija la vista en el techo, se revuelve, cambia de postura, busca acercarse al otro lado de la habitación, allá donde no llegan los suspiros confiados del Hermano, donde las paredes escuchan la respiración insomne de la Madre, que al fin deja caer sus escamas, las máscaras, pieles de diferentes texturas, trazados que la Niña aprende a distinguir. Observa a la Madre y la estudia. La compara con las princesas de sus cuentos, con las brujas que la aterran. Desearía saber más pero no puede, no alcanza a catalogar las metamorfosis de esa MadreMariposa, imposible retener la belleza de sus alas entre los dedos, adivinar cuándo el abrazo, la huida o el silencio.

Fuera, maúllan los gatos. Vestidos de luna, arquean el lomo. El ondular de sus colas dibuja signos de interrogación que solo ella entiende.

Entre semana Mamá la acompaña al colegio de la mano. Van tarareando los estribillos de siempre –*un elefante se balanceaba sobre la tela de una araña…*–, le pregunta si hoy le duele la tripa o la garganta o el oído, de vez en cuando la impulsa y la eleva sobre el asfalto de esta vieja ciudad del sur. La Niña se siente volar, queda suspendida cuando la acaricia y pierde la cuenta de esos lunares que hacen de su brazo una galaxia. Mamá aprieta la palma que se refugia en el calor de su mano, le infunde dulzura con su bombeo rítmico, sujeta los dedos de la Niña como si el amor pudiera quebrárseles, canta *manitas, manitas, manitas queridas*. Caminan juntas, al mismo paso, dos soldaditos de plomo, dos corazones en eco. La Niña mira hacia arriba y reconoce la curva de las cejas, la nariz, la ternura de la boca, esos ojos océano que a veces ríen, a veces se llenan de agua o se dejan sumergir en nostalgias que nadie entiende, en orillas sedientas de naufragios. En clase, la Niña escribirá *mimamámeama* con su mejor letra y la profesora, por una vez, no insistirá en que se ciña a los renglones del cuadernillo. La Niña escribe recto lo que cree recto. Pensará: esta soy Yo. Pensará: esta es Mamá.

Más tarde, Mamá la recoge de la escuela, la abraza con su olor a flores, la lleva a casa. Allí dejó preparada la papilla para el Hermano, aún humea; se la da lentamente, como cumpliendo un rito: soplo suave que enfría, boca grande y redonda, hangar para el avioncito que se aproxima volando, cucharadita diestra entre los labios rellenos, servilleta que recoge esa gota que quedó en la comisura, ceremonia repetida hasta dejar el plato limpio. La Niña le pregunta por qué no come solito. Ella contesta: *es que es Pequeño*. Pero no la convence. También ella es Pequeña y se ha acostumbrado a los *otros* días que no se nombran y que la Madre parece no recordar. Porque la Madre los envía al olvido como se guarda una caja en la buhardilla y finge que nada sucede cuando aparece la *Otra* con su perfume a gas y ya no hay paseos al colegio ni canciones ni un potito templado para el Hermano.

La Niña ve. La Niña oye. La Niña calla.

Sin avisos ni señales, la Madre desaparece o se oculta y entonces qué hacer con tanto sobre la espalda *–dos elefantes se balanceaban…–*, cuando de repente Mamá deja de estar porque se convierte en un bulto inmóvil sobre la cama, no queda más que un cuerpo mudo que no responde ni se gira ni reacciona. Al principio, la Niña pretende divertirla con sus gracias, la agasaja con regalos improvisados, aviones de papel que pliega y pliega para que sean perfectos, ni una irregularidad, ni una arruga. Nada vale. La *Otra* se adueña de todo, suplanta el rostro que la Niña escruta desde lejos. Y la Niña mece al Hermano y le canta nanas en voz baja pero se mantiene alerta, verticales sus sentidos mientras observa aquellos ojos quietos, vidriosos. Acuesta al Hermano lejos de la *Otra* y cierra los párpados para no ver más a esa Mamálagarto. Pero entonces el peso del silencio sobre la casa, lo que jamás duerme al otro lado, el abrazar o abrazarse al bebé y asegurarle que mañana será un nuevo día, que todo cambia en cualquier momento. Nunca se sabe.

Y es que la Abuela se fue al cielo. No más rodete bajo ni gafas de culo de vaso, no más toquilla marrón. Adiós a los besos sonoros, a los achuchones que estrujaban y calentaban por dentro. Antes, un médico calvo hablando con Mamá porque un bicho malo, así como un cangrejo, le picó a la Abuela y la fue poniendo enferma, y la Niña asomada a la puerta de ese cuarto triste con olor a medicinas, escuchando lamentos y rezos antiguos, en los dedos-raíces de la Abuela las cuentas de un rosario negro. Lloraba Mamá a escondidas *–portaos bien, no hagáis ruido–*. Pero algunos días la Abuela la llamaba como antes *–ven, péiname, Niña–*, y la Niña desenredaba el rodete cano, el cepillo suave acariciando el pelo fino, largo, de sirena. Ya hablaba poco la Abuela, la voz gastada y ronca, *¿sabes que Mamá te quiere más que a nadie? –¿Más que a ti? Sí, más que a mí–, aunque a veces ella no es ella, lo habrás visto.* Y aprendió la Niña entonces que *a Mamá hay que cuidarla, vigilar al Hermano y esconderse hasta que todo pase –porque todo pasa–*, y la Abuela luego: *coge tu cuaderno de gatitos*, y la Niña, con buena letra: *vigilar que Mamá se tome las pastillas, cerrar bien las ventanas, la llave del gas, ver, oír y callar* y una lista de cosas importantes que no podría olvidarse *nuncanunca*. Los ojos blancos de la Abuela en la memoria de la Niña. *Siempresiempre*.

Todavía antes, mucho antes, Papá –gritos y portazos– salió huyendo de aquel vientre abultado presagio del Hermano, de esa Niña que llora quizás por él, de esta Mamámilpieles y sus rostros bajo llave –intenta esconderlos al mundo, protegerlos del sol, regar con sombras la cara oculta de su luna–.

A veces Mamá se levanta creciente; a veces mengua. La Niña la persigue y le baila alrededor cuando se muestra llena, rebosante, henchida de luz. En un segundo parece desperezarse o deshacerse de un mal sueño y por momentos se alivia el lastre que oprime los techos de esa casa insomne. Regresan la dicha, la posibilidad de levitar solo con desearlo, la gracia del instante que se alarga, que permanece en el recuerdo durante las horas silentes, que se agazapa en los labios de la Niña, en su sonrisa con huecos –*¡Mamá, se me cayó otro!*–, en su voz diminuta, con miedo a confesar tantas verdades, las amenazas de una madurez indeseable, voz extraviada que ve, que oye, que calla, que susurra a gritos *no me dejes, soy Wendy, no quiero crecer*.

Pero todos crecen, también Wendy, también la Niña, aunque aún hay días en que se mete en la bañera con el Hermano y juegan los dos con los patitos de goma y se salpican y ríen a carcajadas limpias y sin miedo. Niña despistada que no vio que hoy llegó sin avisar la *Otra* –sus ojos fríos–, la *Otra* que abre su boca grande y honda, su boca-horno que quema y dice palabras feas, palabras malas, sus gestos enfadados que gritan y hacen llorar al bebé, su cara como una máscara que ladra *cállate, cállate, me vais a matar entre los dos, no puedo más*, sus manos feroces que sumergen la cabeza del Hermano un segundo, dos, tres, siete, le gorgotea la angustia bajo el agua, la Niña llora, *porfi, mami, no, es que es Pequeño*, se levanta para sostener las manos-zarpa que la empujan ahora a ella, golpe duro, golpe seco, retumba la pared en sus oídos, se le nublan los ojos y le duele pero da igual, da igual porque el Hermano salió, por fin salió, sacó su cabecita rubia y por su cara ruedan lágrimas de agua, doloridos sus ojos claros, absortos en la boca de la Niña de la que brota un hilo rojo, la sangre sabe a sal pero da igual, da igual porque MamáVampiro la consuela, la acaricia, le da besos, *ay, miniñalinda, loquemásquiero, ¿qué te pasó a ti?*, y la *Otra* se aleja poco a poco. Hay olores que la calman –el dulzón y sucio de gas, el óxido de sangre–; permite entonces que Mamá regrese con sus niños.

Fuera, maúllan los gatos. Empapados de noche, acarician el alféizar de la ventana. Sus iris tiñen de verde la madrugada partida en dos.

En verano, Mamá los lleva a la piscina. A la Niña le encanta nadar; en el agua se siente una ninfa. Cuando bucea, imagina horquillas de coral y una cola de piedras preciosas. Da volteretas y se sumerge hasta que le quema el pecho, acepta el cloro en la nariz y las arrugas en los pulgares y un rastro confuso de burbujas. Lo toma todo con gusto por los halagos de Mamá, por su sonrisa abierta y sin dobleces, premios de una felicidad con grietas. Pero, al jugar a perseguirse por el agua, oculta el temor de que la atrape, ríe o intenta una risa nerviosa ante una expresión que ya conoce –pupilas inertes, de salvaje ausencia–, late frenético su corazón y cuando la adrenalina busca empujarla al llanto, extiende de repente su cuerpo sobre el agua. Hacer el muerto. Flota de espaldas, baja los párpados y la luz la inunda de naranja, le concede una calidez intermitente, una paz que titila y parpadea. Ya no hay temor. Luego vuelve a Mamá o a la *Otra*, a la inquietud de la luna nueva. Se esfuerza por besarla, por quererla sin reparos, por abrazarla sin miedo. Responde que no, no pasa nada, no le duelen ni la tripa ni la garganta ni el oído. Mamá le duele.

Algunos días, la casa huele a gas. El olor se abre paso desde la cocina y colorea la siesta con tonos dulzones. Una somnolencia invisible cae sobre los muebles y la cabeza de la Niña da vueltas como en un tiovivo, agarrada al Hermano siente que en cualquier instante podría caer y derribarlo todo, abandonarse a una paz que se la va llevando sin resistencias, entregarse a este ondular de noria como las ratas al flautista, pero vence al estupor la certeza de saberse engañada, la mirada del Hermano que pregunta. En la cocina, Mamá frente a la promesa del horno, absorta en un paisaje de gases, contempla la llave abierta que anega el piso lentamente, canción de cuna a deshoras, nana de una voluntad inconfesable. La Niña la zarandea o sueña que lo hace –*vuelve, vuelve*–, en algún momento se detiene todo y la Madre suspira de regreso al cuarto. Dice: *déjame ir*. Dice: *no quedará en la noche una estrella. No quedará la noche*. No ve, no oye, solo acalla las mareas que la empujan, las olas que la arrastran, se guarda los azotes que la asfixian, la soga que la salva y la condena, mujer esclava de los azares de la luna. La Niña no pregunta, no quiere saber pero sabe, la contempla hundiéndose, *niña ciega del alma*, cayendo en picado hacia abismos sin nombre ni medida, haciendo apenas equilibrio entre dos hojas de navaja, balanceando su cansancio sobre un cable a punto de romperse. La llama y no hay nadie, la abraza y no hay nadie. No hay señales que avisen.

El Hermano y su media lengua –*nomeguztanomeguzta*– cuando, con las clases, vuelve la hora de MamáDragón: ojos de fuego, garras que pellizcan, que arañan, que hieren, para luego acariciar, besar la herida, *ea, tontito, sana, sana, culito de rana, ¿a que no hay pupa?* Y el Hermano sonríe, cardenales y mocos. Con nanas dulces se dormirá luego entre los brazos-zarpa, brazos-cuna, cachorrito enamorado y sin memoria.

Escondida debajo de la cama, la Niña no sonríe. Late en sus sienes el miedo, la ansiedad, la culpa por no haber podido salvarlo, esta vez no. Se le afilan las lágrimas que desean correr hasta el cuello, regresan las preguntas huidas desde la ausencia del Padre, desde la muerte de la Abuela, desde el peso de otro elefante que la tela de araña no soporta. Hasta cuándo la incertidumbre, el secreto que le lija la esperanza, que la va raspando tarde a tarde, le contagia su dureza, su fuerza áspera y severa, su fragilidad de agujas y de espinas. Raspa, raspa, raspa y la Niña aprende –ve, oye, calla–, se endurece la blandura de sus años, se arma de vértices, de ángulos secos. Se corona de silencio.

Fuera, maúllan los gatos. Se quejan, susurran, se arrastran. Parecen niños pequeños, niños perdidos que lloran.

La Niña dice: *mimamámeama*. Dice: *eslamejordelmundo*. En los días dorados del otoño, la Madre reverdece, le salen frutos, se colma de primavera. Besa a la Niña en la frente, en las mejillas, en el ombligo –*este cordoncito nos unía*–, le acaricia la espalda, le canta a la ilusión, brilla en sus pupilas una alegría inmensa, parece que le hubieran dado cuerda; se apodera de su cuerpo una felicidad prefabricada, se deja consumir por un goce histérico, tan cercano a un grito de socorro. Pero a la Niña no le importa. Disfruta y sabe que todo acaba, que antes o después terminará dejándola a la puerta del colegio para no recogerla, los padres de sus compañeros le preguntarán y ella contestará con su mejor sonrisa y dirá que bueno, que un resfriado o dolor de oído o de cabeza. Con su mejor sonrisa se hará creer que no pasa nada, que puede volver con su vecina, que no importan el asiento vacío en la función ni los cuchicheos de las otras madres en la cafetería. Seguirá defendiendo que *eslamejormamádelmundo* y que a veces desaparece o se desconecta como un juguete sin pilas solo porque está cansada; es normal, trabaja mucho, también la Niña sabe divertir al Hermano y puede ayudar cuando haga falta, ya es grande, olvidó a Wendy, sabe y no quiere saber porque sigue los consejos de la Abuela –ve, oye, calla–. Al llegar al piso aprende a cambiar los pañales y contiene la respiración para no vomitar –huele a gas–, a veces come, a veces no, pero entra en la despensa e intenta dejar la papilla lista para el Hermano, se estira hacia el bote de leche y ya casi llega, ya casi alcanza, se pone de puntillas hasta que no puede más y el bote se le derrama encima, pero no importa, no importa, se le mete en los ojos el líquido tibio, imagina la ubre tensa al ser ordeñada, leche de MamáVaca que se le desliza cuerpo abajo y le entran arcadas –alguien se dejó la llave abierta–, se deforman los dibujos de su camiseta favorita pero no pasa nada, no pasa nada, intenta encontrar un paño mientras se le mojan los pies, el bebé se asusta y ella le inventa una sonrisa, lo anima a bailar sobre charcos de angustia blanca, *plas*, *plas*, le aplaude y lo reconforta con cariños, le peina el cabello rubio y suave y lustroso, Ricitos de oro, a veces la papilla se le mezcla con los pañales sucios pero no importa, no importa, la Niña aguanta y vuelve a cambiar al Hermano y le dice *todo irá bien, no tengas miedo*, aunque sigue oliendo a gas y esta vez Mamá se ha encerrado en la cocina, no hay tiempo –cuánto peso soportará la telaraña–, a través del cristal se difuminan sus máscaras, translúcida su silueta ante el horno *–por qué se agacha, por qué no se aleja–*, vuelve el rostro hacia los gritos *–estoy mirando el último poniente, oigo el último pájaro–*, hacia la voz cubierta de leche y de orines y de espanto, no dice nada porque no hace falta, la Niña ve y la Niña oye y la Niña calla. Niña lista que siempre sabe lo que ocurre pero que hoy no llega a tiempo. No apaga el gas. No llega a tiempo.

Fuera, la calle y la lluvia. Noviembre asoma a los charcos. Olor a tierra mojada. ■

CARLOS MANUEL ÁLVAREZ

1989

Carlos Manuel Álvarez nació en Matanzas (Cuba). Es periodista, editor y escritor. Dirige la revista *El Estornudo* y sus artículos han aparecido en medios como *El País*, *The New York Times* o *The Washington Post*. Ha publicado el volumen de crónicas *La Tribu* y las novelas *Los caídos* (Sexto Piso, 2018) y *Falsa guerra* (Sexto Piso, 2021). Desde que escapó de La Habana, a los veinticinco años, se las ha arreglado para no permanecer mucho tiempo en ningún lugar, pero le gusta creer que vive en Ciudad de México. Lleva tatuada esta línea en el antebrazo derecho: «¿Quién no se llama Carlos o cualquier otra cosa?».

CEREZOS SIN FLOR

Carlos Manuel Álvarez

Años después de todo lo importante, yo iba al supermercado y compraba un paquete de cerezas para comérmelas frente al televisor. Cerezas rojas, grandes y jugosas, cerezas de verdad, que nada tenían que ver con las cerezas que había comido yo de niño, puesto que en el patio de la casa de mi abuela había, por alguna razón, un cerezo. Y era un cerezo tísico, no se puede sembrar un cerezo en mitad de un pueblo tragado por el calor, no se puede someter un cerezo al caldo y la reverberación municipal y esperar que produzca buenos frutos. Pero para mí ese cerezo torcido y anómalo y contranatura sigue siendo el cerezo original. Un árbol pequeño, de tronco y ramas escuálidas, tronco y ramas que, en realidad, daban vergüenza ajena, pero tronco y ramas por las que yo podía trepar. El cerezo producía unas frutas minúsculas, en ocasiones amarillas, y casi siempre verdes, agrias, con una mínima masa peleona y unas semillas del tres al cuarto que luego yo masticaba para escupirlas así, sin más. Cerezas que me metía a puñados en la boca, varias de un golpe, y cuya acidez no solo me dibujaba muecas y me ponía a sudar, como si estuviese yo a punto de transformarme en otra cosa, sino que incluso llegaba a sacarme lágrimas involuntarias. El placer de comerse las frutas del patio bajo el disfraz del castigo y la tortura.

Eso duró hasta que el primer ciclón arrancó de cuajo el cerezo tuberculoso, como no podía ser de otro modo, pues ¿qué hacía aquella mata en ese lugar? Se lo llevó a ninguna parte, dejándolo sembrado en el patio más bien deshabitado de mi memoria. Un cerezo que difícilmente tuviera semejantes, cuyas frutas resabiosas nada tenían que ver con aquellas cerezas del supermercado que había que comerse de una en una y que supuraban un jugo marrón un tanto adictivo. Un mismo nombre para calificar dos cosas distintas, porque las cerezas del patio de Colón no eran cerezas, solo yo las había comido y nadie salvo yo, digo, podría ahora nombrarlas. ¿Qué sentido tiene buscarle un nombre a algo que ya no existe y que es intransferible y que pertenece únicamente al lenguaje individual, es decir, al silencio? Nadie va a saber lo que significa, y si se nombra, si finalmente se emprende ese ejercicio estéril, se va a confundir con una cereza de supermercado pero más barata, o una cereza del lote de la mala cosecha.

Así masticaba, lejos de todo, cerca únicamente del supermercado, las cerezas que más o menos cualquiera ha masticado, que más o menos cualquiera sabe cómo son, y aquel sabor potente y gratificante me llenaba la boca y borraba, o creía yo que borraba, el sabor pendenciero de las verdes cerezas agrias.

Después de que el cerezo fuese arrancado de cuajo, nos mudamos de casa y, eventualmente, mi abuela murió. Los abuelos son algo que uno no debe olvidar o desatender. Los padres, en cambio, están bien olvidados, y mientras más temprano, mejor. No hay que pelearse con ellos de manera drástica, no son tan relevantes, podemos seguir tratándolos como a gente medianamente conocida, gente que uno ha visto por ahí de vez en vez y saluda por educación. La cultura de la farsa empieza justamente en relaciones de ese tipo, donde dices y crees saber del otro más de lo que sabes, y tienes que gestionar un amor del tamaño de ese absoluto, cuando los padres lo único que hacen desde que naces es ocultarte verdades, incluso verdades del presente. Eres un instrumento de sus vicios más pedestres. Estás en función de sus bajas pasiones y rencillas maritales, todo lo que ocultan de su pasado. ¿Puede uno decir sinceramente qué sabe de la juventud de sus padres? Tal parece que no hubiesen existido antes de tenernos, e incluso tal parece que fuimos unánimemente deseados, pero la mayoría de los hijos no son deseados, sino que vienen de un error. Nunca es el momento justo para un hijo, no se puede culpar a los padres por eso, un hijo es la cancelación de una ruta, una ruta de libertad, una ruta perennemente abierta como son siempre las rutas que nunca se recorrieron. Un hijo es un tranque en la avenida que nunca se va a desatascar, un atajo hacia otra cosa, hacia el recelo y las medias verdades y los sobreentendidos. De la misma manera, los hijos aprenden desde bien temprano a mentir, y esas mentiras empiezan siempre con los padres. Luego también con los maestros, pero es una práctica que afinamos con los padres. Les ocultamos las malas notas de la escuela, les ocultamos si ofendemos a algún vecino, les ocultamos si robamos algo menor o si nos escapamos del barrio.

Yo jugaba bolas, y quizá era el mejor en kilómetros a la redonda. Ruchaba y luego vendía cinco bolas por un peso y volvía a ruchar y me escapaba de gira trashumante por otros barrios del pueblo buscando nuevas víctimas. Alejarse de la zona conocida e irrumpir de cero en un grupo ya consolidado requería cierto arrojo, y llevo en mí esa suerte de exaltación breve que me recorría cuando me iba al Pulmón, a la Pedrera o a la Marina y me alejaba del Fructuoso o Fundición, mis barrios franquicias. No sé cómo percibían al forastero eventual que yo era, pero qué hermoso cuando llegaba a mi cuadra un niño de otra parte del pueblo, un niño que uno nunca había visto. Parecían criaturas mágicas caídas del cielo, andaban medio perdidos, cargaban con un extravío viejo que a mí me dejaba mudo y me estrujaba el corazón todavía intacto. Querían integrarse al juego de ocasión. Era un regalo invaluable un niño nuevo, otro miembro, y todo ese receloso tanteo inicial ante la aparición de un desconocido se desvanecía muy rápido. Cuando tienes ocho o nueve años de edad, pasar cinco minutos con un igual ya supone, en proporción, una intimidad muy larga. Además, todo lo que vale la pena conocer de una persona cabe en cinco minutos.

Esas fueron las primeras veces que mi corazón se empezó a estrujar, un gesto que ahora se percibe como si las manos de los años lo restregaran de vez en cuando para quitarle alguna mancha recién aparecida (pero ninguna mancha se quita, o bien porque en eso, en mancharse, es en lo que consiste la tarea de un corazón, o bien porque es el corazón la mancha misma) o como si se tratara de una prenda ligera y sucia embutida al descuido en el cesto de ropas del viernes por la noche. Esos niños, por lo general, eran pobres. Desde temprano ya andaban por su cuenta y no tenían horarios que cumplir y ninguna madre venía nunca tras sus pasos y les recordaba con alguna tunda el camino de vuelta a casa, que era lo que mi madre hacía conmigo. Se paraba en la bocacalle de turno y no decía nada. En una pieza me quedaba cuando veía esa presencia eléctrica recortada contra el horizonte de mugre de la tarde municipal.

La primera conspiración se da bajo esas reglas: los padres como enemigos, sujetos fiscalizadores a los que hay que ocultarles todo lo que nos parece relevante sobre nosotros, o todo lo que tenemos ganas de contar a los demás, o todo lo que creemos que nos vuelve singulares y específicos. Una jugarreta, una maldad, algo salido de tono. Ellos son la expresión del orden y la manifestación del castigo y esa es una idea que nunca se va a borrar, por más que crezcamos y los dejemos atrás.

Sin embargo, una abuela es lo contrario: la explosión de la franqueza, el juego confiado e inagotable de los sentidos, alguien que te revela secretos y con quien estableces, después de todo, una relación que no se puede definir. Una relación que comienza antes de que manejemos las palabras a conciencia y una relación que, por lo mismo, no depende del lenguaje ni le importa. Esa fue esencialmente la relación con mi abuela, un vínculo tal como luego la vida no volvió a producir. La vida comienza con esos amarres fuertes y luego es todo un desprendimiento y un afloje y un despeñarse por el boquete sin fondo de uno mismo. Mi abuela, en aquel pueblo llamado Colón, me llevaba y me recogía de la escuela desde los seis años, y en la mañana me despertaba con una canción que yo no soportaba, una canción que decía que a la escuela había que llegar puntual, siempre puntual, aunque no quiero ni pensar en eso ahora, la verdad, tengo ganas de ponerme a llorar aquí mismo, mi abuela inclinada sobre mí, removiéndome un poco, no demasiado, y cantando con su voz ronca de tanto cigarro esa canción espeluznante, entregando su brusca ternura que me tiene hoy aquí.

Quedarte a vivir con una abuela puede estancarte, la bondad estanca, pero te libra del desarraigo, una abuela ya no se va a mover a ninguna parte, un padre todavía está buscando y te mete de lleno en esa búsqueda. La opción de quedarme con mi abuela no hubiese sido muy beneficiosa, pero cuando veo los costos del desarraigo, el precio altísimo que hay que pagar una vez empiezas a dar tumbos por la vida y te percatas de que ya esa condición no tiene vuelta atrás, no sé qué elegir, lo miro y lo pienso y francamente no lo sé. Como sea, mis padres me sacaron de Colón y me llevaron a Cárdenas y mi abuela no iría con nosotros hasta cinco años después, y ahí, entre mis ocho y mis trece, es probable que me hayan pasado las cosas más tristes de mi vida, es decir, mi infancia fue una infancia feliz, incluso extremadamente feliz, mi madre era una madre que me dejaba jugar y ensuciarme en el barrio y aprender esa lengua comunal, pero también tenía yo momentos de larga introspección, noches en las que ya podía reconocer el peso de la soledad que sentía ahí, en tiempo real, y la soledad que sentiría después, la esencia del futuro desembarcando en mí, la marca registrada del porvenir tatuando en mi piel su sello invisible, nostalgia de lo que habría de suceder, una conciencia larval de que no había manera, por más que me batiera en lo adelante, de que me pudiese convertir en otra cosa distinta de lo que inevitablemente habría de convertirme.

Esta melancolía viene de cosas que no he vivido todavía, pensaba, pues apenas tenía acontecimientos a los que acudir, no había nada en mí que recordar, salvo quizá un instante que contendría lo demás y que fue amplificándose con los años, cobrando protagonismo. Ese instante es sencillo y sucedió la tarde en que me iba de Colón. Había una librería poco antes de llegar al parque donde se tomaban las máquinas, y yo me paré un momento frente a las vidrieras de la librería, y vi mi reflejo en esas vidrieras, recuerdo perfectamente la cara de ese niño que no soy yo, una faz medio borrosa, diluida en la luz de la tarde, pero igualmente perceptible, mientras mi madre me llama y me dice que me apure, que no vamos tan lejos, aunque todo viaje y todo desplazamiento tiene exactamente la misma distancia interior, la misma abismal distancia. El reflejo de ese niño en la vidriera de la librería de Colón, a una cuadra del parque donde se tomaban las máquinas, entiende que se va a ir, se da cuenta, como si no lo hubiera sabido hasta ahí, que se va, que ya no va a vivir más en la casa donde ha vivido hasta ahora, que no va a ver todos los días a la gente que hasta ahora ha visto. Es un hecho, va a suceder y no hay nada que lo impida ni nada que indique que así no deban ser las cosas, y el reflejo del niño en la vidriera me lo dice, me dice que me despida, me dice que por mi bien aprenda a despedirme, y en ese momento definitorio no hice, desgraciadamente, caso, a pesar de que el reflejo en la vidriera se agitaba desesperado y me imploraba que no dejara de hacerlo, no me despedí ni aprendí cómo hacerlo, sino que me fui cargando con todo aquello. Lo que me estaba jugando ahí me lo estaba jugando para siempre, y hay pocas cosas que una persona luego necesite tanto como saber despedirse.

Tendemos a ser lo que hemos sido, no nos gusta la zona de extrañamiento ni convertirnos en otra cosa, ni mirarnos a nosotros mismos y no saber quiénes somos. Ese es el punto de tristeza extrema que nadie quiere experimentar, el punto de no tener la menor idea de quién es uno, ni por qué estamos donde estamos, tal como me sentí luego tantas veces, comiendo las cerezas del supermercado. No podría decir si hubo alguna vez en la que me sentí de un modo que no fuese ese, sin saber quién era ni por qué me encontraba allí donde me encontraba. Quedarse o huir solo revela a la larga una misma condición demencial. Ninguna de las dos acciones, si la miras bien, es natural, ninguna expresa normalidad, te estableces en la fuga o te escapas en el asentamiento. Algún desajuste se ha producido ya en ti cuando solo te quedan estas dos opciones desesperadas y eminentemente melancólicas, las cuales te van a desgarrar sin contemplaciones en un lento movimiento impersonal de doble hélice, un mecanismo sereno de devastación. Fue así entonces como nos subimos a la máquina mi madre, mi padre y yo y en cuarenta y cinco minutos, dios, en un chasquido, ya estábamos lanzados hacia adelante, instalados en otro lugar.

Vi la llegada de la muerte de mi abuela con toda la claridad posible. Uno no anticipa la muerte de nadie que no ame, de hecho, ni siquiera de toda la gente que se ama uno ve su muerte venir, así que es probable que eso no me pase nunca con nadie más, pero allí me pasó. Entré por la puerta de la casa y sin entender y sin preámbulos caminé hasta el fondo, libré todos los obstáculos, no me detuve en ningún sitio previo, ni los cuartos ni el baño ni la cocina, solté la mochila como pude y me arrodillé a los pies de mi abuela, que no me esperaba y brincó de asombro con mi presencia, tal como siempre había brincado cada vez que yo volvía de algún lugar y nos encontrábamos de nuevo, le tomé las manos y las besé, dos manos casi desprendidas pero intactas, unas manos que estaban en el final de la vida, mi abuela sentada en la butaca donde tomaba el sol, en su trono de reina discreta, y la fui observando con la lupa de la devoción y la reverencia, los brazos, la falda y la blusa, y nos miramos fijamente, ya tenía los ojos muy hundidos, y algo parecía extraviado, su sonrisa era una grave mueca de despedida, y su boca desdentada me dijo que no llorara.

Ella parecía entender el sentido de aquel abrazo y de aquel acercamiento súbito, se quitó los espejuelos y pegó su cara a la mía y dijo que qué cosa era eso, pero ambos sabíamos perfectamente qué cosa era lo que eso era, y justo por eso, porque lo teníamos claro, era que había que estar tranquilos. En verdad, lo que me estaba diciendo era sí, voy a morir, pero es lo que es, y gemí entonces un poco, no sabía que más tarde, durante varios años, en el extranjero y a miles de kilómetros de aquel instante, me iban a perseguir pesadillas en las que mi abuela seguía viva o semimuerta, situaciones en las que ella se abalanzaba sobre mí para que yo la salvara de algo, y yo no sabía cómo salvar a un muerto y me quedaba quieto en el lugar, y todavía no sé cómo se salva a un muerto ni de qué se le salva, pero eso vendría mucho más adelante, mientras masticaba las cerezas jugosas del supermercado.

En aquel momento lloré lo suficiente y después no expresé nada más, la muerte de una mujer de ochenta años no es algo que se pueda compartir demasiado, pues se supone que se trata de alguien que ya vivió, alguien que no es joven, alguien que no se va luego de una tragedia, y tampoco hablamos de un padre, una madre o un hermano. Es un tipo de muerte, la de la abuela anciana, que ocurre en el vacío sentimental, cuyo dolor es intransferible e inenarrable, ese drama no está contabilizado ni hay métodos de alivio para él, nadie va a pensar que has sufrido una pérdida demasiado fuerte, o sí, fuerte sí, pero recuperable, digerible, y aunque esto parecía en realidad una falta o una deficiencia, me di cuenta de que representaba una ventaja, porque nadie me preguntaba por esa muerte, nadie me trataba como si tuviera un muerto reciente encima, nadie traficaba con el tema, y como nadie sabía lo que había que saber, yo sospeché entonces que tenía que escapar.

Veinte años o veinticinco años antes de comprar las cerezas en el supermercado, mi abuela me cuidaba, me bañaba y me daba el desayuno. Ya mi abuela estaba muerta, y solo un poco antes se dedicaba a cuidarme, entendiendo que aquello que hacía por mí no le iba a garantizar más años de vida, que aquello que hacía por mí no iba a repercutir en beneficio suyo para nada, y aun así lo hacía como si no hubiera nada más importante. Me pareció mucha responsabilidad, me pareció que los baños, los desayunos y los cuidados de mi abuela no podían irse por la borda. Esa era justamente la reserva espiritual con la que me había largado no sabía bien adónde.

Después de su muerte fuimos desde Cárdenas hasta Colón a enterrar los huesos en el panteón familiar, los nichos pintados con cal blanca, el sol inclemente del mediodía, el sepulturero adormilado a la entrada del camposanto, con moscas sedientas revoloteándoles encima, las cruces y los sarcófagos y las tristes tumbas municipales sumidas en el silencio inflamado de una conversación muda entre objetos, hasta que regresamos luego a casa y, cargando con el peso de aquellas imágenes limpias y desoladoras, ya sobre la tarde noche, alguien tocó a la puerta. Ese alguien era el cartero, un mulato barrigón siempre risueño, siempre hablantín. Llevaba su bicicleta en la mano, una cajuela en la parrilla con los periódicos y las cartas del día, y yo entendí perfectamente a qué venía el cartero y tuve por un segundo esa sensación de terror. No quería que hablara el cartero, era mejor que no dijera nada, pero quién manda callar al cartero del pueblo, ¿no?, y quién manda callar a alguien que no tiene por qué saber cuándo no hay que decir, y lo que me pregunté entonces era cómo iba yo a reaccionar, qué le respondía, si le respondía solemne, si armaba un teatro, si respondía seco, y la mayor pena no era conmigo, sino con el pobre cartero, que a esa hora iba a tener que poner una cara, iba a tener que enfrentarse al suceso y entristecerse, y todo, en efecto, de modo genuino, porque el cartero quería a mi abuela de verdad y mi abuela, siempre que él llegaba, le brindaba una taza de café o un vaso de agua o cosas por el estilo, acciones que en pueblos como aquel valen más que nada y sellan fraternidades.

Ahí el cartero preguntó dónde estaba la señora de la casa, la pregunta de siempre, la pregunta amigable, la pregunta con la que solía introducir su llegada y que hasta ese momento no había traído más que intercambios cordiales y afectuosos, yo me quedé callado y él volvió a preguntar, la señora de la casa, insistió, el cartero le traía la chequera, los pesos de su retiro, la poca plata de jubilación que le tocaba a mi abuela cada mes y que tal parecía se la iban a entregar para toda la eternidad, como si mi abuela hubiera trabajado tantos años como Dios había trabajado en su momento, y por tanto tuviera mi abuela también que cobrar luego tantos meses como Dios cobraba, y yo le dije amigo, la señora de la casa murió, la acabamos de enterrar, y lo dije con un poco de vergüenza, como si hubiera una falta moral en la muerte o como si el cartero fuese el verdadero familiar de mi abuela, y ahí, en su rostro estupefacto, en la transmisión de la noticia, en el corazón de aquel trámite burocrático, de aquel evento trivial, de aquella conversación cualquiera, entendí a cabalidad que mi abuela no iba a volver, lo sabía el cartero, había tenido que decírselo, no era una broma ni un estado transitorio, el cartero reaccionaba como se reacciona ante una desgracia de cierto orden.

Mi madre cobró el cheque de ese mes, porque hasta ese mes, naturalmente, mi abuela había seguido viva, y era misterioso ver cómo el papeleo continuaba a pesar de la muerte, y con esa noticia el cartero, diligente, salió de casa, se escabulló, no quiso saber mucho más, porque tampoco era necesario saber mucho más, con lo que sabía ya era más que suficiente, y fue así, a través de él, que la buena nueva corrió por todas partes, distribuida desde todos los correos y hacia todos los buzones, traducida casi a cada signo, pero sin lamento y sin dolor, más bien con mucha discreción y serenidad, y todavía en los tiempos del supermercado, mientras comía las cerezas jugosas y maduras y me entretenía mirando cualquier cosa en el televisor, llegaban a mí, a través de los anuncios, los shows y la rutilante publicidad, los telegramas subliminales de la defunción. ■

© Lorena Amaro

DIEGO ZÚÑIGA

1987

Diego Zúñiga nació en Iquique (Chile). Ha publicado las novelas *Camanchaca* (Random House, 2009) y *Racimo* (Random House, 2014), el libro de cuentos *Niños héroes* (2016) y los libros de no-ficción *Soy de Católica* (2014) y *María Luisa Bombal, el teatro de los muertos* (2019). Algunos de sus libros se han traducido a varios idiomas. En 2013 fundó junto a dos amigos la editorial Montacerdos y unos años después formó parte de Bogotá39, patrocinado por el Hay Festival. Actualmente imparte talleres literarios y colabora en diversos medios periodísticos. *Chungungo* es su novela más reciente.

UNA HISTORIA DEL MAR

Diego Zúñiga

Lo dijo rápido, cuando hacíamos hora en un bar, cerca de la Casa del Deportista, esperando que nos pasaran las entradas para ir a ver al nieto del Tani Loayza. La noticia era esa: el debut del nieto del Tani, un muchacho que había crecido en el norte de Argentina, pero que se consideraba profundamente iquiqueño –iba a decir chileno, pero en realidad sería impreciso, pues Chile no le había dado nada al muchacho, en cambio Iquique sí: un lugar, un nombre, un espacio y todas las facilidades para que se convirtiera en un boxeador de la talla de su abuelo; Iquique, la tierra de campeones, la tierra del Tani Loayza y de Arturo Godoy, esos hombres que fueron a pelear el título mundial a Nueva York, que hicieron historia a pesar de sus derrotas y que le demostraron al mundo que una ciudad en el norte de Chile, un puerto salitrero que se escabulle del desierto de Atacama, era la cuna de los mejores boxeadores del fin del mundo.

Estábamos ahí, haciendo hora para ver al nieto del Tani Loayza, después de un par de cervezas, cuando alguien mencionó al Chungungo Martínez, como quien no quiere la cosa, pero nadie se detuvo, nadie dijo nada; pasó rápido –el nombre, su historia o un pedazo de su historia: hablaban de los triunfos morales, que Chile era eso, un cúmulo de derrotas que se escondían detrás de un par de triunfos a medias, algún título, algún campeonato, una alegría fugaz que permitía comenzar una perorata eterna sobre *lo chileno* y el talento para reponernos ante la adversidad. Fue ahí cuando apareció el nombre del Chungungo Martínez. Aunque primero alguien debió mencionar, por supuesto, al Tani Loayza y su gesta en Nueva York, esa noche de julio de 1925 cuando disputó el título mundial de peso mediano y perdió contra Jimmy Goodrich porque lo pisó el árbitro, la mala suerte del chileno, una lesión que lo sacó de la pelea y listo, se acabó el sueño de ser campeón mundial y comenzó la leyenda, la victoria moral, el qué hubiera pasado si… De eso hemos vivido toda una vida, lo mismo con Arturo Godoy y su pelea con Joe Louis, en el Madison Square Garden, en febrero de 1940, cuando resistió los quince asaltos y terminó perdiendo en un fallo absolutamente dividido, otra vez la mala pata del chileno, el casi casi, el que tuvo en las cuerdas al Bombardero de Detroit, uno de los boxeadores más grandes del siglo XX, el mejor peso pesado de la historia. ¡Viva Chile, mierda!, gritó alguien seguramente y ya después quisieron cambiar de tema y todo se perdió en el ruido de fondo y las cervezas y los pipeños hasta que saltó el nombre del Chungungo Martínez y nadie quiso agarrarlo, a pesar de que era el único –de todos los mencionados– que sí había sido campeón mundial, el primer campeón mundial de algo que tuvo Chile, aunque no hablamos de boxeo en este caso, no, hablamos de Martínez, el chungungo, así le decían, el que se lanzaba al mar y era capaz de aguantar la respiración bajo el agua una tracalada de minutos mientras se deslizaba por el roquerío, cazando lo que se le cruzara en el camino. Se movía así bajo el agua, decían, como un chungungo, esa nutria marina que vive entre las rocas y a veces nada de espalda, dejando que las corrientes la lleven mar adentro. Chungungo Martínez quizá estaría ahí también, no en ese bar, sino caminando hacia la Casa del Deportista para ver al nieto del Tani Loayza debutar contra el boliviano Churata. Era el evento del año en Iquique, iba a ir toda la ciudad a la Casa del Deportista, o se quedarían en los alrededores, cerca de la Plaza Condell, esperando escuchar algo de la pelea, los gritos, los vítores. Lo importante era ir, estar, compartir un rato con la gente, comerse un choripán en la calle, quizá unas sopaipillas, esperar la pelea, el debut, ojalá que fuera un debut soñado, el comienzo de una historia que volvería a situar a Iquique en lo más alto, hacerle justicia a eso de la *tierra de campeones*, que el nieto del Tani se despachara rápido al boliviano, eso era lo fundamental.

Hablaban de aquello en el bar y ya nadie recordaba que uno había mencionado al Chungungo Martínez porque el Chungungo Martínez estaba maldito. O ese era el rumor que corría hacía décadas, de la época en que desapareció un montón de años, cuando vio lo que no tenía que ver. Pero las cosas se habían arruinado un poco antes.

Tal vez el inicio de todo se podría fijar en esa mañana de invierno en que un grupo de hombres se acercó a Caleta Negra –donde trabajaba Martínez como pescador–, a unos ochenta kilómetros al sur de Iquique, una caleta pequeña, un par de casas de madera y no mucho más, digo, estamos hablando de principios de los setenta, los últimos estertores del gobierno de Frei Montalva, un gobierno demócratacristiano que fue apoyado por la CIA para evitar que Salvador Allende llegara al poder, estamos hablando de esos años cuando se acercó a Caleta Negra un grupo de hombres en busca de Martínez y le ofrecieron ser parte de la selección chilena de caza submarina. Se iba a realizar el mundial de la disciplina en 1971, en las playas de Iquique, y tenían la exigencia de armar un equipo competitivo que estuviera a la altura de los cubanos, de los italianos y de los gringos. Ahí se cortaba el queque. Esos eran los capos, los más peligrosos. Por eso los entrenadores andaban recorriendo todas las caletas del norte de Chile, esos lugares perdidos entre Arica y Coquimbo en los que un puñado de familias se habían instalado, buscando una mejor vida, algo en qué trabajar. Los entrenadores chilenos sabían que la única manera de afrontar con dignidad el mundial era salir a buscar a los mejores, a los que se habían criado ahí, en el mar, esos muchachos que antes del amanecer partían en los botes para ir a cazar en las profundidades con un arpón hechizo, lo que hubiera a mano para descender varios metros, aguantando la respiración, y arponear lo que se cruzara en sus caminos. Nadie conocía mejor que esos jóvenes lo que había allí abajo, las mañas del Pacífico, los bosques de huiros, los roqueríos y las costumbres de los peces. Eran ellos los que debían comandar a la selección chilena, así que los entrenadores llevaban varias semanas recorriendo las caletas cuando llegaron donde Martínez –su nombre circulaba ya, decían que nadie aguantaba tanto bajo el agua como él, que podía cazar lo que se le cruzara, que resistía como nadie– y le ofrecieron, en estricto rigor, que compitiera junto a los otros treinta muchachos que ya habían seleccionado: de todo ese lote solo quedarían seis, los seis integrantes oficiales del equipo chileno de caza submarina, los que iban a ir a buscar la gloria zambulléndose hasta el fondo del mar.

–Anda, Chungungo, seguro le ganai a todos –le dijeron sus compañeros, los otros pescadores con los que vivía hacía ya varios años en Caleta Negra. Eran su familia, lo conocían desde que llegó siendo un niño que se arrancó del desierto, un cabro chico que aprendió a nadar en el río Loa y que luego se quedó pasmado mirando el mar por primera vez: no lograba entender qué movía con tanta fuerza esas olas que se estrellaban en la orilla, no entendía por qué esa mancha azul no dejaba nunca de moverse, como si fuera un animal dormido que en cualquier momento se podía descontrolar.

Iba a desconfiar rápido del mar. Entendería muy pronto que dentro del agua nunca se puede bajar la guardia. Una leve desconcentración podía quebrarlo todo: la vida, el futuro, los sueños. Ahí, en el mar, nunca había dos opciones y el Chungungo Martínez lo sabía.

Dijo que sí, entonces.

Compitió.

Quedó segundo.

Los entrenadores confirmaron todo lo que se decía de él, y sin embargo no podían creer la fuerza que tenía para sumergirse por dos o tres minutos y salir, siempre, con alguna pieza robusta, importante: un congrio, una albacora, una corvina de tres, cuatro, cinco kilos. Y luego volver a empezar. Y así por casi dos horas. Eso era la caza submarina, que él nunca había practicado como deporte, sino que simplemente era su trabajo del día a día. Aquí, la única diferencia es que ganaba el que conseguía cazar las piezas más grandes y así acumular el mayor peso posible. En esas dos horas que compitió contra los otros treinta muchachos, logró cazar cerca de cincuenta piezas, sobre todo corvinas y un par de congrios. No quedó primero simplemente porque no conocía tan bien aquel sector del Pacífico donde los llevaron a competir, cerca de Los Verdes, una de las playas donde se realizaría el mundial, por lo que más de una vez se perdió ahí abajo, en medio de los bosques de huiro que entorpecían la vista.

Los entrenadores no se lo dijeron, pero ya en ese momento estaban convencidos de que el Chungungo Martínez no tenía techo y que las posibilidades de ganar el mundial eran, por primera vez, reales.

Era marzo de 1970. Unos meses después, Salvador Allende iba a ganar la elección presidencial y leería su primer discurso, el discurso del triunfo, aquella madrugada del 5 de septiembre de 1970 cuando iba a comenzar el gobierno de la Unidad Popular.

Exactamente un año después, la madrugada del 5 de septiembre de 1971, el Chungungo Martinez iba a estar celebrando junto a todo el pueblo iquiqueño su hazaña, su triunfo, el Campeonato Mundial de Caza Submarina. Los diarios se llenarían con su rostro y la ciudad brillaría en esas fotos que iban a recorrer el mundo, la ciudad puerto, la ciudad del norte de Chile, ese pedazo de tierra entre el mar y los cerros que cualquier día podría desaparecer si es que había un maremoto que así lo decidiera: borrar todo el paisaje y que solo queden esos cerros altos, grises, que parecen un muro inquebrantable. Un poco más allá el desierto y luego las fronteras.

La competencia duró dos días –viernes y sábado–, pero la ciudad se preparó meses para el evento: construyeron villas, remodelaron el aeropuerto, pavimentaron calles y amononaron durante semanas el Teatro Délfico, donde se darían los resultados.

Dicen que la actuación del Chungungo Martínez fue bestial. Que ya en ese primer día partieron temprano con el equipo mar adentro y que al zambullirse con su traje de hombre rana se volvió uno más con el paisaje: se acomodó la máscara y desapareció en las profundidades. Dos horas bajando y subiendo como un condenado, llenando los pulmones de aire y luego moviéndose con destreza allá abajo, capturando una, dos, tres piezas en un solo viaje, una bestia, decían los periodistas extranjeros que llegaron a cubrir el mundial y que no entendían cómo ese hombre no se cansaba, cómo bajaba una y otra vez sin parar.

Lo del viernes fue asombroso, pero lo del sábado –según las crónicas de la época– fue descomunal. Por eso aquella madrugada del 5 de septiembre de 1971 se convirtió en una fiesta interminable, porque después de tantos segundos lugares, de tantas derrotas injustas, el Chungungo Martínez se alzaba como el primer chileno en ser campeón mundial de una disciplina deportiva, el mejor de todos, el hombre de las alegrías, del triunfo, el hombre común y corriente que lograba llegar, por primera vez, a lo más alto, escribir allá su nombre y el nombre de una ciudad, de un pueblo.

Íbamos ya por la cuarta o quinta cerveza y aún no aparecía el muchacho con las entradas para ir a ver al nieto del Tani Loayza. A esas alturas, como pueden imaginarlo, ya nadie se acordaba que alguien había mencionado al Chungungo Martínez, pero su historia estaba ahí, entre nosotros, repartida como un puñado de imágenes rotas, deslavadas, que no parecían llevar a ninguna parte. En el centro de todo, los rumores y el silencio. Porque Chungungo Martínez alcanzó la gloria, pero entonces lo que vino fue una alegría inútil, equivocada. No hubo tiempo para los abrazos porque el tiempo se quebró. Primero la gloria y luego las mentiras y los codazos y las zancadillas, mucha miseria a su alrededor, habría que rastrear el final de todo ahí, en esos días que siguieron al triunfo, en las promesas que nadie iba a cumplir, en la mezquindad de sus compañeros, de la federación, de todos los que usufructuaron de él hasta el siguiente mundial, en Cadaqués, España, donde el Chungungo Martínez llegaba como favorito pero ni siquiera logró terminar la competencia. Se fue a negro, allá abajo. Black out. Lo tuvieron que rescatar los del equipo cubano, que lo vieron ahí, tirado al fondo del mar. No calculó bien, no entendió que el Mediterráneo era muy distinto al Pacífico, olvidó por completo lo que no podía olvidar: nunca bajar la guardia en el mar, nunca confiarse, nunca, pero se fue a negro y le salvaron la vida de milagro y ya después nada volvió a ser lo mismo porque todos le dieron vuelta la espalda, lo dejaron solo, aunque él insistió, era su vida, el mar, la caza, sabía que podía dar más, que lo de España fue un tropiezo, merecía una revancha. Pero no hubo revancha. Hubo un golpe de Estado y luego de que desaparecieran algunos de sus amigos, luego de que detuvieron a varios pescadores con los que salía a alta mar, vio lo que no tenía que ver.

Dicen que fue temprano, una mañana de octubre, el sol golpeaba con dificultad en el mar, pero de todas formas él partió en su bote, quería recuperar su nivel, quería demostrarle a todos que podía volver a ser el mejor, estaba convencido, por eso salía todas las mañanas a altamar, a unos cuántos kilómetros de Iquique, se alejaba de la ciudad y se iba más al norte, sabía que ahí las corrientes eran impredecibles y él necesitaba eso: exigirse al máximo, no saber bien qué podía encontrar allá abajo, cuando se sumergiera con su arpón, en medio del roquerío y los huiros.

Dicen que fue temprano, una mañana de octubre, cuando el sol golpeaba con dificultad en el mar.

Dicen que fueron dos cuerpos, aunque otros hablan de cuatro o cinco. Pero lo cierto es que perseguía a un congrio escondido entre las rocas cuando los vio. No llevaban más de un par de días porque aún el mar no había hecho su trabajo. Estaban intactos, eso dicen, que los cuerpos eran cuerpos todavía, aunque les faltaban los ojos y las manos. El torso y las piernas tenían un color violáceo que contrastaba con el blanco de los rostros y los brazos. Iba a recordar eso, no mucho más. Iba a hablar de ese contraste de colores, de las manos y los ojos que no estaban. Iba a hablar de eso cuando le ofrecieran un vaso de vino en alguna taberna, ya lejos de aquella mañana cuando el sol no lograba filtrarse por el mar. Primero se quedaría mudo –días, semanas, meses, sin que nadie entendiera bien qué le había pasado, por qué estaba tan callado, por qué no quiso volver a practicar, por qué decidió volver a Caleta Negra–, pero luego el vino le soltaría la lengua y, entonces, ya nadie podría detenerlo. Hasta que un día sus interlocutores fueron los equivocados y Chungungo Martínez desapareció.

Aquí, en este punto, las versiones se disparan hacia lugares que nunca se encuentran. Hablan de viajes fuera de Chile, de amenazas y extorsiones, de dinero, de mucho dinero por su silencio. Hablan de golpes, de noches incomunicado, de viajes por la pampa, de simulacros de fusilamiento. Hablan de una caravana que lo abandonó en medio del desierto, de un pueblo que lo recibió, de un puñado de jóvenes que le salvaron la vida.

Nadie sabe qué pasó con el Chungungo Martínez, pero un día, cuando ya terminaba la dictadura, cuando los milicos sabían que no había vuelta atrás, volvió a Iquique. Apareció en Cavancha, atravesó la playa y fue a la caleta, a ver si encontraba a sus compañeros. Alguien, en el trayecto, lo reconoció y corrió la voz. Era el Chungungo Martínez, el mismo, solo un poco más viejo y con una cicatriz que le atravesaba el mentón, una cicatriz que parecía imitar una sonrisa contenida, algo incómoda.

Dicen que volvió a hacer su vida de siempre, que se instaló en Cavancha, que sale a pescar temprano junto a los más jóvenes, pero que ya no se lanza al mar. Que ya no baja. Que se queda siempre arriba, enseñándole a los muchachos las mañas del oficio mientras recibe las corvinas, los congrios y los pejesapos que luego va a ofrecer al mercado.

Se lo ve caminando, a veces, por el centro de Iquique. Ahora, quizá, ya está adentro de la Casa del Deportista para ver el debut del nieto del Tani Loayza. Nosotros seguimos acá, esperando que lleguen las entradas, aunque quizá ya sea hora de asumir que nos pasaron gato por liebre y que vamos a tener que escuchar la pelea por radio. Debiéramos pedir una cerveza más. Una más y nos vamos. ■

© Carlota Vida

CRISTINA MORALES

1985

Cristina Morales (Granada, España) es autora de las novelas *Lectura fácil* (Anagrama, Premio Herralde de Novela 2018 y Nacional de Narrativa 2019), *Últimas tardes con Teresa de Jesús* (Anagrama, 2020, Lumen, 2015), *Los combatientes* (Anagrama 2020, Caballo de Troya, 2012) y *Terroristas modernos* (Candaya, 2017), así como del libro de cuentos *La merienda de las niñas* (Cuadernos del Vigía, 2008). En 2017 le fue concedida la Beca de Escritura Montserrat Roig, en 2015 la de la Fundación Han Nefkens y en 2007 la de la Fundación Antonio Gala para Jóvenes Creadores. Actualmente reside en la Real Academia de España en Roma, es bailarina y coreógrafa del colectivo Iniciativa Sexual Femenina y productora ejecutiva de la banda de punk At-Asko.

ODA A CRISTINA MORALES

Cristina Morales

Son seres de finísimo acabado y su oscilación entre el honor marcial y la macarrería es impecable. Su ropa breve y reluciente, su peinado apretadísimo, sus gestos económicos, sus encomiendas a la virgen discretas mas emotivas, el brillo de su sudor es igualmente impecable. Impecables son sus heridas, heridas que no denotan dolor sino grandeza: la grandeza de lo humano. Sin exhibirlas pero tampoco ocultándolas, nos es dada la contemplación tanto de su vulnerabilidad como de su fortaleza, como si nos dijeran «Mirad todo lo que contenemos: estamos llenas, en nosotras se sustancia la mitología, las explicaciones sobre el mundo. Lo divino nos usa de ejemplo para sus propósitos, nos premia o nos castiga: esa es nuestra academia. Somos, por encima de todo, libres, y el mar o la montaña o sus sustitutos urbanos rugen a nuestras espaldas».

Su humana radicalidad nos hace sentirnos ingenuamente agradecidas de pertenecer a la misma especie que ellas. Las vemos y pensamos «si nos pegan, sangramos» (como en el monólogo de Shakespeare); «si nos inmovilizan con las rodillas, podemos zafarnos a puñetazos». ¡Pobres de nosotras, agarrándonos a la cultura como a un clavo ardiendo con tal de establecer un vínculo con el ser admirado! ¡Pobre, inútil y fraudulento humanismo! ¡Pobre, inútil y fraudulenta medicina, propaganda dieciochesca, coaching, autoayuda, democracia y el siniestro consuelo de la moral y la ley! A nosotras nunca jamás nos van a pegar semejante codazo maestro, nunca se nos vendrá encima una mujer como Julia Avila, mejicanoestadounidense de 32 años, 62 kilos, 10 combates profesionales de MMA, 8 victorias, 4 por KO y 1 por sumisión; o como Kana Morimoto, japonesa de 28 años, 52 kilos, 20 peleas de K1, ganadas 17 y 7 de ellas por KO.

Nosotras, meras espectadoras de las artes marciales, sufrimos y ejercemos violencias en nuestro día a día; innegablemente somos violentas y violentadas y así se nos va la vida: enmierdadas, pues ninguna de esas tensiones es la de la pelea a por el nocaut o la sumisión. Quien dice nocaut, quien dice sumisión, dice gloria. Lo nuestro, padecido o ejecutado, se llama violencia y tiende a la supervivencia o al dominio, baratos fenómenos naturales. Lo de las luchadoras, no. Si violencia es la opresión de un ser sobre otro sin mediar la voluntad del segundo, en sus peleas no hay violencia. Bien al contrario, hay anhelo, anhelo es lo que hay. Las luchadoras han venido expresamente a ahostiarse y a ser ahostiadas. En función de lo que más se anhela de esas dos cosas, podemos hablar de dos tipos fundamentales de estilo: el golpe y el contragolpe. La golpeadora quiere acortar distancia, tiene prisa, va a comerse a su rival, la pone contra las cuerdas. La contragolpeadora espera a que vengan a comérsela, retrocede y entonces impone distancia. Manda a su rival lejos, normalmente a patadas, y se queda en el centro de la lona. Al primer estilo yo lo he bautizado, con la legitimidad de la fiel aficionada, la escuela de Alicante: siempre palante, cabestras, siempre palante.

Luchadoras de artes marciales, yo os canto. ¡Oh seres llenos de voluntad, atesoradoras de contundencia, contenedoras de acción y de silencio como armas bruñidas y envueltas en paños de terciopelo! ¿Qué tenéis dentro de los alargados deltoides, de los redondos bíceps, del macizo de cuádriceps, del valle de las dorsales, del cuello de toro? Tenéis deseo. ¿Y en la orografía de los abdominales? Deseo también. ¿Y en los nudillos astillados? Deseo, oh mías, y deseo en la nariz de tabique chafado y en las orejas de coliflor por tantas horas con la cabeza rozando el *gi* y la lona. Lo que un crepuscular poeta llamaría «el aire de amenaza que os envuelve» no es sino el perfume de vuestra plenitud, pues en vosotras se abole la mentira binaria que separa cuerpo y mente. No sois amenazantes, no sois intimidatorias: los poetas que se cuecen en su propia machedad tienen menos puntería que una escopeta de feria y, claro, yendo con ese trasto por el mundo se sienten amenazados no ya por la peleadora (que directamente los apabulla) sino por la serenidad de la peleadora, por su milimétrico saber acerca de cuándo hay que despertar y cuán dañinas ser.

Yo te canto, Joyce Vieira, brasileña de 28 años, luchadora de MMA no profesional en categorías de entre los 70 y los 90 kilos, que en abril de 2019 interrumpiste la sesión de fotos que te estaba haciendo una amiga en una playa de Río de Janeiro y fuiste a propinarle una paliza al tío que se masturbaba mirándote escondido entre unos matojos.

–Tío, ¿estás de broma? ¡Guárdate eso ahí! –le gritó Vieira.

–¿Por qué? ¿No te gusta? Ven aquí –respondió el acosador. Y ella, enfundada en el trikini y con la melena recién pasada por la peluquería, obedeció.

¡Oh, Joyce Vieira, bendita seas por ir con paso firme adonde te llaman dejando tras de ti la estela de la emancipación! «Después de ese "ven aquí" fui a por él muy rápido, no pensé en nada, entré en estado de éxtasis porque verdaderamente fue algo muy surrealista. Normalmente, a las personas que pillas haciendo cosas así enseguida lo niegan, "no, no". Él no, él siguió masturbándose». Con los pantalones medio bajados y la polla todavía tiesa le reventaste las piernas a lowkicks, como la pistolera que hiere en partes no vitales, y no obstante ese desgraciado consiguió encajarte un derechacillo. «El golpe me dio más rabia todavía, quería matarlo, molerlo a palos. Cuando el tío vio que iba a pegarle de verdad, empezó a gritar. Un chico se metió por medio y él aprovechó para correr. En las artes marciales a los luchadores se nos enseña a no pelear en las calles, pero no quería dejar de golpearle, no». ¡La víctima haciendo correr y gritar al agresor sexual, oh Vieira aniquiladora de los conceptos en los que se asienta el patriarcado entero, yo le canto a tu rabia no reprimida y le canto a tu brillante interpretación del código marcial!: bien luchaste, y no solo porque te violentaban, sino porque se creían con derecho a violentarte. Tus lowkicks y tus jabs no solo detuvieron la agresión, sino que desmontaron la presunción de docilidad que sambenita a todas las mujeres. El nombre de tu agresor no ha trascendido. De saberlo, lo incluiría en esta oda para que todas nos riéramos de él, para que en concreto las cariocas con las que eventualmente podría cruzarse se rían de él y lo increpen allá adonde se lo encuentren, y para que los cariocas de su entorno no lo protejan con el corporativismo propio de los machos sino que lo reconvengan y que teman seguir sus pasos. Su nombre no lo sabemos, pero en internet podéis ver fotos.

Yo te canto, Polyana Viana, brasileña de 28 años, 52 kilos, luchadora profesional de MMA, 15 peleas, 11 victorias, 4 por KO y 7 por sumisión, que en la misma ciudad en que Vieira impartió justicia tú recolocaste la órbita de los planetas cuatro meses antes frente al infeliz cuyo nombre sí conocemos, cuyas fotos por internet circulan, que se atrevió a cortarte el paso cuando estabas esperando un Uber. ¿Le serviste, quizás, a Vieira la lowkicker, de inspiración? ¡Es la escuela de Alicante en Río de Janeiro: palante, palante, palante!

–Perdona, ¿tienes hora?

–Sí, un momento– respondió Viana sacando el móvil–. Las ocho menos cinco –. Y Max Gadelha Barbosa no solo no se iba, sino que invadió más el espacio de Viana y le dijo:

–Dame el teléfono. No intentes reaccionar porque estoy armado.

¡Oh, Polyana Viana, la que camina sola por donde le da la gana! Gadelha el mierda echó mano a una pistola pero tú, oh lúcida supernova, te diste cuenta de que eso era, como mucho, un cuchillito. «Lo tenía muy encima, muy muy cerca. Y pensé: si es una pistola, no le va a dar tiempo a sacarla». Despliega, oh Polyana, cada detalle. Sírvenos de ejemplo. «Tiré dos golpes y una patada. Se cayó, luego lo atrapé en un mataleón».

–Deja que me vaya –rogó Gadelha Barbosa con el hilo de aire que los artiméticos brazos de Polyana le concedían. ¡Haciéndolos rogar, oh gran humana, oh erectora de los respetos y los arrepentimientos debidos, oh destructora de los masculinos privilegios! –. Solo te he preguntado la hora.

–¡A mi culo le has preguntado la hora! –respondió Polyana con el incontestable enfado de quien ha sido perturbada en su pacífico devenir.

–Entonces llama a la policía –suplicó Max, el marginado que le mendiga a la misma hegemonía que lo margina, prefiriendo la necropolítica estatal a la invitación ensanchadora de la vida que Polyana le estaba brindando. «Luego lo senté en el mismo lugar donde estábamos antes». Y lo dejaste bloqueado con una llave Kimura.

–Ahora –le respondiste cuando ya lo tenías con la cara y la camiseta ensangrentadas, con los ojos devorados por la hinchazón de los pómulos y de las cejas–, ahora vamos a esperar a la policía.

«Cuando salí de la comisaría me fui a casa y me hice de cenar. Al día siguiente me dolían un poco las manos, pero nada serio». ¡Ah, Polyana, inmejorable cuidadora de ti misma, atenta observadora de los nutrientes ingeridos, qué regalo nos concedes permitiéndonos imaginarte abriendo una nevera, sacando una bolsa de hielo del congelador, encendiendo una hornilla, pelando una zanahoria, salpimentando un filete, llevándote el tenedor a la boca sentada en la mesa del comedor, dándole un trago a una cerveza, un bocado al pan, limpiándote los labios con la servilleta, haciendo pequeñas pausas para aliviarte con el hielo las trabajadas manos, desabrochándote el sujetador con la camiseta puesta y sacándotelo por una manga! ¡Oh, Polyana, mujer que come!

«No es la primera vez que me pasa. Cuando vivía en Belém se me acercaron dos hombres en moto. Uno se bajó y el otro se quedó subido. El que se bajó me rompió el paraguas e intentó cogerme el móvil. Le dije que no se lo iba a dar e intentó quitármelo de la mano. Le di un puñetazo en la cara y se asustó. Aquella vez yo también estaba asustada. No sé si sería porque eran dos, pero él estaba más asustado que yo, se subió en la moto y se fueron». De estos dos no conocemos sus nombres ni tampoco hay fotos.

¡Polyana, la del buen apetito, y Joyce, la de las piernas desatadas, médiums, místicas, bumeranes: devolvéis a los violentos la violencia que ellos mismos ejercen! Vuestra lucha no solo os libera a vosotras sino que, solidarias, los libera a ellos. ¡Qué bien asentada está la escuela de Alicante en Brasil! Tendrá que ver con la influencia del recifense Paulo Freire y su pedagogía del oprimido, que desde los años sesenta viene proclamando aquello de «por paradójico que pueda parecer, el puñetazo del oprimido al opresor es un gesto de amor».

¡Ah, letales y obedientes, pero no obedientes sino a vosotras mismas! ¡Salís a matar a vuestra contrincante como muestra de respeto, siendo como es, además, una de las reglas del combate! Eso es lo que diferencia a la lona de la calle: en el ring, en el octógono, no tenéis otra preocupación que aniquilar. Para cuidar de que no se produzca la muerte o la lesión grave ya está el árbitro, que con un levísimo toque o con simplemente interponer la mano, tensa y enguantada, detendrá la pelea, dando así la victoria a quien inmediata y limpiamente liberará a su presa y se pondrá a dar saltos de alegría.

Los profundos huecos de vuestros sobacos no son sino ausencia de conmiseración, que no queréis ni para vosotras ni para vuestra rival: todo lo que no sea herir es humillante. Es para practicar las matemáticas del daño que os entrenáis, para eso os pagan y para eso os ponéis delante del público, de las cámaras y de comentaristas y periodistas la mayoría de las veces machistas e ineptos, insultantes y garrulos, perfectos ignorantes del deporte y la deportista que su canal de mierda les ha mandado cubrir y que despliegan su ignorancia sin pudor. En el caso de España, eso no es la mayoría de las veces. Eso es sistemático. (A continuación, unas transcripciones literales; he decidido prescindir de los *sic*, pues serían muchísimos).

–Um, eh, ¿qué título has estado más nerviosa? Este es el segundo, ¿no? Eh, que obtienes, ¿no?

–Sí, esta es la defensa. El pasado mes de marzo lo ganamos en Francia. Éramos nosotros, eeh, y… no éramos los locales, éramos los que íbamos de fuera. Y, bueno, no teníamos tanta presión, íbamos solos, y… y obtuvimos un buen resultado, que ganamos por KO en el tercer asalto y pudimos traernos el cinturón aquí a casa. Y ahora en la defensa pues sí hemos tenido un poquito más de nervios pero lo hemos trabajado. Tenemos un psicólogo del deporte, con e… Además, yo he estudiado psicología del deporte pero, eh, se necesita de otra persona para trabajar, eeh, esta parte. Y, nada, ha ido muy bien. Sobre todo, lo he disfrutado mucho, que es en lo que consistía.

–Cristina, estamos viendo imágenes del combate de ayer, ¿no?

–Sí.

–Me tienes que ayudar un poco en el vocabulario, ¿no? Se dice combate, ¿no?

–Sí, combate.

–Estamos viendo imágenes en tu pueblo, en plena competición. No sé, no se ve nada alrededor me imagino, ¿no?

–¿Cómo alrededor?

–Que digo que no, no, tú estás concentrada en tu…

–Sí.

–…contrincante.

¡Así de impertérrita, señorial, sin pelo que se le moviera, respondía a las mamarrachadas del periodista la tres veces campeona del mundo de kickboxing, cordobesa de 27 años, 52 kilos de peso, 54 peleas, 47 ganadas y, de esas, 9 por nocaut! Yo os amo a todas, oh luchadoras de artes marciales, pero no puedo ocultar quién es mi favorita revolvedora de las reglas aprendidas, mi predilecta cometedora de femeninos pecados, mi delfina de la escuela de Alicante: ¡Cristina Mooooooooooooooorales! ¡Yo te canto! ¡Han querido Dios y la Virgen, han querido las estrellas del firmamento que nos cubre, ha querido el destino, la pasota o la divina casualidad que una tricampeona del mundo de kickboxing se llame como yo, sea coetánea mía, sea má o meno de mi quinta, sea andaluza y haya estudiado en mi misma universidad, o sea, que si alguna vez nos encontramos, podremos hablar de los bares de tapas y de los antros de Granada! Me postro, pues, religiosamente agradecida a la existencia: amén, namasté, subhan allah, sat sri akal.

Oh Cristina, la del largo crochet derecho. El gilipollas de Córdoba TV te hablaba así el día después de haber revalidado el título. Es como si a mí, que soy escritora, me viniera un periodista y me dijera:

–Cristina, estamos viendo imágenes de tu novela de ayer, ¿no?

–Sí.

–Me tienes que ayudar un poco en el vocabulario, ¿no? Se dice novela, ¿no?

–Sí, novela.

¿No crees, Cristina, que merece el ostracismo? ¿No es como para que lo expulsen de todos los círculos sociales de los que sea parte? ¿No merece que escupamos a su paso? Tal y como venimos haciendo desde el principio, vamos a dar los nombres, apellidos y señas para localizar a todos los desgraciados que, sea con su analfabetismo, sea con su mala leche, sea con su deseo de dominación o con su frustración de machos heridos por no poder ejercer su dominación lo larga e intensamente que desearían, desprecian a las luchadoras que salen en este canto.

Con todos ustedes José Antonio Sánchez Baltanar. A veces firma como Jose House pero en Facebook se le encuentra con su nombre completo más el añadido «(visionary comunicacion)» (reitero: me estoy ahorrando todos los *sic*). Periodista en Córdoba TV y en Onda Mezquita y gestor de las redes sociales de la Real Academia de Córdoba, institución dedicada a la historia local. Calvo, delgado, con gafas, nacido en Montilla (Córdoba, España) y de cuarentaimuchos largos si no más, en su foto de perfil lo podéis ver posando con una chaqueta azul oscura y una sonrisilla entre bobalicona y aviesa.

¡Ah, Cristina Morales, tanqueta que recorre el ring con un jab en vez de con un cañón! ¡Eres más rápida que el sonido: con la reverberación de la campana que anuncia el comienzo del asalto ya estás penetrando a golpes! ¡Cristina Morales, la de los brazos largos y envenados, nacida en una tierra y en una época donde no solo no se tiene ni pajolera idea de deportes de contacto, sino que, sello de identidad nacional, deplora lo que desconoce y lo deplora con orgullo! Año 1977, primera edición del Libro de estilo de *El País*, el periódico más leído de España: «El periódico no publica informaciones sobre la competición boxística, salvo las que den cuenta de accidentes sufridos por los púgiles o reflejen el sórdido mundo de esta actividad». 28 de junio de 1988: el mismo periódico, en un editorial, califica al boxeo de «barbarie organizada y de exaltación de la violencia de hombre a hombre». 4 de octubre de 1991: en otro editorial se señala como «principales culpables de ese juego criminal y espectáculo sádico» a los administradores de ese «negocio turbulento, con clanes internacionales manejándolo, y en cuyo balance hay unos cuantos boxeadores muertos tras el espejismo de una vida millonaria».

¡Cristina Morales, enmarañadora de rectos, la de los puntiagudos rodillazos, riámonos juntas, carcajéense nuestras siglas de dos en dos, seamos gemelas contra la estulticia machista, racista, elitista de quienes hablan del boxeo con la misma superioridad moral con que hablan de la inmigración en el Mediterráneo!

25 de mayo de 1997: el periodista Francisco Gor firma un artículo donde repasa todo lo dicho anteriormente y añade que el boxeo «es una actividad que rezuma toda ella violencia del hombre contra el hombre, y no es un deporte, sino una especie de pelea de gallos entre personas; es decir, atenta en tal grado contra la vida, la integridad física y la dignidad del ser humano que *EL PAÍS* ha mantenido editorialmente que "no nos parecería un atentado contra las libertades individuales la prohibición del boxeo profesional", como ocurre en algún otro país».

¿En qué otro país? ¿En Arabia Saudí, donde está prohibida la música? ¡Con todos ustedes Francisco Gor! Elefante blanco de la Transición española, 83 años, 38 de ellos en el grupo Prisa (que, a diferencia de las promotoras de boxeo, no es una mafia), fundador de *El País* (¿qué delito es atentar contra ese periódico comparado con fundarlo?), autor del libro *Entre Supremo y «Supremo»* (La Hoja del Monte, 2012), donde se pajea, como el acosador escaldado de nuestra camarada Joyce Vieira, ante la idea de que durante el franquismo los tribunales eran injustos y tras el franquismo y gracias a la democracia son justísimos.

¡Míralo, oh Cristina Morales, desde tu imperio oscilante entre el peso gallo y el peso pluma, a ese medrador continuista que hace brindis por el rey y que cuando tú eras niña te preparaba, sin saberlo, biberones de lechita tibia de escarmiento, escarmiento que ahora con tus títulos del mundo, con tu pelea que no es sino meditación, con tu mera existencia proclamas! ¡Abuelos cebolletas socialdemócratas, con menos sensibilidad que Carlos III haciéndose insonorizar el palco real de la Ópera de Nápoles, más catetos que Fernando VII prohibiendo el carnaval, no tenéis cuerpo, no miráis el papel higiénico cuando os limpiáis el culo, folláis con las luces apagadas y por eso veis en quien domina su cuerpo y el de los demás una amenaza! ¡Legítima amenaza, a fe mía, porque el cuerpo dominado, cuidado, Francisco Gor, puede ser el tuyo, que bien te vendrían unas caricias con guantes de 12 onzas para desperezar esa carne de zombi! Si con los luchadores le sale una grieta al pilar constitutivo de la modernidad según el cual el Estado ostenta el monopolio legítimo de la violencia, pues la vida de los luchadores consiste en ser autónomamente violentos, ¡con las luchadoras, oh revolucionarias, el pilar se hace añicos! ¡Cristina, oh Cristina Morales, la que grita con cada golpe que arroja, gritos que aun oyéndolos en sordina desde el público o desde el otro lado de la pantalla nos ponen los pelos de punta! ¡Creíamos que este casperío era cosa del pasado pero resulta que no, que veintitrés años después seguimos teniendo a los mismos apalancados del estatus quo bebiendo Nespresso hortera en vez de setentero café de olla!

–Cristina Morales, tres veces campeona del mundo de kickboxing. Estamos viendo dos títulos Iska, otro Enfusion. Hasta llegar ahí, hemos pasado, ¿eh?

–Mucho. Mucho camino.

–Mucho camino, ¿eh?

–Mucho camino.

–Vamos a empezar desde el principio. Porque tú eres psicóloga especializada en el máster… psicóloga…

–Del deport…

–De psicología deportiva –te corta el entrevistador.

–Ajá.

–Eeeeeh... tienes dos niños. Eres súper joven.

–Sí.

–Y encima campeona del mundo, como decimos, de kickboxing. ¿Cómo se lleva todo para adelante?

¿Cómo que «encima campeona del mundo»? ¿Pero tú sabes leer? No pasa nada por no saber leer, pero, ¿entiendes el idioma en el cual haces telebasura? ¿Sabes lo que puto quiere decir «tres veces campeona del mundo de kickboxing»? Este pedazo de hijo del orto con sonrisa profidén inexplicable dada la cantidad de mierda que come te tocó como entrevistador el 14 de febrero de 2020 en el programa Escala Sur de Canal Sur Televisión. Se llama Roberto Leal, tiene 41 años, nació en Alcalá de Guadaira y ha paseado su cutrez y sus ínfulas de George Clooney sevillita por muchos programas muy populares, siendo el más famoso de ellos el Pasapalabra de Antena 3. ¡Qué casualidad, la misma cadena que, cuando revalidaste el título en 2019, te sacó en las noticias bajo el titular de «Mamá campeona» con tomas tuyas amamantando a tu hijo y, como no se quedaron a gusto con esa estampa de virgen María, remacharon con un «La insólita historia de Cristina Morales: mamá y campeona del mundo de kickboxing»! Pues efectivamente, Roberto Leal, hasta que no te pusiste a hacer dieta y promoción gordofóbica para la revista de garrulos *Men's Health*, no sabías leer: «He aprendido a leer todo lo que viene detrás, que ahora parece... Yo, ya, no hace falta que vaya a la biblioteca. Ahora voy a un supermercado y me entretengo igual porque me paso las horas leyendo». ¡Claro que sí, campeón! ¡Palmada en la espalda, saludo con el puñito y una mordaza de sadomaso que te descoyunte las mandíbulas para que no vuelvas a abrir la puta boca en la vida!

–Vamos a contar tu historia también. Estudias psicología en Granada, te quedas embarazada joven. En ese momento yo no sé si tú piensas ¿qué hago?, ¿tiro la toalla?, ¿paro? ¿Qué pasó por tu cabeza?

–Sí, pues... acababa de ganar los dos títulos de España, me quedo embarazada el último año de carrera. ¿Qué voy a hacer? ¿Cómo... cómo echo esto para adelante? Y bueno, al final tuvimos que hacer el curso en un cuatrimestre, tuvimos que coger todas las asignaturas de los ocho meses en cuatro y también las prácticas, el trabajo de fin de grado sí que me lo dejé para más adelante y salió… que las horas que no tenía que entrenar, porque los médicos me recomendaron no entrenar, pues lo cambié por estudiar.

–Los médicos te recomendaron no entrenar. Tú haces caso a los médicos, porque, claro…

–En el primer embarazo sí –dices, oh Cristina, poniendo cara de «qué le iba a hacer: era primeriza y me metieron miedo en el cuerpo».

–En el primer embarazo, pero es que, luego, tú tienes dos niños hoy en día…

–Sí.

–Te especializas, ¿no? Haces un máster en psicología deportiva y ahí, eh, el trabajo que hiciste de fin de carrera creo que fue… ¿no?

–El trabajo que hice de fin de carrera fue embarazo y deporte.

–Para demostrar que sí, que incluso es bueno practicar deporte estando embarazada.

–Exacto. Bajo un control, controlando…

–Esas imágenes que estamos viendo ahí también son impresionantes –te vuelve a cortar. A la próxima le cortamos a él la lengua–, porque ahí, ¿de cuántos meses estabas?

–De nueve. Fue en octubre, y yo tuve el niño el 23 de octubre, entonces era poquitos días antes de tenerlo –le respondes, y miras la gran pantalla del plató. Oh, Cristina la inédita, la que ha regalado al archivo audiovisual de la historia la imagen de una mujer embarazada de nueve meses que, subida a un ring y naturalmente vestida con su equipación pugilística, lanza a su entrenador puños y rodillas que él bloquea con unas manoplas. Con el barrigón ya bajado porque a la semana ibas a parir, tan bajado que tapa por completo la cinturilla del calzón (cinturilla en la que, cuando te vistes de largo, hay un CRISTINA bordado en letras doradas), repites dos series de combinaciones.

–Cualquiera que no sepa, ¿no?, todo lo que has estudiado… Estamos viendo a tu otro niño por detrás– te dice el pedazo de capullo patriarcosuavón del presentador, que no te mira entrenar porque tu imagen le quema y por eso desvía la atención a lo que su cabeza de chorlito malcriado por los *mass media* puede digerir: tu hijo.

–Sí, también.

–...puede decir «pero Dios mío, qué está... ¿qué está haciendo?» Hay que decir que es todo lo contrario –. Perfecto ignorante del trabajo que se te ha encomendado y por el que cobras tus buenos cuatro ceros al mes, Cristina Morales está haciendo la siguiente combinación: jab, cross, gancho, uppercut arriba, gancho al hígado, esquiva y contragolpe, y cada repetición más veloz y más dura.

–Todo lo contrario. Siempre que no hay riesgo, no hay ningún motivo para no practicar deporte. Igual que no dejas de trabajar si te quedas embarazada, ¿por qué vas a dejar de practicar deporte? Siempre teniendo, eso, un control, pues de tu temperatura, de tu frecuencia cardíaca, de hidratarte bien, la ropa, eeh... Y bueno, no lo vamos a hacer con contacto, pero un trabajo técnico se puede seguir haciendo–, siendo como es lo otro que estás haciendo una segunda combinación más breve, a saber: gancho, rodilla y bloqueo del gancho. ¡Ah, Cristina Morales, qué habilidad la tuya de no pegarte a ti misma un rodillazo en los once kilos que llevas en el abdomen, y lo haces abriendo más la articulación de la cadera, qué equilibrio!

–¿Es cierto que dabas de mamar a tus niños? Ibas al combate o al entrenamiento, te subías al ring, y luego, tal... Conciliando plenamente, ¿no? –. Míralo al meapilas del Robertico desplegando todos sus conocimientos de feminismo neoliberal en un eslogan bien aprendido.

–Sí, por ejemplo, con Jesús sí que tardé más en volver a la competición, por eso dejé el entrenamiento y cuando volví era dolor en los tobillos, era... me costaba mucho volver a un entrenamiento, y tardé un año, un año y medio en competir. En cambio, con Alejandro, pues como hice este programa de...

–Deporte– tercera vez que te corta, Morales.

–...embarazo y deporte, sí que pude volver a la competición a los tres meses de tenerlo, entonces...

–¿Ya estabas compitiendo a los tres meses? –cuarta vez.

–A los tres meses, sí. Esperé el mesecito de la cuarentena para volver al entrenamiento y ya…

–Y seguías dando el pecho– quinta vez que te corta con tal de insistir en su machoalgodonada sentencia lactante.

–Sí, y seguía. Además, que ha dejado el pecho hace… en diciembre, en la última competición es cuando ya se lo he retirado.

–Qué maravilla.

Yo te canto, Cristina Morales, porque el «qué maravilla» que le sacas a ese paleto profesional es tembloroso. Es un rechinar de dientes transformado en corrección política: no puede dejar pasar la oportunidad de hacer palmas nacionalandalucistas ante una campeona del mundo, no puede dejar pasar la oportunidad de poner un ejemplo pintoresco de esa manida engañifa del machiruleo y el capital que es la conciliación de la vida personal y familiar. No puede perder la gran oportunidad de proclamar que si eres madre te perdonarán el atrevimiento de saber dar hostias como panes, tarea a la que tu dulce sexo no ha sido llamado. Pero ay, uff, ains, esta súperconciliadora, esta joven y guapa emprendedora, es un poco iconoclasta… ¿cómo coño colamos en el guion que se salta las recomendaciones médicas de no entrenar durante el embarazo? ¿Cómo metemos el video ese de ella con un bombo de nueve meses esquivando y soltando puñetazos y rodillazos a su entrenador? ¿Cómo hacemos todo eso sin hablar de feminismo y sin cagarla? Necesitaron tiempo para pergeñar su perversión, oh Morales, máquina pateadora, pero lo consiguieron: ¡diciendo que el entrenador es tu pareja y el padre de tus hijos, por supuesto! ¡Que no le estás pegando a cualquiera! ¡Que esto es una empresa familiar! ¡Que no es cosa solo de una loca con el gatillo fácil!

–Se ve que te llevas bien con el entrenador. ¿Quién es el entrenador?

–El padre de los niños, mi pareja, entrenador…

–Socio…

–Socio, jajaja. Todo, todo.

–Qué bueno. Os lleváis bien, ¿no? –¡no dejes de ser simpática y bien encarada en la salud y en la enfermedad, en lo laboral y en lo personal, Cristina! ¡Concilia con alegría!

–Sí, nos llevamos bien.

Creíamos, oh Morales rompetibias, que si dábamos con unos profesionales de los deportes de contacto los insultos se iban a acabar. Pensamos, oh amilanadora de rivales que te sacan hasta cinco centímetros de altura, que los comentaristas de una pelea como la del 26 de octubre de 2019 en Wuppertal, Alemania, en la que se dirimía el nombre de la próxima campeona del mundo de la liga Enfusion, os honrarían con las loas que os merecéis tú y tu contrincante, la también aventajada alumna de la escuela de Alicante Georgina Van der Liden, holandesa de 20 años, 57 kilos, 112 combates profesionales de kickboxing, K1 y Muay Thay ganados (¡112 con veinte años!), 7 de ellos por KO.

Pero no: si hay un imperio en el que nunca se pone el sol, ese es el de los reprimidos sexuales, el de los desconocedores de otro placer que no sea el sometimiento y el regodeo en sus miserables prerrogativas, esas migajas que se caen de la mesa donde el heteropatriarcado celebra su diario festín y que ellos se contentan, pobres chambelanes, con lamer del suelo.

–Lady Killer, Abraham, pues… –Lady Killer es el nombre de guerra que se ha dado a sí misma la contrincante de Morales, cosa muy habitual. Polyana Viana se hace llamar Dama de Hierro; Joyce Vieira se hace llamar Princesa Fiona. Morales no tiene nombre de guerra.

–¿Lady Killer? Pues no lo va a tener tan fácil Lady Killer.

–20 años, 112, 6, 2.

–Nada mal.

–Con eso te digo todo. Pero, bueno, yo supongo que la experiencia de Cristina tendrá su peso en eso.

–Desde luego la experiencia es un grado, Cristina es una luchadora muy fuerte y que, sobre todo, se prepara muy bien cada combate.

–Sí, pero, Lady Killer, pues…todavía no hace acto de presencia, Abraham… ¡Ahí la tenemos, ahí está! Gina Van der Linden– el comentarista Borja Rupérez no dice bien su nombre.

–Una niña– ¿Hola? ¿No tiene 20 años? ¿No está en un combate profesional por el título mundial?

–Es una niña. Con cara llena de vaselina –¿Holi? ¿Acaso no se ponen vaselina en la cara absolutamente todos los luchadores, hombres, mujeres y trans? ¿Soy yo o hay aquí un clarísimo trasunto pedófilo de niña con cara llena de semen?–. Y bueno, pues… Esa falta de respeto, ¿no? La juventud, que parece que no va con ella. Disfrutando del momento –¿Cuál es la falta de respeto? ¿Sonreír, saludar? ¿Disfrutar de su paseo hacia el ring, como hacen absolutamente todos los luchadores?–. ¡Y esas chanclas, que ahora están tan de moda, Abraham! ¡Por lo menos ha tenido el detalle de no ponerse calcetines! –¿Holiiiiiiii? ¿Y este pedazo de mierda de comentarista se atreve a dar lecciones de respeto?

–¡Jajaja! –¿Jajajaja?

–¡Porque es que, últimamente, van todos los chavales con chanclas y calcetines! ¿Tú te acuerdas…?

–La moda, la moda. Nos estamos quedando atrás, Borja. Tenemos que venir así a locutar.

–Yo prefiero quedarme atrás.

–¡Jajajaja!

–¡Ay, Dios mío! Bueno, Gina Van der Linden –vuelve a decir el mismo comentarista mal su nombre– que está disfrutando del camino hasta el ring, porque en este caso estamos en ring, que… qué cacao que tenemos en la cabeza.

¡Por favor, que alguien saque un par de gorras portadoras de cervezas Duff de Homer Simpson, se las encasquete y les ayude a meterse las pajitas en la boca, que si no se las meten por la nariz o por las orejas o por el meato! ¡Con todas ustedes, ladies and gentlemen, directamente llegados de las cloacas del hooliganismo con una parada técnica en Massimo Dutti para comprarse una camisa y un jersey de pico, Abraham Redondo y Borja Rupérez! ¡Dueños de la productora Titan Channel, especializada en deportes de contacto y promotora!

Abraham Redondo: cuarentaipocos, alto, moreno y con el clásico tabique nasal pugilísticamente roto, director deportivo del canal ese pero también promotor en, a destacar por su exotismo, Arnold Fighters, «gran proyecto de artes marciales y deportes de contacto, dentro de un marco único y magnífico como es el Arnold Sport Festival del governador Arnold Schwarzenegger» (me ahorro los *sic*) en palabras del mismo Rupérez. Exluchador de todas las disciplinas de contacto que le cabían en el encabezado de su web, cherokeeoficial.com (Cherokee era su nombre de guerra), la cual parece escrita por un senador romano borracho porque en los huecos reservados para el texto sigue la plantilla en latín, acompañada de la foto de un maromo (que no es él) como el Increíble Hulk pero todo depilado, y sacando los dientes como si en vez de estar comiéndose un plátano se estuviera comiendo una piedra. ¿Soy yo o todo es absolutamente criptohomosexual?

–Bueno y queremos saludar a todo el mundo, básicamente, porque este combate desde Titan Channel se está emitiendo en todo el continente americano, desde Alaska hasta Argentina, en Georgia, en Armenia, en Azerbaiyán, toda la zona del Cáucaso y, como no, aquí en España. Y, bueno, pues iremos abriendo fronteras.

–Abriendo fronteras, vamos creciendo, muchas sorpresas de aquí a nada.

–Queremos saludar también a toda la afición española, que estamos seguros que hoy nos están... nos están viendo, nos están escuchando, queremos mandaros un abrazo a todos, tanto profesionales como aficionados y, bueno, supongo que todos... que todos estaréis apoyando a los luchadores españoles, porque hoy... se la juegan, especialmente aquí estamos viendo a Cristina, que...bueno, a Jesús –su entrenador– no le veo. ¿Le has visto tú antes, Abraham, o...?

–Sí, cuando ha salido. Ha salido acompañándola.

–Bueno, vemos a Cristina súper concentrada. Cristina, que es madre de dos niños fantásticos, guapísimos.

–Fíjate que es madre, cuidándolos, trabajando, y...

–Además es psicóloga deportiva.

–Entrenando como una campeona, al nivel más alto.

–Sí sí. A mí, particularmente, lo que más me gusta de Cristina, los combates que la hemos podido ver, Abraham, es su boxeo.

–Boxea muy bien. Y también patea bien.

–Es muy completa. Muy completa, Cristina. Particularmente yo, asistí a un evento en el que no pudo combatir. La iba a ver combatir por primera vez en Sevilla, en Krissing, y no pudo combatir porque se enteró esa misma noche de que estaba embarazada, Abraham.

–¡Jajajajaja!

–¡Jajajaja! ¡Jesús –entrenador y efectivamente padre de sus hijos–, ya podías haber esperado un poco, Jesús!

¡Señoras y señores, damas y caballeros, niños y niñas cuyos papás les permiten ver combates de artes marciales y leer sobre ellos, con todos ustedes el exgerente del canal IB3 de la televisión pública de las Islas Baleares, el ladrón confeso, el condenado a dos años de cárcel por planificar junto a su mujer el asalto a la casa de la abuela de ésta contratando a cuatro matones, el prestamista y amigo íntimo del pepero expresidente de las Islas Baleares José Ramón Bauzá, director ejecutivo y socio capitalista de Titan Channel, retaco, canoso, cincuentón pelado a cepillo, pinta de sargento frustrado, Borja Ruuuuuuupérez!

–Sabor agridulce. Jajajajaja.

–Claro que sí, claro que sí.

–Por un lado muy contenta de la noticia pero por otro lado, también, después de toda la preparación y demás… jajajaja. Vino justo en el momento oportuno.

–Por supuesto que sí. Bueno, y… vamos a ver porque el árbitro ya va a dar las instrucciones. Muy desafiante Gina Van der Linden– dice Rupérez mal, por tercera vez, su nombre.

Callemos un momento. Muteemos el ordenador y contemplemos la pelea en silencio, sin el estorbo de los locutores y de nuestra réplica. Aplaquemos la pasión que nos rebota por las costillas, bajemos las pulsaciones y la guardia, dejémonos penetrar por todos lados. Hablo en plural de mí misma como hace Cristina Morales, la del angelical y al mismo tiempo troglodítico calzón de plumas blancas, cuando dice «nos hemos sacado la carrera de psicología», «hemos ganado el campeonato del mundo», «hemos perdido el combate», e incluso «subimos dos categorías de peso» o «tenemos un poco amoratado el ojo».

¿Acaso no hacías tú sola los exámenes? ¿Acaso no fuiste tú y solo tú la que dio y recibió los golpes de la derrota o la victoria? ¿No es tuyo el estómago que recibe las tasadas cantidades de proteínas e hidratos de carbono, no es tuyo el torrente sanguíneo que las distribuye por el resto del cuerpo? ¿No es exclusivamente tuyo tu cuerpo? ¿Acaso no es tuyo y solo tuyo el pómulo que recibió el impacto? Si no son tuyas y exclusivamente tuyas tus heridas, ¿de quién más son? «Yo también considero mi deporte un deporte en equipo porque, aunque luego compitas solo, pero todos los entrenamientos es... es en base con tu equipo, y el compañero es el que te ayuda, tanto el compañero como el entrenador, el que te motiva, el que, si tienes un día un poquito más de bajón está ahí echándote un cable y al final es también, eso, un deporte de equipo».

Cristina Morales, flamígera maestra: yo aprendo de ti. Yo, con el cabaret que me corre por las venas, con la juerga feminista que he venido a correrme aquí en este texto literario, y decir literatura es decir cristales rotos, cervezas derramadas, mear entre dos coches y salpicarme de pipí los tobillos, con esta jarana por la que me paseo con los ojos achinados sobándoles la nuca a mis amigas podría, torpe y envalentonada, decirte: ese plural te ningunea, tocaya, te quita mérito. Te tiras machistas piedras sobre tu femenino tejado. No hay hombre que no hable de su éxito en estrictos términos personales, no hay luchador que llame a su mujer y a sus sparrings «su equipo» y, por supuesto, no hay peleador en la faz de la tierra que pose en los photocall abrazando a sus hijos pequeños.

Colocada de tanta pelea y colocada porque después de pelearme, gane o pierda, voy a colocarme, no me escandalizo tanto cuando el 26 de junio de 2018 pasa esto...:

–Un cinturón dorado que acredita el título. Joder, el cinturón pesa tela, campeona del mundo. Felicidades –José María de la Morena para *El Transistor* de Onda Cero.

–Muchísimas gracias –Joana Pastrana, madrileña de 29 años, 47 kilos, 19 peleas, 16 victorias, 5 por nocaut y tres veces campeona del mundo de boxeo.

–Pesa y, bueno, como lleva los dos espejitos estos, te sirve para maquillarte. Esto lo pones encima de la mesilla y dices «me voy a dar un retoquito antes de...», ¿no?

–Yo me maquillo poco, pero para echarte un vistazo sí.

–Y novio no tenemos todavía, ¿no?

–Sí, tenemos una novia.

...No me escandalizo tanto cuando pasa eso, digo, como cuando al día siguiente pasa esto:

«Aunque fueron comentarios desafortunados, no me sentí ofendida. Considero que no tiene maldad en su forma de actuar. De la Morena me ha entrevistado varias veces antes de ganar el título, cuando ningún otro periodista me llamaba, y también valoro que me haya apoyado siempre y me haya visibilizado como mujer deportista. Los comentarios no estuvieron bien, pero con la polémica se ha exagerado. Prefiero reaccionar con naturalidad y contestar de un modo discreto, pero que al entrevistador no le apetezca volver a hacer ese tipo de preguntas. Es algo que por desgracia nos ocurre a casi todas las deportistas». (Su twitter y unas declaraciones para –¡sorpresa, machisensibles y femialiaditos al aparato! – *El País*).

Ah Joana Pastrana, ah Cristina Morales, vuestras trenzas son látigos acabados en vidrios, vuestras sonrisas son grotescas enfundadas en el protector bucal, vuestros vientres son frontones, vuestros hígados son de hierro, el olor de vuestro sudor llega a las primeras filas del público ¿y yo, blandurrio churro de plastilina, pretendo daros lecciones de feminismo? ¡Ay de mí, vergüenza me doy a mí misma! ¡Avergonzaros debéis todas las que, en el párrafo anterior, se han sentido tildadas de exageradas, el recalcitrante insulto por antonomasia ante nuestros reclamos! ¡Avergonzaos de vuestra delicadeza de ladrillo, que se os caiga la cara de vergüenza a todas las que, como yo, se han sentido más interpeladas por las declaraciones protegemachos de Pastrana que por las asquerosas preguntas del macho!

Yo aprendo de ti, Cristina Morales la invicta, y hablo en plural porque somos muchas las tontas, las sobradas, las ignorantes, las mediocres lectoras de cuatro libros, las mediahostia que hemos hecho cuatro piquetes y cuatro grafitis, más parecidas a los violadores contenidos a los que tenéis que soportar en vuestro trabajo que a vosotras, luchadoras, seres de finísimo acabado, de impecable oscilación entre el honor marcial y la macarrería.

Cristina Morales, pulcra noqueadora jamás noqueada, tú eres quien le enmienda la plana a Shakespeare y me lo recita corregido:

–Una luchadora ¿no tiene ojos, no tiene manos, órganos, dimensiones, sentidos, afectos, pasiones?

–Tiene, pero más duros.

–¿No se alimenta de lo mismo?

–No.

–¿No lo hieren iguales armas?

–Desde luego que no.

–¿Acaso no sufre de iguales males?

–Por supuesto que no.

–¿No se cura con iguales medios?

–Ni de coña.

–¿No tiene calor y frío en verano e invierno como las no luchadoras?

–Tiene menos.

–Si nos pinchan ¿no sangramos?

–Sangramos menos.

–Si nos hacen cosquillas ¿no reímos?

–Nos reímos distinto.

–Si nos envenenan ¿no morimos?

–Nos morimos más tarde.

–Y si nos ofenden ¿no nos vengaremos? ¡Si en todo somos semejantes también lo seremos en esto!

–En nada somos semejantes, estúpidas cristianas, fetichistas de la sororidad. A nosotras no nos ofende sino la escisión entre lo divino y lo humano y nuestra venganza es inaprensible a vuestro entendimiento –concluyes, Cristina, comiéndote de panceta un bocadillo.

Si tuvierais acceso al escalofrío ante la visión de una mujer devorando a puñetazos, codazos, rodillazos y patadas a otra, machacándola en el suelo, asfixiándola, haciéndola caer de rodillas, y a aquella levantándose, liberándose del estrangulamiento, quitándosela de encima, bloqueando los proyectiles que son sus articulaciones. Si tuvierais siquiera el interés en aprender a mirar la cabeza que bambolea cual badajo de campana durante un segundo tras el certero impacto para después recuperarse y volver a mirar al frente, o todo lo contrario, sucumbiendo porque la golpeadora aprovecha ese instante de ceguera y se ceba. Qué belleza la de la ocasión para la manta de palos y qué arrobo el de la remontada, el del fuego cruzado donde es difícil leer, de tanta como hay, el nombre de la potencia. ■

Como la materialización de la presente iniciativa comprende la colaboración de muchas personas, dejamos constancia y agradecimiento a la excepcional labor de los diversos traductores de los textos de esta selección en la edición inglesa.

La traducción de *Zama* de Antonio Di Benedetto (New York Review of Books, 2016) le mereció a Esther Allen el Premio Nacional de Traducción en Estados Unidos. Allen es profesora de la Universidad de la Ciudad de Nueva York y ha colaborado con ensayos y traducciones en *The New York Review of Books*, *Poetryfoundation.org*, *The Los Angeles Review of Books*, *The Paris Review*, *Lit Hub* y *Words Without Borders*, entre otras publicaciones. Para este número tradujo a Alejandro Morellón.

Sarah Booker es doctoranda por la Universidad de Carolina del Norte Chapel Hill y traductora del español. Entre sus traducciones recientes o de próxima publicación se cuentan *La cresta de Ilión* y *Dolerse: Textos desde un país herido* de Cristina Rivera Garza y *Mandíbula* de Mónica Ojeda. Para este número tradujo a Mónica Ojeda.

Nick Caistor es un traductor británico que ha vertido más de ochenta libros del español, francés y portugués. Ha merecido el premio Valle-Inclán en tres ocasiones por sus versiones del español. Para este número tradujo a Munir Hachemi.

Jennifer Croft obtuvo el Premio Internacional William Saroyan de Escritura por sus memorias *Homesick* y el Premio Internacional Booker por su traducción del polaco de *Los errantes* de la Premio Nobel Olga Tokarczuk. Es autora de *Serpientes y escaleras* (Entropía) y de *Notes on Postcards* y es doctora en Literatura Comparada por la Universidad de Northwestern. Para este número tradujo a Camila Fabbri.

Lizzie Davis es editora en Coffee House Press y traductora del español. Entre sus versiones recientes destacan *Ornamento* de Juan Cárdenas y *Las maravillas* de Elena Medel, co-traducidos con Thomas Bunstead. Ha recibido becas de traducción del Centro Internacional de las Artes Omi y de la Conferencia de Traductores Breadloaf. Para este número tradujo a Aura García-Junco.

Kevin Gerry Dunn es un traductor del español de obras como la inminente *Lectura fácil* de Cristina Morales, por cuya traducción recibió la beca PEN/Heim, *Manifiesto contrasexual* de Paul B. Preciado, y escritos de Daniela Tarazona, Ousman Umar y Cristian Perfumo. Para este número tradujo a Cristina Morales.

Lucy Greaves es una traductora literaria y mecánica de bicicletas que reside en Bristol, Reino Unido. Goza por igual de la poesía de las bicicletas y de la mecánica del lenguaje. Para este número tradujo a Irene Reyes-Noguerol.

Lindsay Griffiths es doctoranda de Literatura Inglesa por la Universidad de Princeton. Es la traductora de *Burp. Apuntes gastronómicos* de Mercedes Cebrián y tradujo, con Adrián Izquierdo, *Uno nunca sabe por qué grita la gente* de Mario Michelena. Para este número tradujo a José Ardila.

Daniel Hahn es escritor, editor y traductor que ha puesto su nombre en setenta y tantos libros. Sus traducciones (del portugués, español y francés) le han valido el Premio Independiente de Narrativa Extranjera, el Premio Internacional de Literatura de Dublín y ser finalista del Premio Internacional Man Booker, entre muchos otros. Para este número tradujo a David Aliaga.

Sophie Hughes ha traducido a escritores como Alia Trabucco Zerán, Laia Jufresa, Rodrigo Hasbún, Enrique Vila-Matas y José Revueltas. Ha sido finalista en dos ocasiones del Premio Internacional Man Booker, la última en 2020 por *Temporada de huracanes* de Fernanda Melchor. Para este número tradujo a Aniela Rodríguez.

Adrián Izquierdo es profesor adjunto del Baruch College de la Universidad de la Ciudad de Nueva York, donde imparte cursos sobre grandes obras literarias, estudios de traducción y literatura del Renacimiento. Tradujo, con Lindsay Griffiths, *Uno nunca sabe por qué grita la gente* de Mario Michelena. Ha traducido para *Granta* en español obra de Andrés Aciman y Jamaica Kincaid. Para este número tradujo a José Ardila.

Margaret Jull Costa es una de las grandes traductoras del español y el portugués al inglés. En tres decenios de trayectoria ha vertido la obra de muchos escritores, entre los que destacan los novelistas Javier Marías, Bernardo Atxaga, José Saramago y Eça de Queiroz, y los poetas Fernando Pessoa, Sophia de Mello Breyner Andresen, Mário de Sá-Carneiro y Ana Luísa Amaral. Para este número tradujo a Eudris Planche Savón.

Mara Faye Lethem ha traducido obras de Irene Solà, Max Besora, Jaume Cabré, David Trueba, Albert Sánchez Piñol, Javier Calvo, Patricio Pron, Marc Pastor, Toni Sala, Jordi Nopca y Alicia Kopf, entre otros. Para este número tradujo a Estanislao Medina Huesca.

Christina MacSweeney es traductora de literatura latinoamericana cuyos empeños ha visto galardonados. Ha trabajado con escritores como Valeria Luiselli, Daniel Saldaña París, Verónica Gerber Bicecci, Julián Herbert y Jazmina Barerra. También ha colaborado en antologías de literatura latinoamericana y publicado artículos y entrevistas en diversos medios. Para este número tradujo a Gonzalo Baz.

La traductora del español Megan McDowell procede de Kentucky y ha recibido varios reconocimientos a su labor. Ha traducido libros de Alejandro Zambra, Samanta Schweblin, Mariana Enríquez y Lina Meruane, entre otros, y sus traducciones de cuentos se han publicado en *The New Yorker*, *The Paris Review*, *Harper's* y *Tin House*. Reside en Santiago de Chile. Para este número tradujo a Carlos Fonseca, a Paulina Flores y a Diego Zúñiga.

La poeta y traductora Robin Myers reside en Ciudad de México. Entre sus traducciones recientes destacan *Los muertos indóciles* de Cristina Rivera Garza, *Cars on Fire* de Mónica Ramón Ríos, y *Animales del fin del mundo* de Gloria Susana Esquivel. Escribe una columna mensual sobre traducción para *Palette Poetry*. Para este número tradujo a Mateo García Elizondo.

Frances Riddle es traductora de literatura latinoamericana al inglés. Sus traducciones recientes incluyen *Pelea de gallos* de María Fernanda Ampuero, *La virgen cabeza* de Gabriela Cabezón Cámara *y Teatro de guerra* de Andrea Jeftanovic. Su traducción de *Elena sabe* de Claudia Piñeiro su publica en 2021. Reside en Buenos Aires. Para este número tradujo a Martín Felipe Castagnet.

Julia Sanches nació en Brasil y se crio en México, Estados Unidos, Suiza, Escocia y Cataluña. Traduce del portugués, español y catalán al inglés y ha trabajado con Geovani Martins, Claudia Hernández, Dolores Reyes y Eva Baltasar. Para este número tradujo a Andrea Abreu.

La traducción de *Texas* de Carmen Boullosa le mereció a Samantha Schnee ser finalista del Premio de Traducción del PEN America. Obtuvo el Premio de Traducción de la Costa del Golfo en 2015 por *El complot de los románticos* de Boullosa. Su traducción de la penúltima novela de esta escritora, *El Libro de Ana*, vio la luz en Coffee House Press en 2020. Para este número tradujo a José Adiak Montoya.

La trayectoria de la escritora y traductora Katherine Silver ha recibido múltiples reconocimientos. Fue directora del Centro Internacional de Traducción Literaria de Banff y es autora de *Echo Under Story*. Hace interpretación voluntaria para los solicitantes de asilo en Estados Unidos. Para este número tradujo a Miluska Benavides.

Entre las traducciones al inglés de Kelsi Vanada destacan la de *Hacia la mudez* del poeta Sergio Espinosa y *La edad de merecer* de la poeta Berta García Faet. Vanada es autora del poemario *Rare Earth* y es Directora de Programa de la Asociación Americana de Traductores Literarios (ALTA) en Tucson, Arizona. Para este número tradujo a Andrea Chapela.

Will Vanderhyden es traductor de literatura española y latinoamericana. Ha recibido becas del Fondo Nacional de las Artes de Estados Unidos y de la Fundación Lannan. Su traducción de *La parte inventada* de Rodrigo Fresán obtuvo el premio al mejor libro de ficción traducido en 2018. Para este número tradujo a Dainerys Machado.

Natasha Wimmer es la traductora de nueve libros de Roberto Bolaño, entre ellos *Los detectives salvajes* y *2666*. Sus traducciones más recientes son *Space Invaders* de Nona Fernández y *Muerte súbita* de Álvaro Enrigue. Para este número tradujo a Michel Nieva.

Frank Wynne es un traductor literario irlandés. A lo largo de veinte años ha traducido a numerosos autores franceses e hispanoparlantes, entre los que destacan Michel Houellebecq, Virginie Despentes, Javier Cercas y Emiliano Monge. Algunas de sus traducciones han sido premiadas con el Premio IMPAC, el Premio Scott Moncrieff y el Premio Valle Inclán. Para este número tradujo a Carlos Manuel Álvarez.